Manhattan
sob o luar

SARAH MORGAN

Manhattan sob o luar

TRADUÇÃO DE
WILLIAM ZEYTOULIAN

Rio de Janeiro, 2021

Título original: Moonlight Over Manhattan
Copyright © 2017 by Sarah Morgan

Todos os personagens neste livro são fictícios.
Qualquer semelhança com pessoas vivas ou mortas é mera coincidência.

Direitos de edição da obra em língua portuguesa no Brasil
adquiridos pela Editora HR LTDA. Todos os direitos reservados.
Nenhuma parte desta obra pode ser apropriada e estocada em
sistema de banco de dados ou processo similar, em qualquer forma ou meio,
seja eletrônico, de fotocópia, gravação etc., sem a
permissão do detentor do copyright.

Direitos exclusivos de publicação em língua portuguesa cedidos pela Harlequin
Enterprises II B.V./ S.À.R.L para Editora HR Ltda.

A Harlequin é um selo da HarperCollins Brasil.

Contatos:
Rua da Quitanda, 86, sala 218 — Centro — 20091-005
Rio de Janeiro — RJ
Tel.: (21) 3175-1030

Diretora editorial
Raquel Cozer

Editor
Julia Barreto

Copidesque
Marina Góes

Revisão
Julia Páteo e Cintia Oliveira

Diagramação
Abreu's System

Design de capa
Osmane Garcia Filho

CIP-Brasil. Catalogação na Publicação
Sindicato Nacional dos Editores de Livros, RJ

M846m

Morgan, Sarah
  Manhattan sob o luar / Sarah Morgan ; tradução William Zeytoulian. – 1. ed. – Rio de Janeiro: Harlequin, 2021.
  384 p.   (Para Nova York, com amor ; 6)

  Tradução de : Moonlight over Manhattan
  ISBN 978-65-5970-057-8

  1. Romance inglês. I. Zeytoulian, William. II. Título. III. Série.

21-71627   CDD: 823
                                  CDU: 82-31(410.1)

Meri Gleice Rodrigues de Souza – Bibliotecária – CRB-7/6439

Para Nora, Laura, Ruth, Mary, Kat e Janeen
pelas risadas, amizade e grandes lembranças.

———

Todo dia, faça uma coisa que assuste você.
— Eleanor Roosevelt

Capítulo 1

Não era assim que um encontro devia acabar.

Se soubesse que teria que escalar a janela do banheiro feminino, não teria escolhido aquela noite para usar saltos absurdamente altos. Por que não treinou mais o equilíbrio antes de sair de casa?

Ela nunca foi do tipo que usa salto alto, motivo *exato* pelo qual estava usando saltos agulhas do tamanho de um arranha-céu. Mais uma coisa a ser riscada da lista "Coisas que Harriet Knight Não Faria Normalmente".

Era uma lista vergonhosamente extensa, elaborada em uma noite solitária de outubro, quando se dera conta de que o motivo para estar sozinha em casa, conversando com os animais de que cuidava, era ter vivido demais no casulo de sua zona de conforto. Se continuasse assim, morreria sozinha, rodeada por centenas de cachorros e gatos.

Aqui jaz Harriet, que sabia tudo sobre bolas de pelo, mas quase nada sobre aquelas outras bolas.

Uma vida de pecados teria sido mais emocionante, mas Harriet escolhera o livro de preceitos errado ao nascer. Quando criança, aprendera a se esconder. A se tornar pequena, se não invisível. Desde então, enveredou pelo caminho mais seguro e o fez calçando sapatos confortáveis. Muita gente — inclusive a irmã gêmea e o irmão — diria que ela teve um bom motivo para tal. Mas, independentemente dos motivos em seu passado, Harriet agora vivia uma vida singela e tinha a plena e desconfortável noção de que se mantinha assim por escolha.

Aquela palavra com *M* pairava sobre seu mundo.

Não o palavrão. Harriet não era do tipo que xingava. Para ela, a palavra com *M* era *Medo*.

Medo da humilhação, medo do fracasso, medo do que as outras pessoas pensavam dela. Todos esses medos se originavam do medo do pai.

Ela estava cansada da palavra com *M*.

Não queria passar a vida sozinha, motivo pelo qual decidiu que, no Natal, se daria um presente diferente.

Coragem.

Harriet não queria olhar para o passado dali a cinquenta anos e imaginar o que teria acontecido se tivesse sido mais corajosa. Não queria ter arrependimentos. Em um alegre feriado de Ação de Graças que passou com Daniel e a noiva dele, Molly, Harriet transformou sua lista de medos em uma de desafios diários.

Lista de Desafios da Harriet.

Ela ia correr atrás dessa autoconfiança e, se não a encontrasse, fingiria tê-la.

Naquele período de um mês entre o Dia de Ação de Graças e o Natal, ela faria todos os dias alguma coisa que lhe desse medo ou que pelo menos a deixasse desconfortável. Tinha que ser algo que a fizesse pensar: *eu não quero fazer isso*.

Por um mês, faria o oposto do que costumava fazer.

Por um mês, obrigaria a si mesma a atravessar o inferno.

A Harriet que ressurgiria do desafio seria uma versão nova e melhorada de si mesma. Mais forte. Mais ousada. Mais confiante. Mais... tudo.

Era por isso que agora estava pendurada na janela do banheiro, auxiliada por sua nova melhor amiga, Natalie. Por sorte, o restaurante não ficava na cobertura.

— Tire os sapatos — aconselhou Natalie. — Eu jogo para você lá embaixo.

— Esse troço vai me empalar se você jogar daqui. Talvez seja mais seguro ficar calçada, Natalie.

Em alguns momentos da vida, Harriet se questionara sobre os benefícios de ser prudente demais, mas, naquele momento, não tinha muita certeza se aquilo a havia impedido de se divertir ou de morrer.

— Me chame de Nat. Se estou ajudando você a fugir, podemos deixar as formalidades de lado. E não pode fazer isso com esses saltos, vai se machucar quando chegar ao chão. E me dá sua bolsa aqui.

Harriet se agarrou à bolsa. Aquilo era Nova York. Não entregaria a bolsa a uma desconhecida, assim como não andaria pelada pelo Central Park. Era algo que ia contra todos os seus instintos. Harriet era do tipo de pessoa que olhava para os dois lados antes de atravessar a rua, que checava a tranca da porta antes de ir dormir. Não era do tipo que corria riscos.

Precisamente o motivo pelo qual deveria fazê-lo.

Reprimindo a parte de si que queria se agarrar à bolsa e nunca mais soltá-la, ela a empurrou para Nat.

— Toma. Joga para mim depois.

E então passou uma perna pela janela, ignorando o grito de ansiedade em sua mente. *E se ela não jogar? E se ela fugir com a bolsa? E se ela usar meus cartões de crédito? E se ela roubar minha identidade?*

Se Nat quisesse roubar a identidade de Harriet, seria muito bem-vinda. Harriet estava mais do que pronta para ser outra pessoa. Especialmente depois da noite que acabara de ter.

Ser ela mesma não estava dando muito certo.

Pela janela aberta, Harriet conseguia ouvir o barulho do trânsito, a cacofonia de buzinas, o rangido de freios, o burburinho constante que compunha o cenário de Nova York. Havia morado a vida inteira ali. Conhecia praticamente cada rua e cada prédio. Manhattan era tão familiar como a sala de sua casa, só consideravelmente maior.

Nat pegou os sapatos dela.

— Tente não rasgar o casaco. Belo casaco, aliás. Adorei a cor.

— É novo. Comprei especialmente para esse encontro, tinha grandes expectativas. O que prova que ser otimista pode ser uma desvantagem.

— Eu acho lindo ser otimista. Os otimistas são como luzinhas de Natal iluminando tudo ao redor. Você tem mesmo uma irmã gêmea? Que legal.

O desafio do dia tinha sido "Não seja tão reservada com estranhos". Harriet ficava bem depois de conhecer melhor uma pessoa, mas normalmente não passava das primeiras etapas constrangedoras e torturantes. Estava decidida a mudar isso.

Dado que ela e Natalie haviam se conhecido exatamente meia hora antes, enquanto Natalie servia uma salada de camarões que parecia deliciosa, Harriet estava satisfeita por ter feito ao menos algum progresso. Não ficara muda, nem respondera com monossílabos como costumava fazer com desconhecidos. E, o mais importante, não gaguejara, o que serviu como prova de que finalmente havia controlado a oratória ruim que até os 20 anos havia atrapalhado sua vida. Fazia anos que ela não tinha mais dificuldade para chegar ao final de uma frase, e mesmo situações estressantes não provocavam mais a gagueira. Não havia, portanto, motivos para ser cautelosa com estranhos.

Em suma, bons resultados. Parte disso era graças ao apoio da irmã.

— É legal ter uma irmã gêmea. Muito legal.

Nat soltou um suspiro melancólico.

— Ela é sua melhor amiga, né? Vocês dividem tudo? Segredos, sapatos...

— A maioria das coisas.

A verdade era que, até recentemente, Harriet havia compartilhado mais. Fliss tinha dificuldades em se abrir, mesmo com a irmã. Nos últimos tempos, porém, ela também vinha tentando mudar.

Assim como Harriet. Ela dissera à irmã que não precisava de cuidados e agora estava tendo que provar com suas atitudes.

Ser gêmea tinha muitas vantagens, mas uma das desvantagens era se tornar preguiçosa. Ou, quem sabe, *complacente* fosse a melhor palavra. Harriet nunca teve que se preocupar demais em navegar pelas águas tempestuosas da amizade porque sua melhor amiga sempre estivera ali ao lado. Independentemente do que a vida reservasse — e olha que havia reservado bastante —, ela e Fliss formavam uma unidade. As outras pessoas tinham boas amizades, mas nada, *nada* era parecido com a maravilha de ter uma gêmea.

No quesito "irmã", Harriet tinha ganhado na loteria.

Nat colocou a bolsa de Harriet embaixo do braço.

— Vocês moram juntas?

— Morávamos, hoje não mais. — Harriet ficou pensando em como algumas pessoas eram capazes de falar sem parar. Quanto tempo levaria até o homem sentado lá dentro sair para procurá-la?

— Ela está morando nos Hamptons agora.

Não que Hamptons ficasse a milhares de quilômetros de distância, mas a sensação era essa.

— Ela se apaixonou — complementou.

— Ah, que ótimo para ela, imagino, mas você deve morrer de saudades.

Para dizer o mínimo.

O impacto dessa mudança para Harriet fora imenso e suas emoções estavam em conflito. Por um lado, ela estava muito emocionada em ver a irmã tão feliz, mas, pela primeira vez na vida, estava morando sozinha. Acordando sozinha. Fazendo tudo sozinha.

No começo, fora estranho e um pouco assustador, como a primeira vez que alguém anda de bicicleta sem rodinhas. Também fazia com que se sentisse um pouco vulnerável, como se tivesse saído para caminhar em um dia de neve e esquecido o casaco.

Mas agora aquela era a realidade de sua vida.

Ela acordava e a casa estava completamente silenciosa, sem a cantoria desafinada de Fliss. Sentia saudades da energia da irmã, de sua lealdade inabalável, do porto seguro que ela representava. Sentia saudades até de tropeçar em seus sapatos, que costumavam ficar jogados pela casa.

Mais do que tudo, sentia saudades da parceria fácil com uma pessoa que a conhecesse. Uma pessoa em quem ela confiasse completamente.

Harriet sentiu um nó na garganta.

— É melhor eu ir antes que ele venha atrás de mim. Não acredito que vou pular da janela para fugir de um homem que conheci há meia hora. Não é o tipo de coisa que costumo fazer.

Bem como marcar encontros pela internet, motivo pelo qual se forçara a experimentar.

Aquele era o terceiro encontro, e os dois primeiros não tinham sido melhores.

O primeiro homem lembrara Harriet do pai. Falava alto, era teimoso e apaixonado pelo som da própria voz. Sufocada, Harriet ficou quieta, o que não importou muito, porque o cara claramente não tinha interesse em suas opiniões. O segundo a levou a um restaurante caro e desapareceu depois da sobremesa, deixando uma conta alta o bastante para ela nunca mais esquecê-lo. E o terceiro... bem, no momento ele estava sentado à mesa perto da janela, esperando que Harriet voltasse do banheiro para os dois se apaixonarem e viverem felizes para sempre. Nesse caso, "para sempre" não seria muito tempo, porque, apesar da alegação dele de estar em seu auge, era evidente que tinha passado havia muito tempo da idade de se aposentar.

Ela podia ter falado que precisava ir embora e saído pela porta da frente, não fosse pela sensação de que o sujeito iria atrás dela. Algo nele a deixava desconfortável. E, além disso, pular da janela do banheiro feminino era algo que nunca tinha feito na vida.

Em termos de Desafios da Harriet, a noite tinha sido um sucesso.

Em termos de romance, nem tanto.

Naquele momento, morrer cercada por cachorros e gatos parecia a melhor opção.

— Vai lá! — Nat abriu um pouco mais a janela, e seu rosto se iluminou. — Está nevando! Teremos um Natal branquinho.

Nevando?

Harriet olhou para os movimentos lentos dos flocos de neve.

— Ainda falta um mês para o Natal...

— Mas vai ser um Natal branquinho, estou sentindo. Não existe nada mais mágico do que Nova York com neve. Adoro a época das festas, você não?

Harriet abriu a boca e a fechou em seguida. Normalmente, sua resposta teria sido sim. Ela adorava as festas e o momento com a família, mesmo que sua família fosse só os irmãos. Naquele ano, porém, havia decidido que passaria o Natal sem eles. O que seria o maior desafio de todos. Tinha quase um mês para treinar antes disso.

— Eu realmente preciso ir.

— É bom mesmo. Não quero que descubram seu cadáver congelado na calçada. Vai lá. Cuidado para não cair dentro da lixeira.

— Cair dentro da lixeira seria a melhor parte da noite — disse Harriet, olhando para baixo. Não era alto e, de qualquer forma, o quão mais fundo ela poderia cair, não é mesmo? A sensação era a de já estar no fundo do poço. — Talvez fosse melhor eu voltar e explicar que ele não era o que eu estava esperando. Assim posso sair pela porta da frente sem o risco de voltar para casa com o tornozelo torcido ou embalagens de comida presas no casaco novo.

— Não — disse Nat, balançando a cabeça. — Nem pense nisso. Aquele cara é bizarro. Estou falando, você é a terceira mulher que ele traz aqui esta semana. E tem alguma coisa estranha no jeito que ele olha para você. Como se você fosse a sobremesa.

Harriet tinha achado a mesma coisa.

Seus instintos estavam em alerta, mas parte dos Desafios da Harriet consistia em aprender a ignorar esses instintos.

— Vai ser rude da minha parte.

— Estamos em Nova York. A gente precisa ser esperto. Vou manter o cara distraído até você estar a uma distância segura.

Nat olhou na direção da porta como se temesse que o homem pudesse entrar a qualquer momento.

— Não acreditei quando ele começou a chamar você de "nenezinha". Preciso perguntar... Por que você topou sair com ele? O que nele atraiu você? É a terceira mulher linda que ele traz aqui essa semana. Esse cara tem alguma qualidade especial? Por que sair com ele?

— Eu não escolhi esse cara. Escolhi o cara que estava no site de encontros. Desconfio que ele tenha um pouco de dificuldade em aceitar quem é de verdade.

Harriet pensou no momento em que o sujeito se sentou diante dela. Estava tão na cara que ele *não era* o mesmo homem do perfil que ela tinha sorrido educadamente e dito que estava esperando outra pessoa.

Mas, em vez de pedir desculpas e ir embora, ele se sentara na cadeira em frente à dela.

— Você deve ser a Harriet. A que gosta de cachorros e de fazer bolos? Eu amo mulheres carinhosas que sabem se virar na cozinha. Vamos nos dar muito bem.

Foi quando Harriet teve certeza de que não era do tipo de pessoa que marcava encontros pela internet.

Ah, Deus, por que ela havia usado o nome verdadeiro? Fliss teria inventado algo. Provavelmente algo absurdo.

Nat pareceu fascinada.

— O que o perfil dele dizia?

— Que estava na faixa dos 30 anos.

Harriet pensou nos tufos de cabelo branco e na testa enrugada. Nos dentes amarelados e na penugem grisalha no queixo. O pior de tudo, porém, era o olhar malicioso com que o homem a encarava.

— Trinta? Ele deve ter o dobro disso. Ou quem sabe seja tipo um cachorro, em que cada ano equivale a sete. O que o faria ter... Uns 220 anos em idade humana. Nossa, velho à beça.

— Ele tem 68 anos — disse Harriet. — Mas disse que sente que tem trinta por dentro. E no perfil diz que ele trabalha com investimentos, mas, quando perguntei sobre o assunto, ele confessou que está investindo na aposentadoria.

Nat não se aguentou de tanto rir.

Harriet balançou a cabeça. Sentia-se exausta. E burra.

— Depois de três encontros, perdi o senso de humor. É isso. Para mim chega.

Tudo o que ela queria era um pouco de diversão e companhia humana. Era pedir demais?

— Você decidiu dar uma chance ao amor, não tem nada de errado nisso. Mas uma pessoa como você não tinha que estar lutando para conhecer outras pessoas. Com o que você trabalha? Você não conhece gente no trabalho?

— Sou passeadora de cachorros. Passo meus dias com lindíssimos animais de quatro patas. Que por acaso sempre são quem a gente acha que são. Bem, tem um terrier que eu levo para passear de vez em quando que acha que é rottweiler. Isso cria alguns problemas.

Harriet talvez devesse se ater ao mundo dos cachorros.

Provara a si mesma que era capaz de marcar encontros pela internet, caso precisasse. Riscara o item da lista. Era uma espécie de vitória.

Nat abriu mais a janela.

— Denuncie o perfil dele. Assim ele não vai colocar outras mulheres inocentes nessa posição de ter que pular a janela. E veja pelo lado bom, pelo menos ele não deu um golpe e roubou suas economias — disse Nat, e então conferiu a rua. — Está limpo.

— Foi um prazer conhecer você, Nat. E obrigada por tudo.

— Se uma mulher não ajudasse outra em apuros, onde estaríamos? Apareça por aqui.

Harriet sentiu uma pontada dentro do peito.

Mulheres. Talvez fosse a única palavra com *M* de que gostasse.

Sentindo uma pontada de remorso, pois tinha gostado de Natalie de verdade, mas sabia que nunca chegaria perto daquele restaurante outra vez, Harriet prendeu a respiração e pulou para a calçada.

Ela sentiu o tornozelo torcer e uma dor aguda, agonizante, subiu por sua perna.

— Você está bem?

Nat jogou os sapatos e a bolsa de Harriet, que levou um susto quando eles caíram em seu colo. Parecia que a única coisa que estava levando consigo daquele encontro eram cicatrizes.

— Nunca estive melhor — respondeu à Nat.

A vitória, pensou ela, era dolorosa e indigna.

A janela lá em cima se fechou e Harriet se deu conta de duas coisas imediatamente. A primeira: apoiar seu peso sobre o tornozelo era uma agonia. A segunda: a menos que quisesse ir mancando e descalça para casa, teria que colocar os saltos que pegara emprestados da pilha de sapatos que Fliss havia deixado para trás.

Calçou o salto alto com todo cuidado e prendeu o ar quando a dor subiu novamente.

Pela primeira vez na vida, usou uma palavra com *M* para expressar outra coisa que não o medo.

Outro item riscado da lista de Desafios da Harriet.

Capítulo 2

No outro lado da cidade, na emergência de um dos hospitais mais renomados de Nova York, o dr. Ethan Black e o resto da equipe especializada em trauma cortavam, com delicadeza e eficiência, o tecido rasgado e ensanguentado da roupa de um homem para expor o estrago. E o estrago era grande o bastante para desafiar as habilidades da equipe e garantir que o paciente não se esquecesse daquela noite pelo resto da vida.

Na opinião de Ethan, as motos eram uma das piores invenções do mundo. Certamente o pior meio de transporte. Muitos pacientes trazidos até ele por conta de acidentes de moto eram homens, e uma alta proporção apresentava ferimentos múltiplos. Aquele homem não era a exceção. Estava usando capacete, o que não o preveniu do que parecia ser um ferimento grave na cabeça.

Ethan examinava o ferido enquanto dava instruções.

— Vamos entubar e fazer um acesso...

Reunida ao redor dele, a equipe achava ordem naquilo que pareceria caótico a um observador externo. Cada pessoa tinha uma função, e todos sabiam exatamente qual era a sua. De todos os lugares no hospital, era ali, na sala de emergência, que o trabalho em equipe era mais forte.

— Ele perdeu o controle e bateu contra um carro que vinha no sentido contrário.

Um grito ecoou do corredor, acompanhado de uma enxurrada de insultos enunciados em um tom agudo o bastante para estourar os vidros.

Um dos residentes se encolheu, mas Ethan não reagiu. Certos dias, ele se perguntava se não havia se tornado insensível à resposta dos outros a crises. Trabalhar em uma emergência colocava a pessoa em contato com o que havia de mais extremo nas emoções humanas e distorcia todas as noções existentes tanto da humanidade quanto da realidade. O normal para ele seria o filme de terror de outra pessoa. Ethan aprendeu cedo em sua trajetória profissional a não falar sobre seu dia a dia em eventos sociais, a não ser que os interlocutores fossem médicos também. Ultimamente, andava ocupado demais para ir a esses eventos. Seu dia era tomado pelas responsabilidades clínicas como médico e sua pesquisa acadêmica. O preço que teve que pagar por isso foi um apartamento que raramente via e uma ex-mulher.

— Tem alguém cuidando desta mulher que está gritando?

— Ela acabou de presenciar o namorado sendo esfaqueado. Ele está na Trauma 2 com lacerações múltiplas no rosto.

— Alguém mostre a ela a sala de espera, por favor. Ela precisa se acalmar. — Ethan olhou mais de perto a perna do homem, examinando a ferida. — Façam o que for preciso para parar com essa gritaria.

— Não sabemos quão graves são os ferimentos.

— Mais um motivo para transmitir calma. Diga a ela que o namorado está em boas mãos e recebendo o melhor tratamento.

Era uma típica noite de sábado. Ele talvez devesse ter se especializado em obstetrícia, pensou Ethan, enquanto continuava examinando o paciente. Assim pelo menos presenciaria o ponto alto da vida das pessoas em vez do ponto baixo. Estaria ajudando um bebê a vir ao mundo em vez de lutando contra a morte. Poderia comemorar junto com os pacientes. Mas, em vez disso, ele passava as noites de sábado invariavelmente cercado de pessoas em momentos de crise. Vítimas de acidentes de trânsito, de tiroteios, de esfaqueamentos, viciados em busca de mais uma dose... A lista era infinita e diversificada.

E a verdade era que ele adorava aquilo.

Adorava a variedade e o desafio e, como funcionários da Unidade de Trauma Nível 1, os profissionais ali presentes tinham os dois em abundância.

Eles estabilizaram o paciente o suficiente para levá-lo à tomografia computadorizada. Ethan sabia que, até receber os resultados do exame, não teriam como avaliar o tamanho da lesão craniana.

Também sabia que era difícil prever o que o exame mostraria. Já tivera pacientes com ferimentos visíveis mínimos que, no final das contas, tinham hemorragias internas imensas, e outros, como este homem — o que ficaria claro mais tarde —, cujo sangramento interno era surpreendentemente pequeno.

Ethan mandou um recado para os neurocirurgiões e conversou com a namorada do homem, que tinha chegado em pânico, com casaco em cima do pijama e terror nos olhos. Na sala de emergência, tudo era intenso e concentrado, inclusive as emoções. Ethan vira homens grandes, que se gabavam de ser durões, surtarem e chorarem como crianças. Vira gente que não acreditava em Deus rezar.

Já tinha visto de tudo.

— Ele vai morrer?

Essa era uma pergunta com a qual ele lidava várias vezes por dia, mas raramente se via em posição de dar uma resposta definitiva.

— Ele está em boas mãos. Vamos poder dar mais informações quando sair o resultado da tomografia — respondeu de maneira gentil e calma, garantindo à moça que estavam fazendo todo o possível.

Ele sabia como era importante ter consciência de que a pessoa amada estava recebendo o melhor tratamento, por isso explicou calmamente a situação e sugeriu que ela telefonasse para alguém lhe fazer companhia.

Quando o homem enfim foi entregue à equipe de neurocirurgiões, Ethan tirou as luvas e lavou as mãos. Provavelmente não veria aquele paciente outra vez. O homem sairia de sua vida e era provável que jamais soubesse o papel que Ethan desempenhara para salvá-lo.

Mais tarde ele talvez desse uma conferida no progresso do paciente, mas o normal era que ficasse ocupado com a próxima prioridade e não pensasse mais nas que já tinham ido embora.

Susan, sua colega, deu-lhe um empurrãozinho para que saísse do caminho e também tirou as luvas.

— Foi emocionante. Você já se sentiu tentado a trabalhar em um consultório? Poderia viver numa cidadezinha fofa, tomando conta de três gerações da mesma família. Vovó, vovô, pai, mãe e um montão de netos. Passaria o dia aconselhando as pessoas a pararem de fumar e emagrecer. Provavelmente nunca veria uma gota de sangue.

— Foi isso o que meu pai fez.

E Ethan nunca quisera o mesmo. Suas escolhas foram alvo de discussões acaloradas enquanto ainda morava com os pais. O avô dizia que ele estava perdendo a oportunidade de acompanhar uma família do nascimento até a morte. Ethan argumentava que era ele quem mantinha as pessoas vivas para que pudessem voltar para a família.

— Trabalhamos juntos há tantos meses e nunca soube disso — disse Susan, esfregando as mãos. — Então você é a segunda geração de médicos?

Os dois trabalhavam juntos havia quase um ano, mas praticamente todas as conversas que tiveram até ali tinham sido sobre os pacientes. O pronto-socorro era assim. A pessoa vivia no presente, em todos os sentidos.

— Terceira geração. Meu pai e avô trabalharam com clínica médica. Tinham um consultório no norte do estado.

Quando tinha 5 anos, Ethan ficava sentado na sala de espera assistindo ao fluxo constante de pessoas que entravam para conversar com seu pai. Às vezes tinha a impressão de que a única forma de ver o pai era ficando doente.

— E a sua mãe?

— Ela é pediatra.

— Caramba, Black, eu não fazia ideia. Está no seu DNA mesmo...

Susan puxou uma toalha de papel com tanta força que quase arrancou o toalheiro da parede.

— Bem, isso explica tudo.

— Tudo o quê?

— Por que você parece sempre ter algo a provar.

Ethan franziu a testa. Era verdade? Não. Com certeza não.

— Não tenho nada a provar.

— Você tem muitas expectativas a atingir — disse ela, lançando um olhar empático. — Por que você não seguiu o caminho deles? Doutores Black, Black & Black. É Black até dizer chega. Ah, já sei. Você ama o sentimento caloroso de trabalhar em um pronto-socorro.

Através da porta, ouviram uma mulher gritando "vai se foder" e trocaram um sorriso irônico.

— Todos esses pacientes maravilhosos, cobrindo a gente de carinho e gratidão infinitos... — continuou Susan.

— Gratidão? Espera... Acho que me deram um pouco disso uma vez, há uns dois anos. Me dá um minuto que acho que consigo lembrar.

Ethan não sentia que precisava atingir as expectativas de ninguém. Susan estava enganada quanto a isso. Ele traçava seu próprio caminho, por motivações pessoais.

— Você deve ter alucinado. Privação de sono faz isso. Se você não trabalha aqui pelas raras doses de gratidão, então deve ser pelos pacientes que xingam, vomitam nos seus sapatos e dizem que você é o pior médico na face da Terra e que vão te processar até acabar com você. Que tal?

O humor os ajudava a atravessar os dias carregados de tensão.

Era isso que os sustentava nos turnos mais sombrios, quando testemunhavam traumatismos que fariam um cidadão comum precisar de terapia.

Todos na equipe de trauma encontravam o próprio jeito de lidar com a tensão.

Diferentemente da maioria das pessoas, sabiam que a vida pode mudar num segundo. Sabiam que não existia futuro garantido.

— Amo esse lado da coisa. Além do mais, tem a alegria constante de trabalhar com colegas respeitosos e adoráveis como você.

— Adorável? Escolha outra mulher.

— Quem me dera poder.

Susan lhe deu um tapinha no braço.

— Mas a verdade é que eu adoro você. Não só porque você é lindo e alto, mas porque sabe o que faz. Competência é quase um afrodisíaco por essas bandas. Talvez essa característica tenha a ver com um desejo de ser melhor do que seu pai ou seu avô, mas gosto disso mesmo assim.

Ele disparou um olhar incrédulo para Susan.

— Você está dando em cima de mim?

— Ei, qual é o problema de querer um homem que seja habilidoso com as mãos e que sabe o que faz?

Os olhos dela brilharam, e Ethan percebeu que ela estava o provocando.

— Ainda estamos falando de trabalho?

— É claro que sim, do que mais? Sou casada com meu emprego, que nem você. Jurei fidelidade ao pronto-socorro na saúde e na doença, na riqueza e na pobreza e, vou te dizer que, vivendo em Nova York, a ênfase com certeza recai sobre a pobreza. Mas não se preocupe... Eu não seria capaz de ficar acordada até tarde o bastante para transar com você. Desmaio assim que chego em casa e não acordo por ninguém. Nem por você e seus olhos azuis. Mas, se você não está aqui nem pelo amor, nem pelo retorno positivo, você só pode ser viciado em adrenalina.

— Talvez eu seja.

Era verdade que ele gostava da correria, da imprevisibilidade, da adrenalina de não saber o que entraria pela porta em seguida. O atendimento médico de emergência era como um quebra-cabeça e ele gostava do estímulo intelectual de imaginar onde as peças se encaixariam e qual seria a imagem final. Também gostava de ajudar as pessoas, mesmo que a relação médico-paciente tivesse mudado bastante nos últimos tempos. Agora, o que valia eram os índices de satisfação dos pacientes e outros indicadores do tipo, que pouco tinham a ver com a prática da boa medicina. Tinha dias em que era difícil se manter conectado aos motivos pelos quais ele desejara se tornar um médico.

Susan jogou as toalhas de papel na lixeira.

— Sabe do que eu mais gosto? Quando as pessoas aparecem cheias de curativos e a gente não sabe o que vai encontrar embaixo. Cara, eu adoro esse suspense. Será que é um corte do tamanho da cabeça de uma agulha ou um dedo caindo?

— Você é macabra, Parker.

— Sou mesmo. Mas você não gosta dessa parte?

— Eu gosto de consertar as pessoas — disse Ethan, olhando para o residente que entrou na sala. — Algum problema?

— Por qual você quer que eu comece? Tem uns sessenta problemas esperando lá fora, a maioria deles está bêbada. Tem um cara que caiu de cima da mesa durante a confraternização da firma e machucou as costas.

Ethan franziu a testa.

— Não estamos nem em dezembro ainda...

— Eles comemoram mais cedo. Não acho que seja o caso de uma ressonância, mas ele consultou o dr. Google e está insistindo em fazer uma. Disse que se eu não solicitar o exame ele vai me processar até arrancar cada centavo do meu bolso. Você acha que é melhor eu fazer ele desistir contando o tamanho da minha dívida de financiamento estudantil?

Susan acenou com a mão.

— Ethan vai cuidar disso. Ele é ótimo em coagir as pessoas a tomar a melhor decisão. Se isso não funcionar, ele sabe bancar o durão.

Ethan ergueu uma sobrancelha.

— Durão? Sério mesmo?

— Ei, foi um elogio. Não são muitos pacientes que conseguem dobrar você.

Dor nas costas, dor de cabeça, dor de dente... Aquele quadros apareciam com muita frequência por ali, acompanhados de pedidos de receita para medicamentos. A maioria dos funcionários mais experientes sabia quando estava sendo manipulada, mas para os novatos era um desafio constante manter o equilíbrio entre compaixão e suspeita.

Ainda refletindo sobre o rótulo de "durão", Ethan saiu pela porta, mas seu percurso até o paciente foi interrompido pela chegada de outro, desta vez um homem de 41 anos que sentiu dores no peito no trabalho e teve uma parada cardíaca na ambulância. O resultado desse encontro foi outra meia-hora passada até que Ethan pudesse chegar ao paciente com a dor nas costas. Quando conseguiu, o clima na sala era hostil.

— Finalmente — disse o homem que fedia a álcool. — Estou esperando há séculos para ser atendido.

Álcool e medo. Duas coisas que se viam muito na sala de emergência. Uma mistura tóxica.

Ethan examinou a ficha do paciente.

— Aqui diz que você foi examinado dez minutos depois de entrar no departamento, sr. Rice.

— Por uma enfermeira, não conta. E por um residente que sabe menos do que eu.

— A enfermeira que examinou o senhor tem bastante experiência.

— Você é o responsável, então é você que quero. Mas pelo visto você não estava com tanta pressa.

— Tivemos uma emergência, sr. Rice.

— Você está dizendo que meu caso não é uma emergência? Eu cheguei primeiro! O que faz esse outro caso mais importante do que o meu?

O fato de ele ter chegado clinicamente morto?

— Como posso ajudá-lo, sr. Rice?

Ethan manteve a calma, sempre ela, ciente de que, em um ambiente já tenso, a situação poderia se agravar em velocidade supersônica. Uma coisa que não precisavam no departamento era uma dose maior de tensão.

— Quero fazer uma merda de uma ressonância magnética — disse o homem, com fala mole de bêbado. — E quero agora, não daqui a dez anos. Peça o exame senão eu vou te processar.

Era um cenário bem familiar. Pacientes que buscavam os sintomas na internet e vinham convencidos não apenas do diagnóstico, mas como os exames deveriam ser conduzidos. Nada pior do que um amador se achando especialista.

As ameaças e os abusos eram somente dois dos motivos para a equipe da sala de emergência apresentar uma taxa elevada de *burnout*. Para trabalhar ali, a pessoa precisava aprender a lidar com a pressão, caso contrário sofreria a mesma erosão do mar que bate contra as pedras até desfazê-las.

E a situação só pioraria no período louco entre o feriado de Ação de Graças e o Natal.

Quem pensasse se tratar de um período de gentileza deveria passar um dia no trabalho com Ethan. Ele sentiu a cabeça latejar.

Se fosse um de seus pacientes, exigiria uma tomografia computadorizada.

— Doutor Black?

Um dos residentes apareceu na porta e Ethan deu um breve aceno de cabeça, indicando que iria assim que pudesse.

Como médico responsável, todos o procuravam em busca de respostas. Residentes, internos, auxiliares, enfermeiras, farmacêuticos, pacientes. Esperavam que ele soubesse tudo.

Naquele momento, tudo que sabia era que queria voltar para casa. O plantão havia sido longo e triste e não parecia perto de acabar.

Ele examinou o homem com atenção e explicou com calma e clareza por que uma ressonância magnética não era necessária.

O discurso fez tanto efeito quanto esperava.

Alguns médicos preferiam pedir logo os exames, assim pelo menos os pacientes ficavam contentes. Ethan se recusava.

Enquanto ouvia uma tirada sobre como era desumano, incompetente e uma desgraça para a categoria, Ethan desligou as emoções. Essa estratégia havia se tornado fácil para ele. Já ligá-las outra vez... Bem, isso era mais desafiador, fato corroborado por seu histórico desastroso de relacionamentos.

Ele deixou os insultos entrarem por um ouvido e saírem pelo outro, mas não cedeu em sua decisão. Havia muito tempo que decidira não deixar suas decisões serem baseadas por bravatas ou índices de satisfação dos pacientes. Ele fazia o que era melhor para as pessoas, e isso não incluía sujeitá-las a exames desnecessários ou medicamentos que não teriam impacto algum ou, pior, que agiriam negativamente na condição deles.

— Doutor Black? — chamou o dr. Tony Roberts, um dos pediatras mais antigos do hospital, que estava de pé junto à porta. — Preciso da sua ajuda com urgência.

Ethan deu instruções ao residente incumbido do paciente e pediu licença.

— O que houve, Tony? Alguma emergência?

— Sim — disse Tony, parecendo sério. — Me diga uma coisa, você acredita em Papai Noel?

— Oi? — perguntou Ethan, lançando-lhe um olhar incrédulo e em seguida rindo. — Se Papai Noel existisse, ele me xingaria depois de eu apontar que, não apenas ele precisa perder alguns quilos pelo bem da saúde, mas também que, se ele tem a intenção de andar num veículo de tração animal numa altitude superior a nove mil metros, deveria usar capacete. Ou pelo menos uma roupa de couro.

— Papai Noel com roupa de couro? Hmm, gosto... — murmurou Susan enquanto passava a caminho de conversar com uma enfermeira da triagem.

Tony riu.

— Justamente a resposta cínica que eu esperava de sua parte, Black, e é por isso mesmo que estou aqui. Vou oferecer a você uma oportunidade que nunca imaginou que teria.

— Um ano sabático no Havaí com o hospital bancando tudo?

— Melhor ainda. Vou mudar a sua vida.

Tony lhe deu um tapinha no ombro e Ethan cogitou se não deveria dizer que, depois de um turno inteiro no pronto-socorro, não seria preciso muito mais do que isso para nocauteá-lo.

— Se eu não chegar rápido ao próximo paciente, minha vida vai mudar para valer porque vou ser processado. Podemos ser mais rápidos, Tony?

— Você sabia que o Papai Noel visita a ala infantil todo Natal?

— Não sabia, mas agora sei. Que ótimo. Tenho certeza de que as crianças adoram.

Era um mundo absolutamente diferente daquele em que ele morava.

— Adoram mesmo. O Papai Noel, na verdade... — Tony olhou ao redor e abaixou o tom de voz. — O Papai Noel é o Rob Baxter, um dos pediatras.

— Você está de brincadeira comigo. Achei que ele fosse o homem de verdade! — Ethan assinou uma guia que um interno colocou bem debaixo de seu nariz. — Você despedaçou a última das minhas ilusões. Partiu meu coração. Preciso ir para casa me deitar em posição fetal.

— Pode esquecer — disse Susan, passando outra vez, agora na direção oposta. — Ninguém deita aqui, a não ser que esteja morto. Quando você morrer, vai poder se deitar, e mesmo assim só depois de tentarmos ressuscitá-lo.

Tony a observou se afastar.

— Ela é assim sempre?

— Sim. A comédia faz parte do serviço. O riso cura todos os males, nunca ouviu falar? O que você quer, Tony? Achei que era uma emergência.

— E é. Rob Baxter rompeu o tendão de Aquiles enquanto corria no Central Park. Está de licença até o Natal. Isso é quase uma crise para o departamento de pediatria, ainda mais porque ele é o Papai Noel e não temos um reserva.

— Por que você está me dizendo isso? Quer que eu examine o tendão de Aquiles dele? Peça para Viola. Ela é uma cirurgiã brilhante.

— Não preciso de uma cirurgiã. Preciso de um Papai Noel substituto.

Ethan olhou para Tony sem expressão.

— Não conheço nenhum Papai Noel.

— Papais Noéis não nascem assim, eles são criados — disse Tony, e então abaixou o tom de voz: — Queremos que você seja o Papai Noel este ano. Você topa?

— Eu? — Ethan ponderou se não teria ouvido errado. — Não sou pediatra, Tony.

Tony se inclinou mais para perto.

— Você pode não saber disso, mas o Papai Noel não precisa operar nem tomar decisões clínicas de verdade. Ele só precisa sorrir e entregar presentes.

— Soa como um dia normal de trabalho meu — disse Ethan —, a única diferença é que aqui eles querem que eu dê ressonâncias magnéticas e prescreva analgésicos. Hidrocodeína em papel de presente é a tendência deste ano.

— Você é um cínico rabugento.

— Sou só realista, o exato motivo para não ser qualificado para lidar com crianças que ainda acreditam em Papai Noel.

— É por isso mesmo que você deveria ser o Papai Noel. Vai fazer você se lembrar de todos os motivos que o levaram a ser médico. Seu coração vai derreter, dr. Scrooge.

— Ele não tem coração — murmurou Susan, ouvindo a conversa alheia na maior cara de pau.

Ethan olhou para ela exasperado.

— Você não tem pacientes para examinar? Vidas para salvar?

— Só estou esperando para ouvir sua resposta, chefe. Preciso saber se você vai fazer a transformação de Scrooge em Papai Noel. Na verdade, vou querer assistir. Eu trabalharia no Natal só para presenciar isso.

— Você já vai trabalhar no Natal. E eu não tenho competência para ser Papai Noel. Por que você achou que eu concordaria com uma coisa dessas? — perguntou Ethan a Tony.

O pediatra olhou para ele pensativo.

— Você faria o dia daquelas crianças. Nada é melhor do que isso. Pense no assunto. Ligarei daqui a uma semana, mais ou menos. É um trabalho fácil e recompensador.

Tony saiu do departamento, dando as costas para Ethan.

— Doutor Scrooge — disse Susan. — Que fofo isso.

— Não é nada fofo.

Tony não tinha como estar falando sério. Ethan era a pessoa menos qualificada no mundo para desempenhar o papel de Papai Noel para crianças deslumbradas e crédulas.

Ele percebeu um dos internos se aproximar.

— Algum problema?

— Uma mulher com lesão no tornozelo. Está muito inchado e roxo. Não tenho certeza se peço o raio X ou não. O dr. Marshall está ocupado, senão eu perguntaria a ele.

— Ela está atrás de hidrocodeína?

— Acho que é de verdade.

Como Ethan sabia que o jovem médico não tinha experiência para saber se alguém estava ou não falando a verdade, atravessou com ele o departamento. Hidrocodeína era um analgésico eficiente. Era também uma droga recreativa comum e fazia tempo que Ethan não se surpreendia mais com quão longe as pessoas eram capazes de ir para conseguir uma receita. Ele não queria ninguém prescrevendo analgésicos fortes para alguém que só quisesse ficar chapado.

O primeiro pensamento ao ver a paciente era que ela parecia deslocada em meio à variedade humana que decorava os saguões da sala de emergência numa noite de sábado. Seu cabelo era longo e louro bem claro. Os traços eram delicados e a boca tinha uma curva rosa e brilhante. Estava usando um pé do sapato de salto tão alto que poderia ser usado como arma. O outro pé de sapato estava em sua mão.

O tornozelo estava ficando azul.

Como uma mulher esperava usar um salto daqueles e não se machucar? Aquele sapato era um acidente esperando para acontecer. Ainda que parecesse um caso normal, Ethan era sagaz o suficiente para não deixar as aparências enganarem seu radar de falsidade. Alguns anos antes, uma estudante apareceu com uma dor de dente que, no final das contas, era pretexto para conseguir analgésicos. Poucos dias depois, estava de volta à emergência, dessa vez com uma overdose.

Ethan não estivera presente em sua primeira visita, mas estava na segunda. Foi uma lição que nunca esqueceria.

— Senhorita Knight? Doutor Black. Pode me dizer o que aconteceu?

Deve ter sido uma festa e tanto, pensou ele enquanto examinava o tornozelo.

— Eu torci. Sinto muito por incomodá-lo, sei que está ocupado.

Ela pareceu mais do que um pouco envergonhada, o que era bem diferente dos dois pacientes anteriores, cujo atendimento médico fora considerado um direito divino.

Ethan tentou imaginar o que ela estaria fazendo ali sozinha numa noite de sábado. Como estava bem vestida, duvidou que estivesse passando a noite sozinha.

Chutou que tivesse vinte e tantos anos. Trinta, quem sabe, ainda que tivesse um daqueles rostos que dificultava discernir a idade. Com maquiagem, poderia parecer um pouco mais velha. Sem maquiagem, poderia se passar por universitária. Tinha os olhos azuis e o olhar caloroso e cordial, o que era uma mudança revigorante.

De forma geral, Ethan não via muito calor e cordialidade durante o dia.

— Como você torceu? — Entender o mecanismo da lesão era um dos meios mais prestativos de montar o quadro clínico. — Dançando?

— Não. Não foi dançando. Eu não estava usando esses sapatos quando torci.

Fascinado, ele viu as bochechas dela corarem. Havia quanto tempo que ele não via alguém corar?

— Então como foi?

Percebendo que a paciente poderia achar que ele estava atrás de detalhes para se divertir, Ethan se explicou:

— Quanto mais detalhes você me der, mais fácil fica examinar a lesão.

— Eu pulei de uma janela. Não era muito alta, mas caí de mau jeito e torci o tornozelo.

Pulou de uma janela?

— Aventureira?

Ela deu um sorriso irônico.

— Minha ideia de aventura é ler meu Kindle na banheira, então não, não acho que eu me descreveria como uma pessoa aventureira.

Os sentidos de Ethan voltaram ao estado de alerta. Em vez de uma possível usuária de drogas ou potencial viciada em adrenalina, estava cogitando a possibilidade de que se tratasse de uma vítima de violência doméstica.

— Então por que você pulou? — perguntou ele em um tom mais suave, tentando transmitir, com a voz e atitude, que era confiável.

— Precisei fugir de uma pessoa. — Ela deve ter visto alguma mudança na expressão dele, porque rapidamente balançou a cabeça.

— Sei o que você está pensando, mas eu não estava sendo ameaçada. Foi realmente um acidente.

— Pular da janela não costuma ser um acidente.

A não ser que se esteja embriagado, mas ela não cheirava a álcool e parecia perfeitamente composta. Mais composta do que a maioria das pessoas ao redor dela. O pronto-socorro ao sábado não era uma visão das mais agradáveis.

— Por que você não saiu pela porta da frente?

O olhar dela fugiu do dele.

— É uma longa história.

História que ela obviamente não queria compartilhar.

Ethan repassou suas opções. Eles viam muitos incidentes ligados à violência doméstica no pronto-socorro e tinham o dever de oferecer segurança e qualquer apoio necessário à pessoa. Mas ele também aprendera que nem todo mundo queria ajuda. Era um processo.

— Senhorita Knight...

— Não precisa se preocupar. Se você precisa realmente saber, eu estava num encontro que não estava indo muito bem. Foi erro meu.

— Você pulou pela janela para fugir de um encontro?

Ela encarou um ponto vago atrás de Ethan.

— Ele não era exatamente o que o perfil descrevia.

— Você não conhecia a pessoa?

Ethan já estava cogitando tráfico de seres humanos. Talvez ele tivesse se enganado quanto à idade da paciente e ela estivesse mais perto dos vinte do que dos trinta.

Ele checou o prontuário e viu pela data de nascimento que o primeiro palpite estava correto. A srta. Knight tinha 29 anos.

— Eu marquei um encontro pela internet, mas não foi bem como imaginei. Ai, isso é tão constrangedor — disse ela, esfregando a testa com os dedos. — Ele mentiu no perfil, e eu nem sabia que as pessoas faziam isso. O que faz de mim uma idiota. E uma inocente.

E sim, talvez também faça de mim uma pessoa aventureira, mesmo que sem querer. Sou péssima nisso.

Ele ainda estava focado nas primeiras palavras dela.

— Ele mentiu?

— Ele usou uma foto de trinta anos atrás e disse ser um monte de coisas que não era — disse Harriet, endireitando os ombros. — Eu achei o cara meio bizarro, tive um pressentimento ruim e resolvi sair de um jeito que ele não visse. Não queria que ele me seguisse até em casa. Você não precisa escutar essas coisas, né?

Ela se inclinou para passar a mão no tornozelo e seu cabelo deslizou para a frente, cobrindo o rosto.

Ethan encarou aquela brilhante cortina dourada por um instante. Sentiu o cheiro do perfume dela pairando no ar. Floral. Sutil. Tão sutil que ele se perguntou se não seria cheiro de xampu.

Ethan nunca se envolvia emocionalmente com uma paciente. Não andava se envolvendo emocionalmente com muita coisa nos últimos tempos, mas, por algum motivo, sentiu um rompante de raiva pelo sujeito anônimo que havia mentido para aquela mulher.

— Por que a janela? — perguntou, desviando o olhar do cabelo para o tornozelo dela, que examinou cuidadosamente. — Por que não sair pela porta da frente? Ou pela saída dos fundos, na cozinha?

— A cozinha era visível da nossa mesa. Fiquei com medo de que ele me seguisse. E, para ser honesta, eu não estava pensando em muita coisa além de fugir. É patético, eu sei. Meu tornozelo está quebrado?

— Não parece.

Ethan se endireitou. A lesão era real o bastante. A dor dela também era real o bastante, e ele suspeitava que ia muito além de um tornozelo machucado.

— Não acho que seja necessário um raio X, mas se piorar é melhor você voltar ou entrar em contato com seu médico.

Ele esperou que ela discutisse sobre a necessidade de fazer o raio X, mas a mulher apenas concordou com a cabeça.

— Ótimo. Obrigada.

Era uma resposta tão incomum que ele repetiu para conferir se ela tinha escutado direito.

— Acho que não é necessário fazer um raio X.

— Eu entendo. Não devia ter desperdiçado seu tempo, mas não quis piorar a situação por negligência. Agradeço muito, que bom que não está quebrado.

Ela estava aceitando o juízo profissional dele assim?

Sem discutir? Sem xingar? Sem questionar ou ameaçar processá-lo?

— Você pode usar os analgésicos que tiver em casa.

Aquele era o momento em que uma proporção grande de pacientes pedia medicamentos controlados.

Ou ele de fato estava se tornando um cínico.

Talvez precisasse de férias.

Havia férias a caminho, na semana antes do Natal. Uma semana num chalé de luxo em Vermont.

Todos os anos ele passava com a família e os amigos, mas naquele, mais do que nunca, ele precisava de um tempo. Ethan amava seu trabalho, mas o ritmo e a pressão estavam cobrando o preço.

— Não precisa. Eu queria ver se estava quebrado, só isso. Caminho bastante no trabalho.

Ela lançou a Ethan um sorriso doce que fez o cérebro dele derreter.

No pronto-socorro, ele precisava lidar com pânico, histeria, insultos e choque. Estava à vontade com todas essas reações emocionais. Chegava até a compreendê-las.

Mas não fazia ideia de como responder a um sorriso como o dela.

Ela lutou para se levantar e ele teve que se segurar para não ajudar.

— Com o que você trabalha?

A pergunta tinha relevância clínica. Não tinha nada a ver com o fato de ele querer saber mais sobre ela.

— Eu tenho uma empresa de passeadores de cachorros. Preciso conseguir andar e não quero piorar a situação.

Uma empresa de passeadores de cachorros.

Ele olhou para as sardas que salpicavam o nariz dela.

Conseguia imaginá-la passeando com cachorros. E acreditando em Papai Noel.

— Se o seu trabalho é passear com cachorros, talvez seja bom não sair nas ruas de salto alto.

— Sim, foi uma ideia idiota. Um capricho. Ando tentando fazer coisas que não faria normalmente e... — Ela se deteve e balançou a cabeça. — Você não precisa ouvir nada disso. Está ocupado e estou tomando seu tempo. Obrigada por tudo, doutor.

Aquela única paciente havia lhe agradecido mais nos últimos cinco minutos do que todos os outros pacientes das últimas cinco semanas juntos.

Não só isso. Ela não tinha questionado a avaliação clínica.

Ethan, que nunca se surpreendia com um paciente, estava surpreso.

E intrigado.

Queria perguntar por que ela estava tentando fazer coisas que não faria normalmente. Por que tinha escolhido usar salto alto? *Por que saiu para jantar com um homem que tinha conhecido pela internet?*

Mas, em vez disso, manteve o profissionalismo. Falou com ela sobre outras coisas, como gelo, compressas e a necessidade de deixar o pé para cima, o tempo todo sentindo-se culpado por ter duvidado dela.

Perguntou-se quando exatamente tinha se tornado tão desconfiado em relação à natureza humana.

Ele com certeza precisava de férias.

Capítulo 3

— Foi a pior noite da minha vida. Preciso me recuperar. — Harriet repousou o tornozelo machucado sobre o sofá enquanto conversava com a irmã ao telefone. — E, para coroar, acabei no pronto-socorro e fui atendida por um médico bonitão que ficou me julgando, claramente achando que eu era uma prostituta.

Ela ainda conseguia ver o olhar atento no rosto dele, como se não estivesse seguro de que a escolha de profissão dela fosse lá das melhores.

Sempre que se via com os braços cheios de guias de cachorros babões, Harriet se perguntava o mesmo.

— Bonitão? Conta mais.

— Sério? Acabei de falar que saí com um cara bizarro e que pulei da janela dentro de uma lata de lixo e a única parte que você quer que eu conte é a do médico?

— Se ele era bonitão, sim. Você pediu para sair com ele?

Para alguém que alegava não se interessar por romance, Fliss pensava bastante em homens.

— Não, não pedi para sair com ele.

— Achei que você estivesse tentando se desafiar...

— Tenho limites. Dar em cima do médico que está me atendendo no pronto-socorro é um deles.

— Você devia ter agarrado ele e tascado um beijo na boca.

Harriet imaginou a cara de horror que o médico teria feito.

— Daí eu teria que ligar para você da delegacia, presa por assédio. Espera... você está *rindo*?

— Talvez. Um pouquinho. — Fliss se engasgou. — Alguém registrou em vídeo o episódio todo da janela? Eu queria muito assistir.

— Espero que não. Não é algo que eu queira reviver.

O latejar doloroso do tornozelo já era lembrete o suficiente. Isso e o murmúrio de vergonha que ecoava cada vez mais alto sempre que ela se lembrava da visita ao hospital.

— Estou orgulhosa de você!

— Por quê?

— Porque é algo que você *nunca* faria.

— Isso é verdade. — Harriet revirou o tornozelo e pensou quanto tempo levaria até o inchaço diminuir. A última coisa de que ela precisava no trabalho era uma lesão que a impedisse de andar. — É a última vez que aceito conselhos de Molly para qualquer coisa. Foi ela quem me disse para marcar encontros pela internet.

— Foi um conselho ótimo. Ela é especialista em relacionamentos, sabe tudo.

Harriet pensou nos três encontros que tivera recentemente.

— Nem tudo.

— Ela domou nosso irmão indomável. Prova de que ela sabe tudo.

— Não é o melhor método para quem tem problemas para conhecer gente nova. Eu fico totalmente desconfortável quando não conheço a pessoa.

— Como você vai conseguir trabalhar com o pé machucado?
— Estou remarcando meus passeios para daqui a dois dias.
— Quer que eu ligue para as pessoas?
— Não, eu já liguei.
— Para os passeadores e os clientes?
— Todos.
— Até a sra. Langdon?

Ella Langdon era editora de uma revista chique e importante, e Harriet morria de medo de lidar com ela. Antes de ligar, ela teve que se preparar mentalmente e se dar um puxão de orelha.

— Até a sra. Langdon. Ela fez aquela voz de desaprovação, mas o resto da ligação não foi um pesadelo.

E Harriet não tinha gaguejado, o que era o mais importante. Mesmo que a gagueira não acontecesse havia algum tempo, ela ainda morria de medo de que voltasse quando menos esperasse. Quando era criança, a gagueira a havia afastado das pessoas. Não sabia como teria sobrevivido sem a irmã gêmea.

— Estou impressionada. É como conversar com uma nova Harriet. Assim que seu tornozelo estiver bom, você vai marcar outros encontros.

— Acho que não. Esse lance de encontro pela internet não é para mim. E por que seria? Como eu vou encontrar alguém que combine comigo a partir de um breve resumo? As pessoas apresentam aquilo que querem que os outros vejam. É tudo muito *falso*.

E Harriet detestava. Para que tudo aquilo? Se não dava para ser honesto com outra pessoa por duas horas, que esperança haveria de passar quarenta ou cinquenta anos juntos? Talvez ela estivesse sendo pouco realista ao esperar que um relacionamento durasse para sempre. Talvez fosse terrivelmente antiquada.

O ânimo de Harriet estava no fundo do poço. Alguns meses antes, ela estaria compartilhando aquilo com a irmã, mas agora guardava para si mesma. Sentia uma dor atrás das costelas. Não tinha certeza se era indigestão ou a concentração de sentimentos com os quais ela não sabia lidar.

— Enfim, não faz diferença porque não vou a lugar nenhum nos próximos dias. Como vão as coisas nos Hamptons? Como vai a vovó? E o Seth?

— As coisas vão bem. A vovó está com as amigas... Você sabe como ela é. Tem a vida social mais ativa do que a de qualquer pessoa que conheço. Seth trabalha bastante, mas eu também. Poder fazer uma caminhada na praia é maravilhoso, e aqui tem muito mais trabalho do que eu imaginava.

E quando o assunto era encontrar trabalho, Fliss tinha o faro de um terrier.

— Sem você, a Guardiões do Latido não existiria.

— Olha, posso até ter colocado o negócio de pé, mas é você que o mantém funcionando. Os clientes e os cachorros amam você. Tem certeza de que não quer passar o Natal com a gente? Nunca passei o Natal longe de você, vou sentir tanta saudade... Vai ser estranho.

— Vai ser ótimo. — *Quem está sendo falsa agora?* — Você vai estar com a família de Seth.

— Mas você também foi convidada. Eu queria que você viesse.

Harriet pensou muito sobre passar o Natal com pessoas que não conhecia. Fliss se sentiria obrigada a ficar prestando atenção nela. Seria uma tortura. Além disso, não ir seria o maior de todos os desafios. Passar o Natal sem a irmã seria como cortar o cordão umbilical. Se sobrevivesse a isso, sobreviveria a qualquer coisa. Ajudaria a melhorar sua confiança.

Desde que sobrevivesse.

— Quero ficar na cidade este ano. Amo Manhattan no Natal.

Pelo menos aquilo era verdade. Era a época em que mais gostava de sair para caminhar pela cidade. Passava muito tempo diante das vitrines das lojas e observava as pessoas cambaleando pela Quinta Avenida sob o peso de sacolas e presentes.

— Estão prevendo mais neve... Vai ser mágico. Eu *amo* neve, mesmo sabendo que, com a minha sorte, eu provavelmente vá escorregar e torcer o outro tornozelo.

— Bem, assim você veria o doutor bonitão outra vez.

— Se isso acontecesse, ele ficaria pensando "Por que essa mulher não consegue aprender a andar?".

Harriet pensara bastante no médico desde a noite anterior. Ele tinha olhos azuis muito intensos. Olhos azuis cansados. Não conseguia imaginar a quantidade de energia que ele precisava para realizar aquele trabalho, para lidar com uma multidão constante de pessoas na sala de espera e com emergências de vida ou morte, trazidas pela fanfarra de sirenes dissonantes e luzes piscando.

Sentada na sala de espera, teve muito tempo para observá-lo em ação.

Notou que outras pessoas da equipe paravam o médico para fazer perguntas, mas também notou que ele tirou um tempo para conversar com uma senhora idosa que parecia perdida e confusa.

Naquele breve momento de observação, Harriet teve impressão de que ele era fundamental para muita gente.

A última coisa de que precisava era de uma segunda visita dela.

Já estava escuro quando terminou a ligação com a irmã.

O apartamento parecia mais vazio e silencioso do que nunca.

— Quando eu era pequena, o Natal não era minha época predileta do ano — disse Harriet para Teddy.

Ao mesmo tempo, colocava comida na tigela de Teddy, o dachshund a quem ela oferecia lar temporário para o abrigo de animais local. Ela adorava dachshunds. Eram cachorros alegres, brincalhões e mais leais do que a média. Ela adorava a natureza carinhosa daquele que estava cuidando, seu jeito bobo e a forma como se enfiava debaixo das cobertas. Ela adorava até a teimosia do cachorro de se recusar a sair quando chovia.

— Você sabe como tem gente que ama o Natal. É o feriado preferido de algumas pessoas e elas ficam ansiosas até chegar a hora. Começam a decorar a casa logo depois do Dia de Ação de Graças e amam tudo o que vem no pacote. Eu não sou assim. Quando era pequena, sempre tive medo do Natal. Você tem ideia de como é a escola para uma pessoa que não sabe cantar ou conversar fluentemente? É um pesadelo. Em vez da humilhação diária no grupinho com o qual eu me relacionava, eu sofria uma humilhação pública enorme. Pior foi o ano em que tive que cantar "Noite feliz" sozinha. Deviam ter chamado de "Noite infeliz".

Teddy colocou as orelhas para a frente e, com empatia, inclinou a cabeça de lado.

Harriet pensou que a melhor coisa nos cachorros era que eles sempre sentiam empatia pelo dono. Independentemente de qual fosse o problema. Teddy podia não entender as palavras, mas Harriet sabia que ele entendia o sentimento. Muitas vezes ficava pensando sobre como os cachorros conseguiam ser tão mais sensíveis do que os humanos.

— Nem todo mundo era ruim comigo. Quase sempre era o Johnny Hill, na verdade. Ele era capitão do time de futebol e transformou minha vida num inferno. — Teddy enfiou o nariz na palma da mão dela e deu uma lambida reconfortante. — Fliss caiu na porrada com ele, tomou oito pontos na cabeça e ficou suspensa por algum tempo. Ela sempre me protegia. O que era ótimo, mas acho que isso me impediu de aprender a cuidar de mim.

Teddy choramingou.

— Amanhã você vai para o seu lar definitivo. — Harriet acariciou o pelo sedoso dele, dizendo a si mesma que era melhor assim. Para Teddy, pelo menos. — E tudo bem. Estou bem quanto a isso, mesmo. Só quero o que é melhor para você e isso com certeza vai ser o melhor.

Com olhar sofrido, Teddy pousou a cabeça em cima do colo dela. Harriet quase conseguia acreditar que ele entendia cada palavra que ela dizia.

— Você vai ser o presente de Natal perfeito para eles. A família do Scott tem uma propriedade de veraneio de quase vinte hectares ao norte do estado. Você não vai precisar fazer xixi na mesma árvore duas vezes e vai poder cavar, o que nós dois sabemos que você adora fazer. E eu vou ficar bem. Depois de um dia ou dois, nem vou notar mais que você não está aqui.

Ok, ela estava mentindo para o cachorro.

Qual era seu problema?

Teddy olhou para Harriet e ela se ajoelhou, mas logo estremeceu quando a dor se espalhou pelo tornozelo.

— Me dá um abraço, seu fofo.

Teddy se jogou contra o peito dela e ela o apertou. Harriet ficou reconfortada pelo calor do corpo do cachorro. Os adotantes de Teddy eram uns sortudos.

— O médico disse que eu preciso colocar gelo no tornozelo. Quer assistir alguma coisa na TV largado no sofá? Que tal *Gilmore Girls*?

Teddy balançou o rabo.

Um dia, pensou Harriet enquanto mancava até o sofá com Teddy nos braços, *vou me aconchegar com uma pessoa que não tem quatro patas nem balança o rabo*. Alguém carinhoso e empático como um cachorro, só que mais sexy.

Talvez até um médico bonitão de olhos azuis…

Ela revirou os olhos. Por que continuava pensando nele? O dr. Black era fisicamente atraente, fato inegável. Mas havia algo distante e inacessível nele, como se tivesse erguido uma barreira entre ele e os pacientes.

Ele podia até ser bonito, mas com certeza não era nem um pouco o tipo de Harriet.

—⚜—

Poucos dias depois, Ethan acordou ao som do celular.

Ele se esticou para pegá-lo e o deixou cair no chão.

Emitindo xingamentos aprendidos ao longo de anos no pronto-socorro, recuperou o aparelho de debaixo da mesa e atendeu a ligação.

— Black.

— Ethan?

— Debra? — perguntou ele, que, reconhecendo a voz da irmã, tentou se forçar a acordar. — Está tudo bem?

— Não — respondeu ela, a voz ficando mais grossa. — Aconteceu um acidente e....

— Com quem? Onde?

Ethan se sentou, ainda em estado de desorientação por ter despertado de um sono profundo.

— Karen… Ela foi atropelada… um carro…

— O quê?

Ethan se levantou, agora completamente desperto. Em geral, era ele quem dava as más notícias. Não estava acostumado a ser a pessoa que as recebia. Sua sobrinha, Karen, cursava o primeiro ano de faculdade na Califórnia e estava muito feliz por lá. Ele a adorava, provavelmente porque tinha aceitado havia muito tempo que era pouco provável que tivesse filhos. Sua irmã era dez anos mais velha e o nascimento de Karen, quando Ethan tinha 16 anos, foi um momento marcante. De alguma forma, ele estava mais para irmão mais velho do que tio.

— Qual é o estado dela? Quer que eu ligue para o hospital e converse com a equipe médica?

— Já falei com eles. Ela vai ter alta em breve, mas não vai poder colocar peso sobre a perna por algumas semanas. Mark ainda está na Ásia, vai voar direto para São Francisco, mas ainda vai demorar um pouco. Preciso ir hoje vê-la, meu voo sai à tarde.

Ethan viu que horas eram.

— Eu vou com você.

— É claro que não, você tem trabalho.

Ele tinha mesmo.

— Família em primeiro lugar. Eu vou. Dou um jeito lá no trabalho.

Ethan tentou não pensar nos colegas que deixaria na mão ou na pesquisa que estava à espera dele. Se a irmã precisava dele, então ela precisava dele. Para Ethan, a discussão acabava aí.

— Eu me viro, Ethan. É claro que significa muito para mim você ter se oferecido.

— Debra…

— Não. Sério. Eu dou conta.

— Ok, como posso ajudar então? Deve haver algo.

Houve uma pausa.

— Você está realmente disposto?

— É claro — afirmou Ethan, olhando as horas e decidindo que não valia a pena dormir outra vez. — Do que você precisa?

— Preciso que você fique com a Madi por alguns dias. Talvez mais do que alguns dias. Talvez eu demore uma semana, um pouco mais.

— Madi? — Ethan levou algum tempo até entender de quem se tratava. Sua irmã tinha apenas uma filha. — Madi é a cachorra?

— Suponho que sim, mesmo que eu pense nela como parte da família. Madi tem características humanas surpreendentes.

— Você quer que eu tome conta da cachorra? — Ethan passou os dedos pelo cabelo. — Não dá. Simplesmente… Não dá, Debs.

— Você disse que queria ajudar. Disse que faria qualquer coisa.

— Qualquer coisa menos isso!

— Você está disposto a voar até a Califórnia, mas não pode cuidar da Madi?! É tão mais simples.

— Não para mim. Fico fora de casa vinte das vinte e quatro horas do dia.

— Mais um motivo para cuidar dela. Madi vai dar um motivo para você voltar para casa.

Ethan tinha a forte suspeita de que Debra daria vários motivos para voltar para casa, nenhum deles bem-vindo.

— Existe uma razão para eu não ter um cachorro, Deb. É o fato de que não estou em posição de dar o cuidado e a atenção que um animal merece.

— É uma emergência, Ethan. Eu não estaria pedindo isso em outras circunstâncias. Não sei quanto tempo vou ficar em São Francisco. Karen precisa de mim... Por favor — pediu Debra com a voz entrecortada. — Prometo que Madi não vai dar trabalho.

Foi a voz entrecortada que surtiu efeito.

Ethan não conseguia se lembrar de ter visto a irmã chorar. Nem quando ele colocou um sapo dentro de sua mochila quando ela tinha 12 anos.

Ele se sentiu fraquejar. *Droga.*

— Por que você não deixa a cachorra com um cuidador? Ou num hotelzinho? Sei lá o que as outras pessoas fazem com os bichos de estimação.

O que as pessoas faziam com os bichos de estimação? Não era algo em que já tivesse pensado.

— Tentamos uma vez, quando Mark ganhou o prêmio e teve que ir a Chicago. Resolvemos estender o fim de semana e a colocamos num hotelzinho, mas Madi quase arrancou o pelo inteiro de tão estressada que ficou. Desde então a gente sempre tenta ir a lugares aonde possamos levá-la conosco. Ela ficaria muito mais contente na companhia de um humano.

Não se o humano fosse ele.

— Depois de um dia no pronto-socorro, não sou uma boa companhia. Chego em casa incapaz de sentir mais uma gota de compaixão.

— Ela não precisa de compaixão. Só precisa de comida, passeio e um pouco de companhia. Quero manter a rotina dela o mais normal possível, então vou manter a passeadora enquanto estiver viajando.

— Passeadora?

— Eu uso uma empresa chamada Guardiões do Latido. Eles cobrem a zona leste de Manhattan inteira, então não deve ter problema pedir para eles buscarem Madi no seu apartamento em vez do meu. Fácil, fácil. E a menina é um amor.

— Quem é um amor?

— Harriet. Minha passeadora. Na verdade, não acho que *menina* seja a palavra certa. Ela deve ter uns vinte e tantos.

Ethan não se importava com a idade dela.

— E ela passeia com a cachorra uma hora por dia...

— Duas. Ela pega Madi duas vezes.

— Duas horas por dia. O que acontece com a cachorra nas outras vinte e duas horas?

— Você pode parar de chamar a Madi de "a cachorra"? Ela tem sentimentos.

— Outro motivo para não a deixar com seu irmão frio e sem compaixão. Se ela é tão humana assim, você não vai querer deixá-la com alguém insensível como eu.

— Você é médico. Você não é insensível.

— Especialistas já me disseram que sou.

— Se você está falando da sua ex-mulher...

— O nome dela é Alison, estamos em ótimos termos e o comentário dela é absolutamente justificado. Eu *sou* insensível. E não sei nada sobre cachorros.

— Não é complicado, Ethan. É só dar comida e passear. Se você puder conversar um pouco com ela, aposto que ela vai ficar feliz.

— O que ela vai fazer no resto do tempo?

— Vai dormir muito tranquilamente na caminha dela.

Ethan olhou para o próprio apartamento. Nada saiu do lugar desde que o serviço de limpeza passara por ali dois dias antes. Principalmente porque ele não esteve em casa. Uma forma garantida de não bagunçar a casa é nunca estar nela.

— Você tem certeza de que é isso o que ela vai fazer?

— Sim. Se você fizer isso, Karen não vai ficar preocupada. A Madi é dela — explicou Debra, agarrando-se ao ponto sensível do irmão. — A família inteira agradeceria.

Ethan sabia que tinha sido derrotado. Para falar a verdade, estava preocupado demais com a sobrinha para tratar das questões práticas de cuidar de um cachorro.

— Por favor me dê notícias assim que chegar lá. E, se você não ficar satisfeita com o que eles disserem no hospital, me avise que farei algumas ligações. Conheço algumas pessoas por lá.

— Você conhece todo mundo.

— É por causa das conferências médicas. Um mundinho surpreendentemente pequeno. Que horas você vai passar para deixar a cachorra?

— No caminho para o aeroporto. Vou passear com ela antes de deixar com você e precisamos combinar de Harriet passar por aí mais tarde. Quando é bom para você?

Nada daquilo era bom para ele.

— Hoje à noite? Vou tentar sair mais cedo do trabalho.

— Ótimo. Vou deixar minha cópia da sua chave com ela. Se você por acaso se atrasar, ela já vai se adiantando e passeando com a Madi. Treine dizer o nome dela, Ethan. É Madi. Não "a cachorra". Madi.

— Preciso ir. Tenho duas horas para deixar a casa à prova de cachor... Digo, preparar a casa para Madi...

— Não precisa se preocupar. Ela é muito civilizada.

— Ela é uma cachorra.

— Você vai amá-la.

Ethan duvidava. Ele sabia que raramente a vida era simples assim.

Capítulo 4

— SENHORA SULLIVAN? — Harriet se deteve junto à porta do apartamento com a chave na mão e algumas sacolas aos pés. O tornozelo latejava, mas não tanto quanto alguns dias antes. Era um bom sinal. — Sou eu! Harriet. A senhora está aí? A senhora não respondeu à campainha e eu não quis assustá-la.

— Harriet?

Agarrada firmemente a um andador, Glenys Sullivan apareceu junto à porta da cozinha.

— Harvey e eu ficamos preocupados com você, querida. Você está atrasada.

— Estou andando um pouco mais devagar hoje.

Harriet fechou a porta. Também estava preocupada com Glenys. Ela emagrecera desde que o marido havia falecido dez meses antes e Harriet sabia que a senhora estava lutando contra a dor. Por isso sempre dava uma passadinha por lá quando estava por perto. Às vezes, o "perto" implicava um pequeno desvio na rota, mas isso não era problema para Harriet. Ela raramente via os clientes depois de combinar os detalhes do passeio, por isso gostava da interação.

— Tropecei outro dia e machuquei o pé. Bobeira minha.

Glenys vivia no mesmo apartamento ensolarado no Upper East Side havia quase cinco décadas, cercada de livros, móveis antigos e sua coleção de cachorrinhos de porcelana.

— Você escorregou? Já formou gelo lá fora?

— Ainda não, mas vai formar. A previsão é de neve e meus dedos estão congelando. Preciso achar minhas luvas.

Ignorando a dor no tornozelo, Harriet carregou as sacolas até a cozinha. Havia descansado por alguns dias e feito compressa de gelo, como prescrito pelo médico. Ainda sentia dor, mas estava cansada de ficar trancada em casa, por isso quis passar para ver como Glenys estava.

— Eu não queria que a senhora ficasse com a geladeira vazia. Está uma loucura lá fora. As pessoas estão limpando as prateleiras no mercado e já nevou um pouco. — Ela se inclinou para fazer carinho em Harvey, um terrier Westie de 8 anos com quem passeava havia dois anos. Ela normalmente repassava os trabalhos para sua equipe de passeadores, mas cuidava de alguns clientes ela mesma, e Harvey era um deles. O cachorrinho era dócil e esperto. Harriet o adorava.

— Eu me lembro da nevasca de 2006, quando tivemos setenta centímetros de neve, mas mesmo isso não foi tão ruim quanto a nevasca de 1888.

Harriet se endireitou.

— A senhora não estava viva em 1888, Glenys.

— Mas minha bisavó costumava contar a história. As estradas de ferro foram bloqueadas, alguns passageiros ficaram presos por dias. Dava para atravessar o East River do Brooklyn a Manhattan andando. Dá para imaginar isso?

— Não mesmo. Tomara que não seja tão forte dessa vez, mas, se for, a senhora não vai passar fome.

Harriet colocou os últimos enlatados no armário.

— A senhora almoçou hoje?

— Comi um baita almoço.

— A senhora está falando a verdade?

— Não, mas não precisa se preocupar. A verdade é que não senti fome.

Harriet emitiu um ruído de desaprovação.

— A senhora precisa se alimentar. Precisa ficar forte.

— Forte para quê? Eu nunca saio de casa. Meus ossos não aguentam.

— A senhora foi ao médico? Contou que a dor piorou?

Harriet transferiu os itens das sacolas para a geladeira, checando automaticamente a data de validade dos produtos que estavam lá dentro. Harriet jogou fora um queijo coberto em bolor e alguns tomates que pareciam prestes a virar purê sozinhos.

— Ele disse que a dor está pior porque minha artrite piorou. Disse que preciso me movimentar. O que não faz sentido. Como vou me movimentar se minha artrite piorou? Esses médicos não sabem de nada.

Harriet pensou no médico que a examinou no pronto-socorro e a forma como as outras pessoas o respeitavam.

Ele sabia uma porção de coisas.

Doutor E. Black.

Ela ficava imaginando o que era esse *E*. Edward? Elliot?

Pegou a cartela de ovos, alguns queijos frescos e fechou a geladeira.

— Se o médico está dizendo que a senhora precisa se mexer, então a senhora precisa se mexer.

Evan? Earl?

— Falar é fácil, fazer são outros quinhentos. Tenho medo das pernas não aguentarem. Se isso acontecer, vou cair no meio da calçada e as pessoas vão passar por cima de mim.

— Por isso a senhora precisa caminhar com alguma companhia. Como eu. Isso daria um pouco de confiança.

— Você vem aqui para passear com Harvey, não comigo. Você é uma passeadora de cachorros, não de humanos.

— Eu passeio com alguns humanos. Com humanos excepcionais, como a senhora. Podemos levar Harvey junto. — Harriet quebrou três ovos dentro de um pote e os misturou com as ervas frescas que Glenys cultivava na horta da janela. — Ele adora ser o centro das atenções. Já imaginou passeando com duas mulheres? Que gás na autoestima dele.

— A autoestima dele não precisa de gás, Harvey já acha que é o rei. O que você está fazendo aí?

— Estou preparando uma omelete deliciosa. Não vou levar a senhora para passear de estômago vazio.

Harriet despejou os ovos numa frigideira e aumentou o fogo.

— Vou colocar um pouco de queijo e espinafre. Espinafre faz bem para os ossos.

— Meus ossos são um caso perdido. Acho que não consigo passear hoje, querida.

— Só um pouquinho, Glenys — reclamou Harriet. — Alguns passos. Uma quadra.

Glenys suspirou.

— Você é uma chata.

Harriet deu um soco no ar, comemorando, e Glenys riu.

— Eu sei que sou.

— Você não devia gastar seu tempo com uma velha decrépita como eu.

— Amo a sua companhia e amo cozinhar. Desde que Fliss foi embora eu só cozinho para mim, o que é chato. — Harriet colocou a omelete perfeita num prato e acrescentou um pedaço de pão crocante. — Agora sente-se e coma.

— Detesto comer sozinha.

— A senhora não vai comer sozinha.

Harriet cortou um pedaço de pão para si e tentou não pensar no que isso significaria para suas coxas. Não que outra pessoa além dela mesma fosse ver suas coxas... Reprimindo aquele pensamento julgador, pegou a manteiga.

— Eu também vou comer.

— Você foi ao médico ver esse tornozelo?

— Fui ao pronto-socorro. E joguei o tempo deles no lixo, porque não estava quebrado.

Harriet deu uma mordida no pão e fez uma anotação mental de assar alguns biscoitos com gotas de chocolate para a próxima visita. Todo mundo adorava seus biscoitos. A receita original era de sua avó, mas, com o tempo, Harriet tinha feito alguns ajustes. Era o mais perto que ela era capaz de chegar da rebeldia.

Não, eu não vou usar só uma colher de baunilha. Eu vou usar duas, você querendo ou não.

Patética.

Glenys cutucou os ovos.

— Você não jogou o tempo de ninguém no lixo. E se estivesse quebrado?

— Minha vida estaria bem mais difícil. — Harriet pensou na sala de espera lotada, várias pessoas aguardando atendimento, e nem sequer tinha nevado. — Imagino que eles fiquem supermovimentados no inverno, por isso vou tomar cuidado com onde piso.

— Me conte mais do médico sexy que examinou seu pé.

— Eu nunca disse que ele era sexy.

— Médicos sempre são sexy. Independentemente da aparência, o simples fato de serem médicos já é sexy. Ele era moreno ou loiro?

— Coma seus ovos e eu conto. — Harriet esperou Glenys comer uma garfada. — Moreno. Cabelo preto e olhos azuis.

— A *melhor* combinação. Meu Charlie tinha olhos azuis. Foi a primeira coisa que reparei nele.

— Foi a primeira coisa que eu reparei também.

Aquilo e o aspecto cansado dos olhos dele. Não cansados pela falta de sono, mas cansados da vida.

Talvez fosse a consequência de trabalhar em um pronto-socorro. Aquilo devia cobrar um preço. Harriet pensou que ela mesma ficaria esgotada se tivesse que lidar com todos aqueles pacientes. Ter que lidar com toda aquela dor e angústia.

— Talvez seja um sinal — disse Glenys, dando outra garfada pequena na omelete. — O começo de um relacionamento perfeito. Vocês talvez fiquem juntos para sempre.

Harriet riu.

— A não ser que eu quebre o outro tornozelo, não vou vê-lo outra vez. E ele pode até ser sexy, mas não sorriu muito. Para ser honesta, achei ele um pouco intimidador.

— Talvez seja só o jeito dele de lidar com o emprego. São tantos problemas o tempo todo. Sei disso porque meu Darren foi paramédico e as histórias que ele contava eram de arrepiar.

Darren era o filho mais velho de Glenys. Ele vivia na Califórnia e Glenys não o via desde o funeral.

Harriet pensava com frequência como as famílias às vezes se distanciavam. Parecia errado. Ela queria ter uma família grande que vivesse perto o bastante para entrar e sair da vida uns dos outros o tempo todo. *Quer vir tomar um café? Sim, por favor.* Preparar um jantar para doze pessoas? Harriet não conseguia pensar em coisa melhor. Dessa vez, Fliss passaria o Natal com a família de Seth na casa deles ao norte do estado de Nova York, o irmão ia viajar com Molly para visitar o pai dela pela primeira vez em séculos e a mãe estava viajando pelo mundo. Harriet era a única que não ia a lugar algum.

Ficaria em Manhattan. Sozinha. Olhando as vitrines brilhantes das lojas. Sozinha. Patinando no gelo. Sozinha. Comendo a ceia de Natal. Sozinha.

Ela observou Glenys se forçar a comer outra garfada.

— O que a senhora vai fazer no Natal?

— Vou ficar aqui esperando o Papai Noel.

Harriet sorriu.

— A senhora não quer esperar comigo lá em casa? Eu sou uma ótima cozinheira.

— Bem, disso eu sei — respondeu Glenys, dando outra garfada da omelete. — Você vai convidar o médico bonitão também?

— Não, com certeza não vou convidar o médico bonitão. A julgar pelas perguntas que me fez, ele deve ter achado que eu era uma prostituta ou uma viciada.

E Harriet não o culpava por isso. Não tinha sido a sua melhor noite, e as duas horas na sala de espera do hospital não ajudaram muito.

— Sei que eles recebem muita gente dessas no pronto-socorro, mas aposto que sua presença foi uma lufada de ar fresco. Me deixe ver seu tornozelo.

— Não dá, ele está enterrado debaixo de quatro camadas de gaze por conta do frio lá fora.

— Mas ele era bonito mesmo?

Harriet suspirou.

— Sim, ele era bonito e sim, parte de mim está se perguntando por que não consigo encontrar um cara assim na vida real.

— Um pronto-socorro é a coisa mais vida real do mundo.

— A senhora entendeu o que eu quis dizer. Real seria uma situação que pudesse terminar em um encontro. Não que esse encontro fosse vingar, porque, se acontecesse, eu ficaria tímida demais para abrir a boca. Não consigo passar dos primeiros estágios constrangedores de conhecer uma pessoa.

— Você conversa bastante comigo.

— Mas conheço a senhora há anos, me sinto à vontade. A maioria dos homens não fica por perto tempo o bastante para eu me sentir confortável para começar uma conversa — disse Harriet, baixando o garfo. — Preciso achar um jeito de pular essa parte de conhecer melhor a pessoa.

— É por isso que tantos dos melhores casamentos acontecem entre amigos. Pessoas que se conhecem desde sempre. Amigos que se apaixonam. É meu tema predileto em livros e filmes.

— Me parece uma ótima teoria, mas infelizmente não tenho amigos homens que eu conheça há trinta anos e que queiram se casar comigo.

— Seu irmão não tinha amigos?

— Eles sempre davam em cima da minha irmã. Eu era a gêmea quieta.

— Ah, querida, mas ser quieta pode ser bom. Ser quieta não quer dizer que você não tem coisas importantes a dizer, só que você tem seu tempo para dizê-las.

— Talvez, mas a maioria das pessoas não fica tempo o bastante para ouvir.

— Você está tentando me dizer que nunca teve um namorado?

— Tive alguns. Dois na faculdade. Meio monótonos, definitivamente sem grandes emoções. Depois namorei o contador que se mudou para o apartamento em cima do nosso.

— E como foi?

— Ele parecia interessado em todos os números menos no meu — disse Harriet em tom sarcástico. — E depois dele... O cara do curso de salsa da Molly para quem ela tentou me agitar conta?

— Não sei. Você acha que conta?

— Nós dançamos duas vezes. Eu gostei, porque dançando não tinha que conversar com ele. Eu disse que minha história amorosa não era muito impressionante.

Harriet observou Glenys comer a omelete, cada garfada mais lenta que a anterior. Ela sabia que, desde a morte de Charlie, Glenys vinha se forçando a comer. Forçando-se a levantar cada manhã. Forçando-se a se vestir.

— A senhora tem um casaco bem quente e luvas? Vou levar Harvey para um passeiozinho e a senhora virá comigo. Sem discussão.

— Era para você passear com meu cachorro, não cuidar de mim.

— A senhora me faria um favor. É fácil conversar com a senhora, e eu gostaria muito da companhia.

— Harriet Knight, você é um doce.

Harriet sorriu.

— Eu não quero ser um doce. Eu quero ser fodona.

Glenys deu risada.

— Essa palavra soa totalmente errada saindo de seus lábios.

— Como assim? Eu disse aquela palavra com *m* no último sábado. Quando eu caí dentro da lata de lixo e machuquei o tornozelo. Bem alto e em público. As pessoas devem ter me ouvido lá na Washington Square.

— É chocante, mas não o bastante.

Glenys deu um sorriso calmo e colocou o garfo sobre a mesa.

— Agora, se você tascasse um beijo nesse médico sexy, aí sim melhoraria suas credenciais de fodona.

— Fliss disse a mesma coisa. Vocês estão de conluio? Vou dizer o mesmo que eu disse a ela: ele mandaria me prenderem por assédio.

Na verdade, ele parecera surpreso com algumas coisas que ela disse. Como se esperasse algo diferente.

Harriet não conseguia nem começar a imaginar como seria trabalhar em um lugar como aquele. No curto espaço de tempo que passou na sala de espera, ouviu pessoas xingando alto, muitas delas estavam bêbadas. Ela ficou mais do que um pouco desconfortável.

Como seria lidar com aquilo todos os dias? Uma das coisas de que mais gostava em trabalhar com cachorros era que eles sempre ficavam felizes em vê-la. Não havia coisa melhor para o ânimo do que um rabinho balançando, nada mais motivacional do que um latido de felicidade. O doutor E. Black não tinha isso no trabalho. Ela suspeitava que lhe faltava um pouco de rabinhos balançantes na vida.

Policiando cada garfada, Harriet observou Glenys terminar a omelete. Em seguida, preparou Harvey para a caminhada. Colocou-o dentro do casaquinho vermelho, prendeu a coleira e ajudou Glenys a encontrar o casaco e as luvas.

Era verdade que, se levasse o cachorro para passear sozinha, terminaria na metade do tempo, mas, para Harriet, a vida não era assim.

Glenys precisava continuar independente e não havia mais ninguém para ajudá-la.

As duas foram caminhando lentamente, admirando as decorações nas vitrines das lojas.

— Amo essa época do ano — disse Harriet, deslizando o braço por baixo do de Glenys. — É tão agitado, tão feliz.

Glenys estava concentrada em onde pisava.

— Na minha idade, é só mais um dia.

— Oi? Não, não. A senhora não pode pensar desse jeito. Não vou permitir. Espero que tenha escrito sua cartinha para o Papai Noel.

— Ele entrega maridos ou quadris novos?

— Talvez. Se a senhora não mandar a carta, nunca saberemos.

— Talvez eu devesse tentar marcar um encontro pela internet.

— Bem, não funcionou para mim, mas não tem motivos para não funcionar para a senhora. Manda ver. Só não me peça ajuda para montar um perfil. Eu sou honesta demais. A senhora precisa se apresentar como uma dançarina de pole dance de 20 anos.

Glenys segurou o braço de Harriet com mais força.

— Eu vou ajudar você com seu perfil na próxima vez que vier. Chega da Harriet certinha. Como vão suas aventuras? Qual foi o desafio de hoje?

Ela havia contado a Glenys sobre sua determinação de testar os próprios limites.

— Liguei para uma pessoa que sempre é mal-educada comigo — disse Harriet, tendo o cuidado de não citar nomes. — Em geral, é a Fliss quem liga para ela.

— Se ela é mal-educada, por que vocês a mantêm como cliente?

— Eu nunca disse que era uma cliente.

— Querida, a vida é curta demais para manter amigos que sejam mal-educados com você, então com certeza deve ser um cliente.

— Ela tem dois cachorros e uma rede enorme de amigos ricos. Fliss diz que não podemos perdê-la.

Se dependesse de Harriet, ela teria dispensado a cliente meses antes. A vida também era curta demais para clientes mal-educadas.

— Daí vocês simplesmente deixam ela tratar vocês mal?

— Não é que ela trate a gente mal, ela é mais aquele tipo de pessoa que acha que ninguém é capaz de entender quão corrida e estressante é a vida dela. Ela fica furiosa quando eu falo devagar, mas tenho medo de acelerar e gaguejar — disse Harriet, se detendo enquanto passavam por uma ruela. — Ela faz eu me sentir pequena. Não pequena em tamanho ou beleza, mas inferior. Faz eu me sentir incompetente, mesmo eu sabendo que não sou. Ela me lembra a sra. Dancer, minha professora da quarta série.

— Imagino que não seja algo bom.

— Eu não era do tipo que falava muito em aula, por isso ela ficava me chamando. *Harriet Knight* — imitou ela, reproduzindo o sarcasmo da sra. Dancer —, *você não tem voz? Nós adoraríamos ouvi-la.*

— Não entendo como não falar o tempo todo poderia ser uma desvantagem na vida.

Mas Harriet não estava ouvindo. Estava olhando para o homem agachado e apoiado na parede perto de uma lixeira. Ela olhou para os ombros dele, curvados pelo vento, e para sua expressão de derrota.

— Billy? — chamou Harriet, certificando-se de que Glenys estava firme de pé antes de correr na direção dele. — Achei que tinha reconhecido você. O que está fazendo aqui? — perguntou, agachando e colocando a mão no braço dele.

— Estou tentando me aquecer.

— Hoje está frio. Vai ficar pior à noite. Você não tem como ir a um abrigo? A algum lugar? — Harriet enfiou a mão no bolso e puxou duas barrinhas de cereal. — Compro um chocolate quente para você? Um chá?

Harriet conversou com ele por algum tempo e comprou um chá no carrinho de comida mais próximo. Quando finalmente voltou para junto de Glenys, a senhora estava com a testa franzida.

— Sua mãe não a ensinou a não falar com estranhos?

— Billy não é um estranho. Eu o vejo toda vez que passeio com Harvey. Ele foi professor universitário, mas sofreu um acidente e desenvolveu um vício em analgésicos.

Era por isso que o médico no pronto-socorro foi muito claro quanto a não lhe dar uma prescrição? Ele devia saber como era fácil que um remédio para a dor se tornasse um vício.

— Ele perdeu o emprego e não conseguiu pagar as contas do hospital.

— Como você sabe de tudo isso?

— Começamos a conversar no verão passado, enquanto eu estava passeando com Valentine, o dálmata da Molly.

— Você não consegue conversar com o cara com quem está saindo, mas consegue conversar com um estranho na rua?

— Ele não é exatamente um estranho. Tenho passado por ele todas as noites há oito meses. Sempre dizíamos oi e ele sempre foi muito educado. Depois, começamos a dizer mais do que oi. Consegui conhecê-lo melhor. A senhora sabe que às vezes, quando está frio demais, ele fica no metrô a noite inteira, indo do Bronx ao Brooklyn? É muito triste. — Harriet ficava arrasada ao ver o que as pessoas precisavam fazer para se manter aquecidas no inverno congelante de Nova York. As coisas que tinham que fazer para sobreviver. — Qualquer pessoa pode acabar sem ter onde morar.

— Você deve ter conversado bastante com ele para saber disso tudo.

— Conversei, sim. Ele se sentia sozinho — disse ela. Fez uma pausa antes de acrescentar: — E imagino que eu também estava me sentindo um pouco sozinha. Estava me acostumando a ficar sem a Fliss no apartamento.

Glenys pousou a mão no braço dela.

— Você sente saudades dela. Eu entendo, também sinto saudades do meu Charlie. São as pequenas coisas, né? Ele sempre fazia o café de manhã. Agora que eu faço, nunca acerto o ponto. E ele consertava tudo o que estivesse quebrado no apartamento. Ele era prestativo nesse nível.

Harriet percebeu que devia parar de reclamar.

Glenys tinha sofrido uma perda séria. Harriet não tinha *perdido* Fliss. A irmã continuava viva.

— Eu sinto saudades, sim, mas era algo que aconteceria algum dia. A outra opção seria nós vivermos juntas até os 90 anos, dividindo a dentadura, o que também não seria o melhor dos mundos. Desde que Fliss se mudou, eu não tenho mais para quem cozinhar.

Harriet não confessou a Glenys que às vezes assava fornadas enormes de biscoitos ou de barrinhas de cereais e distribuía a quem estivesse interessado. E, com honestidade brutal, ela sabia que fazia isso mais por si mesma do que pelos outros. Ela precisava que as pessoas precisassem dela e, desde a mudança de Fliss e o relacionamento de Daniel com Molly, Harriet raramente sentia que precisavam dela. Ela sentia saudades de alguém para alimentar, com quem brincar e para quem cozinhar. Era algo que admitiria para poucas pessoas, mas Glenys era uma delas.

— Não sou ambiciosa que nem Fliss. Quer dizer, amo nossa empresa, mas o que amo mesmo é o estilo de vida. Os cachorros. Trabalhar ao ar livre. Fazer alguma coisa que eu amo. Fliss gosta do sucesso, do crescimento, dos resultados. Somos bem diferentes nisso.

— Vocês são diferentes em muitos aspectos. Fliss está sempre com pressa. Nunca tem tempo para conversar que nem você.

Harriet saiu em defesa da irmã.

— É porque ela está construindo uma empresa. A Guardiões do Latido só existe por causa dela.

Glenys parou de caminhar e Harriet a olhou preocupada.

— O que foi? Está com dor no quadril?

— Não. Nesse momento, é meu coração que está doendo, e por sua causa. Seu problema é não enxergar as próprias qualidades — disse Glenys, balançando o dedo. — A Guardiões do Latido é tão sua quanto de sua irmã.

Fliss teria dito a mesma coisa.

— A ideia foi dela. É ela quem cuida de todos os contratos.

— Mas por que você acha que as pessoas procuram vocês para passear com os cachorros delas? Por sua causa, Harriet — disse Glenys, segurando no braço dela. — Todo mundo que mora em Manhattan e tem um cachorro e um cérebro sabe que Harriet Knight é a pessoa certa para eles. Seu atendimento. A atenção personalizada. O cuidado. É isso que importa. É por isso que a Guardiões do Latido é um sucesso. Vocês são para os passeadores de cachorros o que a Tiffany's é para as joias. Vocês são diamante e ouro branco. As melhores.

Harriet ficou comovida e ridiculamente lisonjeada.

— O que a senhora sabe sobre a Tiffany's?

— Eu já fui jovem. Como muitas outras mulheres antes de mim, eu ficava parada diante daquela loja sonhando. Foi quando Charlie transformou meus sonhos em realidade. E ele não fez isso entrando na loja e gastando todo o dinheiro dele. O amor não é um diamante. Não dá para comprar um amor como o que tivemos, e é isso o que você quer também. Amor. E não há nada de errado nisso, querida. Me mostre uma pessoa que não queira amor e eu vou mostrar um mentiroso.

Com Harvey trotando ao lado, Glenys voltou a caminhar.

— Como a senhora ficou tão sábia?

— Idade e experiência.

Duas quadras depois, Harriet insistiu para que voltassem, com medo de que fosse demais para Glenys.

— Por hoje está bom. Não quero cansar a senhora e tenho outro passeio antes de voltar para casa.

— Tem certeza de que você pode caminhar tanto assim?

— Vou fazer um favor para uma cliente, ela teve uma emergência familiar e deixou Madi, a cachorra, com o irmão dela. Eu prometi passear com Madi. Mas nossa caminhada foi ótima. Vamos repetir amanhã.

— Se minhas juntas não travarem. O que você vai fazer nas festas, minha querida? Já decidiu?

Harriet manteve o olhar firme adiante.

— A senhora vai passar o Natal comigo. Já estou planejando o cardápio.

Ela conseguia ver de canto de olho que Glenys a observava com atenção.

— Você não vai passar com a Fliss?

— Ela me convidou, mas não conheço a família do Seth, é o primeiro Natal deles juntos e sei que Fliss está meio nervosa...

— Um motivo a mais para você passar com eles.

— Não — disse Harriet, balançando a cabeça. — Ela não precisa da irmã gêmea, ela precisa de Seth. Ela tem uma nova família agora.

— Ninguém joga a família original fora quando forma uma nova. As famílias se misturam que nem a massa dos biscoitos que você faz tão bem.

— Sim, em algumas ocasiões isso acontece, mas nem sempre, e fazer isso no Natal me parece intrusivo. Vai ser bom para mim passar o Natal sem a família. Sou dependente demais deles. Provavelmente vou maratonar filmes natalinos e me entupir de besteiras. Espero que a senhora me faça companhia.

— E a sua avó? Você não pode passar com ela?

— Não, vou ficar aqui mesmo. Vou continuar passeando com cachorros se as pessoas precisarem de mim, se não nevar demais — disse Harriet, olhando para o céu. — A senhora acha que eles vão acertar a previsão dessa vez? Acha que vai nevar muito?

— Talvez. Estamos no período de festas, Harriet. Na sua idade, você devia estar festejando por aí.

— Se eu não festejar por aí, não machuco o tornozelo. Imagina o estrago se eu começasse? Nunca fui muito festeira, Glenys. A senhora está falando com uma mulher incapaz de andar com confiança em saltos altos.

— Fico preocupada com você vir aqui sozinha à noite. Não é seguro.

— Está tudo bem. Estou tentando correr mais riscos, sair da minha zona de conforto. Darren virá visitá-la nas festas?

— Não este ano. Ele vai para a casa dos pais de Karen no Arizona. Provavelmente vão assar o pernil deixando-o no sol por uma hora.

Elas chegaram à quadra do apartamento de Glenys e o porteiro, sorrindo, segurou a porta aberta.

— Por favor, venha passar o Natal — insistiu Harriet, dando um abraço rápido em Glenys. — Vai ser muito legal, eu, a senhora e o Harvey.

— Você é uma moça gentil, Harriet Knight, mas não quer passar suas festas com uma velhinha como eu.

— Eu quero, sim. E, se a senhora não puder vir até mim, eu vou trazer o pernil até a senhora. De velhinha para velhinha.

— Você é uma engambeladora.

— Nada disso.

— Já sei — disse Glenys, cutucando Harriet. — Nós duas poderíamos escorregar no gelo e passar o Natal no pronto-socorro com aquele seu médico sexy. Lá vai ter aquecimento e teremos ótimas companhias.

— O médico sexy não é meu, e não acho que ele ficaria feliz em me ver duas vezes no mesmo mês.

Mas, se o Papai Noel quisesse jogar um homem como aquele pela chaminé, com certeza seria um Natal perfeito.

Capítulo 5

A NEVE CONTINUOU A CAIR.

Ethan estava mais ocupado do que nunca no pronto-socorro.

Antes de ele sair para trabalhar, a irmã havia passado no apartamento dele para deixar Madi. Ele ficou surpreso com a calma e o bom comportamento da cachorra. No jantar de Ação de Graças, Ethan a vira eufórica, mas a irmã garantira que havia sido por causa da quantidade de convidados.

Ele tinha que admitir que, naquele dia, Madi parecia um cachorro totalmente diferente.

Se continuasse assim, talvez os dois conseguissem passar por aquilo.

— Então, a passeadora...

— O nome dela é Harriet, Ethan. Meu Deus, como você é ruim com nomes.

— As pessoas passam tão rápido por mim no trabalho que não tenho tempo de lembrar. Não me importo com o nome nem com seus projetos de vida. Minha função é deixar as pessoas bem de saúde e ponto. Então, Harriet — *Harriet, Harriet*, repetiu para si mesmo — vai vir duas vezes por dia? E a neve? Não vai impedi-la?

— Em dois anos, Harriet nunca me decepcionou. Ela vai vir. Passei no apartamento dela no caminho e deixei a chave da sua casa.

— Você deu a chave da minha casa para uma estranha... Valeu.

— Ela não é uma estranha, Ethan. Ela salva vidas... e vai salvar a sua. Por favor tente estar em casa quando ela chegar.

Feliz de saber que as necessidades de Madi seriam atendidas por outra pessoa que não ele, Ethan se concentrou no trabalho.

Seu primeiro paciente foi um homem de 45 anos que sentiu dores no peito enquanto limpava a neve da calçada.

Ainda no local de atendimento, os socorristas tinham enviado o eletrocardiograma. Alguém mostrou o resultado a Ethan, que os instruiu a mandar mensagem para o cirurgião cardíaco.

Momentos depois, o paciente deu entrada no departamento.

— Eu estava limpando a neve na entrada de casa e comecei a me sentir esquisito — disse ele a Ethan. — Meu peito ficou apertado, como se alguém estivesse espremendo, mas achei que fosse frescura minha e continuei. Foi quando minha esposa apareceu, disse "Mike, você está mais branco do que a neve" e ligou para a ambulância.

— Sábia decisão. Dei uma olhada no eletrocardiograma que os paramédicos mandaram e você teve um infarto.

Ethan viu o medo nos olhos do homem e pousou a mão sobre o ombro dele.

— Você está em boas mãos, Michael. Vamos cuidar de você, já liguei para os cardiologistas — disse ele, e então se virou para a equipe. — Vamos repetir o eletrocardiograma. Preciso de dois acessos intravenosos grandes para nitroglicerina. Vamos preparar Michael para o cateterismo.

Ele se virou para o paciente, explicou o que estava acontecendo e, com cuidado, fez mais perguntas.

— Não acredito que seja meu coração... Estou me sentindo um idiota. Era só um pouquinho de neve. Como isso pode ter acontecido?

— Você está subestimando as exigências físicas dessa atividade, especialmente quando é uma neve pesada como a da tempestade de ontem — disse Ethan, ajustando o estetoscópio aos ouvidos e auscultando o peito do homem. — Pode exigir tanta força como um tiro de corrida, com a diferença que costuma demorar mais. Talvez seja melhor comparar a uma boa corrida na esteira. Além do mais, a combinação de frio e esforço físico aumenta a carga sobre o coração. Você provavelmente teve um pico de pressão sanguínea, e ainda bem que tiveram o bom senso de ligar para a emergência. Já vi muita gente que continuou trabalhando porque achou que era frescura. Você parou quando sentiu dor, o que foi inteligente de sua parte.

— Tem certeza de que é um infarto, doutor?

Ethan mostrou o eletrocardiograma.

— Isso aqui mostra que você está tendo o que chamamos de IAM. A sigla quer dizer infarto agudo do miocárdio. De agora em diante, vamos colocá-lo num monitorador cardíaco e vou pedir uma angiografia.

A equipe prendeu um monitor portátil e um balão de oxigênio à maca de Michael, preparando sua transferência para a sala de cateterismo.

Um dos internos menos experientes pareceu surpreso.

— Limpando neve? Se ele tivesse vindo por conta própria, eu teria dito que estirou algum músculo.

— Se alguém aparecer com dor no peito depois de limpar neve, trabalhe com a hipótese de infarto. Vamos fazer uma intervenção coronária percutânea na unidade de cateterismo. Temos um tempo de intervenção de noventa minutos ou menos.

— Doutor Black? Você poderia vir dar uma olhada nisso aqui? — chamou a enfermeira de triagem, e Ethan foi para o próximo paciente.

O dia estava movimentado. Sua mente estava inteira voltada para as demandas do trabalho. Dos pacientes.

Ele não pensou na irmã ou em sua cachorra nem um minuto sequer.

—⁓—

Harriet puxou ainda mais o gorro sobre os ouvidos e conferiu o endereço duas vezes. Ela normalmente ia buscar Madi na casa de Debra, mas a cliente passaria duas semanas na Costa Oeste por causa de uma emergência familiar e havia deixado Madi com o irmão. Ele vivia em West Village, o que, tecnicamente, ficava fora da área de cobertura da Guardiões do Latido, mas Harriet disse a si mesma que se tratava de uma exceção. Ela ia aonde os clientes estivessem e, se Madi estivesse a sudoeste de Manhattan, então era até lá que deveria ir. Aquilo demandaria um remanejamento de sua agenda, porque não conseguiria dar conta dos passeios no Upper East Side, mas felizmente a Guardiões tinha passeadores o suficiente na região para dar conta de acomodar a mudança de planos.

A temperatura tinha despencado e um vento gelado entrava pelas roupas. A neve prometida tinha finalmente começado a cair.

Harriet estava com o casaco e calça corta-ventos, mas ainda assim tremia.

Debra queria que ela passeasse com Madi duas vezes por dia, todos os dias.

— Meu irmão é ótimo, eu o adoro, mas ele não entende nada de cachorro. Prometi que você passearia com Madi e faria tudo o que ela precisasse. Ele é médico, vive ocupado, então não quero que Madi cause incômodo a ele — havia dito a mulher.

Conhecendo bem Madi, Harriet não tinha muitas esperanças nesse sentido.

Não que fosse uma cachorra incômoda, mas era uma boa representante de sua raça. Spaniels são cachorros de trabalho, inteligentes e curiosos. Harriet a adorava, mas não a achava particularmente flexível. Não sabia ao certo se ela responderia bem à mudança de ambiente como Debra esperava.

Era bom que o irmão de Debra fosse médico. Provavelmente era um homem paciente, cuidadoso e apto para lidar com situações difíceis.

E alguém paciente e bondoso era exatamente o que Madi precisava para se adaptar ao novo lar.

Ela conferiu o endereço outra vez. Aquela parte de Manhattan era um labirinto de ruas sinuosas. Havia livrarias e bistrôs, bares e cafeterias. Era uma região rica em história, com ruas de paralelepípedos, fileiras de prédios tradicionais de tijolos marrons e lindos sobrados. Também era um bom lugar para se perder.

De acordo com Debra, o irmão vivia em um loft de dois andares com dois quartos e dois banheiros.

Quando Harriet por fim encontrou a quadra do apartamento, a claridade diminuía e seus dedos estavam dormentes.

Ela planejava levar Madi para uma caminhada de meia-hora, apesar de não estar muito ansiosa para a tarefa. Não só porque estava sentindo dor no tornozelo, como também porque caminhar na neve não era muito bom para os cachorros. As ruas ficavam sujas e o frio castigava as patinhas. Harriet sempre pensava no bem-estar dos cachorrinhos e no que poderia fazer para melhorar a vida deles.

Fliss dizia que aquele era o motivo para fazerem sucesso com os clientes, mas Harriet não via as coisas por aquele ângulo. Ela não fazia pelos clientes, mas pelos animais. O conforto e a felicidade deles era o que importava: se o cliente ficasse contente com isso, era um bônus.

Com neve ou sem neve, Madi precisava se exercitar. Debra tinha deixado a chave da casa do irmão com Harriet e, no instante em que abriu a porta, percebeu que algo estava errado.

Ela tinha cuidado de bichos o suficiente para pressentir um desastre a caminho.

Ela não fazia ideia de como era o apartamento normalmente, mas imaginava que não tinha nada a ver com aquilo.

Havia almofadas espalhadas por todo o chão, o estofamento espalhado ao redor como nuvens. Papel higiênico decorava os móveis como serpentinas.

Encarando a bagunça com um misto de desalento e descrença, Harriet foi até a cozinha.

Ali, sentada sobre um monte de macarrão cru, com um olhar culpado, encontrou Madi.

— Ah, querida. Você fez isso tudo sozinha? Minha nossa, você está encrencada, mocinha. Ah, olha só, um pacote de farinha. Você andou ocupada.

Harriet olhou para a substância parecida com neve que cobria todas as superfícies. Largou a bolsa, tirou o gorro e o casaco, e tentou decidir por onde começar. Deveria levar a cachorra para passear? Deveria limpar o apartamento?

Concluiu que Madi tinha que ser a prioridade. Harriet nunca a vira se comportar mal antes, o que significava que estava estressada. A limpeza podia esperar.

— Pobrezinha... O que aconteceu? Você ficou entediada? Com medo? Aqui é muito estranho?

Ela se agachou para fazer carinho na cachorra. Pegou-a no colo e tirou pedaços de macarrão de seus pelos.

— Não se preocupe, Madi. Estou aqui e vai ficar tudo bem.

— Eu não acho. Na verdade, diria que estamos bem longe de tudo bem.

Uma voz fria veio da direção da porta e Harriet virou rapidamente a cabeça. Não tinha ouvido ninguém entrar no apartamento, e pelo visto Madi também não, porque, assustada, pulou do colo de

Harriet se contorcendo em busca de abrigo e espalhou macarrão e farinha por todo lado.

O homem à porta tinha mais de um metro e oitenta, olhos de um azul metálico e estava com a gola de seu longo casaco levantada para protegê-lo do frio congelante.

Olhos azuis. De um azul gelado que combinava com sua voz fria.

Quando reconheceu aqueles olhos e aquele rosto bonito, Harriet sentiu o coração pular algumas batidas. Ela ficou um pouco zonza, mas foi reconfortada pelo fato de que, se tivesse um troço na frente dele, ele saberia exatamente o que fazer.

Por que não havia lhe ocorrido que o irmão de Debra pudesse ser o médico daquele dia?

Doutor E. Black.

Não Edward, mas Ethan.

Com os ombros largos curvados, ele examinou incrédulo a destruição da cozinha e da sala de estar.

— Que *merda* aconteceu aqui?

Era uma pergunta justa, mas Harriet desejou que ele a tivesse formulado num tom menos ameaçador.

Harriet foi arrastada de volta da terra dos sonhos para a realidade desconfortante.

— Acho que Madi não gostou de ficar sozinha o dia inteiro em um ambiente estranho. A pobrezinha ficou assustada.

— A "pobrezinha"? E o pobrezinho do meu apartamento?

Batendo forte a porta, Ethan entrou em casa. O barulho ecoou, assustando ainda mais Madi, que voou para trás do balcão da cozinha.

Harriet estava prestes a ir em direção à cachorra quando alguém bateu à porta. Xingando baixinho, Ethan deu meia-volta e a abriu.

Uma senhora estava parada na entrada. Harriet supôs que ela tivesse por volta de 70 anos. O cabelo era branco como farinha. Madi saiu em disparada pelo chão. A senhora era levemente corcunda e mal chegava à altura do peitoral de Ethan, mas, ainda assim, lançou a ele um olhar feroz.

— Doutor Black — disse a senhora, olhando para ele por cima dos óculos. — Admiramos seu trabalho duro e sua contribuição para a sociedade. Eu poderia até dizer que você é um herói, mas isso não muda o fato de que seu cachorro ficou uivando o dia inteiro. Sinto muito, mas não podemos tolerar isso.

— Uivando?

A surpresa dele deixou claro que Ethan não fazia ideia de qual seria a resposta de um cachorro deixado sozinho o dia inteiro em uma casa estranha.

Harriet sabia.

Ela lançou um olhar inquisitivo a Madi, que retribuiu com um olhar sofrido.

— Uivando. Deixou todo mundo doido. Como você sabe, cachorros bem-comportados *são* permitidos no prédio, mas... — A velhinha se deteve ao perceber algo atrás dele. — *Meu Deus...* O que aconteceu aqui?

— Ainda preciso entender, sra. Crouch. Quando eu descobrir, a senhora será a primeira a saber.

— Alguém invadiu sua casa? Houve um assalto? Porque...

— Nada de assaltantes. Meu invasor tem quatro patas e é o cachorro da minha irmã. Ela teve que ir a San Francisco por causa da minha sobrinha, que sofreu um acidente sério. Estou quebrando esse galho para ela.

Harriet franziu a testa.

Ele não tinha percebido que Madi era fêmea?

A sra. Crouch pareceu amolecer um pouco.

— Sinto muito por ouvir isso. Sei como você é próximo de sua família. Como está sua sobrinha?

Ele passou os dedos pelo cabelo ainda molhado de neve.

— Ainda não liguei para o hospital. Vou fazer isso já, já. Peço desculpas pelos uivos, não vai acontecer de novo. Entendo sua irritação e compartilho dela. Agradeceria muito se a senhora pudesse ter um pouco de paciência enquanto dou um jeito nisso, e dou minha palavra à senhora que eu *vou* dar um jeito nisso.

A sra. Crouch se derreteu. Ela apoiou a mão no braço dele.

— Não se preocupe, dr. Black. Podemos conviver com uns uivinhos se for preciso. Ligue para sua irmã. Você deve estar morrendo de preocupação. Sinto muito por tê-lo incomodado em um momento difícil.

Harriet ficou surpresa. Ele tinha conseguido transformar o ataque da vizinha em um pedido de desculpas com algumas poucas frases.

Ethan provavelmente tinha uma vasta experiência em lidar com situações difíceis no pronto-socorro, mas, ainda assim, tinha sido uma performance e tanto. Ele foi bondoso, educado e cuidadoso.

Era um desperdício aquele homem ser médico. Ele devia ser negociador em sequestros.

O que era um alívio, porque, por um instante, ele tinha feito Harriet se sentir um pouco nervosa.

Quando Ethan finalmente fechou a porta, Harriet já estava um pouco mais tranquila. O sentimento durou até ele se virar outra vez e ela constatar que aquele brilho perigoso havia voltado aos olhos dele.

Os freios que o detinham enquanto conversava com a vizinha haviam sumido. E Harriet sabia o porquê. A sra. Crouch não era o alvo da raiva dele.

A raiva parecia reservada a Harriet, ainda que ela não soubesse por que ele a responsabilizaria pelo que aconteceu. Não foi ela quem derrubou um saco de farinha, espalhou macarrão e papel higiênico pelo apartamento.

Independentemente do motivo, o homem estava com raiva, e Harriet não sabia lidar com homens enfurecidos.

Parte dela queria seguir Madi e se esconder, mas Harriet ficou no lugar e disse a si mesma que ele tinha motivos para estar um pouco bravo, mas que não deveria estar com raiva *dela*.

— Você é a babá de cachorro de que minha irmã falou? — perguntou ele em tom ríspido, ao que Harriet engoliu em seco.

— Não sou babá. Sou passeadora e sim, eu...

— Você é uma passeadora e não passeou com a porcaria do cachorro?

Parecia que o ar tinha sido sugado para fora do cômodo.

Harriet se forçou a respirar fundo.

— Oi?

— Se seu trabalho era passear com o cachorro, por que não passeou?

A raiva na voz dele abalou a compostura de Harriet de tal forma que ela precisou de um tempo para responder.

— Cheguei cinco minutos antes de você. Meu plano era sair com Madi e limpar tudo na volta.

— Dois passeios — disse ele entredentes, como se não ousasse movimentar os lábios sob o perigo de que uma torrente de palavras escaldantes fluísse e queimasse os dois. — Debra disse que combinou com você dois passeios por dia.

— Sim, ela combinou, mas também me disse para não vir na parte da manhã porque ela mesma sairia com Madi e deixaria tudo em ordem antes de ir embora.

Ele examinou o lugar com uma expressão de incredulidade explícita no rosto.

— Isso aqui *parece* em ordem para você?

Madi choramingou.

— Você poderia baixar o tom de voz? Está deixando Madi nervosa.

Não só Madi. Ignorando que o coração batia forte e que as palmas das mãos estavam suadas, Harriet se levantou e atravessou a sala na direção de Madi.

— Está tudo bem, neném. Não precisa ter medo, não tem perigo algum aqui.

Ela estava falando com a cachorra e consigo mesma.

— Com certeza *não está* tudo bem. Qual é seu nome mesmo?

Com Madi nos braços, Harriet se sentiu um pouco melhor. Era capaz de sentir o calor do corpo da cachorra através do pelo. As batidas rápidas de seu coraçãozinho. Ela tinha certeza de que seu coração estava batendo no mesmo ritmo.

— Harriet. Harriet Knight.

— Bem, srta. Knight, tive um dia longo e difícil, por isso peço desculpas por não ficar contente em voltar para casa e encontrar o lugar um lixo.

— Eu não diria exatamente um *lixo*...

— Não? — perguntou ele, olhando o macarrão no carpete. — Como você descreveria isso aqui? O que aconteceu?

— Imagino que ela tenha se interessado pelos itens nas sacolas e decidido dar uma olhada mais de perto. Enquanto ela estiver com você, talvez seja uma boa ideia colocar as comidas nos armários, para ficarem seguras. Mas pode deixar que dou um jeito nisso.

Tecnicamente isso não era parte do trabalho dela, mas Harriet não queria que Ethan ficasse ainda mais bravo com a cachorra.

— E amanhã? — perguntou ele enquanto andava pela casa, avançando na direção de Madi com um senso de propósito ameaçador. — E depois de amanhã? Vai ser isso aqui todo dia quando eu voltar para casa?

— Eu n-n...

Harriet tentou responder, mas não conseguiu fazer a palavra sair. Ela estava entalada. Bloqueada. Horrorizada. Envergonhada. Aquilo não podia acontecer, mas acontecera. Ela gaguejara. Depois de tantos anos sem gaguejar uma única vez, ela tinha gaguejado. Tentou outra vez.

— Eu n-n-n...

Não. *Não!*

Madi soltou um latido em protesto e Harriet percebeu que era porque estava apertando a cachorra um pouco forte demais.

Ela afrouxou o abraço e se forçou a respirar fundo.

Por que tinha que acontecer agora? Mas Harriet já sabia a resposta: porque Ethan Black estava gritando com ela. Ela não sabia lidar com pessoas bravas. Ou talvez fosse o estresse de ficar se forçando a sair da zona de conforto dando o troco. Sim, talvez fosse isso.

Graças a Deus ele não pareceu ter notado os problemas de dicção dela, estava preocupado demais com a bagunça.

Ela engoliu em seco na esperança de que tivesse sido apenas pontual. Queria tentar falar de novo para testar sua teoria.

— Tem dias que quase não fico em casa. Debra garantiu que o cachorro não seria um problema.

— Madi estava e-e-e-ntediada.

Não, não era pontual. Agora que a gagueira tinha começado, parecia que não conseguia mais parar. Aterrorizada, Harriet decidiu que a única opção era parar de falar. Ela precisava ir embora dali para tentar se acalmar. Tinha que entender o que dera errado.

Sentia-se uma adolescente outra vez, morrendo de medo de que as palavras ficassem entaladas em sua boca.

Morrendo de medo de receber mais olhares impacientes ou, pior, olhares de pena.

Não importava o que Ethan Black pensava dela, ela não teria como lidar com a situação diante do olhar feio dele.

Harriet se endireitou, pegou a coleira e o casaquinho de Madi e foi na direção da porta, pegando o casaco no caminho.

— Aonde você vai?

— Passear.

E, com essa única palavra, Harriet evitou uma conversa e fugiu.

Já tinha enfrentado desafios demais.

Capítulo 6

Ethan encarou a porta fechada com um misto de decepção e descrença.

Passear? Passear onde? Estava nevando e a temperatura só caía. Sem falar que eles estavam no meio da conversa sobre o que fazer com a cachorra.

A cachorra.

Ethan percebeu que uma estranha tinha acabado de sair, levando embora a amada cachorra da irmã.

— Droga.

Ele passou a mão pelo rosto. O que faria?

A mulher tinha levado a cachorra. A cachorra da irmã dele, que era responsabilidade dele. Pelo olhar na cara da moça, ela não voltaria tão rápido. Talvez nem voltaria.

Por que ela tinha saído correndo daquele jeito?

Ethan começou a se sentir culpado e repassou mentalmente a conversa.

Ele tinha entrado pela porta, visto a bagunça e...

Gritado.

Apunhalado por remorso e arrependimento, Ethan estremeceu. Certamente tinha gritado.

E algo na mulher havia mudado quando ele gritou.

Ela ficara tensa e na defensiva, e depois começou a gaguejar.

Ethan relembrou o olhar de desalento no rosto dela.

Na hora ele não reparou em nada disso, principalmente porque estava concentrado nas próprias emoções. Tinha notado que o discurso dela havia perdido a fluência, mas ignorara.

Agora, recordava o relâmpejo de pânico e terror nos olhos dela, como se algo terrível e desesperador tivesse acontecido.

A reação consternada dela lhe dizia que era um aspecto difícil com o qual ela lidava. Ele tinha saído algum tempo com uma fonoaudióloga enquanto ainda era interno e se recordava de ouvi-la dizer que, às vezes, situações de estresse podiam desencadear recaídas em pessoas que mantinham a gagueira sob controle.

E se ele tivesse causado essa situação de estresse?

E se Harriet Knight normalmente não gaguejasse?

Ele sabia que não devia ter gritado com ela, mas o dia tinha sido ruim e chegar e encontrar a casa toda zoneada não ajudara muito. Ela seria capaz de entender isso, não?

Ele não tinha gritado com *ela* exatamente. Tinha gritado de forma geral.

Sua tentativa de justificar o próprio comportamento não aliviou a culpa que estava sentindo, porque a verdade era que nada daquilo era culpa de Harriet.

Estava prestes a decidir se deveria ou não ir atrás dela quando o celular tocou.

Era Debra, da Califórnia.

Que ótimo.

Timing perfeito.

Como sua preocupação com a sobrinha era muito maior do que com a cachorra, Ethan atendeu.

Ficou aliviado quando Debra disse que tudo estava indo bem.

— Ótimo.

— E por aí? E a Madi? Ela se comportou? Já se adaptou?

Ethan olhou ao redor do apartamento destruído. Nem a irmã nem a sobrinha precisavam de mais uma preocupação. Ele não ousaria confessar que, naquele momento, nem sequer sabia onde estava a cachorra. Tinha que ter esperanças de que Harriet voltaria com ela. Se não voltasse... Bem, ele lidaria com isso se acontecesse.

— Ela parece estar se adaptando bem.

— Harriet apareceu na hora combinada? Ah, claro que sim. Nem sei por que estou perguntando. Harriet é a pessoa mais confiável no planeta. Ela não é maravilhosa?

Ethan recordou a forma como ela o havia repreendido por ter deixado a cachorra triste.

— Encantadora.

— Eu sabia que você ia gostar dela. Não sei como não tinha pensado nisso antes, mas ela é *perfeita* para você.

— O quê?! Debs...

— Só pensei em dar um gás na sua vida amorosa.

— Minha vida amorosa vai muito bem, obrigado.

— Não, a sua vida sexual vai bem. A amorosa está morta.

Ethan revirou os olhos.

— Estou traçando um limite muito claro sobre conversar sobre sexo com minha irmã. Eu já tive toda a dose de romance necessária.

— Sim, sim, eu sei. Você foi casado. Já passou por isso, teve sua cota, blá-blá-blá. Mas não é porque você e Alison se separaram de um jeito horrível que você não pode tentar outra vez. Não conheço Harriet a fundo, mas adoro o que conheço, e eu diria que você faz *exatamente* o tipo dela.

Ethan duvidou que Harriet concordaria com isso.

Ele nunca tinha visto uma mulher tão ansiosa para fugir dele.

Quanto mais pensava no assunto, mas convencido ficava de que tinha sido ele o motivo para ela sair correndo dali.

E o mais estranho de tudo era que ela parecia familiar, mesmo que ele não conseguisse dizer o porquê. Ele não tinha cachorro e não era do tipo que se esquecia das mulheres com quem tinha saído. Será que era amiga de algum amigo? Alguém que havia conhecido em grupo?

Ethan fez mais algumas perguntas sobre a sobrinha, encerrou a ligação e se serviu de uma dose de uísque. Bebeu puro, mas isso não ajudou em nada a aliviar a consciência.

Ele tinha direito de estar incomodado, mas não tinha o direito de transformar Harriet em bode expiatório.

Desde quando era um valentão?

Para aliviar a tensão, pegou dois sacos de lixo grandes e começou a limpar o apartamento. Tentou encarar as coisas pelo lado positivo. A cachorra pelo menos não pareceu ter problemas intestinais. Não havia água pelo chão, nada que fosse manchar. A cachorra... Meu Deus, ele tinha que se lembrar de chamá-la de Madi. Madi, Madi... não tinha feito xixi pela casa.

Mas e se fizesse no dia seguinte?

E se amanhã ela despejasse seu tédio sobre o sofá dele? Se ela continuasse uivando, estragaria sua relação com os vizinhos. Ele não tinha tempo para lidar com essa deterioração da vida doméstica. Com sorte, Harriet retornaria com a cachorra, mas mesmo que o fizesse, os problemas de Ethan não estariam resolvidos. Tinha que pensar no dia seguinte. E no outro.

Ele canalizou suas frustrações para a faxina e não parou até que o apartamento estivesse brilhando. Ninguém adivinharia que uma cachorra tinha entrado em seu apartamento.

Tinha limpado o restinho da bagunça quando o porteiro interfonou para avisar que Harriet estava lá embaixo.

Apesar de estar prestes a deixar que a perpetradora de tamanho estrago entrasse outra vez em casa, ele sentiu apenas alívio.

Harriet havia voltado com Madi e o poupado de explicações difíceis e ainda mais estresse.

Ele abriu a porta e, de cabeça baixa, Harriet passou direto por ele.

Ethan fechou a porta cuidadosamente, ciente de que tinha uma situação muito mais difícil do que aquela com a sra. Crouch para desenredar.

Qual seria a melhor abordagem? Deveria tocar no assunto da gagueira? Deveria pedir desculpas ou isso a deixaria ainda mais constrangida? Não, o melhor seria fingir que não tinha percebido. Ethan pediria desculpas de um modo geral.

— Me desculpe por ter gritado. Não que isso justifique, mas tive um dia difícil.

Por fim, ela o encarou com os olhos acusativos e cheios de raiva.

— Madi também.

Ele tentou outra vez.

— Eu quis dizer que meu dia foi difícil antes de chegar em casa. Eu trabalho em um pronto-socorro. Perdi um paciente hoje.

Ethan se arrependeu no momento em que as palavras lhe escaparam dos lábios. Por que tinha dito aquilo? A morte fazia parte do trabalho. Ele tinha um jeito próprio de lidar com essas situações, e esse jeito envolvia nunca compartilhar seus sentimentos com outras pessoas. O que ele esperava? Empatia? Ou estava apenas dando desculpas para seu comportamento na esperança de ser perdoado?

— Sinto muito. — Harriet soltou a guia de Madi e tirou o casaquinho dela. Seu olhar estava menos bravo. — Deve ser difícil lidar com isso. Imagino que todos os dias sejam difíceis para você.

— Deixa para lá. Eu não devia ter dito nada. Isso não justifica.

— Eu diria que é quase impossível deixar para lá. Mas saiba que não entendi o que você disse como uma desculpa. É uma explicação, e fico grata por ela.

Ela sentou-se no chão, abriu a mochila que havia trazido e começou a limpar cuidadosamente as patinhas da cachorra.

Ethan se sentia cada vez mais culpado.

— Agradeço por todo o seu esforço, mas você não precisa fazer isso. Eu sou muito bom em limpar as coisas.

— Não estou fazendo isso por você, estou fazendo por ela. A neve faz mal para as patinhas dos cachorros. As pessoas usam sal e outros produtos para degelo que irritam a pele.

Ethan, que raramente se sentia ignorante, estava completamente perdido.

— Eu não sabia disso.

Ela lhe lançou um breve olhar.

— Parece que tem muitas coisas que você não sabe sobre cachorros, dr. Black.

— Ethan. Você limpa as patas de todos os cachorros que leva para passear?

Ela limpou a última patinha sem pressa, de forma cuidadosa e meticulosa.

— Se eu julgar necessário, sim. Da mesma forma que você afere a pressão dos pacientes só quando acha necessário.

Ela estava dizendo que o que ela fazia também era importante.

Ele entendeu a mensagem.

— E por que você acha que *Madi* — disse Ethan, enfatizando o nome na esperança de voltar às graças de Harriet — tentou destruir a minha casa?

— Eu não acho que ela tentou destruir a sua casa, acho que foi uma forma de expressar tédio. Ou medo — disse Harriet, que enxugou e examinou a última patinha de Madi e se levantou. — Os spaniels são uma raça muito ativa, eles gostam de companhia. Precisam ser bem treinados. Não é raro que tenham problemas de comportamento. O que precisamos fazer é avaliar a causa do mau comportamento. Esse espaço não é familiar para ela, acho que foi só isso.

Só?

Ethan se lembrou do caos que testemunhou ao chegar. Ele abriu a boca para sugerir que Harriet estava minimizando o problema, mas se conteve.

— E o que você sugere?

— Se você for paciente e carinhoso com ela, ela vai ficar bem.

— É isso? Tem certeza? E se você estiver enganada?

Harriet estreitou o olhar.

— Quando fui ao pronto-socorro naquela noite, não questionei sua opinião profissional, dr. Black. Você me disse que eu não precisava fazer um raio X e eu aceitei a sua avaliação.

Quando fui ao pronto-socorro...

Então era isso. Claro. A moça com o tornozelo machucado. E ela estava certa; de fato ela não questionara a opinião profissional dele.

Ethan se sentiu colocado em seu devido lugar. Percebeu que ela não estava mais gaguejando. Tampouco parecia com medo ou intimidada.

— Agora eu estou lembrando... Isso explica por que você me parecia tão familiar. Como vai o tornozelo?

— Está melhorando, fiz o que você mandou — disse ela de forma incisiva, e ele entendeu a mensagem.

— E então, na sua opinião profissional, o que preciso fazer com a cachorra para ela se adaptar bem? Como faço para cuidar dela?

— Você não tem como fazer isso. E nem seria justo.

Ethan soltou um suspiro de alívio.

— Fico contente que você me entenda, porque minha irmã mesmo não foi capaz disso. Tenho um emprego corrido, cheio de responsabilidades, e com certeza não é justo comigo esperar que...

— Não seria justo com Madi — disse Harriet, o olhar firme no dele. — Não seria justo ela ter que ficar com alguém com tão pouca empatia e desinteressado pelas necessidades dela. Não tenho como ensinar isso. Você não tem paciência para uma coisa dessas.

Ethan ficou surpreso.

— Eu trabalho em um pronto-socorro. Tenho mais paciência, e pacientes, do que você pode imaginar.

— Mas a diferença é que você se importa com os seus pacientes, mas não com Madi. Acho que você concordou em cuidar dela porque ama sua irmã, mas isso não é o suficiente. É preciso amar Madi também, não só tolerar a presença dela. Os cachorros sabem identificar como alguém se sente. E sejamos francos, dr. Black, você não é muito fã de cachorros.

— O que isso significa?

— Uma pessoa que não gosta de cachorro é exatamente como você. Mantém distância do animal, às vezes por medo...

— Eu não tenho medo de cachorro.

Ela estava o achando um covarde?

— E às vezes porque simplesmente não gosta de cachorros, o que por mim tudo bem — continuou Harriet em um tom que sugeria que não estava nem um pouco bem com isso —, contanto que não tentem cuidar do cachorro. Só que você tem um para tomar conta, e a única solução que consegui pensar foi levar Madi comigo.

— Levar? Mas levar para onde?

— Para casa. Posso chamar um táxi e levar Madi com a comida e todas as coisas dela lá para casa.

— Não posso permitir isso. Eu nem conheço você.

— Mas Madi me conhece.

Em apoio a essa declaração, Madi chegou mais perto de Harriet e lambeu o rosto dela carinhosamente.

Ethan tentou não pensar em todos os germes que ela poderia estar espalhando.

— Seu prédio permite levar animais?

— Eu *nunca* viveria em um lugar que não me deixasse ter um cachorro. Às vezes eu dou lar temporário para os animais de um abrigo.

E agora estava tentando levar Madi. Estava se oferecendo a acabar com o problema dele.

Ethan ficou seriamente tentado a deixá-la fazer isso, mas logo se lembrou da promessa que havia feito à irmã.

Pensou em Karen internada, preocupada com sua cachorrinha.

— Não posso permitir isso.

— Você não tem escolha, dr. Black. Não vou deixar Madi com você.

Debra tinha realmente dito que a moça era gentil e tranquila?

Ela claramente não a conhecia bem.

Ele inspirou fundo.

— Podemos começar do zero? Eu tive um longo dia. Um dia difícil. Cheguei em casa e estava tudo um caos. Eu precisava de algum tempo para me adaptar, é verdade, e também é verdade que praticamente não tenho experiência em cuidar de animais, mas essa cachorra é muito importante para minha irmã e minha sobrinha, e vou fazer o que for preciso para deixá-la feliz enquanto ela estiver comigo. — Ethan não conseguia acreditar no que tinha acabado de dizer. — Mas vou precisar da sua ajuda, pois, como você bem disse, não entendo nada de cachorro. E, antes que você pense que isso me desqualifica para tomar conta dela, gostaria de frisar que aprendo rápido.

— Não acho que ficar aqui seja o melhor para Madi.

Harriet o encarou longamente, e Ethan teve a sensação de que ela estava tentando ler os pensamentos dele.

— Olha... você já comeu?

— Oi?

— Você já jantou? É que já está tarde e estou com fome, trabalhei o dia inteiro sem almoçar. Eu não tenho muito tempo para comer e ir ao banheiro. Quer jantar comigo e conversamos sobre o assunto? Preciso convencer você de que posso oferecer um bom lar temporário para Madi, mas não consigo fazer isso com você sentada aí, coberta de neve, olhando para mim como se eu fosse um assassino com um machado na mão. Vamos jantar. — Por que ela continuava a encará-lo? E por que parecia tão horrorizada? — Estou com fome. Você deve estar na mesma.

Houve uma pausa.

— E-eu não acho que seja uma b-b-b... — Visivelmente apreensiva, ela parou de falar.

Ele queria dizer a ela que não tinha nada de mais. Ethan quase terminou a frase dela, mas logo se lembrou da ex-namorada fonoaudióloga dizendo que essa era a pior coisa que se podia fazer com alguém que gaguejasse.

Por isso, ficou em silêncio e esperou. Escutou.

Quando o assunto era limpar a bagunça feita por uma cachorra, ele saía do prumo, mas, com aquela situação, sua paciência era infinita.

Houve um silêncio tenso.

Ainda assim, Ethan esperou. Ele viu a garganta dela se mexer ao engolir em seco. Viu Harriet respirar fundo e se preparar para tentar outra vez, como uma nadadora prestes a mergulhar em águas profundas que já tentaram afogá-la uma vez.

—... razoável.

Harriet trocou a palavra e conseguiu pronunciá-la bem, mas Ethan não viu tranquilidade nos olhos dela. Viu apenas vergonha.

— Sei que deixei você nervosa quando gritei. — Ele refletiu se deveria ser direto ou respeitoso. Decidiu ser direto. — Você gaguejou e imagino que tenha sido por minha causa.

O fato de as bochechas dela ficarem mais coradas lhe dizia que estava certo.

— Percebi que você consegue manter sob controle na maior parte do tempo, certo? Daí foi só eu entrar com minha boca grande e meu jeito insensível para ela voltar.

Houve uma pausa e, por um instante, ele pensou que Harriet não fosse responder.

— S-sim.

Saber disso fez Ethan se sentir ainda pior.

— Por quê? Qual foi o gatilho?

— Você estava bravo. Eu não lido b-b-b... — Com os olhos cheios de frustração, ela se deteve.

Ethan conseguia sentir a agonia dela. Testemunhava a agonia das pessoas diariamente, mas testemunhar e ser a causa eram duas coisas completamente diferentes. Dessa vez, ele a estava sentindo com Harriet, o que era uma experiência profundamente desconfortável. Era evidente que Ethan não estava tão emocionalmente anestesiado quanto pensara. Precisava consertar aquela situação de imediato, só que dessa vez não era uma situação com sangue ou fraturas. Ele havia causado um dano que não era fácil de curar.

Ela respirou fundo mais algumas vezes e tentou falar outra vez.

— Pessoas bravas me deixam nervosa — disse Harriet, abaixando-se para pegar a mala e enfiando as coisas de volta nela. — Deixa para lá.

— Não. E não só porque você vai me ajudar com Madi. Nós vamos dar um jeito nisso.

— Eu n-n-n... — disse ela, fechando os olhos por um instante. — Não posso trabalhar com você.

Ele sentiu um lampejo de preocupação.

Se Harriet se recusasse a ajudá-lo, ele teria *sérios* problemas.

— Eu lidei mal com a situação. Sinto muito por isso, vamos começar do zero... Você não ficou brava com Madi quando viu o que ela fez aqui, você sabia que tinha algo por trás. Que ela estava triste — disse Ethan e, por impulso, ele se agachou e esticou a mão para Madi. — Vem aqui, menina.

A cachorra o encarou com cautela, algo de que ele não poderia culpá-la.

Concluindo que o arrependimento dele era verdadeiro, Madi caminhou até ele.

Ele passou a mão na cabeça dela e sentiu o pelo sedoso da cachorra.

— Boa menina. Menina linda. A cachorrinha mais linda do mundo. — Madi se sentou e o encarou. Ethan olhou para Harriet. — Se ela está disposta a me dar outra chance, você também consegue, não consegue?

Harriet se endireitou e deslizou a alça da mochila sobre o ombro.

— Esse é um golpe baixo, dr. Bla...

— Ethan — disse ele, suavemente. — Meu nome é Ethan. E não é um golpe. Vamos jantar. Jantar e conversar. É só isso que peço.

Capítulo 7

Jantar?

Harriet tivera que reunir todas as suas forças para conseguir levar Madi de volta para Ethan. Se tivesse escolha, teria ido com ela direto para casa. Em seguida, ligaria para Debra e diria que o irmão dela, independentemente de quão habilidoso fosse com as pessoas no hospital, não levava jeito com animais.

Mas, no fundo, sabia que o principal motivo para não voltar não teria a ver com Madi. Teria a ver com ela mesma.

Ela tinha gaguejado. E não só isso: em vez de ficar firme e usar todas as estratégias que aprendera quando criança, Harriet havia fugido. Aquilo a entristecia tanto quanto perceber que recuara no momento em que devia ter avançado.

Ethan Black ainda estava à espera de uma resposta.

— Entendo o seu dilema. Eu provoquei a gagueira, então por que você ficaria? Mas, Harriet, a questão aqui sou eu. Sou eu quem tem um problema, não você.

Ele não entendia. E como entender? Era um assunto *delicadíssimo*.

Harriet sentia como se tivesse regredido 15 anos. Tinha sido uma ocorrência pontual? Ela continuaria gaguejando de agora em diante? Ficaria incapaz de falar sem ter que se preocupar com a pronúncia? Seria como na época da escola, quando ela só falava se precisasse muito?

Estava desesperada para ligar para a irmã e conversar, mas não era uma opção. Não dava para dizer que queria ser independente e, logo em seguida, ligar para ela histérica.

Precisava achar uma saída para aquela situação. Mas como, se o pânico formava uma bola densa bem no meio do peito?

Foi quando caiu a ficha de que todos os "desafios" que tinha estabelecido para si não eram nem um pouco desafiadores. Qual era o desafio em andar de salto alto? Quem dava *a mínima* se ela conseguia ou não andar de salto alto?

Aquele momento era o desafio. Ficar onde estava, quando tudo o que mais queria era ir embora.

Aceitar o jantar mesmo querendo dizer não.

— Eu n-n...

Ardendo em humilhação, Harriet quase se virou e largou tudo para lá, mas algo dentro dela a manteve grudada ao chão.

Quando encarou Ethan, estava preparada para ver empatia ou, pior ainda, pena, mas não viu nenhuma das duas.

— Não é minha especialidade — disse ele. — Se você tivesse se cortado com uma faca ou caído da janela, eu daria conta, mas não tenho vergonha de confessar que estou fora da minha área nessa questão. Como eu posso ajudar?

Ele estava perguntando como poderia ajudar.

Ninguém nunca fez isso.

As pessoas terminavam as frases para ela. Tentavam imaginar o que ela queria dizer. Atropelavam a fala dela. Desistiam de esperar.

Ethan não fez nenhuma dessas coisas.

— Você n-n-n...

Ela quase explodiu em frustração, mas Ethan esperou em silêncio. Pacientemente.

Se havia uma coisa que Harriet não associava à gagueira, essa coisa era paciência. Não por parte dela, nem das outras pessoas. Ethan, porém, era paciente. Não passava a impressão de que estava ansioso para adiantar a conversa, o que era anormal. Ela tampouco tinha a impressão de que ele a estava julgando, como a maioria das pessoas. Quase todo mundo parecia incapaz de aceitar qualquer variação do que viam como "normal". Quando criança, Harriet descobrira que qualquer coisa que tornasse uma pessoa diferente e a destoasse das demais também a tornava um alvo. Na selva do parquinho, as diferenças eram vistas como fraqueza, e a fraqueza raramente era celebrada. As pessoas achavam que Harriet era boazinha, mas sabia que não era bem assim. Ela não era exatamente boazinha — seja lá o que isso significasse —, a não ser com animais. Harriet era tolerante. Ela aceitava as diferenças. E parecia que, apesar da raiva que havia demonstrado anteriormente, Ethan Black também era assim. Reconhecer isso ajudou a diminuir parte da tensão que crescia dentro dela.

— Você não tem como me ajudar — disse ela, e dessa vez as palavras saíram sem obstáculos.

Ele fez uma pausa.

— O que você já fez para tentar?

Exercícios de respiração. Relaxamento. Harriet tentou até hipnose, mas não era algo que contaria a Ethan. Em vez disso, respirou fundo, tentando relaxar. Ela *não ia* embora. Se fosse embora, perderia todo o respeito por si mesma.

Ela ia ficar. Conversar com ele. Jantar.

Aquele era o Desafio da Harriet do dia.

E provavelmente era o maior desafio que poderia lançar a si mesma.

Ele foi até a geladeira, pegou uma garrafa de vinho branco e, em seguida, duas taças do armário.

Ele serviu o vinho e passou uma taça para Harriet.

— Obrigada — disse ela, aceitando a bebida.

A palavra saiu suavemente, e ela se sentiu relaxar de alívio.

Talvez tudo ficasse bem. Talvez o jantar não fosse um desastre.

Ele se inclinou ao balcão sob a luz reduzida da cozinha, que criava uma atmosfera de falsa intimidade. A penumbra era tranquilizante, quase romântica.

Ou talvez fosse apenas o jeito que a cabeça de Harriet funcionava.

Ethan Black provavelmente ficaria assustado se pudesse ler os pensamentos dela.

Harriet não era boba. Sabia muito bem que ele não estava interessado nela desse jeito. Ethan estava apenas tentando administrar a situação que ele acreditava ter causado. Harriet tinha sido contratada pela irmã dele que, pelo visto, ele não queria desapontar. Mais importante ainda, ele precisava da ajuda dela com Madi. Depois do desaparecimento que Harriet havia encenado um pouco mais cedo, ele devia estar com medo de que ela fosse embora e não voltasse mais.

Se a conhecesse, saberia que aquela não era uma possibilidade.

Harriet nunca deixaria um cachorro em uma situação que achasse ruim para ele e, por mais que não duvidasse que Ethan era uma boa pessoa e um ótimo médico, não estava certa de que ele faria bem à cachorra.

Na verdade, não era culpa dele que ela não soubesse lidar bem com estranhos.

Esse era um problema dela. Era ela quem tinha que lidar com a situação.

Harriet tentou se acalmar para aliviar o nó no estômago. Tentou dizer a si mesma que ele não era um estranho. Ele não apenas havia cuidado do seu tornozelo, como era irmão de Debra, que Harriet conhecia havia anos. Ele não tinha gritado porque estava bravo com ela. Tinha gritado porque estava bravo consigo mesmo. Porque não conseguira salvar um paciente.

Harriet não conseguia nem imaginar essa sensação. Queria perguntar a ele como era, mas, naquele momento, ela era o foco de Ethan.

— Faz quanto tempo que isso não acontece?

Respirando lenta e profundamente, e fazendo questão de o encarar, Harriet tentou falar outra vez.

— Alguns anos.

As palavras vieram sem problemas. Sem obstáculos.

— Anos? — perguntou Ethan, colocando lentamente a taça sobre o balcão. — Nesse caso, sinto muito em dobro.

— Por quê?

— Porque eu trouxe de volta uma coisa que você tinha sob controle.

— É uma coisa minha, você não tem culpa.

— Nós dois sabemos bem que isso não é verdade. Eu fui grosso com você, o que é indesculpável. Deixei você ansiosa.

— Eu tenho dificuldade em falar com estranhos. Não sei lidar. Sou tímida... — Harriet detestava dizer isso, sempre ficava com vontade de acrescentar que tímida não era a mesma coisa que fraca. — Não faço ideia de por que acabei de dizer isso. Se tem uma coisa que nunca faço é divulgar informações pessoais a desconhecidos.

— Eu sou médico. É diferente.

Era isso? Quem sabe...

Ele se sentou em uma das cadeiras ao balcão da cozinha e gesticulou para que ela fizesse o mesmo.

— Você já foi a uma fonoaudióloga?

— Por algum tempo. Talvez devesse ir de novo.

— Não, não acho que você precise. Acho que basta relaxar e fazer as coisas no seu tempo. E não sair com caras como eu — disse ele em tom seco. — Você não é a única, sabia? Aristóteles gaguejava. Charles Darwin também.

— E o rei George VI.

— E Marilyn Monroe.

Ela ergueu as sobrancelhas.

— Sério? Essa eu não sabia.

— Tem uma entrevista em que ela fala sobre isso. E como você faz com o trabalho? Você não precisa falar com clientes às vezes?

— Preciso, mas minha irmã faz essa parte. Contratos, reservas, ela que lida com essas coisas.

Com os dedos agarrados à taça de vinho, Harriet deslizou para a cadeira ao lado da dele. Ela não confiava na própria oratória, e aquela sensação era horrível. Não sabia ao certo se o álcool pioraria ou melhoraria sua situação.

— Eu fico na minha zona de conforto.

— Não me pareceu naquela noite no pronto-socorro.

— Aquela era eu tentando sair da zona de conforto. Você viu como a situação acabou.

Ah, que se dane. Ela tomou um gole de vinho e sentiu o álcool deslizando nas veias. As palavras estavam soltas e fluíam outra vez. Ela quase era capaz de fingir que a gagueira tinha sido coisa da sua cabeça. Quase, porque ela sabia que havia acontecido. E que poderia acontecer outra vez. Talvez parte dela sempre soubera disso, mas ela tinha se tornado complacente. Mas talvez aquilo fosse uma coisa boa, ser complacente. A preocupação e ansiedade eram o que atrapalhava.

— Nós dois podemos concordar que ainda estou no processo — completou.

— Naquele encontro com um estranho, você não gaguejou?

Ela pousou a taça em cima do balcão.

— Ele não me deu brecha para falar. Eu falei umas quatro frases curtas, o que foi bem mais do que eu tinha dito no encontro antes do dele.

Ethan sorriu com os olhos e se inclinou para encher a taça dela.

— Parece que você teve uns encontros bem emocionantes.

— Nossa, incríveis. — Ela também se viu sorrindo. Se viu desejando que alguém como Ethan fosse seu encontro às cegas, o que não fazia sentido algum porque, meia hora antes, ela tinha preferido sair do apartamento e encarar a neve a ficar no mesmo espaço que ele. — Para mim já deu.

— Desistiu de ter encontros? Não acha que é jovem demais para desistir do amor?

Por que ele estava fazendo tantas perguntas?

Ethan demonstrava mais interesse por ela do que os três homens com quem Harriet teve encontros juntos.

— Não estou desistindo do amor, estou desistindo de marcar encontros pela internet.

Ela não havia se dado conta disso até aquele momento. Depois do último cara, ela nunca mais acreditaria em um perfil autodescritivo. Ela teria que poder olhar nos olhos do cara para saber se ele parecia honesto ou não.

— O que provavelmente significa que não vou ter mais encontros. Não é fácil conhecer pessoas.

— Isso é verdade.

Harriet não esperava que ele fosse concordar.

— Mas você deve conhecer um monte de gente no hospital.

— Na verdade, não. Eu nunca saio com pacientes, é claro, e a maioria das minhas colegas é ocupada demais para sequer pensar em ter uma vida social. Isso se superássemos o constrangimento de sair com alguém que a gente vê todos os dias.

Harriet sempre imaginou que marcar encontros fosse fácil para todo mundo. Que ela era a única pessoa que achava a coisa toda desanimadora e desgastante.

Ela ficou pensando se ainda contava como paciente e, logo em seguida, ponderou por que estava pensando nisso.

Na cabeça dela, alguém como ele seria casado e teria dois lindos filhos.

Não havia lhe ocorrido que ele fosse solteiro.

Gente, qual é o problema das pessoas?

Desconcertada com sua própria linha de raciocínio, Harriet fez uma brincadeira.

— Talvez *você* devesse experimentar marcar um encontro pela internet. Coloque "doutor" no perfil que com certeza vai bombar. Especialmente quando elas perceberem que você de fato *é* médico.

— Estou longe de ser o encontro dos sonhos, Harriet.

Bem, você seria o meu.

De onde aquele pensamento saiu? Envergonhada, ela tomou um gole de vinho, recordando-se de que ele não gostava de cachorro. Harriet nunca poderia ficar com alguém que não gostasse de cachorro, mesmo que ele prestasse atenção no que ela dizia e tivesse olhos azuis que a faziam pensar em um céu azul e longos dias de verão.

— Você pega muito pesado com você mesmo. Até o Shrek seria um encontro dos sonhos comparado aos três últimos caras com quem saí.

— Essa é a primeira vez que me comparam ao Shrek. Acho que vou precisar de terapia depois dessa.

Ele pelo menos tinha senso de humor.

— Você disse que perdeu um paciente hoje... Como faz para lidar com isso?

A pior coisa com que Harriet tinha que lidar em sua rotina de trabalho eram cachorros desobedientes e temperaturas extremas.

— Bem, hoje eu lidei perdendo as estribeiras com você — disse Ethan, pronunciando as palavras autodepreciativas em tom seco. — Mas normalmente lido com a situação deixando-a de lado, como se fosse parte do trabalho. Não costumo conversar sobre isso, sabe? Nem acredito que toquei nesse assunto. Imagino que tenha sido uma tentativa patética da minha parte de fazer você sentir pena de mim e me perdoar.

Harriet adorou a honestidade. Respeitou Ethan um pouco mais.

— As pessoas não esperam que médicos demonstrem sentimentos. Deve ser difícil. Você precisa ser cuidadoso e ao mesmo tempo desapegado. Como isso funciona?

— Às vezes não funciona. Normalmente as coisas transcorrem bem no pronto-socorro. Todas as pessoas que vejo são estranhos. A gente não se conecta com os pacientes da mesma forma que os médicos de outras especialidades. Meu pai trabalha num consultório e tem famílias de quem ele cuida há trinta anos. Quando ele perde um paciente, fica de luto junto com a família. Mas já faz tempo que eu aprendi a lidar com meus sentimentos. Muitos médicos fazem isso, a gente aprende a estabelecer limites emocionais.

— Mas colocar limites emocionais não significa que você não sente, né? Quando você entrou por aquela porta, você estava no limite. Irritado, triste. É por isso que se alterou por nada.

— Bem, assumo que minha atitude era de certa forma uma resposta à situação, mas não vou dizer que a destruição do apartamento não foi nada.

Harriet terminou o vinho.

— Estou aqui porque você disse que perdeu um paciente. Se você me disse que isso não causou nada em você, vou pegar Madi e sair por aquela porta imediatamente.

— É, vejo que minha irmã estava muito enganada a seu respeito. Ela disse que você era boazinha, nunca disse que você é implacável e capaz de chantagem.

Ele se aproximou para encher a taça dela, mas Harriet a cobriu com a mão.

— Não, chega. Está frio lá fora. Você não quer que eu escorregue e bata a cabeça no caminho de volta para casa. Mais do que tudo, não quero voltar para o pronto-socorro.

Ele pousou a garrafa sobre o balcão.

— Só porque agora você sabe que trabalho lá.

— Não, só porque você não está de plantão hoje à noite. — Harriet falou sem pensar e viu a surpresa na expressão dele. Ela também ficou surpresa. *Chega de vinho, Harriet.* — Quer dizer, é claro que você é um ótimo médico. Só isso. E eu só sou implacável quando preciso proteger animais.

Ethan a encarou por um momento antes de se levantar.

— Vou pedir comida. Você tem alguma restrição?

— Não, mas, se você me disser o que tem na geladeira, posso cozinhar. Sou uma ótima cozinheira.

— Nesse caso, com certeza vou querer que você cozinhe algum dia, mas hoje à noite eu estava pensando mesmo em pedir algo.

Ele abriu uma gaveta e espalhou um leque de panfletos de restaurante diante dela.

— Tem um restaurante tailandês na esquina com uma comida tão boa que dá vontade de se mudar para o Extremo Oriente. Ou podemos pedir pizza, se você preferir.

— Comida tailandesa me parece deliciosa, mas o cardápio é um pouco extravagante.

E os preços, altos. A empresa ia bem, mas todos os anos difíceis que ela e a irmã haviam passado tinham sido suficientes para fazer Harriet hesitar diante da ideia de gastar seu dinheiro conquistado com tanto suor com comida que ela mesma poderia fazer.

— Se você não tiver nenhuma alergia, vou pedir. Por minha conta.

Ethan pegou o telefone. O fato de pedir sem pausar ou consultar o cardápio indicou a Harriet que ele devia fazer aquela ligação com frequência.

Ela o havia visto em ação no hospital e sentiu que ele estava acostumado a dar ordens. Acostumado a saber o que fazia, também.

— Todos os dias são ruins em seu trabalho?

— Alguns são piores que os outros. Hoje foi particularmente difícil, tivemos alguns agravantes.

— Você deve ver muitas coisas.

Coisas que ela provavelmente era incapaz de imaginar, muito menos lidar todos os dias.

— As pessoas que passam por ali costumam estar sob uma quantidade gigantesca de estresse. Estão angustiadas e com medo, e às vezes isso se transforma em agressividade. As pessoas querem as coisas na hora e, quando isso não acontece, não ficam felizes.

Não ficam felizes.

— Isso é um eufemismo, né?

Ele deu um sorrisinho.

— É. Nós fazemos os atendimentos de acordo com a gravidade do caso, não por ordem de chegada. As pessoas sempre têm dificuldade em entender isso.

— As pessoas acham que estão mal, mas você está atendendo a alguém muito pior — disse ela, compreensiva. — Você deve ter que lidar com muitas ofensas.

— Somos todos alvos fáceis na emergência — disse ele, abrindo a gaveta e pegando talheres. — Eu tenho orgulho de mim mesmo por saber apaziguar os ânimos das pessoas. Passo o dia inteiro administrando emoções. Acho que quando passei por aquela porta hoje mais cedo acabei esquecendo de administrar as minhas.

— Ver a bagunça que Madi fez deve ter sido a gota d'água.

Ele fechou a gaveta.

— Seja franca... Devo esperar pelo mesmo cenário todos os dias? Me dê as más notícias com carinho.

Harriet olhou para Madi, que, esquecida do caos que havia causado, roía seu brinquedinho.

— Ela parece estar adaptada. Com sorte, vai continuar assim. Que horas você sai para trabalhar amanhã?

Até aquele momento, ela não havia se decidido se ia ou não levar a cabo o trabalho como combinado, mas a breve conversa deles tinha revelado muito sobre Ethan.

Apesar do que tinha acontecido mais cedo, ela suspeitava que era preciso muito para que ele se descontrolasse. Era do tipo de homem que mantinha a cabeça no lugar sob pressão. Harriet tentou imaginar o que exatamente tinha acontecido com o paciente que ele perdera. O que deixou Ethan tão perto de explodir? O que aquele dia teve de diferente?

— Amanhã? Seis da manhã.

— Você precisa levá-la para passear antes de sair. Não precisa ser um passeio longo, só o tempo de ela fazer xixi. Eu chego aqui às nove. — Harriet pegou o celular e digitou uma nota para si mesma. — Que horas você estará de volta em casa?

— Difícil dizer — disse Ethan, checando a escala no celular. — Em tese, cinco da tarde. Mas pode mudar para qualquer hora. Preciso sair com ela de manhã cedo mesmo com você vindo às nove?

— Se você não quer que ela molhe e estrague seu piso de carvalho, sim. Não quero deixar Madi sozinha muito tempo. Em vez de nove horas, vou vir às nove e meia e depois às duas e meia. Deve ser o suficiente.

Ele espalmou as mãos em um gesto de rendição.

— Você que manda. Você é a especialista.

Ela refletiu se ele estava tirando sarro dela, mas a expressão de Ethan estava totalmente séria.

— Vou levá-la para tomar ar fresco e se exercitar, se a neve não estiver muito alta, e depois vou passar um tempo com ela aqui.

— E você tem como fazer isso? Com quantos cachorros você passeia por dia?

— Depende. Amanhã vou ter um dia bem cheio, mas posso passar uns dois clientes para outro passeador. Vou fazer isso. Madi vai ser minha prioridade até ela ficar mais felizinha. Posso trazer um pouco do trabalho burocrático e adiantar aqui, se for tudo bem por você.

— Sem problemas! Eu devo muito a você. Obrigado.

— Eu não...

— Eu sei — disse ele, interrompendo Harriet com um sorriso irônico. — Você não está fazendo isso por mim. Está fazendo pela cachorra.

— Pela Madi. Estou fazendo pela Madi.

— Você é sensível que nem minha irmã. Ela *é* uma cachorra. Por que não posso chamar a cachorra de cachorra?

— Talvez pelo mesmo motivo pelo qual as pessoas não chamam você de "o humano". Não é muito amigável.

A comida chegou naquele momento. Ethan espalhou os pacotes pelo balcão da cozinha e entregou um prato a Harriet.

— Sirva-se. E me conte mais sobre o negócio de vocês.

— Por quê?

— Porque estou interessado.

— O que você quer saber? Nós passeamos com cachorros. Cobrimos toda a zona oeste de Manhattan.

E ela tinha orgulho disso. Orgulho de como construíram uma empresa do zero.

— Imagino que você não faça tudo sozinha. Você falou de uma irmã...

— Fliss. Somos gêmeas. Tocamos a empresa juntas.

— E vocês contratam passeadores? — perguntou ele, servindo macarrão frito no prato dela. — Como é que funciona?

— Geralmente são universitários. Às vezes, pessoas aposentadas. Não nos importamos muito com o que a pessoa faz. O importante é que ela goste de cachorros e seja responsável. A empresa depende de nossa capacidade de oferecer serviços de qualidade aos nossos clientes.

— Com quantos cachorros vocês passeiam por vez?

— Só oferecemos passeios individuais. É um serviço personalizado. Assim é mais fácil atender às necessidades do cachorro.

— E vocês levam eles ao parque?

— Varia — disse Harriet, enrolando macarrão com o garfo. — Às vezes, levamos ao parque, mas não funciona para todos os cachorros. Às vezes, levamos só para um passeio no bairro.

— Ah, amanhã... preciso dar banho em Madi depois do passeio? Preciso limpar as patinhas dela? Porque não tenho ideia de como se faz.

Aquele homem levava a vida lidando com situações de vida ou morte e não sabia o que fazer com uma cachorrinha.

— Só passe um paninho. Deixa o resto comigo.

— E você vai vir *mesmo*? Não vai me deixar na mão para me punir pela forma com que eu agi mais cedo?

— Eu não faria isso com Madi.

Ele fez uma careta.

— Então você vai fazer só porque está com medo de deixar Madi sob os meus cuidados. Eu gritei com você e agora você acha que sou um caso perdido e jamais poderia ser o dono de um cachorro. Quem sabe, um caso perdido como humano. Não dá para perdoar?

Harriet tentou não sorrir.

— Não sei, dr. Black. Ainda preciso formar uma opinião a seu respeito. Aviso quando eu tiver um veredito.

Capítulo 8

Harriet pegou o metrô e depois caminhou o resto do trajeto até em casa. Estava desesperada para pegar o celular e pesquisar sobre "recaída de gagueira", mas, como o clima estava congelante, disse a si mesma que sua impaciência não compensaria uma possível queimadura de frio.

Ansiosa para fazer a pesquisa, o coração dela afundou quando chegou em casa e encontrou Daniel esperando na porta.

Ela normalmente ficaria contente em ver o irmão, mas ele era uma das poucas pessoas capazes de enxergar quando ela dava um sorriso falso e iria querer saber o que tinha acontecido.

E Harriet não queria falar sobre o assunto.

Ela queria lidar com a situação sozinha, de preferência abrindo o computador e pesquisando na internet. Precisava de respostas.

Por que a gagueira tinha voltado? E isso significava que tinha voltado definitivamente?

Quando aconteceria? Em que circunstâncias?

A noite podia até ter terminado bem, mas ainda assim ela estava com a sensação de ter passado por um imenso retrocesso.

Se ela tinha gaguejado naquela noite, poderia gaguejar outra vez.

E a gagueira era algo com o qual ela havia deixado de se preocupar havia muito tempo.

Será que deveria procurar uma fonoaudióloga? Ethan parecia achar que não era o caso, mas Harriet não estava convencida.

Havia milhares de perguntas se debatendo dentro do peito, mas sabia que, se compartilhasse isso com Daniel, ele entraria em modo superprotetor. Por isso, guardou tudo aquilo para si, por mais difícil que fosse.

— Não é um pouco tarde para uma visita? Você costuma aparecer quando está com fome.

Era algo que o irmão fazia cada vez menos desde que se apaixonara por Molly. Harriet sempre achou que Daniel se casaria apenas com seu status de solteiro, então era revigorante vê-lo completamente apaixonado.

Se até Daniel tinha encontrado alguém no louco mosaico de humanos que habitava Manhattan, então havia esperanças para ela, certo?

— Molly e eu saímos com os cachorros para passear e pensamos em aparecer aqui para ver como você está. Não temos notícias suas há algum tempo.

Porque ela vinha tentando ser mais independente.

— Estou bem. Na correria — disse Harriet, abrindo a porta do apartamento. — Cadê a Molly? E cadê os cachorros?

— Ela saiu para atender uma ligação e levou os cachorros. O que você estava fazendo perambulando por Manhattan tão tarde?

— Não está tarde, Dan — disse ela, pendurando o casaco. — São só nove horas.

— Outro encontro?

Harriet pensou na noite que tinha acabado de viver.

— Não exatamente.

— Fliss me contou que seu último encontro não acabou muito bem. Eu não gosto da ideia de você se encontrando com estranhos por aí. Por que não me ligou? — Daniel fez uma careta. — Eu podia ter ido resgatar você.

Exatamente o motivo pelo qual ela não ligou. Harriet queria resgatar a si mesma.

Independentemente da encrenca em que se metesse, ela queria resolver sozinha.

— Eu dei conta.

— Desde quando cachorros saem para passear tarde assim?

Harriet podia até não ter um pai que se importasse com ela, mas o irmão mais do que compensava a falta de preocupação paterna.

— Desde quando meu cliente saiu, deixou a cachorra sozinha e ela teve problemas para se adaptar ao lar temporário.

Daniel caminhou até a cozinha e abriu a geladeira, sentindo-se totalmente em casa no apartamento dela.

— Fico surpreso que você não a tenha trazido para cá. Você costumava fazer isso quando éramos crianças. Eu escondi um gatinho debaixo da cama por uma semana, lembra?

— Lembro.

Harriet o tinha encontrado, machucado, abandonado pela mãe, em uma rua atrás de casa. Ela diria que ele não tinha mais do que poucas semanas de vida. Escondera-o debaixo da blusa e o colocara numa caixa embaixo da cama, onde cuidara dele até que ficasse mais forte. Harriet queria ficar com ele, e esperava que o irmão desse um jeito de ajudá-la com isso. Daniel sempre achava um jeito de trabalhar com as circunstâncias. O que fazia dele um ótimo advogado.

— Você me fez ir com você ao veterinário para pedir conselhos. Foi quando percebi que você faria qualquer coisa por um bichinho, mesmo se isso tirasse nosso pai do sério — disse ele, e pegou uma cerveja. — Esta aqui estava guardada para mim.

Harriet revirou os olhos, largou a bolsa e fechou as persianas.

Ele tinha razão, claro. Se o pai deles tivesse descoberto, teria matado Harriet.

A possibilidade a preocupara, obviamente, mas não tanto quanto a vida do gatinho. Ela sabia como era se sentir vulnerável e estava decidida a proteger tanto quanto havia sido protegida.

Harriet ouviu o barulho de patinhas e latido, e, em seguida, Molly entrou pela porta com dois cachorros grandes.

— Eu vou comprar um trenó — disse ela, ofegante, arrastada pelas guias —, para esses dois me puxarem. Gastarem um pouco do excesso de energia. Poderia ser um método novo para chegar ao trabalho.

Daniel tirou a tampinha da cerveja e pegou outra na geladeira.

— Não é um método novo para quem mora na Groenlândia. Lá, isso é um estilo de vida.

— Você nunca larga mão de ser o advogado?

Daniel passou a cerveja para ela e tomou um gole da dele.

— Isso não é coisa de advogado. É conhecimento geral.

— Você sempre tem que apresentar os fatos!

— Ah, nesse caso eu certamente não estava sendo um advogado. Nós, advogados, somos seletivos com nossos fatos, para dizer o mínimo.

Ignorando os cachorros, ele puxou Molly contra si e lhe deu um beijo longo e intenso. Ela se derreteu nos braços dele e, por um instante, os dois se misturaram em uma unidade perfeita.

Observando a cena, Harriet sentiu uma dor no peito.

Que ótimo.

O amor estava em toda parte ao redor dela. Ou pelo menos era o que parecia.

Ela não ia sentir inveja. Ela amava Daniel. Amava Molly. Estava feliz de verdade por eles.

E com ciúme.

Estava mesmo. Com ciúme dos irmãos.

O que isso dizia sobre ela?

Incomodada consigo mesma por não ser a pessoa que queria, ela se ajoelhou e abraçou Valentine, o dálmata de Molly.

— Cadê o meu menino lindo?

Valentine respondeu com um balanço entusiasmado de rabo. Brutus, o pastor alemão, querendo atenção, deu uma cabeçada em Harriet. Ela perdeu o equilíbrio e se estatelou no chão.

— Você também é lindo, Brutus. Até quando me faz cair de bunda.

— Ele não é tão lindo. — Molly saiu do abraço de Daniel, largou a mochila que estava carregando e tirou o casaco, ainda equilibrando a cerveja na mão. — Ele rolou na neve e está ensopado. Brutus, senta! E então, cunhada, quero saber o que aconteceu com o cara do seu último encontro. Ele parecia ótimo. Você vai sair outra vez com ele? Como terminou a noite?

Comigo fugindo pela janela e torcendo o tornozelo.

Harriet decidiu não contar esses detalhes. Algumas coisas eram melhores não ditas. Molly era psicóloga e tinha a tendência de analisar tudo. Harriet não queria que ela analisasse aquilo.

— Não foi para a frente.

— Não? Que pena. Eu estava na torcida — disse Molly, pegando uma toalha na mochila e enxugando o pelo de Brutus. — E quem vai ser o próximo? Quais são as novidades?

A novidade era que ela havia gaguejado. Depois de anos sem gaguejar, Harriet havia gaguejado.

Os sentimentos se reviraram dentro dela em um misto tóxico de pânico e decepção.

Encontros sempre foram um desafio para Harriet, mas agora ela estava com a sensação de ter escorregado de volta ao pé da montanha que vinha escalando. Parecia um tombo imenso, mas, até o momento, não tivera tempo para absorver direito. Como conheceria alguém se não conseguisse passar dos primeiros momentos constrangedores de apresentação?

Ela poderia conversar com Molly, que saberia a coisa certa a dizer. Mas Harriet ainda não estava pronta para conversar sobre o assunto com ninguém.

— Vou dar um tempo nos encontros — disse Harriet e, notando que o irmão estava de terno, mudou de assunto. — Você estava no tribunal?

— Estava, uma audiência de custódia.

— Odeio o fato de você ser tão ocupado.

Daniel ergueu uma sobrancelha.

— É meu ganha-pão.

— Eu sei, mas sempre que falo com você fico com a impressão de que todo mundo está vivendo um relacionamento miserável.

— Não dê ouvidos a ele — disse Molly, esfregando as patinhas de Valentine com uma toalha. — Conversar com Daniel é que nem assistir ao noticiário. Você fica com a impressão de que o mundo está acabando. Ele distorce a realidade e faz você esquecer que todos os dias, no mundo inteiro, as pessoas fazem coisas boas umas para as outras, mas que essas coisas nunca são feitas em público.

Daniel terminou a cerveja.

— Você tem uma fé ridícula na humanidade. Como é que estamos juntos?

— Estamos juntos porque você não consegue cuidar do seu cachorro sem precisar de ajuda.

Harriet se inclinou para fazer carinho em Brutus, que ela tinha abrigado por um curto período de tempo, até Daniel levá-lo para casa.

— Não comecem, senão vou começar a me preocupar com vocês dois — disse.

— Não precisa se preocupar com a gente — disse Molly, beijando Daniel. — Você vai contar nossa novidade ou eu conto?

— Contar o quê?

Molly fez uma careta e Valentine se levantou imediatamente.

— Viu só? Meu cachorro sente quando você me deixa triste. É melhor você ficar de olho, seu destruidor de corações, caso contrário vai ficar coberto de mordidas.

— Promessas, só ouço promessas...

Sabendo que a brincadeirinha poderia durar para sempre, Harriet os interrompeu:

— Qual é a novidade?

— Escolhemos uma data — disse Molly, parecendo muito satisfeita consigo mesma. — Para o casamento. Vai ser em maio, no Central Park, porque foi lá que nos conhecemos. Cheio de flores de cerejeira, o céu azul...

— Você com roupa de corrida e rabo de cavalo... — disse ele, sorrindo. — Eu gosto, fica sexy.

— Eu vou usar um vestido branco longo.

— No parque? Nós vamos deixar os cachorros em casa?

— Não!

— Nesse caso, não recomendo um vestido branco longo.

Harriet interrompeu outra vez.

— Parabéns! Estou muito feliz por vocês.

E estava mesmo, de verdade. Daniel e Molly eram perfeitos juntos, que nem Fliss e Seth. De dois em dois. Todo mundo vinha em par.

Menos ela.

Ela vinha solo.

Sozinha.

Molly a abraçou.

— Você seria minha madrinha? Você e Fliss?

— É claro. Obrigada pelo convite.

Daniel se esparramou no sofá, observando-a atentamente.

— Aqui fica silencioso sem a Fliss.

Terrivelmente silencioso.

— Ando tão ocupada com o trabalho que nem reparei. Fica bem barulhento quando estou fazendo lar temporário.

Daniel olhou ao redor.

— Não estou vendo bicho nenhum...

Ele não perdia um detalhe sequer.

— Até pouco tempo eu estava com o Teddy, mas ele foi adotado.

Harriet observou Valentine se deitar no chão. Brutus o seguiu. Molly e Daniel haviam se conhecido passeando com os cachorros, e os dois agora eram inseparáveis.

— Você está com algum trabalho mais emocionante agora? — perguntou ela.

— Tudo normal. Lidando com os casamentos tóxicos das pessoas. Por que as pessoas fazem isso, eu não sei... Mas o otimismo e a crença em felizes para sempre me mantêm trabalhando, então quem sou eu para questionar?

Molly lançou um olhar a ele.

— Você vai se casar comigo. Não devia questionar mesmo.

— Você é minha Branca de Neve.

— Eu detesto maçã.

— Minha Cinderela?

— Ela era boa de faxina e eu sou péssima.

— Rapunzel? Não, seu cabelo tem outra cor e é curto demais. A Bela? Não, porque isso faria de mim a Fera.

— Que é seu apelido em círculos menos educados...

Daniel conferiu o relógio.

— Estou morrendo de fome. Pensamos em pedir uma pizza. Molly?

Pizza?

Harriet pensou na pequena montanha de comida tailandesa que tinha acabado de comer com Ethan.

E em todas as perguntas na cabeça à espera de resposta.

— Eu já comi, mas fiquem à vontade.

Era bom ver o irmão, e era boa a sensação de ter o apartamento cheio de barulho, risadas e cachorros.

Harriet talvez precisasse arranjar um cachorro para ela.

Era algo que havia considerado algumas vezes, mas deixado de lado sempre que via a necessidade de se manter livre para acolher animais do abrigo quando necessário. Agora, porém, começava a repensar o plano.

— O que você preparou? Tem alguma sobra na geladeira? Você é a melhor cozinheira no planeta.

Harriet ficou quieta por um momento.

— Eu não disse que cozinhei. Eu disse que já comi.

Molly pareceu interessada.

— Então você *estava* em um encontro.

— Eu não estava, estava resolvendo alguns problemas com a adaptação de uma cachorra e, como me atrasei, o dono dela me ofereceu algo para comer. Ele passou o dia trabalhando e estava cansado. Não foi nada de mais.

— Ele? E "ele" é advogado?

— Ele é médico.

Molly bateu com a mão no braço do sofá, fazendo os cachorros pularem de susto.

— Que perfeito! Eu sempre disse que alguém dessa área seria do seu número. Inteligente, cuidadoso...

— Nossa relação é profissional, Molly.

— Ah, é? Mas, tirando o período inicial da empresa, você não costuma encontrar com os clientes, né?

— Não, mas esse é diferente. Ele está tendo problemas com a cachorra.

— E você está ajudando. — Molly sorriu. — Que bom.

— Molly...

— Não discuta com ela — aconselhou Daniel. — Ela é capaz de fantasiar um namoro entre a caixa de lenços e uma vela usada, ou qualquer outro objeto que encontre na sala. Ela não consegue evitar. É uma questão de DNA.

Harriet sorriu.

— Você acha que a habilidade de juntar casais está no DNA dela? Uma característica hereditária, tipo olhos azuis?

— Não. Lá em casa, DNA quer dizer Discutir Não Adianta.

Molly ergueu uma sobrancelha.

— Algo que você entende muito pouco, Daniel Knight.

Harriet desistiu.

— Vocês dois são fofos, mas tenho que acordar cedo amanhã e preciso mesmo dormir.

Daniel se levantou.

— Você vai passear com a cachorra desse cara amanhã?

— Duas vezes. De manhã e de tarde, para não deixarmos Madi muito tempo sozinha. E além disso tenho outros três passeios.

— Quem é o médico? Me passe o nome dele — disse Daniel em tom casual. — Posso dar uma conferida nele.

— Você não vai checar os antecedentes dele — disse Harriet, dando um empurrãozinho no irmão. — Eu não chego entrando no tribunal para fazer você passar vergonha, então não faça isso comigo.

— Eu só queria conferir se ele não vai machucar você.

Não surpreendia que fosse tão difícil para Harriet sair da zona de conforto. Os irmãos praticamente a haviam trancado ali dentro.

— Ele é um cliente, Daniel. Ele só vai me machucar se não pagar na data.

— E o que você vai fazer se a cachorra não obedecer?

— Ela vai. Tenho certeza de que agora Madi vai ficar boa.

Capítulo 9

MADI UIVOU A NOITE INTEIRA.

Ela começou assim que as luzes se apagaram. Ethan se arrastou para fora da cama e tentou conversar com Madi, mas isso só fez com que ela uivasse ainda mais.

Ele se orgulhava de conseguir acalmar humanos em pânico, mas parecia que, em se tratando de cachorros, não tinha as habilidades necessárias.

Com a cabeça latejando, Ethan tirou-a do cercadinho para tentar descobrir o que estava acontecendo. Madi saiu em disparada e subiu as escadas em direção ao quarto dele.

— Você só pode estar de brincadeira.

Quando entrou no quarto, Madi estava enrolada no meio da cama como se ali fosse seu lugar.

— Sem chance. Isso não vai rolar.

Ethan a pegou pela coleira, mas de alguma forma Madi se afundou no colchão, recusando-se a sair do lugar. Por fim, Ethan a pegou no colo e a levou de volta ao cercadinho.

— Você dorme *aqui*.

Por que uma pessoa escolhia ter um cachorro?

A vida já era difícil o bastante. Para que acrescentar mais uma camada de problemas?

Ele achava incompreensível.

A irmã diria que *ele* era incompreensível.

Você precisa de outra coisa em sua vida além do trabalho, Ethan.

A ex-mulher dele concordaria.

Motivo pelo qual os dois estavam divorciados.

Madi se deitou, e Ethan sentiu uma onda de alívio percorrê-lo.

Tudo bem. Cuidar de uma cachorra talvez não fosse assim tão difícil. Bastava ser firme e se manter no controle.

O alívio momentâneo durou até apagar as luzes outra vez.

Madi voltou a uivar, mas dessa vez eram uivos entremeados de latidos.

Pensando nos vizinhos, Ethan deixou escapar uma sequência de xingamentos. O que ele precisava fazer? Se Madi continuasse com aquilo, os vizinhos reclamariam. Ele, porém, não tinha como passar a noite inteira se levantando de cinco em cinco minutos. Para lidar com os desafios do trabalho, precisava estar descansado.

Jogando de lado as cobertas, desceu outra vez a escada e tentou ser firme. Dessa vez, não a tirou do cercadinho.

O latido de Madi ficou mais alto e frenético.

Disposto a fazer qualquer coisa por algumas horas de descanso e para evitar as reclamações dos vizinhos, Ethan a soltou de novo.

Madi subiu correndo para o quarto.

Ethan foi atrás dela e balançou a cabeça em desaprovação quando a viu enroscada exatamente no mesmo lugar da vez anterior.

No meio da cama.

O que ele poderia fazer?

— Você pode ficar aqui hoje. — Ele não podia acreditar no que dizia. — Amanhã vou perguntar à Harriet sobre como fazer você dormir na sua cama. É bom que você saiba que não costumo receber visitas para dormir aqui em casa, então isso não vai virar costume. Estamos entendidos?

Confortável e bem instalada, Madi encostou a cabeça nas patinhas.

— Vou entender isso como um sim. — Ethan a empurrou de leve para abrir espaço e entrou na cama. — Espero que você não ronque. Preciso dormir. Preciso estar descansado para trabalhar direito.

Ele estava falando sozinho.

Madi já havia pegado no sono.

Por fim, Ethan também dormiu.

Quando o alarme finalmente rompeu os fios do sono, ele sentiu como se não tivesse descansado nada.

Madi continuava dormindo ao seu lado.

Inacreditável, pensou ele enquanto se vestia.

Estava escuro do lado de fora, o que não era incomum. No inverno, Ethan costumava ir e voltar para o trabalho no escuro. A única luz que via era a artificial. O que *era* incomum era começar um dia se sentindo pior do que quando deitou.

Ele levou Madi para passear, como havia sido instruído, e quase congelou na calçada quando uma rajada gélida de ar glacial o envolveu.

Harriet passaria o dia inteiro passeando com cachorros naquele frio? Como ela conseguia?

Ela certamente era muito mais durona do que parecia.

Ele voltou para casa, esfregou Madi rapidamente com uma toalha e foi se preparar para o trabalho.

Prestes a sair, olhou uma última vez para a cachorra.

— Senta aí e se comporta direitinho. Harriet vai chegar já, já.

Permanecendo junto a ele, Madi o seguiu até a porta.

— Não, você vai ficar aqui e eu vou trabalhar, ok?

Madi balançou o rabo.

— Vou entender isso como um sim.

Na esperança de que ela se comportaria depois de uma noite de sono confortável, Ethan saiu.

Quando chegou ao hospital, encontrou um pandemônio.

Havia acontecido um incêndio num armazém próximo e o hospital estava cheio de pessoas com queimaduras e sintomas da inalação de fumaça.

Ethan mergulhou fundo naquele universo e se esqueceu de Madi. E de Harriet, da irmã e até da sobrinha.

Seu único foco eram os pacientes, o que tornou ainda mais surpreendente, dez horas depois, encontrar Harriet ainda em seu apartamento.

O lugar parecia estar do mesmo jeito que o havia deixado. Não havia macarrão para todo lado, nenhuma avalanche de farinha, nenhum sinal visível de perdas. Deitada no chão, Madi roía seu ossinho. A única pista de que as coisas não estavam tão bem quanto pareciam eram a presença de Harriet e a expressão no rosto dela.

— O que foi? — Ele tirou o casaco, despejando flocos de neve no chão. Ethan sabia que o plano dela era ir embora antes que ele chegasse, por isso presumiu que as coisas não iam tão bem quanto aparentavam. — Eu gosto de receber notícias ruins como se fossem um shot de tequila, rápido e de uma vez, então pode ser direta.

— Madi não ficou cem por cento feliz hoje.

— Levando em consideração sua capacidade de amenizar os problemas, estou entendendo que as coisas ficaram feias. Quão feias?

Harriet suspirou.

— Ela não gosta de ficar sozinha. Ela estava bem quando a levei para passear pela manhã, mas, quando voltei à tarde, ela tinha passado a tarde inteira latindo e uivando. Ela sofre com a separação.

— Como você sabe o que aconteceu?

— Encontrei a Judy nas escadarias.

— Quem é Judy?

Harriet pareceu intrigada.

— Ela bateu à sua porta ontem à noite. Você conversou com ela.

— Você está falando sobre a sra. Crouch?

Ethan vivia naquele apartamento havia seis anos e não sabia que o nome da vizinha era Judy. Mesmo *se* soubesse, não ficaria à vontade em chamá-la assim. A sra. Crouch não era uma pessoa a que se chamasse pelo primeiro nome, ainda que, pelo visto, Harriet tivesse conseguido superar as formalidades.

— Ela reclamou? — perguntou ele.

— Não *reclamou* exatamente. Mas nós duas entramos num acordo de que os latidos não continuariam. Ela entrou e fiz um chá para ela. Espero que você não se importe.

Ethan tentou imaginar a austera sra. Crouch sentada em seu sofá, bebericando um chá.

— Você é uma mulher cheia de surpresas, Harriet Knight. A sra. Crouch não é conhecida pela tolerância ou predisposição a conversar.

Algo pelo qual Ethan era muito grato quando chegava do hospital e a encontrava no elevador.

— Ela deve ser um pouco tímida com as pessoas antes de conhecê-las melhor. Sei muito bem como é. E ela mora sozinha desde que o marido morreu, o que não deve ajudar muito. Imagino que a pessoa perca um pouco da confiança. Vi isso acontecer com Glenys.

— Quem é Glenys?

— Uma cliente minha. Eu passeio com Harvey para ela.

— Harvey?

— Os detalhes não importam. O que importa é que Judy deve estar sofrendo do mesmo jeito que Glenys. Deve se sentir muito sozinha. E ainda tem o agravante de que ela raramente vê a Margaret...

— Espera... quem é Margaret?

— A filha dela, que mora em Austin, no Texas. Ela se mudou para lá há oito anos, dois anos antes da morte do Bill. E Margaret acabou de ter uma filha.

Ethan estava tendo dificuldades para acompanhar a conversa. Ele nem sabia que a sra. Crouch tinha uma filha.

— Bill era o marido da sra. Crouch?

— Sim. E é claro que Judy está um pouco triste por não poder ver a Charlene.

— Charlene?

— A primeira neta dela.

— Não estou acreditando nisso.

— Por quê? Minha avó me disse uma vez que ter uma neta foi o melhor momento da vida dela. Diferentemente de quando o filho é seu, com netos não se tem tanta responsabilidade. Você pode só se divertir com eles.

— Não é essa parte a que não estou acreditando. Não estou acreditando que ela contou isso tudo a você por vontade própria.

— É claro que ela me contou por vontade própria — disse Harriet, erguendo as sobrancelhas. — Ou você acha que eu a amarrei ao sofá e a torturei com chá Earl Grey?

— É que eu nunca a vi como uma pessoa extrovertida.

— Você já tentou conversar com ela?

— Eu...

Era uma pergunta razoável. Ethan passou a mão pela nuca.

— Para ser honesto, não. Nossa comunicação consiste principalmente em cumprimentos monossilábicos quando nos cruzamos no elevador. Quase sempre que passo por ela estou com pressa, a caminho do trabalho ou voltando para casa quase em estado vegetativo.

Ele não sabia que ela tinha perdido o marido, que morava sozinha, nem que tinha uma filha. Ethan tinha certeza de que tampouco sua ex-mulher sabia disso.

Mas Harriet, sim.

— Eu sempre sinto que, se existe um problema, o melhor jeito de resolver é conversando, e uma conversa flui melhor em um ambiente confortável, não em um corredor frio. Por isso convidei Judy a entrar.

— Você me disse que tem dificuldade em conversar com estranhos.

— Eu tenho, mas nesse caso nós tínhamos uma preocupação em comum relativa à Madi. Você sabia que Judy tem um shih tzu?

— Um... o quê?

— Um shih tzu... É uma raça de cachorro.

— Não. Eu não sabia — disse ele, e jogou o casaco na poltrona mais próxima. — Estou aprendendo com você todos os dias.

— No fim das contas, ela está tendo dificuldades em passear sozinha com o cachorro, por isso prometi sair com ele, já que vou passear com Madi de qualquer forma.

— E, além de ter virado a melhor amiga da sra. Crouch e fechado uns negócios no meio do caminho, o que mais aconteceu?

Harriet hesitou.

— Judy não estava lá muito feliz com os uivos.

— Eu também não estou lá muito feliz com isso — disse Ethan. Então olhou para Madi, que retribuiu o olhar imediatamente. Ele estava aprendendo que os cachorros tinham rostos particularmente expressivos. — Ela uivou quase a noite toda.

— Ah, não! — disse Harriet, consternada. — Tadinha.

Ethan se apoiou no balcão da cozinha, não muito certo se achava graça ou ficava exasperado.

— E eu? Não mereço um tiquinho de empatia?

— Você ficou angustiado ou com medo?

Ele sustentou o olhar dela.

— Eu fiquei aterrorizado. Chorei a noite inteira. Tremi e solucei que nem um bebê.

Harriet estreitou os olhos.

— Por algum motivo não consigo imaginar isso.

— Bem, talvez eu não tenha exatamente *soluçado*. Isso demandaria energia, o que eu não tinha. Não sei por quê... Ah, pera aí, talvez tenha sido porque eu tinha uma cachorra uivando no meu ouvido quando eu deveria estar dormindo.

Harriet se ajoelhou no chão e abraçou Madi.

— Você sentiu medo por estar em um lugar estranho? Ficou desconfortável?

— Posso garantir a você que ela dormiu com o máximo de conforto possível quando se esparramou no meio de minha cama *king size*. Alguém precisa ensinar essa cachorra a dividir espaço.

— Em geral o adestrador não ensina como dormir numa cama *king size* — disse Harriet, e se levantou. — Você não devia ter deixado ela dormir na sua cama. Isso é ruim.

— Me conte mais.

— Você está ensinando maus hábitos a ela.

— Ela chegou até mim com esses hábitos já formados.

— Ela deveria ter dormido no cercadinho dela.

Ethan cruzou os braços.

— Se você tiver alguma dica útil de como convencê-la a fazer isso, sou todo ouvidos.

— Você tentou acalmá-la conversando com ela?

— Só não tentei servir uma dose de uísque e cantar uma canção de ninar para ela.

Harriet lhe lançou um olhar exasperado.

— Como que ela foi parar na sua cama?

— Eu abri o cercadinho e ela saiu correndo. Ela pelo visto tem embutido algum tipo de radar para conforto supremo.

— Por que você não falou com firmeza e a levou de volta?

— Eu fiz isso. Várias vezes. Mas ela começava a uivar assim que eu apagava a luz. Ter que me mudar de apartamento porque meus vizinhos me odeiam é um preço alto demais a se pagar por ajudar minha irmã algumas noites, sabe. Eu precisava estar inteiro para trabalhar hoje, por isso acabei a deixando onde ela estava.

— No meio da cama?

— Sim — disse Ethan, e então olhou para Madi. — Você precisa repensar seus hábitos de sono.

Madi balançou o rabo.

— Ah...

Harriet pressionou a mão contra o peito e Ethan franziu a testa.

— O que foi? Indigestão? Dor no peito?

— Não, eu... — disse ela, deixando a mão cair —... é *você*. Você está provocando ela.

— Provocando? Eu estava dando uma bronca.

— Você estava provocando e ela sabe disso, porque começou a balançar o rabo.

— Nesse caso ela não é muito ligada nas sutilezas da linguagem corporal.

— Você gosta dela.

Ethan ignorou Harriet.

— Você ficou aqui a tarde inteira?

— *Você gosta dela.*

Ele suspirou.

— Ela não é de todo ruim. Comparada a alguns humanos que conheço, ela é bem fofa. Agora responda a minha pergunta.

— Sim, estou aqui desde as quatro da tarde. Eu não quis deixar Madi sozinha, não me pareceu justo.

— Obrigado. — Ethan ergueu a mão. — Antes que você diga qualquer coisa, sei que você está falando que não pareceu justo com a cachorra, não comigo. E tudo bem, você tem razão, não é justo. A vida, porém, quase nunca é justa, então precisamos encontrar uma opção que seja viável para todo mundo, porque não vai dar para continuar desse jeito. Madi é fofa, mas está acabando com a minha vida. Preciso conseguir me concentrar no trabalho, então, se você tiver alguma sugestão, sou todo ouvidos.

A ironia da situação não escapou a Ethan. Ele estava habituado a tomar decisões em milésimos de segundos em um ambiente rápido e tenso, mas não tinha ideia do que fazer com aquela perturbação inesperada da rotina.

Ele teria que dividir a cama com a cachorra até a volta da irmã?

— Eu imagino que você não consideraria jornadas de trabalho mais curtas até ela estar mais bem estabelecida, né?

A forma com que Harriet fez a pergunta deixou claro que em nenhum momento ela acreditou que ele fosse considerar essa opção.

E ela tinha razão.

Ethan pensou na multidão no pronto-socorro e em seus colegas já sobrecarregados.

— Não é uma opção. Você não tem como vir mais vezes?

— Você quer que eu venha três vezes por dia? Imagino que eu possa, mas não sei se ajudaria. Não resolveria o problema de ela ficar sozinha nesse meio-tempo.

— Você não poderia colocar ela na mochila e a levar junto nos outros passeios?

Harriet arregalou os olhos.

— Ela é uma cachorra, Ethan. Não um sanduíche.

— Eu já vi pessoas levando cachorros na mochila.

Ela virou a cabeça na direção de Madi.

— Ela não é de grande porte, mas não entraria em nenhuma mochila que eu já tenha visto. Também não é uma opção. — Harriet hesitou. — Eu sei que você não é grande fã da ideia, mas eu ainda posso levá-la para minha casa.

— Não. — Ethan balançou a cabeça e logo se deu conta de como a resposta deve ter soado grosseira. — Não se ofenda. Não é que eu não queira isso. Honestamente, seria a melhor opção de todas, mas Debra me pediu para ficar com ela e não posso contrariar um pedido dela. Eu disse que daria um lar para Madi, e é isso que vou fazer. Precisamos encontrar outro jeito. Além disso, levá-la para sua casa não resolveria o problema, se o que ela quer é companhia.

Longe de ficar ofendida, Harriet suavizou o olhar.

— Não estou ofendida. Estou impressionada com sua lealdade e com você fazer o que disse que faria. Muitas pessoas não são assim. — Harriet olhou para Madi. — Bem, então acho que vamos precisar seguir com a opção de três passeios por dia e ver como a coisa anda. Mas vou precisar da aprovação de Debra, porque isso vai custar...

— O preço não importa. Eu vou pagar. Não vamos incomodar Debra com isso. E, antes que você diga qualquer coisa, não é porque não quero que ela saiba que sou incapaz de cuidar da cachorra dela. Ela já está com muita coisa na cabeça e não quero deixá-la ainda mais preocupada. Você acha que passear três vezes por dia vai funcionar, certo? Mas, sendo assim, não vai valer a pena ficar indo e voltando...

Ethan a encarou pensando como essa opção não lhe havia ocorrido antes.

— É isso.

— Oi?

— Não vale a pena você ficar indo e voltando. Você podia ficar. Ser a babá dela. Tenho um quarto de hóspedes bem confortável, com banheiro. Você pode ficar aqui como se estivesse em casa.

— Espera, espera. Calma aí.

Algo parecido com pânico percorreu o rosto dela.

— Nós não oferecemos serviços de babá. Só de passeios.

— Está nevando e a previsão é de mais neve. E se você não conseguir vir aqui algum dia? Eu vou perder meu emprego e minha casa. Onde eu e Madi vamos morar se isso acontecer?

— Você está tentando me fazer sentir culpada?

— Se for preciso...

— Você está mesmo sugerindo que eu fique aqui? — perguntou Harriet, pronunciando as palavras lentamente, como se não acreditasse no que ele estava pedindo.

Ethan tampouco conseguia acreditar.

— Estou. E acredite, não é algo que eu costume pedir a uma mulher.

Era uma piada, mas Harriet não riu. Ela parecia ansiosa e indecisa.

— Eu não p-p-p...

Não posso.

Droga. Ethan a estressara. *De novo.*

Frustrada, Harriet balançou a cabeça.

— Não.

Ele percebeu que ela havia escolhido outra forma de dizer a mesma coisa. Era uma estratégia comum entre pessoas que gaguejavam. Se empacar em uma palavra, tente outra.

— Você não se sente à vontade em ficar no apartamento de um estranho, especialmente com o estranho dentro dele. Eu entendo, mas é uma emergência. Você está olhando para um homem desesperado. Não tenho como dar meu melhor no trabalho se ficar acordado a noite inteira com uma cachorra uivando. E eu não sou um estranho. Esse já é o nosso terceiro encontro. Nossa relação já está durando mais do que alguns casamentos — disse Ethan, aliviado em vê-la sorrir. — Pelo bem da minha sanidade mental, do meu sofá e, acima de tudo, de Madi, por favor, fique. Você pode trazer o que precisar para tocar a empresa daqui.

— Mais uma vez, não.

— Harriet, estou implorando. — Em um impulso, Ethan se inclinou e pegou Madi no colo, tentando não a derrubar enquanto ela se contorcia e tentava lamber o rosto dele. — E, mais importante, Madi também está implorando.

— Isso é muito manipulador.

— Mas é verdade. Faça isso por nós?

Capítulo 10

Ela devia ser louca, pensou Harriet enquanto, na manhã seguinte, colocava suas coisas em uma mala grande.

Ela podia ter ficado no conforto e segurança de sua própria casa. Era o que queria. O Natal estava chegando, ela queria deixar a casa aconchegante e festiva. Decorar e ajeitar tudo para se sentir bem e aproveitar as festas. Deixar aquele seu mundinho confortável para se manter emocionalmente tranquila enquanto passava as festas longe da família.

Ela não queria ficar no apartamento de um estranho.

Motivo *exato* para estar fazendo aquilo.

Passar algumas noites com Ethan Black seria seu principal desafio, então por isso a primeira coisa que fez foi colocar três de seus livros prediletos na mala. Ela tinha a sensação de que precisaria desse reconforto.

Resistindo à tentação de telefonar e dizer que havia mudado de ideia, colocou na mala blusas de frio, muitas calças e algumas camisetas.

Em seguida, tirou um vestido do cabide e parou.

Para que precisava de um vestido?

Ela ia passear com cachorros. Fazer o que sempre fez. Não precisaria de um vestido.

Estava recolocando o vestido no cabide quando o celular tocou. Era Fliss.

— Oi, oi.

Harriet equilibrou o celular entre a orelha e o ombro enquanto enfiava o vestido de volta no armário lotado.

— E aí, tudo bem?

— Nunca esteve melhor. E com você? Está nevando aí!

— Está mesmo.

Pensar nisso fez Harriet colocar dois pares extras de meias grossas na mala.

— Como estão os passeios? Teve algum cancelamento?

— Até agora não — disse Harriet, pegando seu par de botas predileto e um cachecol. — Aliás, vou mudar minha base de operações para alguns quarteirões ao sul. Vou ficar de babá de um cachorro por algum tempo.

Harriet contou a novidade em tom normal, mesmo sabendo que não havia a menor chance de Fliss deixar aquilo passar.

— Você vai *o quê*? Você vai, tipo, passar a noite? Você disse que nunca faria isso. Faz meses que tento convencer você. Quem pediu? Para você ter aceitado, deve ter sido um de nossos clientes especiais.

— Foi a Debra.

Harriet repetiu a si mesma que Debra era a principal beneficiária de sua decisão, o que não era exatamente uma mentira.

— É uma circunstância especial, uma exceção. A filha dela está no hospital.

— Você disse. Madi ficou com o irmão dela e você topou passear com ela duas vezes por dia. Está aqui no cronograma. Mas como é que passar a noite lá entrou na história? Quais são as circunstâncias especiais?

— Madi está com problemas de adaptação.

— Problemas?

Harriet colocou os tênis de corrida numa sacola e os enfiou em um canto da mala.

— Ela está destruindo o apartamento inteiro quando fica sozinha.

— Bem, cachorros são animais sociais.

— Aham, mas saber disso não resolve meu problema. Pior ainda, ela fica latindo e uivando. O cara tem vizinhos e quer continuar vivendo por lá depois que Madi for embora. — Harriet mudou o celular para o outro ombro e começou a enfiar suas calcinhas e seus sutiãs no canto da mala. — Ela também não está dormindo. Passa a noite inteira uivando.

— Então por isso você vai ficar lá. Com um estranho.

— Não é um estranho. Ele é irmão da Debra, o que serve de referência. E ele é médico.

— Eu não sabia que havia categorias diferentes de estranhos.

— Nós já nos conhecemos, não vai ser a primeira vez. Já conversamos algumas vezes.

Harriet escolheu não mencionar o jantar.

— O fato de ele ser médico não o torna um santo. Já ouviu falar em *O médico e o monstro*?

— Ficção não conta.

— Há quem diga que Jack, o Estripador, era cirurgião.

— Nossa, que ótimo da sua parte lembrar — disse Harriet, colocando o pijama na mala. — Não acho que o irmão de Debra seja um assassino em série.

— Assassinos em série também têm família, sabia?

— Ele não é um assassino em série. Eu já estive com ele algumas vezes. Lembra quando fui ao pronto-socorro por causa do tornozelo?

— Você está querendo dizer que o cara é o dr. Gostosão?

— Foi você que criou esse apelido, não eu.

— Por que você não disse isso de cara? Agora tem minha aprovação. Parabéns, Harriet Knight. Nunca pensei que veria você se mudando para a casa de um homem que mal conhece. Você está oficialmente na trilha de se tornar uma menina má.

Harriet revirou os olhos. Nunca tinha chegado nem perto desse caminho.

— Ele praticamente nem vai estar em casa. Ele passa a maior parte do tempo no trabalho. O problema com Madi é justamente esse. A bichinha não está conseguindo passar o dia inteiro sozinha, por isso vou ficar lá, dar um pouco mais de atenção e ver se ela se adapta de vez.

— Então você vai se mudar para o apartamento de um estranho e tomar conta de uma cachorra.

— Isso mesmo.

— É só isso?

— Claro que sim. O que mais seria?

— Eu sempre disse que você seria a esposa de médico perfeita.

— Para de ser doida, Fliss. Você fala dos médicos como se eles fossem um único ser homogêneo em vez de indivíduos. Além disso, esse cara não parece ser do tipo que curte relacionamentos.

— Qual pijama você está levando? *De jeito nenhum* vista aquela camiseta velha com "Eu amo cachorros" escrito.

— É a minha camiseta predileta e eu amo cachorros. É um pijama muito digno.

— Não é algo que você precise sobre seus peitos enquanto passa a noite com um cara sexy.

— Eu nunca disse que ele era sexy.

— Mas ele é?

Harriet pensou na forma como Ethan esperou pacientemente enquanto ela lutava para pronunciar as palavras. Ele não tentou terminar a frase dela. Tinha gritado, era verdade, mas somente uma vez, e até Harriet teve que admitir que a chateação dele foi justificada. E ele pediu desculpas. Ela não conhecia muitas pessoas maduras o bastante para pedir desculpas.

Ele deixou Madi dormir na cama dele para ela se acalmar.

E a forma como ele a segurou...

Harriet suspirou.

— Ele é sexy.

— Uau. Nunca ouvi você falar isso de um cara antes... Do que você gostou mais nele? Dos ombros? Do tanquinho? Ele tem olhos bonitos?

— Ele sabe escutar.

— Eu estou falando das coisas que fazem dele um cara sexy, Harriet.

— Eu também. Para mim, ele é sexy por isso. Eu gosto do fato de ele não ter me interrompido. Ele não tentou... — Ela parou bem na hora. Harriet não estava pronta para contar a Fliss que sua gagueira havia voltado. Queria lidar com a situação sozinha. — Ele não tentou dominar a conversa, como outros caras fazem.

— Então você está dizendo que ele é feio, mas gente boa?

Harriet caiu na risada.

— Não, mas a aparência não importa, né? O cara do meu primeiro encontro ficava conferindo o reflexo dele no celular o tempo todo.

— Nossa, que bosta.

— Pois é. Mas a aparência de Ethan é irrelevante, porque não se trata de um encontro. É trabalho. Estou fazendo isso pela Madi e pela Debra. E por ele, porque ele não é capaz de tomar decisões de vida ou morte tendo dormido apenas três horas.

— Bem, estou tentando convencer você a ser babá de cachorros há séculos, então acho isso ótimo.

— Vai ser uma exceção. Não comece a agendar coisas.

Harriet quase conseguiu ver Fliss fazendo anotações e planos. Seu próximo passo seria mandar um e-mail com sugestões para a expansão dos serviços, o que Harriet não queria.

— Não acredito que você esteja fazendo isso.

Harriet tentou fechar a mala lotada.

— Também não acredito. Mas é tudo pela Madi.

Por Madi e por Debra.

Por nenhum outro motivo além desses.

Capítulo 11

— A VIDA SERIA TÃO mais fácil se eu soubesse lidar melhor com as pessoas...

Harriet desacelerou o passo, de modo que Glenys pudesse acompanhá-la. A queda da temperatura não parecia ter mantido as pessoas em casa. As ruas estavam mais movimentadas do que nunca e havia uma atmosfera de expectativa que só crescia à medida que o Natal se aproximava.

Por toda Manhattan, as lojas revelavam suas decorações natalinas e as pessoas saíam só para admirar as vitrines.

Harriet gostava de esperar até o entardecer para sair caminhando pela Avenida Madison, pela Lexington e pela Quinta.

Quando ela e Fliss eram pequenas, a mãe as levava para ver as vitrines e Harriet recordava especialmente da alegria que era estarem apenas as três. Sem o pai por perto, Harriet não tinha medo de falar.

Glenys segurou-lhe o braço.

— Do que você está falando? Você é ótima com as pessoas.

— Eu me saio melhor individualmente do que em grupos, mas não sou ótima. Eu queria ser aquele tipo de pessoa que entra na sala e vira a sensação da festa, sabe? Deve ser incrível se sentir tão à vontade e confiante — disse ela, observando Harvey abrir caminho na neve. — Eu sou uma covarde.

Glenys parou de caminhar.

— Ah, não, minha querida. Você não é nada disso. Você é muito corajosa.

Harriet pensou em quantas vezes sentiu-se tentada a ligar para Ethan Black e cancelar a estadia.

— Não, não sou.

— Pensa numa coisa... — disse Glenys, gesticulando com os dedos enluvados. — É difícil para Fliss entrar em uma sala e conversar com todo mundo?

— Não. Ela faz isso com naturalidade.

Uma habilidade que Harriet sempre invejou. Perdera a conta das vezes que desejara ser como a irmã.

— Então o que há de corajoso nisso? Ela faz sem pestanejar. Coragem é entrar nessa sala sabendo que é a última coisa no mundo que você gostaria de fazer. Coragem é botar a cara a tapa sabendo que você preferiria ficar na segurança da sua casa. Coragem é o que você está fazendo, se mudando para o apartamento de um homem que mal conhece para proteger aquela cachorrinha inocente.

— Você está me assustando, Glenys. Está fazendo minha decisão parecer um risco enorme.

— Vai ficar tudo bem — disse Glenys, mas sem convicção. — Você é corajosa como uma leoa, querida.

Harriet não se sentiu lá muito leonina enquanto atravessava a cidade com a mala até o apartamento de Ethan em West Village.

Diferente do resto de Manhattan, onde as ruas eram retas e ordenadas em uma sequência lógica, em West Village elas eram tortuosas e serpenteadas. Era fácil se perder por ali, especialmente por Harriet não conhecer tão bem a área quanto o resto de Manhattan. Ela passou por uma padaria orgânica, uma loja de artesanatos e uma loja chique toda decorada com folhas de azevinho e luzinhas natalinas. Naquele momento, com as ruas de paralelepípedos escondidas sob camadas de neve, a sensação era de estar num livro de Charles Dickens.

Ela chegou ao prédio de Ethan e pegou o elevador até o último andar.

Ele já tinha saído para o trabalho e não havia sinal de Madi.

Preocupada, Harriet largou a mala na sala de estar e correu para o andar de cima.

Madi estava esparramada, de olhos fechados, bem no meio da cama dele.

Harriet balançou a cabeça em reprovação.

— Você é uma menina má.

Madi abriu os olhos, saiu da cama e deu boas-vindas a Harriet de forma entusiástica.

— Você não tem permissão para dormir na cama dele. Ouviu?

Madi balançou o rabo.

— Você precisa se comportar. Não vou aceitar esse tipo de teimosia da sua parte.

Era a primeira oportunidade que Harriet tinha de dar uma boa olhada no apartamento. Estava escuro na primeira vez que passou por ali e, no dia anterior, ela havia ficado ocupada demais com a ideia de que Ethan a queria como babá para prestar atenção em qualquer outra coisa.

Mas agora ela podia observar tudo.

A sala de estar banhada de sol tinha um pé-direito alto e paredes de tijolinhos expostos. Havia uma lareira grande, e três janelas enormes viradas para o oeste ofereciam uma vista do rio Hudson.

Harriet foi até a janela. De seu apartamento, ela conseguia ver outros prédios. Paredes de tijolos recortadas por escadas de incêndio de ferro. Se ficasse de pé numa cadeira e esticasse o pescoço, conseguiria ver o topo de algumas árvores do Central Park. A vista que tinha não era em nada parecida com a dele.

Ela observou a paisagem por algum tempo e em seguida se voltou para a sala.

Um grande sofá de couro estava de frente para a lareira ladeada por uma estante de livros. Eles cobriam toda a extensão da parede e chegavam até o teto.

Para Harriet, uma estante de livros era algo atrativo demais para simplesmente passar por ela sem prestar atenção.

Curiosa, avançou para ler alguns títulos nas lombadas.

Charles Dickens e Dostoiévski repousavam ao lado de autores contemporâneos como Stephen King. Havia livros de medicina, música e história da arte. Se ela tivesse que traçar um perfil do dono do apartamento baseado nas prateleiras de livros, teria bastante dificuldade.

As estantes diziam que Ethan Black lia o que estava com vontade. Não eram livros que pareciam ter sido escolhidos para impressionar, eram um catálogo diversificado dos gostos e interesses variados do dono.

Duas grandes poltronas repousavam convidativamente em cada lado da lareira e, sobre a mesinha de centro entre as duas, havia mais livros e algumas revistas médicas. Havia um livro com fotos de Praga, a biografia de um importante político e um livro motivacional escrito por um campeão de esqui chamado Tyler O'Neil.

Havia muitas fotografias no aparador sobre a lareira. Harriet avançou um passo para olhar mais de perto. Em uma das fotos, ela reconheceu Debra com uma moça mais nova que imaginou ser a sobrinha de Ethan. Ao lado, havia a foto de quatro homens em frente a uma encosta, todos em trajes de esqui. Ela reconheceu Ethan Black na foto. Quem eram os outros três? Seus irmãos? Havia outra foto com um grupo de umas 12 pessoas, todas rindo.

Independentemente de quem fossem, Ethan parecia ter uma família grande e muitos amigos.

Ela sentiu uma pontada de inveja. Sem dúvidas, o Natal dele seria repleto de risadas e gemada. Não que Harriet fosse grande fã de gemada, mas ela gostaria de ter um Natal cheio de gente e conversa.

Harriet resistiu à tentação de se afundar em uma das poltronas e se perder em um daqueles livros. Livros sempre lhe trouxeram conforto. Mais do que isso, em alguns momentos eles eram quase um vício.

Quando as coisas ficavam feias em casa, a solução de Harriet sempre fora se retirar da vida real e desaparecer. Ela escolhia ficar invisível. Fisicamente às vezes, escondendo-se debaixo da mesa, mas, às vezes, psicologicamente, mergulhando em um mundo literário diferente do dela.

Ainda criança, gostava de afundar nas páginas de um livro e passar horas ali. Lendo, não deixava apenas a própria vida para trás; ela entrava na vida de outra pessoa. Tinha vezes em que lia horas e mais horas sem notar o tempo passando ou que o dia havia escurecido. Quando ficava escuro demais para ler, simplesmente ligava a lâmpada de leitura e lia debaixo das cobertas para não incomodar a irmã, que dormia na cama ao lado. Na escola, sempre andava com um livro. Quando as coisas ficavam difíceis, o peso da mochila sempre lhe trazia reconforto. O simples fato de saber que havia um ali dentro, esperando por ela, ajudava. Em muitos momentos do dia, sentia as bordas do livro na mochila baterem contra suas pernas, recordando-lhe de sua existência. Era como ter um amigo por perto dizendo "Ainda estou aqui, e podemos passar um tempo juntos mais tarde".

Mesmo agora, mais de uma década depois daquela época difícil de sua vida, Harriet se via pegando um livro sempre que estava estressada. Cada um encontrava conforto em uma coisa diferente.

Para algumas pessoas era uma barra de chocolate, para outras uma taça de vinho, uma corrida no parque ou um café com um amigo.

Para Harriet, conforto era um livro. Agora, sentindo-se desconfortável e inquieta na casa de um estranho, era um desses momentos em que gostaria de fugir da realidade.

Ali, na estante à sua frente, havia uma edição elaborada de *Um conto de Natal*, de Charles Dickens. Era uma de suas histórias prediletas, especialmente naquela época do ano. Ela adorava ler sobre a transformação de Scrooge. Dava-lhe esperança.

Ela esticou o braço para puxá-lo da estante, mas logo se deteve.

Se começasse a ler, teria dificuldades em parar, e tinha trabalho para fazer. Ela poderia ler mais tarde.

Com pesar, se afastou da estante, encarando-a como alguém salivando diante de uma barra de chocolate.

Fliss nunca conseguiu entender como a simples ideia de ler era capaz de deixá-la tão feliz.

Desviando o olhar da tentação, pegou a mala e a levou para o andar de cima.

O apartamento era de dois andares e, em muitos aspectos, dava a impressão de ser uma casa. Com certeza parecia mais uma casa do que o apartamento dela.

Se parasse para escutar, poderia ouvir os sons leves vindo de lá embaixo, mas ainda era bastante silencioso para os padrões de Manhattan.

Naquele exato instante, Madi latiu. Harriet colocou a mala no chão e balançou a cabeça.

— Não — disse ela com firmeza. — Shhh.

Harriet sabia que paciência e firmeza eram os segredos no treinamento de um cachorro.

Madi olhou para ela e balançou o rabo sem latir, ao que Harriet pegou a mala e subiu as escadas.

Havia uma suíte principal que Harriet imaginou ser de Ethan. Reparou no closet que havia sido inteligentemente convertido numa miniacademia de ginástica. Havia um suporte com halteres, um banco e outros equipamentos.

Pelo visto, ainda que a dieta de Ethan deixasse a desejar, ele malhava.

Tirando os olhos da grande cama, ela deixou a suíte principal e achou o quarto de hóspedes.

Ele era espaçoso e confortável, decorado em tons verdes selvagens e com um tapete sobre o chão de carvalho. Havia pufes e a cama estava envolta em uma manta quente e aveludada que convidava o ocupante a se aconchegar nela.

Era um quarto muito menor do que o dele, mas grande o suficiente para abrigar uma escrivaninha perto da janela e ter seu próprio banheiro. Havia outra estante de livros.

Outro ponto a favor de Ethan: ele, pelo visto, amava livros.

Ela guardou as coisas da mala, tirou o computador da mochila e o acomodou sobre a escrivaninha junto à janela.

Quando terminou de se estabelecer, concluiu que estava apaixonada pelo apartamento. Não era grande e chamativo como o de Daniel na Quinta Avenida, mas era elegante e confortável, bem iluminado e cheio de personalidade. E de livros. Havia livros em toda parte. Alguns estavam amontoados em pilhas no chão porque não havia mais espaço nas prateleiras.

Quem não seria feliz morando ali?

Madi a observava da porta. Harriet sorriu para ela.

— Você escolheu uma bela propriedade para passar esse tempo fora de casa, hein? Boa menina. Vamos dar um passeio? Podemos passar em algumas lojas para comprar coisas para o jantar.

A perspectiva de cozinhar naquela cozinha incrivelmente equipada empolgava Harriet tanto quanto a ideia de ter alguém para quem cozinhar. Fazia cinco meses que ela não preparava comida para alguém.

Ser babá de cachorro talvez não fosse tão ruim assim.

—⚬—

Ethan entrou no elevador de seu prédio sentindo-se receoso. A cabeça doía. Ele queria tomar um banho, servir-se de uma taça de vinho e relaxar com um livro.

Ele não queria hóspedes — a cachorra contava como hóspede? —, exatamente o que encontraria assim que entrasse em casa.

Ele queria fazer o que *bem entendesse*.

Ethan estava acostumado a chegar em casa e pensar apenas em si.

Egoísta e determinado, dizia a ex-esposa. Felizmente ela era igual, o que tornou a separação bastante amigável. Os dois estavam casados com seus empregos, o que tornava praticamente impossível outro tipo de casamento.

Quando abriu a porta, estava pensando no que encontraria dessa vez. Vizinhos desconsolados? Um sofá arruinado? Uma prateleira de comida esvaziada?

Pronto para todas as piores opções, ele abriu a porta e parou.

Uma melodia suave de jazz inundava o apartamento, acompanhada de aromas deliciosos.

Ele ouviu a risada e a voz de Harriet. Por um instante, achou que ela tivesse convidado alguém e sentiu uma pontada de irritação, pois não se sentia nem um pouco sociável, mas quando entrou na cozinha viu que Harriet estava falando com a cachorra. Ela conversava com confiança com Madi, sem qualquer sinal de gagueira enquanto cozinhava algo junto ao fogão.

— Então preciso fazer os orçamentos, mas sempre fico empurrando com a barriga. — Ela acrescentou uma colher de algo à panela no fogão e, em seguida, uma pitada de outro ingrediente. — Esse é um dos meus maiores defeitos. Eu sempre adio as coisas que odeio. Você faz isso de vez em quando?

Ethan estava prestes a responder, mas se lembrou de que ela não estava falando com ele. Ela estava falando com a cachorra.

E era evidente que parecia mais à vontade conversando com Madi do que com ele.

Não havia aquele traço da desconfiança presente sempre que ela falava com Ethan.

— Fliss costuma fazer essas coisas para mim, e é por isso mesmo que eu disse que vou fazer sozinha — disse, mexendo o conteúdo da panela outra vez. — Quando alguém sempre faz as coisas por você, você para de fazer por conta própria.

Ethan mal reconhecia a própria cozinha. De repente, ela havia se transformado de um espaço duro e estéril, quase inutilizado, em uma mistura de cores e aromas. Um pão recém-assado esfriava em cima do balcão.

Era uma cena estranha.

A faculdade de medicina havia sido uma ingestão contínua de porcarias engolidas às pressas e seu breve casamento havia consistido principalmente em delivery ou restaurantes. No começo do casamento, Alison havia feito alguns jantares que acabaram no lixo por Ethan chegar tarde em casa. Depois disso, ela desistiu. A irmã dele, sempre franca, dissera certa vez que a relação dos dois era uma receita para o desastre.

Ethan retrucara dizendo que nenhum dos dois nem sequer sabia o que era uma receita.

Nem ele nem ela tinham cozinhar entre as prioridades.

Algo o inquietava.

Ethan se lembrou da conversa em que Harriet havia lhe dito estar solteira e tentando encontros.

Era isso que ela estava fazendo? Brincando de casinha? Se era, qual deveria ser o papel dele?

Ethan sentiu uma pontada de desconforto. E se ela tivesse entendido errado os motivos do convite dele para ficar ali? E se ela não estivesse ali por causa de Madi, mas por causa dele?

Ele recordou algo que Susan havia dito.

Você é jovem, solteiro e um excelente médico, Black. Isso faz de você um bom partido.

Ethan pensava de outra forma. Apesar, ou talvez por causa, dessas qualidades que o tornavam um excelente médico, ele sabia que era mau negócio para qualquer mulher.

Mas e se Harriet não soubesse?

E se achasse que ele era a pessoa que ela tanto procurava?

Ela baixou o fogo sob a panela, virou e sorriu para ele.

— Como foi seu dia?

Como foi seu dia, querido?

Ele e Alison nunca conversavam sobre como tinha sido o dia deles. Em parte, porque raramente ocupavam o mesmo espaço por tempo suficiente para se permitirem esse tipo de conversa e em parte porque, no curto período de tempo em que não estavam trabalhando, nenhum dos dois queria conversar sobre o assunto.

Ethan desejou ter refletido melhor antes de pedir a Harriet que ficasse em sua casa.

— Foi corrido.

Ele jogou o casaco nas costas da cadeira mais próxima, tentando descobrir a melhor forma de lidar com a situação.

— Vejo que você já está devidamente instalada.

Madi se desenrolou e, abanando o rabo, caminhou até Ethan para dizer oi.

Ele tinha voltado para casa e encontrado uma mulher cozinhando e um cachorro.

Ethan não tinha tamanho nível de domesticidade concentrada desde a última vez que visitara a casa dos pais, o que já fazia tempo.

— Ela ficou boazinha hoje, mas não desgrudou de mim um segundo.

Harriet levantou a tampa da panela azul e mexeu o conteúdo.

Ethan perdeu o fio da meada. Independentemente de que comida fosse, o cheiro era fantástico.

Ele salivou, e o estômago o lembrou que não comia desde o almoço.

— Eu não estava esperando que você fosse cozinhar. Não precisava.

Harriet o encarou intrigada.

— Oi?

Ethan decidiu ser honesto.

— Olha, agradeço muito a você por todo esse lance "caseiro", mas isso não fazia parte do acordo. Seu trabalho é cuidar só da cachorra. Não de mim. Não faço parte do acordo.

— Acordo?

— Você só precisa dar comida para a cachorra. Eu podia ter chegado tarde e todo esse jantar maravilhoso que você passou horas criando terminaria no lixo.

A ficha começou a cair e a compreensão foi rapidamente seguida de irritação.

Havia um ligeiro brilho de raiva nos olhos dela. A mesma raiva do dia em que Ethan gritou com Madi.

— Você acha que eu fiz isso para *você*?

— Não fez?

Houve uma pausa, e Ethan teve a sensação de que Harriet estava escolhendo as palavras cuidadosamente.

— Eu estou cozinhando porque, acredite se quiser, preciso comer. Meu trabalho exige exercício físico por horas a fio, muitas delas no frio. Preciso de combustível. E estou falando de combustível de verdade, não do fast food sem nutrientes, cheio de sal, açúcar e mais nada que você come.

Ela se virou e colocou a colher sobre o pires devagar e cautelosamente, como se estivesse fazendo um esforço enorme para não a jogar em Ethan.

— E, quando fizemos nosso "acordo", não havia me ocorrido que eu não poderia usar a cozinha. Estou aprendendo agora as regras para ser babá de animais, mas imaginei que eu pudesse tratar sua casa como minha durante o trabalho.

Percebendo que havia cometido um grande erro, Ethan fez o que era para ser um gesto conciliatório, mas Harriet não o estava vendo.

— É claro que você pode usar minha cozinha. Não foi isso que...

— Não foi isso o quê? — perguntou ela, virando-se bruscamente. — O que você quis dizer? O que você quis dizer então? Qual é o problema?

O problema era que ele devia ter mantido sua grande boca fechada. Outra vez.

— Acho que entendi errado a situação.

— *Acha*? Só para esclarecer as coisas, você achou que eu estava transformando a situação numa noite romântica com você como protagonista, é isso?

Eu com certeza devia ter ficado de boca fechada.

— Você falou que estava tentando marcar encontros pela internet, só isso, então achei... — Ciente de que estava deixando a situação ainda pior, ele parou de falar, ao que Harriet ergueu uma sobrancelha.

— Você achou? Você achou que eu estou desesperada, é isso? Você acha que cumpre todos os requisitos para uma mulher que está procurando um namorado...

Se antes Ethan achava que estava em apuros, agora ele tinha certeza de que estava encrencado.

Estava começando a entender por que ela levava tanto jeito em adestrar cachorros. Só aquela levantada de sobrancelha o fazia querer se esconder dentro do cercadinho.

— Harriet...

Ela desligou o fogo e pegou uma cumbuca no armário.

— Você já falou, agora é minha vez. Se você está achando que o fato de eu cozinhar algo na sua casa é sinal de que estou tentando algo com você, então entendeu tudo errado.

Aquilo estava ficando bastante claro.

— Talvez fosse melhor eu...

— Em primeiro lugar, eu me cadastrei no site de encontros *não* porque estivesse desesperada para conhecer algum homem, mas como parte dos desafios que estou propondo a mim mesma. Quero tentar fazer coisas difíceis para mim daqui até o Natal. Ter encontros é uma dessas coisas. Tem a ver comigo, não com você. Não tem nada a ver com você.

Ela colocou a comida cheirosa e densa na cumbuca e cortou um pedaço de pão com movimentos de faca tão bruscos que, se Ethan não tivesse reparado até aquele momento que a havia chateado, agora estaria claríssimo. Ele ficou aliviado por ter escolhido conversar de uma distância segura.

— Talvez a gente pudesse...

— Em segundo lugar, por que você acharia que a comida é para você? As mulheres também cozinham para si mesmas, sabia? Ou você acha que a gente fica sozinha e chorando agarrada a uma tigela de cereal? Bem, isso talvez te surpreenda, mas cozinhar não é algo que a gente faz só quando tem um homem por perto.

Ela pegou um prato e uma colher num dos armários e, de forma barulhenta, colocou os dois em sua bandeja.

Aquela era a bandeja de comida mais convidativa, cheirosa e provocante que Ethan tinha visto na vida.

Ele teve que se segurar para não ir arrancá-la das mãos de Harriet.

— Em terceiro lugar — disse ela enquanto colocava um copo de água na bandeja —, ainda que essa parte dos Desafios da Harriet não tenha terminado e eu ainda esteja considerando sair com pessoas, você estaria em último lugar na minha lista.

— Por quê? — perguntou ele, antes que pudesse se conter.

— Por que o quê?

— Por que eu estaria no último lugar de sua lista? Muitas mulheres considerariam um médico um bom partido.

Ficou claro pelo olhar que Harriet lhe lançou que ela não era uma dessas.

— Eu preciso de um médico quando estou doente. Quando quero marcar um encontro, preciso de um homem que me interesse. E esse homem não é você.

Ai.

— Não é porque sou médico que não posso ser interessante. Isso ainda não explica por que estou em último na lista.

— Você é o cara que gritou comigo e me fez gaguejar pela primeira vez em anos. Eu mantinha a minha gagueira sob controle, então foi um feito e tanto, parabéns. E sim, eu entendo que sou responsável pelos meus próprios sentimentos e reações, minha futura cunhada é psicóloga, virei especialista nessas questões. Só que sentimentos e reações precisam de gatilhos, e você foi um baita de um gatilho, dr. Black. Um encontro com você, para mim, seria o mesmo que uma sessão de tortura.

— Você não me parece estar com muitos problemas de fluência nesse momento.

— É porque sou eu quem está brava. Não gaguejo quando estou brava, só quando a outra pessoa está.

— Então você tem direito de ficar brava e eu não? Isso é justo?

— A vida não é justa, dr. Black. Não acredito que seja a primeira vez que alguém diga isso a você.

Sem esperar a resposta, ela foi em direção à escada.

Quando passou por ele, os sentidos de Ethan foram estimulados pelo mais divino aroma de ervas e vinho tinto. Naquele instante, ele seria capaz de pagar um salário inteiro para ter a comida que estava naquela bandeja. Teve que se segurar para não a pegar.

— Espera… aonde você está indo?

— Dado que você parece ter problemas com minha presença na sua casa, estou levando a comida para o quarto.

— Você não precisa fazer isso. Tem uma mesa ótima aqui e a cachorra gosta de sua companhia.

— Neste momento, eu preferiria ter apenas a minha companhia. E, se você chamar Madi de "a cachorra" mais uma vez, eu vou levá-la para minha casa.

Harriet saiu sem olhar para trás.

Ethan ficou ali morrendo de fome, com a opção de se humilhar ou pedir delivery.

Capítulo 12

Harriet colocou a bandeja sobre a escrivaninha do quarto, mas não tocou na comida.

Ela estava triste e com raiva demais para comer.

Triste com Ethan e com raiva de si mesma por ele ter chegado tão assustadoramente perto da verdade.

Quando ela planejou e preparou a refeição, *tinha* presumido que ele jantaria com ela. Não porque tivesse pretensões românticas em relação a ele, mas porque parecia a coisa mais educada a ser feita. Ela imaginou o momento em que serviria o jantar e o prazer de Ethan em finalmente comer comida de verdade, em vez de mais alguma porcaria por delivery. Harriet tentou fazer algo especial. Chegou até a dar uma olhadinha nos armários da cozinha para ver se não achava velas para a mesa.

Velas?

Com um gemido, Harriet apoiou a cabeça contra a janela do quarto.

Como podia ser tão incrivelmente burra?

Era o que acontecia quando alguém saía da zona de conforto, do círculo de pessoas que conhece bem.

Trazer uma atmosfera de lar para qualquer ambiente era automático para Harriet. Independentemente de onde estivesse, ela sempre queria que o clima fosse o mais reconfortante e tranquilo possível. Os irmãos brincavam com essa mania dela. Tiravam as almofadas antes de se sentarem ao sofá, ignoravam os guardanapos que ela colocava sobre a mesa.

Antes de Molly entrar em cena, quando Harriet e Fliss ainda moravam juntas, Daniel sempre aparecia para tomar café da manhã. O domingo foi se tornando o dia predileto de Harriet. Ela fazia granola caseira e pilhas de panquecas frescas das quais os irmãos se empanturravam tanto que mal conseguiam se arrastar até o sofá.

Ela queria especialmente que as refeições fossem relaxantes, provavelmente porque, quando eram crianças, tinham vivenciado o oposto. Todas as refeições eram repletas de tensão e, depois de sair de casa, Harriet lutou por anos para trazer à tona a vontade de se sentar a uma mesa para comer. A solução que encontrou foi tornar a experiência o mais distinta possível em comparação à de sua infância. Ela gostava de cozinhar, mas seu prazer ia muito além de simplesmente gostar de executar receitas e comer.

Para ela, cozinhar e comer eram algo maior. Cozinhar era sua forma de expressar amor. Uma forma de criar um espaço caloroso e reconfortante. Não era preciso ser psicólogo para saber que as origens dessa necessidade remontavam à infância.

Quando criança, não houvera nada de caloroso ou reconfortante em sua casa. Nada de caloroso ou reconfortante nas refeições. Dividir a mesa era algo a ser tolerado. O clima era tenso e a comida um mero detalhe em uma ocasião com altos níveis de estresse.

Harriet comeu pouco na infância. Quando criança, seu peso era abaixo do normal, não porque tivesse questões com a comida, mas simplesmente porque não conseguia fazê-la descer pelo nó de tensão alojado em sua garganta e seu peito. Ela queria que as refeições terminassem o mais rápido possível para que pudesse fugir de volta para o quarto. Às vezes, terminava de comer embaixo da mesa, escondida enquanto a batalha se desenrolava sobre sua cabeça.

Já adulta, queria comida bem-feita e conversas agradáveis. Em vez de gritaria, queria ouvir o tilintar de taças e o som de risadas. Queria que todos ficassem relaxados e concentrados na comida em vez de checando o relógio o tempo todo, pensando se poderiam escapar logo.

Nos últimos anos da adolescência, Harriet começou a usar velas como um método para se acalmar, e foi natural passar a usá-las no momento das refeições.

Seu irmão, Daniel, caçoava dela por criar um clima romântico, e Harriet retrucava que não tinha nada a ver com romance e sim com rituais para se acalmar em um momento que julgava estressante.

E se tivesse encontrado velas e fósforos? Provavelmente os teria usado e Ethan teria chegado do trabalho e encontrado um belo jantar à luz de velas. Ela teria grandes problemas para se safar *daquela* situação.

Ela poderia ter lhe dito que era assim que gostava de fazer em casa. Quando se mudou para o apartamento com a irmã, empenhou-se imediatamente em criar um espaço seguro e confortável. Plantas, almofadas, tapetes… foi ela quem transformou aquele apartamento em um lar. Ainda que Fliss caçoasse dela e fosse incapaz de regar uma planta mesmo que a vida dependesse disso, Harriet sabia que a irmã também gostava de viver naquele ambiente.

Até poucos meses antes, ela havia dividido quase todos os aspectos de sua vida com a irmã gêmea.

E sentia saudade disso. Porque um lar é muito mais do que quatro paredes, algumas almofadas bonitas espalhadas por aí e meia dúzia de plantas saudáveis, não é? Um lar se faz com pessoas. Com um clima bom.

E, naquele momento, o lar de Harriet estava melancolicamente silencioso. Ela sentia saudades da sensação de voltar para casa e encontrar alguém.

O motivo de ter aceitado o convite de Ethan tinha sido em parte por isso?

Harriet estava evitando a própria casa? Ou estaria desejando secretamente que acontecesse algo entre os dois?

Patética, murmurou ela, sentando-se à cadeira perto da janela para comer o jantar. Sozinha.

Era disso que se tratava os Desafios da Harriet. Se ela tivesse algum problema com a forma como vinha levando a vida, então precisava resolvê-lo sozinha. Querer que as coisas voltassem a ser como eram antes não era consertar nada.

Se tinha saudades das pessoas, a resposta era encher a casa de gente. Não importava que Fliss não estivesse mais vivendo com ela. Harriet deveria ligar para os amigos e convidá-los. Talvez convidar Molly para um *brunch*. Ou, quem sabe, ligar para sua amiga Matilda. O único problema era que ela vinha passando a maior parte do tempo em Hamptons, com a filha.

Harriet precisava de amigos novos. Precisava ser autossuficiente e aventureira.

Talvez devesse passar um fim de semana fora, em outro lugar. Poderia fazer trilhas, respirar um pouco de ar puro, fugir um pouco da cidade. Uma mudança de ares lhe faria bem.

Estava refletindo sobre isso quando ouviu uma batida à porta.

Ela colocou a colher na cumbuca, ciente de que não teria como evitar aquela conversa.

Ethan abriu a porta, mas não entrou.

— Se eu pisar dentro do quarto você vai jogar comida na minha cabeça?

— Não sei. Depende do que você disser quando pisar aqui dentro.

— Um pedido de desculpas funciona? — perguntou ele, dando um sorrisinho torto. — Parece que minha vida consiste em pedir desculpas a você. Acredite ou não, não costumo ser tão ruim com as pessoas.

— Quer dizer que trago o que há de pior em você?

Ela não ia se deixar seduzir por aquele sorriso. De jeito nenhum.

— Não é você, são as circunstâncias — disse Ethan, baixando o olhar para Madi, que lhe pressionava a perna com o nariz. — Minha vida mudou bastante nos últimos dias. Acho que ainda estou superando o trauma, sabe?

Ele se agachou para fazer carinho na cabeça de Madi.

— Pronto, Madi, coisinha linda.

— Não vai funcionar dessa vez. — Bem, ao menos ele estava se esforçando. Harriet cedeu um pouco, e acrescentou: — Mas sei que não é fácil ter um animal por perto quando não se está acostumado.

— Não é só pela Madi. Eu moro sozinho há muito tempo. Estou acostumado a ter meu espaço e a fazer o que quero, quando quero.

Ethan fazia morar sozinho parecer a melhor coisa do mundo.

Harriet estava na mesma posição e, até aquele momento, estava detestando.

— Você gosta de morar sozinho?

Ele olhou para ela.

— Gosto. É fácil. Não tenho que pensar em ninguém além de mim. Sou o primeiro a confessar que não levo muito jeito para fazer concessões. Também não estou muito acostumado a entrar em casa e sentir cheiro bom de comida. Imaginei coisas completamente equivocadas.

O pedido de desculpas, tanto quanto a honestidade dele, desarmaram Harriet. Ela pensou nos encontros que teve e nas mentiras que os homens haviam dito só para parecerem melhores do que eram. Ela não entendia como um relacionamento poderia dar certo se as pessoas não fossem honestas sobre si mesmas. Qual era o sentido em fingir gostar de ler se você nunca pegava um livro? Por que mentir sobre seu trabalho, sobre o quanto você ganha, sobre a idade? Se você tinha que fingir ser alguém diferente, como algo poderia dar certo?

Com isso em mente, Harriet também foi honesta.

— Você não se equivocou. Eu imaginei que você também fosse comer, só isso. Foi besteira de minha parte.

— Não foi besteira. Você imaginou corretamente que eu estaria com fome e fez um gesto educado de cozinhar. Foi cuidadosa e bondosa. E eu fui um babaca.

Ele encarou a comida na bandeja.

— O que tem ali?

— É um *boeuf bourguignon*. Um prato francês de carne marinada com vinho e ervas.

— O cheiro está ótimo...

Descobrindo uma pitada de malícia que nunca soubera que tinha, Harriet pegou outra colherada e a saboreou.

— Está delicioso. Deliciosamente quente depois do frio lá fora.

Ethan deu risada.

— Você é uma mulher cruel.

— Minha intenção era dividir, mas você deixou bem claro que passei dos limites. Como que posso ser cruel?

— Você quer que eu peça desculpas outra vez? Quer que eu implore?

Harriet comeu mais um tanto.

— Sim — disse ela devagar. — Acho que quero.

— Por favor, Harriet, posso pegar um pouco desse bife sei-lá--o-quê?

Ela terminou de comer.

— Acho que não.

— Você não fez o suficiente?

— Fiz mais do que o suficiente. Mas servir você pode ser perigoso.

Ela colocou o pote na bandeja e se levantou.

— Sou uma excelente cozinheira. Se o caminho para o coração de um homem passa pelo estômago, você se apaixonaria por mim e ficaríamos os dois em maus lençóis, porque não existe a menor chance de a gente sair.

Ela não fazia ideia de por que o estava provocando. Ou estaria flertando? Era algo que Harriet nem sequer sabia fazer.

O modo como Ethan sorriu indicou que ele sabia tudo sobre flerte.

— Meu conhecimento de anatomia é excelente. Sei bem que não é possível chegar ao coração pelo estômago, por isso estamos seguros.

Ele saiu do quarto e Harriet o seguiu.

No andar de baixo, ela colocou o prato vazio sobre o balcão e o observou servir-se de uma porção generosa da comida.

Deveria sentar à mesa com ele? Vê-lo comer?

Ethan serviu uma taça de vinho e a ofereceu a Harriet, que ficou com poucas opções a não ser fazer companhia.

Ela desejou não ter levado a comida para o quarto, porque agora era um pouco constrangedor ficar ali sentada observando-o comer.

Para se distrair, ela olhou por cima dos ombros dele, para a sala de estar do apartamento.

Tinha o triplo do tamanho do apartamento dela. O pé-direito e as janelas grandes ampliavam a sensação de espaço. Se ela tivesse dinheiro, escolheria morar em um lugar exatamente como aquele.

Ou talvez uma casa bonita perto do mar, nos Hamptons. Ou em um vilarejo, onde passearia com os cachorros e chamaria os vizinhos pelo nome. Ela poderia telefonar para que a irmã a visitasse...

Harriet conteve esse pensamento no meio do caminho.

Ela estava construindo uma nova vida agora. Uma vida diferente.

Fliss sempre seria sua irmã. Sempre seria sua gêmea. Mas Harriet estaria se enganando se achasse que as coisas seriam as mesmas. As coisas já haviam mudado.

E, para falar a verdade, não queria morar nos Hamptons. Ela amava Manhattan.

Sorveu um gole grande de vinho.

Ethan olhou para ela.

— Você está quieta.

— Você também.

— Eu estava comendo — disse ele, colocando o garfo no prato vazio. — Você tem razão. Você é uma excelente cozinheira. Sério que você cozinhou isso só para você?

— Sim. Não entendo por que uma pessoa precisa comer uma comida chata só porque mora sozinha. Para falar a verdade, ainda não me adaptei a ser só eu em casa. Ainda acho que estou cozinhando para dois. Quase todo dia sobra um monte de comida. Meu congelador está transbordando.

— Você acabou um relacionamento recentemente?

— Não é bem isso.

Ainda que, em retrospectiva, essa talvez fosse a forma como seu discurso soava.

— Minha irmã gêmea, que morava comigo, se mudou.

— Quanto tempo vocês duas moraram juntas?

Harriet tomou um gole de vinho.

— Quase a vida inteira. Teve um breve momento entre a faculdade e o trabalho em que ficamos separadas, mas não durou muito tempo.

— Então você sempre viveu com ela e agora está morando sozinha. Deve ser uma sensação estranha.

Ethan colocou a taça sobre a mesa.

— São muitas sensações. Acho que estranheza é uma delas.

Na verdade, ela nem conseguia descrever todas as emoções que se reviravam dentro dela.

— Onde está sua irmã agora?

— Está vivendo nos Hamptons com o noivo, com quem ela vai se casar pela segunda vez.

Ethan se recostou à cadeira.

— Como assim? Eles foram casados antes?

— Por um breve espaço de tempo, quando Fliss tinha 18 anos. Não durou muito.

— E agora eles vão se casar de novo? Eles não aprendem com os erros deles?

— O erro — disse Harriet — foi terem terminado.

— Você acha que a retomada do relacionamento é a melhor coisa para eles?

— A decisão não cabe a mim, mas, já que você perguntou, sim, acho que é melhor para eles. Eles são perfeitos juntos. Sempre foram. O término deles foi... complicado.

— Relacionamentos são sempre complicados. Me fala mais sobre os Desafios da Harriet. Você disse que estava marcando encontros pela internet por esse motivo. O que você quis dizer com isso?

— Nada.

Por que razão no mundo ela havia tocado nesse assunto? Era uma coisa íntima demais para ser compartilhada com um estranho.

— Você não estava marcando encontros porque queria conhecer alguém?

— De certa forma, sim, mas foi mais para fazer algo que eu achasse difícil. Eu saí com três caras.

— E fugiu do último pela janela — disse ele, sorrindo com os olhos. — Me parece um desafio e tanto. Três encontros e nenhum dos caras era interessante?

— Tenho certeza de que alguma mulher por aí acharia.

Talvez fosse ela o problema. Harriet não levava jeito com encontros. Especialmente com primeiros encontros. Quando não conhecia a pessoa direito, era quase impossível relaxar. Quando eventualmente conseguia domar a sua timidez no primeiro encontro, talvez marcasse um segundo e, quem sabe, um terceiro.

— Mas você ainda assim saiu com eles.

— Uma vez. Não rolou nenhum segundo encontro.

— Foram três noites de sua vida que você nunca mais vai recuperar. Mas ainda assim você se forçou a isso. Você pega sempre tão pesado com você mesma?

— Muita gente marca encontros pela internet. No mundo de hoje, onde é tão difícil conhecer pessoas, acho que é uma forma legítima de encontrar um parceiro.

— Talvez, mas você achou difícil. Por que não tentou fazer isso de outro jeito?

— Por isso mesmo. Porque acho difícil. Eu costumo viver a vida em minha zona de conforto, por isso estou tentando fazer o contrário.

— A maioria de nós vive na zona de conforto. Por que você acha isso tão ruim?

— Se a gente não se força a fazer coisas que dão medo, como saber se a vida de repente reservou algo a mais?

Harriet sentiu as bochechas esquentarem. A conversa estava ficando mais profunda do que planejara. Ela não levava jeito em conversar com estranhos. Confiar em estranhos, então, não era algo que fizesse com frequência.

A única pessoa com quem ela havia conversado sobre os Desafios da Harriet tinha sido Glenys.

Ethan lançou um olhar especulativo.

— Bom ponto. Agora você me fez refletir se eu não deveria repensar a minha vida.

— Você está tirando sarro.

— Não, não. — Não havia sinal de sarcasmo nos olhos dele. — Todo mundo acorda de manhã e faz o mesmo de sempre. Segue os mesmos hábitos. A maioria das pessoas detesta mudanças e só muda quando é obrigada. Mas você está abraçando ativamente essa mudança.

— Eu não diria que estou exatamente *abraçando* — murmurou Harriet. — Isso implicaria que estou correndo superanimada na direção da mudança quando na verdade estou me forçando aos trancos e barrancos, procurando desculpas e me debatendo o processo inteiro.

Ethan encheu as duas taças.

— Mas está fazendo mesmo assim. Fazer algo que você não quer demanda autodisciplina. Estou impressionado.

Ele estava impressionado?

— Você é médico. Você salva vidas todos os dias.

— Achei que você não se impressionasse com médicos.

— Não foi o que eu disse. Eu disse que ser médico não aumentava seu valor como candidato a um encontro.

— Me sinto devidamente colocado em meu lugar. Se algum dia achei que ser médico me dava alguns pontos, estou corrigindo esse ponto de vista. — Ethan, no entanto, parecia mais bem-humorado do que ofendido. — Graças a você, eu nem sequer teria coragem de arriscar usar um aplicativo de encontros. Minha confiança está arrasada.

Mas ele não dava indícios de ter tido a confiança minimamente afetada.

— Uma pessoa com a confiança arrasada não sorri do jeito que você está sorrindo. Aposto que você nunca teve a menor dificuldade nesse sentido em toda a sua vida.

— Você ficaria surpresa se soubesse. E então, que tipo de homem *estaria* no topo de sua lista para um possível encontro?

— Alguém que demonstrasse interesse em algo e alguém além deles mesmos, suponho.

Que era o que ele estava fazendo.

Desde que Harriet havia se sentado à mesa, Ethan não tinha feito outra coisa senão perguntar sobre ela, algo que nenhum dos caras dos três encontros fez. Além disso, ele olhava para ela enquanto fazia as perguntas, como se estivesse interessado de verdade em escutar a resposta.

Harriet teve que ficar lembrando a si mesma de que aquilo não era um encontro, o que tornava a situação ainda mais irônica. Nenhum dos encontros dela havia sido tão interessante como aquele não encontro. Nenhum daqueles homens chamara sua atenção como Ethan Black. E nenhum além de Ethan causara a menor alteração nos seus batimentos ou a deixara nervosa, algo que Harriet escolhia ignorar.

Madi lhe deu um cutucão na perna e choramingou.

Contente com um motivo para deixar esses pensamentos para trás, Harriet se levantou.

— Ela quer sair. Vou levá-la para passear.

— Agora? — perguntou ele, olhando para o celular. — Está tarde. Vou com você.

— Não precisa.

Ela já havia colocado o casaquinho em Madi e estava pegando a mochila.

— Você não vai sair pelas ruas de Manhattan sozinha a essa hora.

Ethan pegou o casaco do encosto da cadeira com movimentos lentos e controlados, iguais aos que havia usado no pronto-socorro no dia do tornozelo torcido. Eram os movimentos de quem sabia que o resultado mais rápido se obtém com uma estratégia cuidadosa, nunca guiado pelo pânico.

Harriet não conseguia imaginar Ethan em pânico. Não conseguia imaginá-lo mentindo sobre quem era ou sobre o que fazia.

Não conseguia imaginá-lo passando uma noite inteira falando de si mesmo. Ele não era do tipo de homem que ficaria falando por falar só para preencher o silêncio.

Ele era do tipo que se preocuparia com o cachorro da irmã, mesmo que isso implicasse virar a própria vida de ponta-cabeça.

Era isso que fazia virar de ponta-cabeça o coração de Harriet.

Era isso o que o tornava perigoso.

— Não está tão tarde. Faço isso direto. É meu trabalho.

— Você não quer a minha companhia?

Ela queria bastante a companhia dele. Era aquele o problema.

— Se você está disposto a ir comigo, pode passear sozinho com a Madi. Não precisa de mim.

— Eu preciso de você.

O olhar dele se deteve no dela e, por um momento de loucura, Harriet foi atravessada por sensações que não lembrava ter sentido antes.

Ethan Black precisava dela.

Por causa de sua habilidade com os cachorros. Só isso.

— Você não precisa de mim.

Ele olhou para Madi.

— Basta você olhar para ela e ver quão calma e boazinha ela está para entender o quanto eu preciso. Você é a líder da equipe aqui.

— Oi?

— No pronto-socorro, temos um líder da equipe de trauma. Alguém que dá a ordem de disparos se for necessária uma ressuscitação, por exemplo. O líder da equipe decide sobre as prioridades, o momento e a sequência de exames para que todos saibam o que estão fazendo. Eles não estão envolvidos diretamente nos procedimentos clínicos, o trabalho deles é ficar por perto para tomar as decisões.

— Você é o líder?

— Sou. É a minha área de especialização. Que por acaso não engloba cachorros.

Harriet conseguia facilmente imaginá-lo como líder. Ethan tinha um ar calmo e de autoridade que, sem dúvida alguma, se traduziria em calma em um ambiente tenso. A confiança e presença que ela achava um pouco intimidadoras seriam reconfortantes para uma pessoa ferida ou uma equipe atarefada.

Harriet prendeu a guia na coleira de Madi. Era impossível não desejar que ele precisasse dela por algo além de suas habilidades como passeadora.

— Acho difícil comparar a habilidade e complexidade do que você faz no pronto-socorro com o que eu estou fazendo aqui.

— Habilidade é a capacidade de realizar bem uma tarefa, e isso geralmente envolve dois elementos: treino e prática. Ser médico consiste em nada mais do que treino e prática. Não é mágica.

Harriet tinha certeza de que havia muito mais do que ele havia descrito, mas não discutira porque Madi a estava encarando ansiosamente e Harriet conhecia aquele olhar.

— Precisamos sair logo ou Madi vai ter problemas, o que não seria bom para seu piso de carvalho — disse Harriet, então se agachou e segurou a cara de Madi entre as mãos. — Você vai entrar no elevador e se comportar. Se encontrarmos Judy, você vai se sentar e não vai latir. Estamos entendidas?

Madi balançou o rabo.

Harriet foi pegar o casaco, mas Ethan já o trazia nas mãos.

Ele a ajudou a vesti-lo, um gesto à moda antiga que fez Harriet sentir um frio na barriga.

Algumas pessoas talvez encontrassem motivos para se opor ao fato de ele tê-la ajudado — além do fato de ele ter segurado a porta para ela enquanto os dois saíam do apartamento —, mas ela não via nada de errado com cavalheirismo à moda antiga.

Eram gestos que faltavam aos caras dos encontros.

Assim como a capacidade de conversar sobre coisas interessantes.

Quando entraram no elevador, Harriet se deu conta imediatamente da natureza claustrofóbica do ambiente em que estavam. O braço dela roçou contra o dele e ela sentiu um choque de tensão sexual. A sensação a pegou desprevenida, ao que ela recuou com um murmúrio de desculpas. O desentendimento entre os dois havia temperado o ambiente com algo cortante e um tanto perigoso. Podia ser que as sensações talvez já estivessem no ar antes e Harriet apenas não tinha reconhecido. Tudo o que ela sabia era que, se Ethan tinha a capacidade de tornar o simples ato de ela cozinhar em algo a mais, o que o impediria de achar que ela estava roçando seus braços de propósito? Ainda bem que ele não tinha como ler a mente dela, porque seus pensamentos estavam indo a lugares aos quais ele com certeza não estaria convidado.

Com aquele breve encontro físico, Harriet conseguiu sentir os músculos fortes sob a lã do casaco dele. Seus nervos formigaram e ela manteve o olhar fixo na porta metálica, pensando como uma viagem de elevador poderia ser tão torturantemente constrangedora. Culpa da atmosfera de falsa intimidade, concluiu ela. Eram pessoas que mal se conheciam — nesse caso, duas — forçadas pelo espaço limitado a ficar próximas. Para onde olhar? Encarar o chão passava um ar de culpa e Harriet não tinha nada pelo que se desculpar. Olhos nos olhos era constrangedor e poderia ser tão mal interpretado quanto o jantar para dois.

Harriet continuou a encarar a porta, ainda que nada nela merecesse tanta atenção.

Para intensificar o desconforto do momento, o elevador parou no andar de baixo e uma mulher entrou de mãos dadas com um homem. Os dois estavam rindo, nitidamente desfrutando de uma piada interna. Harriet sentiu uma pontada de inveja. Bastava olhar para os dois, para o contato visual deles, para ver quanto apreciavam a companhia do outro, para saber quanto não estavam "acomodados".

Para lhes dar espaço, Harriet foi forçada a recuar um passo, o que a levou a tropeçar na coleira de Madi, que, de alguma forma, havia enroscado em torno de seus tornozelos.

Ela cambaleou contra o corpo de Ethan e murmurou um pedido de desculpas.

Ele ergueu os braços e a ajudou a se firmar, fechando as mãos sobre a parte superior dos braços de Harriet, segurando-a firmemente até que ela recuperasse o equilíbrio e desenroscasse as pernas da coleira.

Com a mão ainda apoiada sobre o largo peitoral de Ethan, ela se inclinou para a frente outra vez e viu o olhar de Madi.

Ela era capaz de jurar que a cachorra havia feito de propósito.

Madi, a casamenteira.

Durante esse breve momento de instabilidade, Harriet aprendeu duas coisas. A primeira, que a força de Ethan não se restringia apenas ao caráter. A segunda, que ela era capaz de sentir toda uma gama de sensações que até então desconhecia. Pelo visto, seu coração era capaz de bater mais forte e mais rápido do que julgava ser possível, e seu estômago era capaz de performar uma manobra estranha e flutuante que Harriet não seria capaz de entender, quem dirá nomear.

Ela tentou imaginar o que Ethan estaria pensando.

Talvez que ela era uma estabanada e que, para uma especialista que supostamente fazia aquilo todos os dias, era surpreendentemente lenta em driblar o obstáculo que uma guia de cachorro representava.

Ou talvez ele nem sequer estivesse pensando nela.

Ele só estava levando a cachorra da irmã para passear.

Era ela, Harriet, quem estava pegando cada elemento da situação e analisando-o até o cérebro doer.

Era ela quem tinha um problema.

Capítulo 13

ETHAN SEGUIU HARRIET até a rua, grato pelo ar frio de fora.

O elevador estava asfixiante, ou talvez fosse o calor vindo de dentro dele. Ethan não sabia muito bem. Tudo o que sabia era que sua estatura permitia uma visão perfeita do cabelo de Harriet. Ele se esparramava sobre os ombros dela em uma delicada mescla de dourado-claro e amarelo-amanteigado e fez Ethan se lembrar dos verões longos e preguiçosos de sua infância, nos quais sua maior prioridade era não fazer nada.

Naquele instante, ficaria contente em não fazer nada com Harriet.

O pensamento o assustou. Não só pela parte de fazer nada — o que já bastaria para fazer seus amigos erguerem a sobrancelha —, mas pelo fato de ela ser a companhia escolhida.

Ela escolheu aquele momento para olhar para ele.

— O que foi? Por que você está com a testa franzida assim?

— Está mais frio do que imaginei.

Ethan disse a primeira coisa que passou pela cabeça, mesmo que, na verdade, tivesse sido a segunda. A primeira tinha sido ela. Ethan estava pensando nas covinhas que apareciam quando Harriet sorria e em como o cabelo dela brilhava sob as luzes do elevador. Estava pensando em como os olhos dela queimaram quando o confrontou, em como ela era paciente com Madi e em como a comida dela tinha sido a melhor que ele desfrutara na vida.

— Frio mesmo — disse ele, virando a gola do casaco para reforçar o argumento.

E *estava* frio. Ele não tinha como ser pego na mentira.

— Não estava frio algumas horas atrás?

Harriet obviamente achou o comportamento dele estranho.

Ele achou a mesma coisa.

Ethan sabia que ela ainda se sentia desconfortável perto dele.

E ele era o culpado por aquilo.

Também sabia que as coisas que ela provocava nele eram algo que guardaria para si. Ele e Alison eram parecidos em muitos sentidos, por isso entraram e saíram do casamento malfadado sem que ninguém se machucasse. O fato de a separação deles não ter deixado grandes feridas demonstrava a profundidade dos sentimentos envolvidos.

Harriet não era assim. Ethan suspeitava que ela era do tipo de mulher que se machucava com facilidade, o que indicava que ele precisava ficar bem longe dela.

Os dois caminharam pelas ruas cobertas de neve, suas respirações congelando no ar. Aquela parte de Manhattan passava uma sensação de intimidade. A neve caía como confete congelado, abafando os ruídos e cobrindo como um carpete as ruas de paralelepípedos. Naquela parte da cidade, as árvores ficavam próximas umas das outras, chegando a se tocar, e os postes de iluminação banhavam a neve com uma luz etérea.

Com a calça jeans enfiada para dentro das botas de neve, Harriet andava com firmeza e confiança. Ethan concluiu que gostava mais dela vestida assim do que com salto alto. Não que ele desse muita bola para o que ela vestia, mas porque era evidente que ela estava mais confortável. Mil vezes mais confortável do que na noite em que a conheceu.

— Está parecendo um cartão de Natal. — Harriet parou perto de um poste de luz, tirou uma foto e em seguida voltou a câmera na direção de Madi e tirou uma foto dela. — Vou mandar para Debra.

— Você vai mandar uma foto de Madi?

Com o lábio inferior entre os dentes, ela dedilhou o teclado do celular.

— É claro. Os nossos clientes adoram ver o que os cachorros deles estão fazendo enquanto estão fora e uma foto vale mais do que mil palavras.

— Essa foto vai mostrar que não estou cuidando bem da cachorra dela.

Harriet colocou o celular de volta no bolso e ergueu o olhar.

— Não é verdade. A foto vai dizer que você está cuidando muito bem dela.

— Você estar envolvida indica que não estou dando conta da situação.

— Eu estar envolvida indica que você se importa com o bem- -estar de Madi a ponto de me chamar. Ela vai ficar impressionada.

Ethan não se convenceu. Achava que era mais provável que a irmã revirasse os olhos e tecesse algum comentário sobre como ele cuidava da vida dos outros, mas não era capaz de cuidar de uma cachorrinha.

Também sabia que, assim que Debra descobrisse que Harriet estava ficando no apartamento dele, ele seria ainda mais bombardeado com as estratégias casamenteiras da irmã. Debra não era tão moderna quanto um aplicativo de encontros, pensou Ethan, mas era muito mais difícil de deletar.

Ciente de que não sentia mais os dedos, ele enfiou as mãos nos bolsos.

— Você é sempre otimista assim?

— Você acha que isso é ser otimista? Eu acho que estou simplesmente falando a verdade. No pronto-socorro, seu trabalho é determinar as necessidades dos pacientes, não é? Se um paciente tem traumatismo craniano, não é você que vai atendê-lo. Você vai chamar um especialista na área.

— Com certeza.

— Aqui não é diferente — disse Harriet, esperando enquanto Madi farejava a neve. — Você chamou uma especialista. Não que eu esteja me comparando a um neurocirurgião, você entendeu o que eu quis dizer. Imagino que você deva ver umas coisas bem nojentas.

— Nojento é um conceito relativo — disse Ethan enquanto ela recolhia o cocô de Madi. — O que você está fazendo agora é bem nojento.

— Faz parte de um cuidado responsável com os cachorros. Você já recebeu algum paciente do qual não deu conta?

— Meu trabalho é dar conta de todos os pacientes, assim como o seu é dar conta de qualquer cachorro, mesmo que ache algum deles mais desafiadores.

— Não é a mesma coisa. Você não fica fragilizado quando o paciente é uma criança?

— As crianças vão para o pronto-socorro pediátrico. Mas, independentemente de quem seja o paciente, tento manter uma distância emocional, pois preciso ser capaz de pensar com clareza. Criança ou adulto, os parentes contam comigo para tomar as melhores decisões. Não posso fazer isso se estiver pensando no impacto emocional sobre a família. Isso não ajuda ninguém.

— Soa muito bonito na teoria, mas é fácil assim na prática?

— No começo, não. Fui aprendendo essa habilidade com o tempo. Ou, quem sabe, não seja uma habilidade. Talvez seja uma falha minha. Ou quem sabe eu seja muito bom em me desconectar e não sentir coisas.

— Então você é um bloco de gelo por dentro?

— Eu não disse isso — argumentou Ethan, fazendo uma pausa. — Não é que eu não sinta emoções, mas eu aprendi a reprimi-las e processá-las à minha própria maneira, em meu tempo.

Ethan, porém, descobriu que, se reprimisse bem as emoções, era como se elas desaparecessem completamente.

— E que maneira é essa?

— Karatê. Sou faixa preta.

Harriet arregalou os olhos.

— Daí você bate nas pessoas e as manda para o pronto-socorro de onde acabou de sair?

— Não. Se eu machuco alguém, resolvo na hora.

Eles caminharam pelas ruas cobertas de neve, evitando o barulho e a confusão da rodovia oeste.

Ethan estremeceu quando o vento frio tocou as partes de pele expostas.

— Você não está com frio?

— Não. Passo quase o dia todo trabalhando na rua. Me visto sempre de um jeito preparado. Não queira nem saber quantas camadas de roupa estou vestindo — disse ela, olhando para o céu. — Está nevando de novo.

— Você fala isso como se fosse algo ótimo e não um inconveniente que irá trazer desgraça para tantos.

Ethan viu a neve cair e pensou em todos os acidentes subsequentes, em como o pronto-socorro transbordaria de pacientes.

— Eu sei que pode ser um transtorno, mas ainda acho que tem uma coisa meio mágica na neve. Você não?

Ela se esticou e pegou um punhado de neve com as mãos, examinando-a como alguém examinaria um diamante.

Ethan ficou encantado com o gesto, o que foi chocante. Ultimamente, era raro, se não impossível, que se encantasse com alguma coisa.

Cinismo, cansaço e desilusão? Sempre.

Encantamento? Nunca.

— Mágica?

— Só de *ver* neve eu já fico feliz.

— Eu gosto de neve quando estou esquiando. Em Nova York, ela significa que o pronto-socorro vai ficar mais movimentado do que o normal.

— Me surpreende que você pratique esqui mesmo sabendo de todas as lesões que pode causar — disse Harriet, dando de ombros. — Acho que, se você se machucar, você resolve na hora, né?

Ethan riu.

— Quem dera fosse tão simples. Felizmente, não está nos meus planos quebrar nada.

— Você esquia com frequência?

— Vou viajar na semana antes do Natal. Minha madrinha vai se casar e minha família inteira vai ao casamento. Quer dizer, só se Karen ficar bem até lá.

— Sua madrinha?

— Elizabeth O'Neil. Ela é uma das amigas mais próximas da minha mãe. Elas se conheceram enquanto faziam um curso de gastronomia em Paris e viraram amigas. A gente ia ficar com eles todos os anos quando éramos crianças. Duas vezes por ano, algumas vezes. No verão e no inverno. A família deles tem um resort perto de um lago em Vermont.

— Uau, parece incrível.

— É mesmo. Mas não tem sido fácil para eles manter o negócio. O resort está na família há três gerações, mas começou a entrar em declínio. Pelo que entendi, Michael, o primeiro marido de Elizabeth, não era um grande homem de negócios. Ele morreu faz poucos anos e Jackson, o filho mais velho deles, assumiu a empresa. Ele transformou o lugar em um daqueles resorts que tem tudo e você nunca precisa sair. Mas ainda é um negócio familiar, sempre foi. O irmão dele, Tyler, ajuda também, mas Sean, o mais novo, é cirurgião ortopédico, por isso não se envolve diretamente.

— Eu vi uma foto de vocês em uma estação de esqui. Achei que fossem seus irmãos.

— Quando éramos crianças, éramos próximos como irmãos. Agora nos vemos poucas vezes por ano. Jackson costuma vir a Manhattan por causa dos negócios ou eu vou até lá para esquiar... — disse Ethan, dando de ombros. — Alguns anos atrás, no verão, fizemos juntos parte da trilha da cordilheira dos Apalaches.

— E agora Elizabeth vai se casar outra vez? Quantos anos ela tem?

— Está na casa dos sessenta, eu acho. Não sou muito bom em adivinhar a idade das pessoas. Acho que já deu para notar minha falta de tato, então melhor não insistir numa resposta mais precisa.

— Acho incrível que ela tenha se apaixonado de novo. Todos vocês vão ao casamento?

Ethan havia falado sobre o resort, mas, ainda assim, o assunto que mais interessou Harriet foi o fato de Elizabeth estar se casando outra vez.

— Nós costumamos ir para lá de qualquer jeito nessa época do ano. Deve ser por isso que Elizabeth escolheu essa data. É antes do Natal, não é aquela loucura toda ainda, mas já deve dar para esquiar bem. Reservamos dois chalés.

— Chalés?

— As acomodações no Snow Crystal consistem principalmente em chalés de madeira ao redor do lago.

— Parece perfeito. Um casamento no inverno, em uma floresta nevada. Seria meu sonho.

O fato de Harriet sonhar com casamento devia bastar para que Ethan voltasse correndo para o apartamento, mas, por algum motivo, ele continuou ali.

— Você esquia?

— Nunca por vontade própria — disse ela, e sorriu. — Só quando perco o equilíbrio caminhando. O que acontece bastante nessa época do ano.

Eles chegaram à esquina da Morton, deram meia-volta e retornaram pelo mesmo caminho.

— Ser traumatologista não desencoraja você a praticar esportes radicais?

— Não, ainda que alguns estejam fora de questão.

— Tipo?

— Eu odeio motos.

— Você sempre quis ser médico?

— Sempre.

Eles voltaram ao prédio e Ethan segurou a porta para Harriet.

— Tanto meu pai quanto meu avô são médicos. Eles têm um consultório em Connecticut.

— E por que você não seguiu os passos da família?

— Eu queria uma coisa um pouco mais dinâmica.

— Seu pai ficou ressentido por você não querer trabalhar com ele?

— Ressentido?

A pergunta o surpreendeu.

— Por que ele ficaria?

— Ah, porque... — Ela deu um leve balanço de cabeça. — Achei que ele pudesse ter esperanças de que isso acontecesse, ficado ressentido quando você escolheu outra coisa.

— Ele queria que eu trabalhasse com o que me interessasse mais. No meu caso, foi a área de traumatismos.

Ethan abriu passagem para que ela entrasse no elevador.

— E você, sempre quis ter sua própria empresa?

Harriet desenrolou o cachecol do pescoço.

— Na verdade essa teria sido a última coisa a passar pela minha cabeça. Não levo muito jeito com pessoas nem com contas.

— Minha irmã sempre fala que a Guardiões do Latido é praticamente dona de todo o East Side.

— Nós estamos indo bem. Principalmente por causa de Fliss. Ela é o cérebro da empresa.

Ele a observou fazer carinho em Madi.

A cachorra se comportou tão bem o tempo todo que mal dava para acreditar que era o mesmo animal que encontraram no apartamento no primeiro dia.

— Fliss também tem as suas sofisticadas habilidades de domadora de animais?

— Domadora? Você não está exagerando minhas habilidades um pouquinho?

— Pelo que estou vendo, não.

— Eu achava que o título de "domador" era reservado às pessoas que trabalham no circo ou com animais perigosos.

— Meu apartamento estava parecendo um circo quando você chegou naquele dia. Quanto ao perigo... É tudo uma questão de perspectiva. Você fez Madi passar de uma massa amorfa de dentes e pelos destruidora de lares a um bicho bem-comportado. Ela fica o tempo todo olhando para você pedindo festinha e atenção. Fica andando perto da sua perna, esperando suas ordens. Se isso não é domar um animal, então não sei o que é.

— Ela é uma boa menina.

Ele percebeu que, logo que entraram no apartamento, ela tirou o casaquinho de Madi. O conforto da cachorra era sempre a prioridade de Harriet.

— Você ama o seu trabalho.

— Eu amo muito. Você não ama o seu?

Será que Ethan amava? Ele franziu a testa. Era uma pergunta que não se fazia havia muito tempo.

— Amar provavelmente é a palavra errada. Meu trabalho é gratificante, é desafiador. Sua irmã agora está trabalhando nos Hamptons? Você não ficou na tentação de ir com ela?

— Não. Eu amo Manhattan. Também amo os Hamptons, mas não tenho vontade de morar lá. Trabalho com certos clientes há oito anos já, eles são como minha família. E Nova York é meu lar.

Harriet levou Madi para o cercadinho e a cachorra entrou sem discutir.

— E a sua família de sangue? Seus pais ainda estão vivos?

Ela fez carinho na cabeça de Madi.

— Estão, mas são divorciados. Minha mãe está viajando no momento, por isso não nos vemos muito.

— E seu pai?

Ethan soube que aquela era uma pergunta ruim no momento em que a formulou.

O sorriso sumiu do rosto de Harriet como se ele tivesse apertado um interruptor.

— Nós também não nos vemos. Boa noite, Ethan.

Harriet se levantou e caminhou em direção à escada sem olhar para trás, deixando Ethan com a desconfortável percepção de ter feito a pergunta errada.

Capítulo 14

Harriet tomou um banho e entrou na cama, mesmo sabendo que não havia a menor chance de pegar no sono. Sua mente estava girando feito uma máquina de lavar.

Ethan havia feito uma pergunta, só isso. Nem sequer tinha sido uma pergunta invasiva.

E o que ela tinha feito? Migrado a conversa para um território onde ficasse mais à vontade? Não. Saíra correndo para o quarto feito Madi atrás de um graveto no parque.

A pergunta de Ethan podia até não ter sido invasiva, mas foi assim que Harriet interpretou. Era um gatilho para um monte de inseguranças.

Furiosa e estressada, Harriet pegou o livro que havia colocado debaixo do travesseiro.

Por que ela era tão ruim em conversar?

E por que tinha tanta vergonha de conversar sobre os pais?

Muitas pessoas tinham pais divorciados. *Eles são divorciados.* Era tudo o que Harriet precisava dizer. Não precisava entrar em detalhes. Ethan não queria saber a história da vida dela, era apenas um bate-papo casual.

Mas não. Ela teve que exagerar.

Ainda agarrada ao livro, Harriet se virou na cama e encarou o teto.

Fazia mais de uma década desde que ela havia saído de casa.

A simples menção ao pai não devia fazer seu coração disparar e, com certeza, não devia ter vergonha de falar sobre o assunto.

Por que a incomodava tanto o fato de não se verem? Por que esse detalhe a deixava constrangida?

Mas ela sabia a resposta a essa pergunta. Era porque, no fundo de seu coração, ela acreditava que família era algo pelo qual valia a pena lutar. Ela acreditava que nenhuma situação, independentemente de quão sombria fosse, deveria ser capaz de dividir uma família. E a dela era assim, dividida, e o fato de que o responsável por isso era seu pai não amenizava a situação. Na verdade, piorava, porque era como se o desejo dele de não ter contato algum com eles refletisse em Harriet, a inferiorizasse.

A verdade é que o pai não gostava dela e Harriet tinha passado a vida se ajustando a essa realidade. Mas como se ajustar a algo tão errado? Não é certo que um pai não ame a própria filha. No universo povoado pela imaginação de Harriet, pais amavam os filhos incondicionalmente. Eles não os acham irritantes ou ficam procurando motivos para não passar tempo com eles.

Ela sabia que não era a única lidando com essas questões.

Fliss passou a vida lutando contra as opiniões negativas do pai. Ela achava quase impossível se desvencilhar do véu no qual ele a envolvera quando criança.

Era o mesmo com Harriet.

Não importava quantas vezes ela lembrasse a si mesma que havia partido dele, não dela, a escolha de romper qualquer forma de contato. Era culpa dele a tristeza que recaíra sobre a família.

Era algo que Harriet detestava admitir às pessoas. Sentia medo de que, ao dizer *meu pai não quer contato comigo* na verdade estivesse dizendo *eu não valho a pena*.

Ela não acreditava nisso, não de verdade. E por isso não compreendia por que dizê-lo às pessoas parecia uma ofensa pessoal, um fracasso.

Ela permaneceu imóvel olhando para o teto, sem conseguir dormir.

Quando ouviu o primeiro choramingar de Madi, saiu da cama imediatamente na esperança de chegar até ela antes que acordasse Ethan.

No andar debaixo, encontrou Madi triste e chorosa.

— O que houve, meu amor?

Harriet se ajoelhou junto ao cercadinho e viu um dos brinquedos de Madi no meio do chão da cozinha.

— Você perdeu o seu brinquedinho? Por que você não está dormindo?

Ela recuperou o brinquedo e esperou até Madi se acalmar.

— Isso é saudade da Debra? Eu sei que é difícil ficar para trás quando a família toda viaja. Você e eu temos muito em comum. Nós duas estamos nos adaptando a novas circunstâncias. Não é fácil.

— Posso ajudar de alguma forma?

A voz de Ethan veio de trás de Harriet, que se endireitou na hora, com a percepção súbita e horrível de não ter pegado um roupão ao ouvir o choro de Madi. Ela estava vestindo seu pijama de borboletas.

Fliss teria revirado os olhos e dito que ela era uma causa perdida.

— Sinto muito por ter acordado você.

— Eu não estava dormindo. Estava trabalhando em meu artigo de pesquisa.

— À meia-noite?

— Minha cabeça funciona melhor nesse horário. Ela acordou você?

— Não, eu não estava conseguindo dormir.

— E a culpa foi minha — disse ele em um tom suave, provavelmente para não agitar Madi. — Eu que fiz uma pergunta indelicada. Sinto muito. — Ethan deu uma risada sem graça. — Eu já pedi mais desculpas a você nas últimas quarenta e oito horas do que em toda minha vida.

— Não precisa pedir desculpas.

Harriet pensou se o pijama não estaria transparente com a luz que vinha de trás deles. Esperava que não. Depois do episódio do jantar, Ethan provavelmente pensaria que ela estava tentando conquistá-lo.

— Você não tem culpa se a questão do meu pai é um assunto delicado. Preciso aprender a lidar melhor com isso, então a culpa é minha, não sua. A verdade é que eu e meu pai não temos uma boa relação. — Era o maior eufemismo do século. — Na verdade, nós não temos relação alguma. E isso não se enquadra em minhas expectativas do que deveria ser uma família.

Ele ficou em silêncio por um instante.

— Quer um chocolate quente? Minha sobrinha diz que faço o melhor do mundo.

Não era a resposta que Harriet estava esperando. Talvez significasse que Ethan não queria conversar sobre o assunto. Ou talvez significasse que ele estava sendo sensível, uma vez que havia percebido que era ela quem não queria conversar sobre o assunto.

Harriet desejou que seu cérebro pudesse parar de analisar tudo nos mínimos detalhes o tempo todo.

— E você com certeza a corrigiu dizendo que ela ainda não tinha provado todos os chocolates quentes do mundo.

Ele foi até a cozinha.

— Acredite ou não, sou um amor com minha sobrinha. Se eu me esforçar muito, consigo até não ser pedante. E olha, eu aceitaria a oferta, se fosse você. De acordo com ela, é de "lamber a caneca", realmente cinco estrelas. Quando o assunto é chocolate quente, eu sou campeão. Pode ser que ajude você a dormir.

Ethan estava usando calça jeans preta e uma blusa, também preta, cujas mangas se moldavam à forma do bíceps dele.

A visão deixava Harriet ainda mais ciente do pijama.

Ela pensou se não devia correr até o quarto e pegar um roupão. O que Fliss faria?

Entraria na cozinha cheia de confiança e beberia o chocolate quente enquanto conversaria sobre toda e qualquer coisa existente sob o sol.

Harriet talvez não conseguisse a parte da conversa, mas era capaz de entrar na cozinha e tomar o chocolate quente.

— Como Karen está? Você falou com a Debra hoje?

— Falei duas vezes. Uma em um intervalo de dois minutos que tive entre pacientes hoje de manhã e outra agora há pouco, uma hora atrás. Karen está bem. Vai ter alta amanhã, mas ela vai precisar descansar mais alguns dias antes de poder voar. — Ethan pegou leite na geladeira, tão relaxado quanto Harriet parecia tensa. — A gente se falou. Ela fez piada, foi bom.

Ethan não teve tempo para almoçar, mas achou tempo para ligar para a irmã e para a sobrinha. Duas vezes.

O coração de Harriet acelerou mais um pouco.

— Quanto tempo vai demorar até ela se recuperar?

— Ela vai ficar engessada por algumas semanas. Vou dar um jeito de marcar consulta com um ortopedista daqui para ela, para que ela não precise ficar na Califórnia. É melhor ela ficar em casa até poder se movimentar melhor. Ela vai com a gente para Vermont na semana antes do Natal, ainda que de jeito nenhum vá esquiar.

Harriet se sentou, pensando que assim, pelo menos, a parte de baixo de seu corpo estaria protegida sob o balcão da cozinha. Ela não estava acostumada a ter alguém vendo o que ela usava para dormir.

— Como é trabalhar no dia do Natal?

— No pronto-socorro, é praticamente um dia como outro qualquer. Mas suponho que seja diferente nos departamentos em que os médicos conhecem os pacientes. Na pediatria eles recebem visita do Papai Noel — disse Ethan, dando risada, e Harriet o encarou.

— Qual é a graça?

— É que pelo visto o Papai Noel teve um conflito de agenda nesse ano e me pediram para assumir o posto.

— Eles querem que você seja o Papai Noel?

— Eu sei... — disse ele, balançando a cabeça. — É uma loucura.

Ela o imaginou vestido de Papai Noel, com aqueles olhos azuis cheios de bondade enquanto entregava presentes para crianças internadas.

— O que tem de loucura nisso? Acho incrível. Deve ser muito triste passar o Natal no hospital. Quer dizer, eu fico imaginando o que essas crianças sentem... Elas amam o Natal, né? A árvore, os presentes... Lá elas não têm isso. Pelo contrário, no hospital elas estão com medo e com saudade de casa e dos pais.

Os olhos de Harriet marejaram só de pensar e ela viu Ethan olhar para ela.

— Você está chorando?

— Não! — disse ela, piscando rapidamente. — Só detesto imaginar crianças sozinhas no hospital em pleno Natal.

Ethan abriu um sorriso. Um sorriso divertido, com um dos cantos da boca, que de alguma maneira o tornou mil vezes mais atraente do que já era.

— Estou começando a entender por que você não escolheu ser veterinária. Seu coração é de manteiga, Harriet Knight.

— É mesmo — disse ela, pigarreando. — Não serve para muita coisa.

— Eu não diria isso.

Harriet queria saber interpretar melhor os diferentes tipos de olhares, porque tinha certeza de que não estava entendendo alguma coisa naquele olhar de Ethan.

Ou quem sabe ele estava só imaginando como um coração de manteiga como o dela chegou tão longe na vida sem acabar na sola da bota de alguém.

— Entendo o porquê de você se desligar emocionalmente quando está trabalhando, mas como você consegue não sentir empatia por essas crianças quando está fora?

— Você está tentando me fazer chorar?

— Não, estou tentando mostrar por que você deveria ser o Papai Noel este ano. Essa visita com certeza vai ser o ponto alto do dia delas. Não é incrível poder realizar o melhor momento no dia de alguém? — perguntou Harriet, olhando para ele. — Por que você está balançando a cabeça?

— Estou tentando lembrar se algum dia já encarei a vida do jeito que você encara. Fico pensando se devo dar as notícias a você ou não.

Ethan despejou leite em uma leiteira e Harriet o observou, distraída pela forma como ele se mexia. Foi a mesma coisa no pronto-socorro, lembrou ela. Primeiro, reparou nos olhos dele e, depois, nas mãos. Ethan tinha mãos habilidosas. Harriet suspeitava que elas poderiam fazer quase tudo.

Imaginar o que seria esse "quase tudo" inundou a mente dela de imagens que deixaram Harriet ruborizada. Era como se ela tivesse clicado sem querer em um link e a tela tivesse se enchido de gente pelada. Levou alguns instantes até que ela se desse conta de que Ethan a estava olhando.

— Você está bem? Você ficou vermelha. Espero que não esteja prestes a pegar um resfriado. Nessa época o vírus da gripe rola solto.

Harriet suspeitava que a única coisa que ela estava prestes a pegar era ele.

— Estou bem. Está quente aqui, só isso.

Ainda que grande parte desse calor tenha sido gerada pelos próprios pensamentos. Harriet tentou deletar aquelas imagens inquietantes do cérebro.

— Você disse que tinha notícias para me dar.

Ele pegou duas canecas no armário.

— É o seguinte... Papai Noel não existe, Harriet.

Ethan estava com a expressão séria, mas seu tom caloroso e simpático fez Harriet pensar que, se algum dia tivesse que receber más notícias, gostaria de recebê-las dele.

— Eu não acredito em Papai Noel. Mas acredito, e muito, que as pessoas têm uma enorme capacidade de melhorar a vida umas das outras de milhões de pequenas formas. Da mesma forma que uma pessoa pode tornar sua vida triste, também é capaz de fazer seu dia feliz. Esses pequenos gestos gratuitos fazem a diferença. Que nem você fez naquela noite no pronto-socorro.

Ah, meu Deus, ela não devia ter dito aquilo. Ethan agora perceberia que ela o havia observado. Depois de todo o episódio do jantar romântico, ele com certeza ia pensar que ela era uma *stalker*.

Ele fez uma pausa.

— Do que você está falando?

— Na noite que você me atendeu, tinha uma mulher aos prantos na sala de espera e você parou para conversar com ela. Você não deve lembrar, mas tenho certeza de que ela se lembra. Ela realmente estava para baixo e, quando uma pessoa está nesse estado, a melhor coisa são palavras boas vindas de um estranho. — Harriet corou. — Me ignora. Estou falando demais.

— Você não está falando demais. Prefiro escutar a falar, é mais fácil conhecer alguém assim.

Ethan despejou chocolate sobre o leite quente e Harriet se viu pensando por que ele gostaria de conhecê-la mais e por que ela queria que isso acontecesse.

— Nossa, esse chocolate quente parece elaborado. Sua sobrinha que ensinou você a fazer?

— A primeira vez que fiz, ela me despediu do cargo.

— O que deu errado? Frio demais? Empelotado? Aguado demais?

— Tudo isso e mais um pouco. Não tinha chocolate o bastante, usei o leite errado... Era uma lista sem fim. Realizar uma cirurgia cardíaca teria sido menos desafiador — disse Ethan, colocando a caneca diante de Harriet. — Ele é obviamente feito a partir das especificações da minha sobrinha, então pode ser que você não goste.

Harriet sorveu cuidadosamente um gole e fechou os olhos.

— Como uma pessoa seria capaz de não gostar disso aqui? É um abraço servido em caneca. Um abraço líquido.

— Abraço líquido? Você talvez devesse parar de passear com cachorros e começar a criar slogans.

Ele se sentou na cadeira em frente à dela. As mangas da blusa de Ethan estavam arregaçadas, expondo os antebraços levemente cobertos de pelos escuros. Ele tinha braços fortes. O tipo de braço que uma pessoa gostaria que a envolvesse em momentos difíceis, ainda que, de forma geral, essa não fosse a forma de Ethan de lidar com as crises que cruzavam seu caminho no trabalho. O cabelo dele estava despenteado, os olhos cansados, e ainda assim ele continuava o homem mais sexy que Harriet já tinha visto na vida.

O apartamento estava silencioso. O único barulho era o rumor baixo da geladeira e o som suave da respiração ritmada de Madi.

Do lado de fora, a neve continuava caindo, desenhando um véu sobre os prédios no horizonte.

— E quando vai ser o próximo encontro?

A pergunta chegou desconfortavelmente perto dos pensamentos de Harriet, que bebeu outro gole de chocolate quente.

— Não vai ter próximo encontro. Para mim já deu.

— Mas já? Depois de três encontros? Três é seu número da sorte?

— Três é o número que estipulei. Prometi a mim mesma que iria a três encontros antes de me permitir desistir.

— E se o cara perfeito para você fosse o quarto?

Ela abaixou a caneca.

— Bem, quer saber a verdade? Eu não esperava encontrar o cara perfeito. Eu só queria mesmo me sair bem em um encontro. Não estou fazendo isso porque estou desesperada atrás de um homem, Ethan. Estou fazendo porque é uma coisa que acho difícil, e neste momento estou tentando fazer coisas que acho difíceis.

— Eu não sabia que era preciso ter habilidades específicas para ir a encontros.

O comentário confirmou o que Harriet já sabia. Que uma coisa que para ela era um desafio era fácil para a maioria das pessoas.

— Eu tenho dificuldades em falar com estranhos. E durante um jantar é mais difícil ainda. As pessoas dizem "opa, vamos comer alguma coisa" como se fosse a coisa mais simples do mundo, mas para mim não é.

— Você acha jantar difícil? Por quê? Por causa do clima? A pressão romântica da situação?

— Bem, primeiro de tudo, eu não me saio bem quando não conheço a pessoa. Demoro a relaxar e nunca consigo chegar a esse ponto durante um encontro. — Harriet fez uma pausa, pensando em quanto deveria revelar. — E, quando eu era criança, as refeições eram momentos muito estressantes e acho que eu carreguei isso comigo para a vida adulta. Por isso, se um primeiro encontro sempre vai ser um pesadelo, um primeiro encontro com jantar vai ser um pesadelo em dobro.

Harriet nunca havia contado isso a alguém antes, nem mesmo a Fliss. Ethan, porém, tinha algo que tornava fácil dizer coisas que ela costumava achar difíceis. Talvez fosse a forma dele de escutar, prestando total atenção, como se o que ela estivesse falando fosse interessante e importante.

Como naquele momento. O olhar dele não se desviou nem uma vez do rosto dela.

— Por que as refeições especificamente?

— Porque era o único momento em que nos reuníamos como família. Parece perfeito, né? A família inteira ao redor da mesa. Mas era o oposto disso, era uma tortura.

— Por causa da sua família?

— Da família inteira não, só do meu pai. Eu mantinha distância dele o máximo que podia, mas não tinha como evitá-lo durante as refeições. Acho que fazer a gente se sentar à mesa uma vez por dia era o jeito que a nossa mãe tinha de fingir que éramos uma família normal, mesmo que fôssemos qualquer coisa menos isso.

— Você disse que seus pais eram divorciados, então só deu para evitar depois que vocês saíram de casa?

— Infelizmente. Teria sido melhor para todo mundo se tivesse acontecido antes.

— Ele era abusivo?

Havia um tom levemente áspero na voz dele, algo que Harriet não havia escutado antes.

— Verbalmente. Ele era bom com as palavras. Era a arma perfeita para alguém como ele. Falando, ele não precisava levantar a mão nem tirar o cinto. Ele conseguia ferir e deixar cicatrizes só abrindo a boca. — Harriet envolveu a caneca com as mãos, absorvendo seu calor. — Como ele era bom com as palavras, eu tirava ele do sério por ser o oposto. Quanto mais furioso ele ficava, mais eu gaguejava. Ele não tinha paciência para esperar até que eu conseguisse pronunciar uma palavra, então terminava minha frase por fim e acabava falando sozinho. Por isso, eu tentava ficar em silêncio, mas isso também o tirava do sério. Fliss e Daniel brigavam com ele, em parte para tirar a atenção dele de cima de mim. Então agora você tem uma noção de quão tranquilas eram as nossas refeições. Ele podia fingir que eu não era sua filha durante todo o resto do tempo, mas nesses momentos ele era forçado a confrontar o fato de que eu existia... Mas chega, estou falando demais, o que é um pouco irônico, dada a circunstância.

O problema de Harriet costumava ser justamente não falar o bastante, mas a presença de Ethan parecia ser um antídoto.

Talvez ele tivesse colocado drogas no chocolate quente.

— Você não está falando demais — disse ele em tom suave. — Ele também ficava bravo com a sua mãe? Era por causa do casamento? Ele não a amava?

— Ele a amava muito, era esse o problema. — Era um alívio poder conversar sobre isso com alguém que não estivesse emocionalmente envolvido com a situação. Alguém capaz de escutar sem julgar. — Fliss e eu só descobrimos isso recentemente. Minha mãe passou a vida toda tentando acalmar os ânimos e lhe agradar. Sempre achamos que ela era a louca de amores por ele e que ele não correspondia. No final das contas, era o contrário. Ele era louco por ela, mas ela não o amava de volta.

— Eu tenho certeza de que, no fundo, ele amava vocês.

— Ora ora, quem é que acredita em contos de fadas agora, hein?

Harriet, porém, entendia por que Ethan estava dizendo aquilo. Por muitos anos, antes de se dar conta da dura verdade, ela pensava o mesmo.

— Detesto destruir suas ilusões sobre o que é uma família feliz, mas ele não me amava. Nem um pouco — continuou Harriet, e viu o choque e a incredulidade nos olhos dele. — Sei que você acha que estou enganada, mas não estou. Eu também não queria acreditar nisso. Por anos eu disse a mim mesma que a culpa por ele estar sempre tão bravo era minha. Como eu não conseguia falar direito, era óbvio que ele ficaria de saco cheio. Minha gagueira devia ser irritante para alguém tão confiante como meu pai. Ele dominava a cena aonde quer que fosse, era dono de uma personalidade maior do que o Empire State. Eu achava que, se eu me empenhasse mais, poderia lhe agradar e, assim, ele me amaria. Mas isso nunca aconteceu. Quanto mais ele gritava, mais eu gaguejava e me culpava por isso. Eu me achava uma pessoa difícil de amar. Eu me contorcia que nem um pretzel para conseguir a aprovação dele, mas ela nunca vinha.

Harriet não contou sobre o incidente em especial, de quando tinha 11 anos.

— Ele está vivo?

— Ele teve o primeiro ataque do coração alguns anos atrás, mas sim, continua vivo.

E mesmo no hospital, preso às máquinas, ele não quisera vê-la. Não demonstrara o menor sinal de arrependimento ou de mudança em relação ao que sentia. Em dado momento, Harriet finalmente aprendeu que desejar que a pessoa a amasse não bastava. Não era possível desejar isso, nem mudar as coisas para que acontecesse. Se uma pessoa não nos ama da forma que somos, então ela nunca vai amar.

— Vocês ainda se veem?

— A última vez foi no verão passado, mas não vou visitá-lo de novo.

E aquele seria um outro tipo de desafio. O desafio de confrontar a realidade em vez de alimentar esperanças.

— Eu continuei tentando porque parecia o certo a fazer, mas depois de encontrar com ele eu sempre fico me sentindo péssima. Ele não quer me ver, então para mim chega. Já aprendi a lidar com isso. — Não era exatamente verdade, mas Harriet já havia contado a Ethan mais do que a qualquer outra pessoa na vida, por isso concluiu que estava de bom tamanho. — Agora me conta um pouco sobre os seus pais. A julgar pelas fotos espalhadas pela casa, você parece ter uma família normal.

— Não sei se existe esse negócio de "família normal", mas sim, eu tive sorte com a minha. Meus pais são médicos. Meu avô é médico. Nossas conversas à mesa podem ser bastante "nojentas", segundo minha sobrinha, e às vezes ficam bem acaloradas, mas são discussões amigáveis.

— E você queria ser médico desde criança?

— Não, eu queria ser campeão de esqui alpino, que nem meu amigo Tyler.

Ela deu risada.

— E por que não foi atrás disso?

— Eu cresci numa cidade do Connecticut e só esquiava duas vezes por ano, se tivesse sorte. Tyler foi criado em Vermont e esquiava quantas horas do dia quisesse na temporada de neve. Precisei reconsiderar meu sonho — disse Ethan, e se inclinou para a frente segurando a caneca com as duas mãos. — Eu cresci imaginando que me tornaria médico. Eu me lembro de, um dia, perguntar a minha mãe se existiam outras profissões, porque todo mundo que eu conhecia era médico.

— Debra é a única pessoa da sua família que não é médica?

— Ela não seguiu a moda, mas ouviu tantas conversas que é provável que consiga tocar um pronto-socorro sozinha — explicou Ethan, colocando a caneca sobre o balcão. — Mas, voltando ao ponto, você não acha que é um pouco jovem demais para desistir de conhecer pessoas?

— Eu com certeza desisti do caminho da internet. É claro que, se por acaso eu esbarrar com alguém maravilhoso e fácil de conversar enquanto passeio com um dos cachorros, é outra história.

— E isso acontece?

— Não muito, mas foi assim que Daniel, meu irmão, conheceu a Molly — disse Harriet, dando risada. — Na verdade, isso não é exatamente a verdade. Daniel viu Molly passeando com o cachorro no parque e botou na cabeça que queria conhecê-la, aí ele pegou um cachorro emprestado com a gente e foi atrás dela. Por isso, ainda que eles tenham se conhecido passeando com os cachorros, o cachorro não era exatamente de Daniel.

Ethan estava rindo.

— Acho que gosto do seu irmão.

— Eu também gosto, mesmo que às vezes eu tenha vontade de esganar ele. Mas, pensando bem, agora Daniel é dono do cachorro emprestado e Molly é a melhor coisa que aconteceu na vida dele, então eu o perdoo por ser tão manipulador.

— Só finais felizes.

— Sim. Eles vão se casar. — Harriet ainda não estava habituada àquela ideia. — E a Fliss também.

Ela imaginou os irmãos passando as férias juntos, todos em casal menos ela. Logo, logo os filhos começariam a chegar. Ela seria a tia Harriet.

A inveja, concluiu, é um sentimento realmente incômodo. Ela diz coisas que uma pessoa não quer saber sobre si mesma. Harriet não queria sentir inveja das pessoas que mais amava.

— A sensação é estranha?

— Estou morrendo de alegria com tudo isso, só quero o melhor para eles.

Ethan a observou firmemente.

— Óbvio que sim. Mas você pode morrer de alegria e desejar o que há de melhor e, ainda assim, ficar triste por você mesma. E sei que é difícil, porque a gente não se permite se sentir assim.

Ela suspirou e terminou o chocolate quente.

— Como você sabe tanta coisa?

— Passo meus dias trabalhando com pessoas em situações difíceis — respondeu Ethan, encarando Harriet. — Você está passando por uma transição delicada. Uma grande mudança na vida. E não está feliz.

Era tão óbvio assim?

— Não tenho motivos para estar infeliz. Não perdi meu emprego, nem estou de coração partido ou coisa assim.

— De certa maneira está sim, porque você sofreu uma perda. A perda de uma irmã com quem viveu praticamente a vida inteira. A perda de um estilo de vida que amava. E a perda de certo conforto, porque tudo o que está fazendo agora é desconfortável e estressante. Ficar o tempo todo fora da zona de conforto faz a gente viver em um estado de alerta constante.

— A ironia disso tudo é que, de nós três, eu era a única que queria esse lance de ter uma família e um lar. A vida é um negócio estranho. Eu me sinto patética — confessou Harriet —, porque não perdi a minha irmã de verdade. Posso ligar para ela quando quiser.

— Mas não é a mesma coisa, né?

Ethan não se mexeu. Não a tocou. Ainda assim, seu tom de voz soava tão reconfortante que era como se o tivesse feito. Harriet nunca imaginaria que o homem que havia gritado com ela no primeiro dia poderia ser capaz de tamanha sensibilidade.

— Não, não é — respondeu ela com a voz embargada. — São as pequenas coisas. A gente sempre conversava sobre tudo. Eu era a pessoa mais próxima a ela e essa pessoa agora é o Seth. Eu me sinto... — ela engoliu em seco —... trocada.

— Mesmo sabendo que não foi.

— Mesmo sabendo que não fui.

Harriet estava profundamente abalada pela presença sólida à sua frente, do outro lado da mesa. Imóvel, Ethan a escutava com os braços apoiados sobre o balcão de granito. Ele estava com os olhos cansados e a barba por fazer, mas, ainda assim, era o homem mais atraente que ela já tinha visto na vida. Algo dentro dela se agitou. Sentimentos espreitavam, floresciam. Sentimentos que não deveria sentir, porque aquilo não era um encontro.

Os olhares deles se encontraram e Harriet sentiu uma química quase elétrica. A sensação percorreu sua pele e se alojou no peito.

Ela ficou contente por ele estar falando porque, naquele momento, não sabia muito bem se seria capaz de usar a própria voz.

— A vida que você amava mudou e não por escolha sua, então tudo bem ficar triste por isso. É natural. Você está atravessando um período de adaptação. O que eu não entendo é: por que você dificultou ainda mais a situação com os Desafios da Harriet? Por que não esperar até as coisas estarem mais fáceis?

— Porque quero que a vida seja fácil, e ela não é assim. Meu instinto natural é o de me trancar em casa e maratonar todas as temporadas de *Gilmore Girls*. Se eu me permitir, saio só para passear com os cachorros e volto para casa para passar as noites sozinha. Fliss foi minha vida social por quase toda minha vida. Eu amo a Molly, mas agora ela vai se casar com o meu irmão. Minha amiga Matilda acabou de ter uma filha e está passando pouco tempo em Nova York. Preciso botar a cara no mundo e construir uma vida nova e é isso que vou fazer. Mas o mundo não foi feito para pessoas tímidas.

— Existem vantagens em ser tímida.

— Ah é? Me diz uma.

— As pessoas tímidas costumam ter capacidades de observação muito mais sofisticadas. Elas observam e escutam mais do que as pessoas normais, e por isso têm uma percepção muito mais profunda do comportamento humano.

— Mas não faz muito sentido ter percepções profundas quando se tem medo demais para conversar com os humanos observados. Tem dias que eu gostaria de passar pela porta e ser o centro das atenções.

— Desde que você abra a porta antes… — brincou ele, sorrindo com os olhos. — Ser o centro das atenções não tem nada a ver com gerar estardalhaço. Não tem a ver com o quanto se fala, mas com o *que* se fala.

— Falando assim parece muito bonito, mas quando eu estava no jantar com aqueles caras não falei quase nada. Eles falaram o tempo todo.

— Sobre eles mesmos, imagino.

— Basicamente.

— Isso é insegurança. Eles estavam tentando convencer você de como são incríveis. Mas sei lá, acho que você está sendo muito dura consigo mesma. Se os caras não pararam de falar sobre eles mesmos, como você poderia ter contribuído na conversa? Pela sua descrição, essas noites foram o equivalente a… — Ethan pareceu pescar a analogia perfeita —… uma masturbação verbal.

Harriet desatou a rir.

— Glenys falou que eram o equivalente a tirar uma selfie de duas horas. Acho que é a versão censurada da sua analogia.

— Quem é Glenys?

— Uma amiga. Na verdade, uma cliente, mas penso nela mais como amiga. Falando nela, se você não se importar, vou usar sua cozinha amanhã para fazer algumas refeições para ela. Depois vou precisar deixar Madi com você por algumas horas para entregar a comida. Eu normalmente levaria Madi comigo, mas quero fazer Glenys dar uma volta e Madi é animada demais.

— Você passeia com os clientes, além dos cachorros?

A ideia fez Harriet sorrir.

— Glenys operou o quadril no verão passado e precisa andar mais do que tem andado ultimamente. Ela tem medo de sair e escorregar quando está nevando, por isso a acompanho para dar um apoio.

— Isso é... — Ethan se deteve, como se não conseguisse encontrar as palavras exatas que procurava. — Muito gentil de sua parte. E você ainda cozinha para ela. Parece que você é mais do que uma passeadora de cachorros, Harriet Knight.

— Eu só faço isso pela Glenys, então não espalhe a informação. Ela vive sozinha desde que o marido morreu e está muito magra. Gosto de levar uma comidinha para ela de vez em quando.

— E quem cozinha para você?

— Ninguém. Mas jantei fora três vezes nas últimas duas semanas. Fique sabendo que a parte boa dessa masturbação verbal é que dá para se concentrar na comida. Comi um risoto delicioso no primeiro restaurante, uma sobremesa de chocolate divina no segundo, que até pedi a receita, e uma salada de camarões de lamber os dedos no terceiro.

— O terceiro foi o que fez você fugir pela janela.

— Isso mesmo.

Ethan pegou a caneca vazia de Harriet e se levantou.

— Minha irmã vai voltar na segunda e eu vou trabalhar no fim de semana, o que significa que sexta é a nossa última noite juntos.

Ethan falou como se todo aquele esquema não tivesse sido montado para a conveniência da cachorra.

— Ah...

Não havia explicação racional para a decepção que palpitava dentro dela. Absolutamente nenhuma. Harriet deveria estar contente de poder voltar para a sua vida normal.

— Que bom que sua sobrinha está bem para viajar.

— Eu vou levar você para jantar.

Jantar? O coração de Harriet disparou e ela sentiu um frio na barriga. O que tinha acabado de acontecer? Teria entendido errado? Não. Com certeza não. Ele tinha acabado de convidá-la para jantar.

Então não era só ela que tinha sentido a química. Ele também.

Harriet não conseguia acreditar no que estava acontecendo. *Ethan a tinha convidado para sair.* Um encontro. Um que não fora marcado em um aplicativo aleatório.

Um cara de quem ela gostava de verdade — e que gostava dela — queria passar tempo com ela.

Harriet sentia que um encontro com Ethan seria diferente de qualquer outro até então. Ela não se sentaria de frente para ele com um sorriso falso pregado ao rosto, fingindo estar interessada em seu monólogo, tentando salvar o coração naufragado dentro do peito.

Ethan sabia escutar. E Harriet se sentia à vontade com ele.

A noite prometia ser incrível. Possivelmente seria o primeiro encontro bom de verdade em toda a sua vida.

— Obrigada — murmurou ela. — Eu adoraria.

Ele sorriu.

— É o mínimo que posso fazer depois de você ter aceitado ficar aqui para me ajudar.

Harriet foi da euforia à decepção em menos tempo que Madi levava para devorar um biscoito. Não era um encontro de verdade.

Era um gesto de agradecimento.

Por que Harriet era tão ridiculamente otimista? Ela precisava trancar suas esperanças em um armário em vez de deixá-las decolarem descontroladamente pela estratosfera. Torceu para não ter demonstrado suas fantasias em sua expressão.

— Mas lembre que você está me pagando por isso. E bastante.

— Eu sei, mas nós dois sabemos que a questão não é o dinheiro — disse ele, colocando as canecas na lava-louças. — Nós vamos jantar e você vai aproveitar para relaxar, bater papo e aumentar sua autoconfiança. E, se gaguejar, não tem problema nenhum.

Tinha problema sim. Tinha muito.

— Você está propondo um encontro-aula.

Nem sequer era um encontro de agradecimento. Estava mais para sessão de treino. Que ótimo. Estava ficando cada vez mais difícil manter o sorriso no rosto.

— Pode chamar assim, se quiser. Você me ajudou. Quero ajudar você.

A esperança murchou e morreu dentro de Harriet, provavelmente para nunca mais ressuscitar.

A química que tinha imaginado estava apenas de seu lado. Ele não ficara arrebatado pela visão dela no pijama de borboletas. Não quisera arrancá-lo para um sexo selvagem na primeira superfície que encontrassem na frente. Harriet não era desse tipo de mulher. Não, ela era do tipo que os homens querem ajudar. Não do tipo a quem eles pedissem ajuda de outro tipo.

Ethan era médico. Ele queria curá-la.

A confiança de Harriet se esvaziou como um balão gigante.

— Eu não preciso de treino — disse ela —, pois não vou sair com ninguém nos próximos tempos.

— Nunca se sabe quando você vai precisar dessas habilidades. E eu gostaria de pagar um jantar para você. Como agradecimento.

Como agradecimento. Harriet preferiria receber um cartão.

— Não preciso de agradecimentos.

— Vou trabalhar amanhã, então vai ter que ser na sexta-feira.

— Não vamos poder deixar Madi sozinha.

— Tem um restaurante italiano ótimo a uma quadra daqui. Vamos ficar fora por duas horas. Três, no máximo.

Três horas. Três horas sentada de frente para Ethan sabendo que ele estaria lá fazendo um favor.

Isso soava como um pesadelo aos ouvidos de Harriet.

Capítulo 15

— E aí, como anda a estadia?

— Vai bem.

Harriet pressionou o celular entre a orelha e o ombro enquanto puxava a coleira de Madi para tirar o focinho de um monte de neve. Elas fizeram o mesmo passeio todos os dias da semana e conheciam cada centímetro do trajeto.

— Ela se adaptou bem e está se comportando. Só estava se sentindo insegura.

Situação com a qual Harriet simpatizava.

Fliss deu risada.

— Eu não estava perguntando da cachorra. Estava perguntando do cara.

— Ethan? O que ele tem a ver com isso? Estou aqui para ser babá da cachorra.

— Sim, mas o dono dela está lá com você. É uma situação única da qual, assim espero, você vai tirar algum proveito.

— Para mim isso tudo só tem a ver com Madi.

— Pior que eu acredito em você... Mas, mesmo assim, como vai o doutor gostosão e esquentadinho?

Harriet refletiu por um instante sobre os momentos que dividiu com Ethan. Na forma como ele a escutava e prestava atenção no que ela dizia.

— No final das contas, ele não é esquentadinho.

— Então agora é só gostosão? Que interessante...

Harriet balançou a cabeça em indignação com o comentário, mas também sorriu. Estava se dando conta do quanto sentia falta de conversar com a irmã. Não só sobre os assuntos importantes, mas sobre coisas bobas também. Do tipo como Manhattan ficava linda com neve, como Madi aprendera a se sentar imóvel enquanto ela preparava o jantar, como tinha encontrado o presente de Natal perfeito para Daniel...

Mas encher uma ligação com pequenos detalhes da vida não era a mesma coisa.

— Eu mal tenho encontrado com ele. Ethan passa a maior parte do tempo no hospital.

— Ele não tem como ficar o tempo todo no hospital. Tipo, ele precisa voltar para casa em algum momento para comer e dormir, né?

— Ele volta, mas não passamos esse tempo juntos.

Fora as três horas juntos do jantar na noite anterior e as duas horas na noite anterior a essa. Será que Fliss perceberia a diferença no tom de voz dela? Provavelmente. Harriet sabia que era uma péssima mentirosa. Além dos encontros, ela também precisava treinar como mentir.

Seu "encontro" seria Ethan dali a algumas horas e, em dois dias, ela provavelmente nunca mais o veria na vida. A não ser que pulasse de outra janela e torcesse o tornozelo. Ou então se se transformasse no tipo de mulher que inspira desejo em vez de pena. Uma mulher que fosse capaz de seduzir um homem com uma pestanejada.

Jantar? Claro. Só espera um minutinho enquanto coloco meu vestidinho preto.

Harriet estava desesperada para perguntar a Fliss o que ela usaria em um encontro que não fosse um encontro, mas, se fizesse isso, nunca seria capaz de driblar as inevitáveis perguntas. E, a bem da verdade, era mais do que só levemente humilhante o fato de que os dois iam sair para que ele a ajudasse. Harriet tinha quase trinta anos. Ela não deveria precisar de ajuda para sair com alguém. Por que Ethan não a convidara como se ela fosse uma mulher normal?

Seria a melhor coisa que ele poderia ter feito para ajudar com a autoconfiança dela.

Mas, seja lá qual fosse o sentimento por trás do convite, o plano de Harriet era voltar logo para o apartamento dele e passar a próxima hora se preparando para parecer que ela não estivera se preparando.

Fliss continuou falando.

— Então ele ainda não colocou aquelas mãos curativas no seu corpinho? Que pena. Você já viu ele pelado?

— Nós somos irmãs gêmeas mesmo? Porque, meu Deus, a gente é *tão* diferente...

Harriet não o havia visto pelado, mas, sempre que ele entrava no mesmo cômodo que ela, ficava imaginando, o que era desconcertante. Quanto mais tempo passava com ele, mais queria que o encontro daquela noite fosse de verdade.

Por que não conseguia encontrar alguém como Ethan no curso normal da vida?

— Você devia fingir ser eu por alguns dias, isso sim. Deixar de lado essa timidez e arrastá-lo para curtir um pouco no quarto.

Harriet ficou pensando em qual seria a reação de Ethan se ela entrasse no quarto dele sem o pijama de borboletas.

Mas isso é algo que ela jamais faria, não é mesmo? Mesmo se o fizesse, não daria certo. Era preciso autoconfiança para agir desse jeito, e Harriet nunca foi do tipo de mulher que tirava as roupas com confiança na frente de um homem sem, pelo menos, pequenos sinais de encorajamento.

— De jeito nenhum.

— Harriet, ele é perfeito para você.

— Você nem conhece ele, Fliss. E eu quase não falei sobre ele.

— O que já me diz tudo o que preciso saber. Se não tivesse nada sobre o que falar, você estaria contando tudo.

— Gente, isso não faz sentido algum.

Era estranho guardar um segredo tão grande da irmã gêmea. Se as duas ainda estivessem dividindo apartamento, já teriam conversado sobre todos os detalhes. Mas as coisas tinham mudado, e não só porque Fliss não morava mais com ela. Harriet se inclinou para puxar o focinho de Madi de outro monte de neve e lembrou a si mesma que era capaz de tomar decisões sem a ajuda da irmã. Se ela e Ethan iam a um restaurante a uma quadra de distância, ela poderia vestir calça jeans e botas. Bem básica. Assim, ele não acharia que Harriet estava entendendo as coisas de forma errada.

— Para responder sua pergunta, ele não colocou as mãos curadoras dele em meu corpinho e, não, eu não o vi pelado.

Harriet se endireitou e viu Ethan de pé diante dela.

Ah, cacete.

Há quanto tempo ele estava de pé ali?

O rosto de Harriet ardeu tanto de vergonha que ela achou que transformaria a neve ao redor num rio. De onde ele tinha vindo? Ele tinha escutado a conversa? Se sim, ela estava arruinada.

— Preciso desligar.

— Por quê? Nós estamos nos falando faz só cinco minutos. Não desliga. Prometo que vou parar de implicar com você. Se você não quiser, não conversamos sobre o dr. Sexy.

Harriet pelo menos não tinha colocado a ligação no viva-voz.

— Eu estou congelando. Preciso entrar. Ligo mais tarde.

Ela colocou o celular no bolso e usou todas as forças para armar um sorriso, mas sem olhar nos olhos de Ethan.

— Oi. Você chegou mais cedo. — Harriet agora estava falando como se fosse a esposa dele. *Como foi seu dia, querido? Quer que eu pegue seus chinelos?* — Quer dizer, não teve nenhum acidente hoje? Todo mundo em Nova York está feliz e saudável?

— Eu não diria tanto — disse ele, pegando a guia de Madi da mão dela. — Era a sua irmã?

— Era, estávamos botando o papo em dia.

Ele tinha ouvido? Ele *deve* ter ouvido. Harriet deveria pedir desculpas ou ignorar e fingir que nada aconteceu? Era melhor ignorar. Com certeza.

— Faz semanas que não nos vemos. Temos assuntos da empresa para discutir.

Além de sexo e todos os outros assuntos que Fliss sempre insistia em abordar.

Com um toque leve, Ethan tirou a neve do cabelo dela.

— Você não conseguiu achar um lugar um pouco mais quente para conversarem?

Não, mas a gente bem que podia achar um lugar bem mais reservado.

— Eu estou bem agasalhada. — Nada de lingerie de seda para Harriet. Quando ela andava pela cidade no inverno, usava mais camadas de roupa do que usaria no Ártico. — Eu não estava esperando que você fosse chegar em casa tão cedo.

Você continua falando como se fosse a esposa dele, Harriet.

Como se não tivesse desgrudado os olhos do relógio e da janela, esperando que ele chegasse em casa, que não era a casa dela, mesmo que, naquele momento, ela se sentisse mais confortável ali do que no próprio apartamento.

— Quando eu disse "em casa", quis dizer "seu apartamento", é claro.

Ela finalmente olhou direito para Ethan e se deu conta de que ele estava mais pálido do que o normal.

— Está tudo bem?

— Estou bem. Só um pouco cansado — disse ele, cambaleando de leve, como se estivesse usando todas as forças para ficar de pé. — Vamos entrar.

— Se você estiver muito cansado, podemos pedir comida.

Parte de Harriet achou que assim seria mais fácil.

— Eu sou tão intimidador assim? Nós jantamos e conversamos a semana inteira. É tão diferente assim jantarmos fora?

Sim, porque os dois iam sair. Sozinhos. Era intencional, não casual.

E era diferente porque não era um encontro de verdade.

Como ela poderia explicar que aquela situação a deixava mais constrangida do que o normal? Harriet estava morrendo de medo de gaguejar a noite inteira. Ainda assim, parecia mais simples ir logo e superar aquela noite de uma vez. Ir embora na segunda-feira era uma vantagem a considerar. Independentemente de quão constrangedora fosse a noite, ela nunca mais o veria.

O encontro era o Desafio da Harriet do dia.

De volta ao apartamento, ela cuidou primeiro de Madi e, em seguida, foi tomar banho.

Na privacidade do banheiro, trocou três vezes de blusa. A preta? Não. A branca? De jeito nenhum. Ela tinha derramado alguma coisa na parte da frente. No fim, optou por uma blusa de caxemira em um tom rosa suave que uma cliente, dona de uma loja de roupas, lhe dera de presente adiantado de Natal. Harriet prendeu o cabelo para cima, mas achou que dava a impressão de estar forçando demais a barra e o soltou outra vez. Ela não era do tipo que prendia o cabelo para cima.

E a roupa não importava tanto, certo? Não era um encontro de verdade. Era um treinamento.

Respirando fundo, saiu do quarto e desceu as escadas.

Madi estava contente mordendo seu brinquedinho, mas nem sinal de Ethan.

Harriet escolheu um dos livros na estante, sentou na poltrona, mas não conseguiu relaxar. A sensação era a de estar esperando para entrar na sala de cirurgia para um procedimento ao qual não queria ser submetida.

Dez minutos se passaram. Vinte.

Nenhum som vinha do andar de cima.

Passados trinta minutos, ela largou o livro. Se Ethan tivesse mudado de ideia, ele diria, certo?

Desejando ter mais experiência com a etiqueta de não encontros, subiu as escadas e parou diante da porta do quarto dele.

Como não ouviu nada, bateu levemente à porta.

— Ethan?

Como não obteve resposta, abriu uma fresta e o viu, ainda vestido, atravessado na cama. Nem sequer tinha tirado o casaco.

Ele estava com as bochechas vermelhas e os olhos fechados.

Harriet sentiu uma pontada de preocupação. Ele estava exausto a esse ponto?

Ela refletiu um pouco e se deu conta de que ele não parecia muito bem quando chegou. Na hora, Harriet presumira que ele só estivesse cansado, mas agora se perguntava se não era algo a mais. Ethan talvez estivesse doente.

Ela saiu silenciosamente do quarto e desceu outra vez as escadas. Deixaria Ethan dormir.

A neve caía forte e Harriet pensou que talvez fosse melhor mesmo não sair para jantar. Ela costumava amar a neve, mas o céu estava carregado naquela noite e a visibilidade era quase zero.

Depois de todo o estresse de se vestir e desvestir, Harriet ficou surpresa em descobrir que estava decepcionada por não terem ido.

Com Madi dormindo a seus pés, ela se aconchegou no sofá e leu por uma hora, mergulhando totalmente na história.

Foi a fome que a fez se levantar de novo. A fome e uma leve sensação de estresse e tensão cuja causa não era capaz de identificar com clareza.

Ela foi até a cozinha e cortou alguns vegetais, imaginando que uma sopa seria perfeita para quando Ethan acordasse com fome.

Harriet aprendera a cozinhar com a avó e, para Harriet, o ato estava associado a sentimentos de reconforto. Sempre que ficava diante do fogão, se lembrava de estar nesse mesmo lugar lado a lado com a avó, os braços das duas muitas vezes se tocando. Uma pitada disso, uma pitadinha daquilo. Mexer, provar, mexer um pouco mais. A avó cozinhava por instinto, um instinto excelente que havia transmitido a Harriet. Ela a havia ensinado a escolher os melhores vegetais, os peixes mais frescos, como separar o talo e a parte boa de um aspargo.

Os verões que passava na casa da avó tinham sido os únicos momentos nos quais Harriet se alimentava bem. As refeições eram tranquilas e divertidas, uma celebração à comida que as duas tinham preparado juntas com amor.

Harriet fez tudo sem pressa. Uma hora depois, tinha uma sopa suave e deliciosa, mas ainda não havia qualquer sinal de Ethan. Ela comeu uma porção e chegou à metade do livro. O apartamento estava assustadoramente silencioso. A neve, que rodopiava do lado de fora da janela, dava a impressão de estarem ilhados.

Ilhada com Ethan Black.

O simples pensamento descompassou a respiração dela, o que não fazia o menor sentido. Ainda mais por ele, naquele momento, estar inconsciente.

Harriet olhou para Madi.

— Você acha que ele está bem?

A cachorra bateu com o rabo de um lado para o outro.

Harriet foi conferir Ethan outra vez e viu que ele não tinha se mexido.

Aquilo não era normal, era?

Preocupada, Harriet entrou no quarto e, hesitantemente, pousou os dedos sobre a testa dele.

Ele estava ardendo.

Ela recolheu a mão.

— Você está com febre!

Com medo e indecisa, Harriet ficou um segundo congelada, mas logo partiu para a ação. Todas as inseguranças evaporaram. Ela podia até não saber muito de sedução, mas de cuidados básicos sabia bem.

— Você está doente. Preciso tirar seu casaco. Ethan? Ethan.

Ela lhe deu uma leve sacudida no ombro, ao que ele abriu os olhos como se as pálpebras fossem de chumbo. Seu olhar era cansado e sem foco.

Mau sinal.

— Preciso tirar seu casaco. Você está ardendo em febre. É por isso que você veio mais cedo para casa? Por que não disse nada?

Ele resmungou em protesto enquanto Harriet tentava tirar o casaco dos ombros dele. Foi só quando Ethan resistiu que ela se deu conta de como ele era forte. E de como era pesado. E de como quase todo aquele peso era composto de músculos.

Não ia ser fácil.

— Você é médico.

Ela puxou o casaco até conseguir tirá-lo. Não foi uma tarefa fácil. Ele era maior e mais forte do que ela.

— Você devia saber que não é bom ficar agasalhado quando se está com febre. Precisamos esfriar sua temperatura.

— Vai embora — disse ele, batendo os dentes de frio. — Seja lá o que for que eu tenho, você não quer pegar.

Ela o ignorou.

— Me ajuda a tirar sua blusa, Ethan. Se mexe só um pouquinho, Ethan, *por favor*.

Ele claramente não era do tipo que sabia seguir ordens. Harriet então deslizou as mãos sobre os braços dele, sentindo os músculos firmes como pedra. Ele tinha o corpo de um atleta. Ela puxou a blusa pelas costas dele, tentando tirá-la dos ombros.

Ele resmungou em protesto.

— Quando imaginei você tirando minha roupa, não foi bem assim.

Ethan a tinha imaginado tirando a roupa dele? O coração de Harriet bateu em falso, mas ela logo se lembrou de que ele estava com febre. Provavelmente não sabia o que estava falando.

Ótimo. Um cara bonito precisou delirar para elogiá-la.

— Guarde suas piadas para mais tarde. Ligo para alguém? Quem é seu médico?

— Eu sou o médico... — disse ele, e irrompeu numa tosse seca e intrusiva. — Vai embora, senão você vai pegar.

— Eu nunca fico doente. — Ela puxou e puxou a blusa, mas ele era pesado demais e não estava ajudando. Quando finalmente conseguiu tirá-la, Harriet estava sem ar. — A não ser, é claro, que eu agora tenha me amaldiçoado e descubra na segunda-feira que peguei a peste bubônica, mas penso nisso mais tarde. Se tudo der certo, até lá você já vai estar bem e vai poder salvar minha vida. Agora preciso que você tire a calça jeans.

— Me parece uma proposta indecente.

Ele tossiu de novo, e Harriet estremeceu.

— Pare de falar. Pelo som, parece que você vai cuspir o pulmão. Por que você não me disse que estava se sentindo mal?

— Achei que fosse melhorar depois de me deitar um pouco.

— Para um médico, você foi bem burro.

A respiração dele soava áspera.

— Acho que peguei alguma coisa...

— Não brinca. Você estudou todos esses anos para me dizer isso?

— É melhor você sair daqui, de verdade. — Ethan falou como se cada palavra exigisse um enorme esforço.

— Não vou sair porque, se você morrer ao longo da noite, não quero carregar esse peso na minha consciência. Já tenho cicatrizes e bagagens o suficiente. Se eu tiver que carregar mais uma vou ficar com problema na coluna.

— Como foi que, do nada, você passou a falar tanto? O que aconteceu com a Harriet tímida?

— Você está fraco e não tem como revidar.

— Isso você tem razão — disse ele, fechando os olhos. — Não estou me sentindo muito bem.

— Nem um propulsor de foguetes deve ser tão quente quanto você nesse momento. Daria para lançar você em órbita. Mas acho que a única vantagem disso seria não pegarmos essa doença que, para ser bem honesta, não parece muito divertida. Precisamos tirar essas outras camadas de roupa. Se eu tirar sua roupa, você vai interpretar errado que nem o dia em que fiz o jantar?

Ela se aproximou para tirar a camiseta dele, mas ele a impediu.

— Eu fui um babaca com você.

— Não vou questionar isso. O único motivo para eu não ter ido embora e deixado você para cuidar de Madi sozinho é que eu me importo demais com ela.

— F-frio.

Os dentes de Ethan batiam e o corpo tremia.

— Mas não está frio. E você está tão quente que daria para assar costelas de porco na sua cabeça. Precisa tirar a roupa. E se hidratar.

— Hidratar, isso.

Ethan se esforçou para se sentar enquanto Harriet observava impotente. Ela conseguia ver a frustração e a irritação dele com a fraqueza do próprio corpo.

Ela sentiu também uma pontada de desconforto.

Nunca tinha visto alguém ficar tão doente tão rápido.

E se não fosse uma gripe? E se fosse algo mais sério? Ela torceu para não ter demonstrado no rosto a angústia que lhe passou pelo peito. Como ele lidava com casos sérios no pronto-socorro? Se ficasse ali quebrando a cabeça pensando no que fazer, ela acabaria roendo as unhas até a carne.

— Você consegue se levantar? Consegue andar até o chuveiro? Precisamos resfriar seu corpo.

Sem responder, ele se deitou outra vez e se cobriu com o lençol leve jogado sobre a cama.

Harriet puxou o lençol outra vez.

— Vou entender isso como um não, mas ainda assim preciso que você tire a calça jeans.

— Não estou muito a fim.

Harriet achou reconfortante o fato de Ethan ainda manter o senso de humor. Se ele estivesse morrendo de algo sério, não estaria fazendo piada, né?

Ela olhou para o caimento justo da calça dele e sentiu o rosto corar.

— Você pelo menos consegue desabotoá-la?

Ele mexeu as mãos devagar e, em seguida, deixou-as cair para os lados.

— Não.

Revirando os olhos, Harriet tomou a dianteira.

Ela precisou tentar duas vezes até conseguir abrir o botão. Com os dedos trêmulos e imprecisos, tentou domar a súbita determinação de sua mente de conduzi-la a lugares aonde ela certamente não queria ir.

Por sorte, Ethan parecia bastante fora de si, portanto não era provável que fosse se lembrar da dificuldade dela em tirar a roupa dele.

Apertando os dentes ao fazer força, ela puxou a calça jeans revelando, a cada puxão, um pouquinho mais de um corpo lindo. Revelou o abdômen musculoso e definido e o sombreado leve de pelos no peitoral e nas coxas dele.

Ela desviou o olhar da cueca boxer preta.

Ethan era o homem mais bonito que já tinha visto na vida. Não que ela tivesse visto muitos homens. A vida amorosa de Harriet era tão reduzida e cautelosa quanto tudo mais em sua vida.

Entediante, diriam alguns, e ela nem argumentaria.

Harriet se virou e dobrou a calça jeans.

Ela estava fantasiando com um cara semimorto. Qual era o problema dela? Para isso, porém, ela sabia a resposta, é claro. Naquele momento, ele estava mais vulnerável do que intimidador. E, ainda que semimorto, Ethan Black era mais atraente do que qualquer outro homem que ela tivesse visto.

— Fique aí e não saia do lugar. Vou pegar algo para você beber.

— Um uísque.

— Não esse tipo de bebida. E a gente ainda precisa tentar baixar a sua temperatura. Vou ligar o ar-condicionado. Você tem Tylenol ou ibuprofeno?

Ela sentiu um lampejo de indignação quando Ethan balançou a cabeça negativamente.

— Que tipo de médico é você?

Ele tossiu outra vez e Harriet estremeceu de medo.

— Do tipo que mora no hospital.

— Não acredito que você não tenha nem um Tylenol. — Harriet entrou no banheiro e umedeceu uma toalha. — Pronto. Experimenta isso aqui.

Ela ajeitou a toalha sobre a cabeça dele, que se encolheu.

— C-congelando.

— Sou eu quem gagueja aqui. Você está invertendo os papéis.

— Você é intimidadora quando está no comando.

Ela ignorou o comentário.

— Fique aqui. Não tente levantar, caso contrário vou dar a você um bom motivo para gaguejar.

Ele permaneceu de olhos fechados.

— Você só está corajosa assim porque eu estou fraco demais para resistir.

Era verdade.

Harriet foi até o banheiro do quarto de hóspedes e pegou Tylenol e ibuprofeno em sua nécessaire.

Depois, desceu as escadas e encheu uma jarra d'água.

Pensando que aquela noite estava sendo menos estressante do que seria o jantar, ela colocou gelo na jarra. Se os dois tivessem saído, Ethan é quem estaria por cima. Ele quem teria a experiência e os conhecimentos necessários. Naquele momento, ela estava com as cartas mais altas.

Era mais fácil lidar com Ethan doente. Ele tinha perdido parte daquela autoridade calma que a fazia se sentir insuficiente e ele, inatingível.

Por outro lado, aquilo não era um bom sinal.

Harriet talvez devesse procurar "sintomas violentos de gripe que apareçam em poucas horas" na internet. E se não fosse uma gripe? Deveria chamar alguém?

Ela estava prestes a subir novamente as escadas quando ouviu a campainha.

Provavelmente algum vizinho, caso contrário o porteiro teria interfonado.

Durante sua estadia ali, a única pessoa que vinha bater diretamente à porta dele era Judy, quando queria reclamar do barulho.

Ela olhou para Madi.

— Se for a vizinha para me dizer que você andou latindo de novo, você está encrencada.

Madi sacudiu o rabo toda contente.

Harriet abriu a porta.

Uma mulher esperava diante da porta com o cabelo salpicado de neve.

— Oi, eu...

A mulher se deteve, claramente surpresa em ver Harriet.

— Toquei no apartamento errado? Estou procurando o Ethan.

O coração de Harriet afundou dentro do peito.

Em meio a tudo o que eles tinham conversado, não lhe ocorrera que ele estivesse saindo com alguém no momento.

Mas por que ele não estaria?

Lembrando a si mesma que a vida amorosa dele não era assunto dela, Harriet se lembrou dos bons modos e abriu a porta.

— Não, não, você está no lugar certo. Entre.

— Não, deixa para lá. Não quero atrapalhar nada...

A outra mulher parecia mais intrigada do que enciumada e Harriet refletiu por que motivo ela estaria tão tranquila.

— Você não está atrapalhando nada. Eu sou Harriet, a babá da cachorra.

Ela sentiu como se tivesse a responsabilidade de deixar isso claro. Independentemente de que tipo de relação fosse aquela, ela não queria arruiná-la.

— Susan. O Ethan tem uma cachorra? — perguntou Susan, arregalando os olhos. — Estamos falando do mesmo Ethan? O cara alto, um pouco bonito demais, com um toque de arrogância, mas coração de ouro?

Harriet não poderia ter dado descrição melhor.

— Sim. Mas a cachorra não é dele. É da irmã dele.

— Ah. Isso faz muito mais sentido, ainda que eu esteja surpresa que ele tenha topado hospedar um animal. Ethan não gosta de mudanças na rotina.

Harriet pensou em quantas vezes ele havia ligado para ver como ia a sobrinha.

— Talvez não, mas ele ama a irmã dele.

— E essa — disse Susan — é a parte do coração de ouro. Confesso que estou decepcionada. Por um instante, achei que você fosse o motivo para ele andar mais sorridente do que o normal.

Ethan andava sorridente?

— Estou tomando conta da cachorra porque, como você mesma disse, ele não gosta de mudanças na rotina. Não se preocupe quanto a isso.

— E por que eu estaria preocupada? Ah...

A ficha de Susan caiu e ela deu um sorriso lento.

— Não, não. Somos colegas de trabalho, só isso. Ele estava estranho hoje e, como não atende o celular desde que saiu do hospital, quis passar para ver se estava tudo bem, pois sei que ele mora sozinho.

Harriet ficou pensando por que essa notícia a fez se sentir mais leve.

— Então você é médica?

— Sou, por quê? Você está doente?

— Eu não, mas Ethan está — disse Harriet, abrindo mais a porta. — Ele quase não se mexeu desde que chegou em casa e está com febre. Achei que fosse uma gripe, mas estou preocupada que não seja, nunca vi alguém adoecer assim tão rápido. Você poderia dar uma olhada nele?

Susan entrou no apartamento e tirou o casaco.

— Me mostre o paciente. Ele está mal-humorado, já xingou você?

— Não, ele está bem-comportado.

— Mau sinal...

— Ah, é?

— Ethan é do tipo de cara que gosta das coisas do jeito dele. E ele não sabe ficar doente. Fica mal-humorado. Se ele não está mal-humorado, a coisa está ruim.

Susan subiu as escadas de dois em dois degraus e Harriet a seguiu mais devagar, pensando que os dois juntos no pronto-socorro deviam ser uma força considerável.

— Primeiro quarto à esquerda.

— Entendido.

Susan abriu a porta e se deteve um instante.

— Puta merda, Black, o que você fez dessa vez?

Ethan não se mexeu e Susan caminhou até a cama.

Ela tocou a testa dele e ergueu as sobrancelhas.

— Olha, Ethan, você é um homem quente, mas dessa vez não estou falando do seu corpinho sarado.

— Eu tirei as roupas dele.

Harriet não fazia ideia de por que admitir isso a fazia corar.

— Fez bem.

Ethan abriu os olhos quando Susan colocou a bolsa em cima da cama.

— O que você está fazendo aqui? — Essas palavras, que soaram pouco mais nítidas do que um resmungo rouco e ríspido, desencadearam um ataque de tosse que durou um minuto.

— De qual paciente você pegou isso? — perguntou Susan, se inclinando para a frente, ajudando Ethan a se sentar. — Harriet, você pode segurá-lo? Preciso auscultar o peito dele.

Ethan grunhiu.

— Não preciso...

— Eu que decido o que você precisa. Agora cale a boca senão vai tossir e, se passar esse negócio para mim, eu vou matar você com minhas próprias mãos.

Susan tirou o estetoscópio da bolsa.

— Harriet?

Harriet avançou um passo, tentando imaginar como deveria segurá-lo.

Ela se sentou na beirada da cama e o segurou pela parte de cima dos braços. Tentou firmá-lo, mas ele cambaleou para trás, puxando-a com o peso do corpo, e Harriet não teve escolha a não ser envolvê-lo com os braços e puxá-lo para si.

Ela prendeu a respiração, mas não por medo de pegar alguma doença, e sim porque, de repente, não lembrava como inspirar e expirar. Harriet sentiu a pressão do peitoral dele contra o dela, a largura dos ombros e a força dos músculos.

O rosto dela estava próximo ao dele. Ela tentou manter o olhar fixo na parede, mas não conseguiu evitar perceber de canto de olho a barba por fazer que sombreava o rosto de Ethan, nem como eram grossos os cílios. Ele estava absurdamente pálido, mas isso não a impediu de querer afundar o rosto em seu pescoço e sentir seu cheiro.

E Harriet de repente se deu conta de que provavelmente aquilo era o mais perto que chegaria de Ethan Black.

Susan terminou o exame e ajeitou os travesseiros atrás dele.

— Você reparou em alguma irritação na pele quando tirou a roupa dele?

— Não. Mas eu não estava prestando atenção.

Harriet fez questão de frisar isso. Sua imaginação já estava a mil, acrescentar realidade à ficção seria demais.

— Vou prescrever uns antibióticos.

Ethan reagiu com desconfiança.

— Não precisa...

— Por acaso eu pedi sua opinião? Você é o paciente, eu sou a médica. Você vai tomar e pronto.

Harriet esperou que Ethan fosse discutir, mas ele pareceu desistir de brigar. Ele ficou ali, deitado de olhos fechados, como se o esforço para permanecer sentado tivesse sugado o que restava de sua energia.

Susan abriu a bolsa outra vez e colocou duas caixinhas perto da cama.

— Tome dois agora.

— Eu tenho Tylenol — disse Harriet. — Ele devia ter em casa também, não?

— Sim, Tylenol e ibuprofeno — disse Susan. — Vai ajudar a diminuir a febre. Você pode alternar entre os dois. Você vai passar a noite aqui, Harriet? Ele precisa de alguém tomando conta dele.

Ethan abriu um pouco os olhos.

— Não preciso de ninguém.

— Sim, sei bem como você prefere viver sua vida. Sem precisar da ajuda de ninguém — disse Susan, fechando a bolsa. — Mas, neste momento, você precisa de ajuda. O que você está tentando dizer é "obrigado". Seja bonzinho com Harriet, porque, se ela for embora e eu tiver que voltar para ficar com você, não vai ser nem um pouco divertido.

Ethan começou a protestar, mas terminou tossindo, e dessa vez com tanta força que até Susan franziu a testa.

— Eu não vou embora — disse Harriet. — Preciso ficar aqui por causa de Madi.

O que Harriet não disse é que não iria embora de forma alguma. Ela tentou dizer a si mesma que jamais deixaria qualquer pessoa sozinha naquele estado, mas nem ela acreditava nisso.

— Viu só? Nas prioridades dela, você está um nível abaixo da cachorra. Quando estiver melhor, talvez seja algo para refletir sobre.

Ethan usou uma linguagem que deixou Harriet espantada.

Susan sorriu.

— A melhor coisa do pronto-socorro é que ele ajuda a expandir nosso vocabulário — disse ela, andando até a porta. — Se você ficar preocupada, me liga, ok? Moro a poucas quadras daqui. Aqui, meu número.

Susan colocou um cartão na mão de Harriet.

— Obrigada — agradeceu Harriet, descendo as escadas com Susan. — Você acha que é uma gripe?

— Tomara que sim. Não acho que seja algo que demande mais do que alguns dias de repouso e antibióticos. Não deixe ele abusar muito.

— Quer beber alguma coisa ou algo do tipo antes de ir?

— Com "beber" você quer dizer álcool? Porque confesso que a ideia me anima.

Harriet tirou uma garrafa de vinho da geladeira e duas taças do armário.

O mínimo que Ethan podia fazer era dar a elas uma taça de vinho bom.

— Você conhece ele bem?

Susan pegou a taça da mão de Harriet.

— Conheço. Ele é o melhor médico com quem já trabalhei. Cabeça fria, inteligente. O cérebro dele funciona mais rápido do que o de todo mundo. Mas as mesmas qualidades que fazem dele o melhor médico com quem já trabalhei são as que dão vontade de estrangulá-lo fora do trabalho.

Harriet hesitou.

— Oi?

— Ele está acostumado a estar no comando. A dar ordens. Às vezes é difícil para ele lembrar que saiu do trabalho.

Harriet pensou no primeiro encontro dos dois e riu.

— Uma descrição bem precisa.

— Mas Ethan é muito compassivo — disse Susan, que já tinha bebido metade da taça. — Muitos médicos na posição dele se tornam cínicos, mas Ethan é aquele que sempre lembra a todos que aquele paciente com um problema é um ser humano.

Harriet sentiu a necessidade súbita e ardente de saber mais sobre Ethan.

— Você está com fome? Eu fiz uma sopa.

Susan a encarou.

— Você *fez* a sopa? Não é sopa enlatada ou em pó?

— Não, eu fiz. Com legumes de verdade.

— Nossa, aí sim!

Susan largou a bolsa e caminhou até a cozinha com a taça na mão.

— Você faz ideia de quanto tempo faz que não como comida feita em casa?

— Se você for igual a Ethan, imagino que já faz tempo.

Harriet se perguntou por que médicos tinham tanta dificuldade em cozinhar.

— Faz bastante tempo — disse Susan, que tirou a tampa da panela e espiou dentro dela. — Nossa, o cheiro está incrível. Acho que vou arranjar um cachorro e você vai ter que vir morar comigo.

Harriet sorriu.

— Eu não costumo ficar de babá de cachorros.

— E ainda assim está aqui. — Susan serviu sopa em uma cumbuca e parou um segundo para sentir o aroma. — Nossa, o cheiro está incrível.

— Estou só fazendo um favor a um cliente.

Susan colocou a cumbuca em cima do balcão da cozinha e se sentou.

— O cliente é a cachorra ou o dono?

— Os dois, mas as necessidades da cachorra vêm em primeiro lugar.

Harriet colocou um pedaço de pão de massa azeda diante de Susan, sentou-se ao lado dela e continuou explicando:

— Originalmente, era para eu passear com Madi, mas, como ela não estava se adaptando e quase destruiu o apartamento, Ethan me pediu para ficar.

— Daí você está passando a semana inteira aqui... Bem, isso explica muita coisa.

Comendo como se estivesse morrendo de fome, Susan terminou a sopa.

— Explica?

Harriet serviu um pouco mais de sopa para Susan. O pão que ela havia assado naquela tarde estava quase terminado. Ela talvez devesse abrir uma barraquinha perto do pronto-socorro para alimentar médicos subnutridos.

— Nah, não me dê ouvidos — disse Susan, arrancando a sopa das mãos de Harriet. — E quando Debra volta?

— Semana que vem.

E então Harriet se mudaria e nunca mais veria Ethan. Era algo que ela achava estranhamente triste.

— Nossa, mas você come rápido, hein?

— É um dos efeitos colaterais de ser médica. Como você nunca sabe quando sua refeição vai ser interrompida, aprende a comer rápido — explicou Susan, recostando na cadeira depois de terminar a segunda porção. — Estava incrível, Harriet. Sempre que você quiser me convidar para jantar, considere o convite aceito. Vou ligar para o hospital e avisar que Ethan não vai trabalhar no fim de semana. Se tudo der certo, até segunda ele vai estar bem para dar notícias ele mesmo. Você tem certeza de que vai ficar bem aqui?

— Tenho sim, estou melhor agora que alguém qualificado deu uma olhada nele. Eu estava preocupada.

— Ele vai ficar bem. Não deixe ele tirar vantagem de você.

Susan foi embora uma hora depois, deixando Harriet sozinha com Ethan.

Madi dormia.

Seu quarto a chamava e a cama a esperava.

Mas, em vez de ir para lá, ela entrou no quarto de Ethan.

Ele estava de olhos fechados, mas Harriet conseguia ouvir o barulho suave da respiração dificultosa.

Ela tocou a testa dele com delicadeza e descobriu que Ethan continuava ardendo em febre.

Foi ao banheiro e umedeceu novamente o pano. O banheiro da suíte era elegante e masculino, com três paredes de azulejos escuros e uma parede inteira de espelho.

Tudo estava na mais perfeita ordem. Não havia nada fora do lugar, diferentemente do banheiro do apartamento dela, quando Fliss ainda morava lá.

Ela colocou o pano sobre a testa de Ethan, que dessa vez não se mexeu.

Dizendo a si mesma que o remédio demoraria a fazer efeito, Harriet se aconchegou na poltrona ao lado da cama dele.

Se ele ia morrer, não seria sob os cuidados dela.

Capítulo 16

Ethan despertou tossindo várias vezes ao longo da noite e, em todas elas, Harriet o ajudou a se sentar, forçou-o a se hidratar e fez o que pôde para baixar a febre. Ela nunca tinha visto alguém tão mal. Apesar das garantias de Susan, ela não conseguia ficar tranquila deixando Ethan sozinho por muito tempo.

Ela tentou dormir na própria cama com a porta aberta para ouvi-lo caso ele a chamasse, mas, quando percebeu que estava tentando ouvi-lo o tempo todo, sem saber se ele continuava respirando, desistiu do plano e se aconchegou na poltrona no canto do quarto dele.

A poltrona era quase tão confortável quanto a cama do quarto de hóspedes. Ela tirou cochilos irregulares, com a mente oscilando entre o sono e a vigília, ciente de que Ethan estava ao alcance de seu braço. Era estranha aquela intimidade entre duas pessoas que mal se conheciam.

Foi uma noite longa.

Sempre que ele tossia, ela lhe dava algo para beber e tentava ajudá-lo a se sentar. Quando ele pegava no sono, ela também tentava dormir.

A manhã veio e um frágil sol de inverno espalhou uma luz difusa no quarto.

Ethan não se mexeu e Harriet chegou perto para conferir se ele estava respirando antes de descer para preparar o café da manhã.

Depois de uma noite quase em claro, ela tinha a sensação de ter levado uma martelada na cabeça, que latejava.

Madi estava à espera dela com o rabo balançando.

Concluindo que não tinha outra opção senão deixar Ethan sozinho enquanto levava a cachorra para passear, Harriet escreveu um bilhete e o deixou ao lado da cama, perto do celular dele.

Assim que saiu do prédio, o vento frio varreu a nuvem abafada do sono.

Ela ajustou o cachecol ao pescoço e se encolheu mais dentro do casaco.

Com todos os sons abafados pela camada fresca de neve, a cidade estava estranhamente silenciosa.

Preocupada com Ethan, Harriet fez um passeio curto mas honesto com Madi. De volta ao apartamento, viu que ele ainda não tinha se mexido.

Harriet tocou sua testa e concluiu que ele parecia ter esfriado um pouco.

Bom sinal, certo? Isso e o fato de ele finalmente estar dormindo.

A barba por fazer, que no dia anterior não passava de um granulado leve de pelos, estava mais protuberante, evidenciando a palidez geral.

No meio da tarde, Harriet estava na cozinha quando ouviu uma batida vindo do banheiro dele.

Ela subiu as escadas de dois em dois e encontrou Ethan sentado na beirada da cama, encarando o banheiro como um explorador contemplando uma viagem longa e perigosa.

Harriet o pegou pelo braço e Ethan apoiou todo o seu peso nela. Quando chegaram à porta do banheiro, as pernas dela estavam quase curvadas.

— Preciso tomar um banho.

— Você tem certeza de que é uma boa ideia? Você não parece estar muito firme. Mas, se precisar muito, não tranque a porta. Eu vou esperar por aqui.

Os olhos azuis dele se conectaram aos olhos dela.

— Você poderia entrar na ducha comigo... e sentir minhas mãos curativas no seu corpinho...

Então ele *tinha* escutado.

Harriet decidiu fingir não entender do que ele estava falando. Ele estava com febre quando entreouviu a conversa, não estava? Incrível como uma febre é capaz de embaralhar o cérebro.

— Não faça promessas que não possa cumprir, dr. Black. Além disso, nesse momento, quem precisa de mãos curativas é você. Eu poderia derrubá-lo com a ponta dos meus dedos.

— Eu não vou ficar doente para sempre, Harriet. Eu e você ainda vamos conversar.

Ele começou a tossir e ela revirou os olhos.

— Nesse momento, porém, você está doente. Vamos nos concentrar nisso.

E tão logo ele ficasse bem, ela precisaria escapar dali.

— Você é linda, sabia?

O coração dela quase parou.

— Eu... o que você disse?

— Eu disse que você é linda.

O olhar dele baixou até a boca dela e permaneceu ali.

A pele dela começou a formigar. Harriet sentia como se tivesse sido eletrocutada.

— Passei a noite inteira em claro e nem sequer penteei o cabelo.

A boca dele se curvou um pouco.

— Deve ser isso. Parece que você acabou de sair de uma noite selvagem de pecados.

Ela ficou com vontade de dizer que não fazia a menor ideia do que era pecar assim, mas, em vez disso, pressionou-o para que entrasse no banheiro.

— Você está delirando. Acontece quando a pessoa está com febre. Entre no banho, Ethan. Sugiro que ligue a água fria.

Harriet se certificou de que Ethan estava firme e de pé (se ele caísse e batesse a cabeça, seria mais um problema para ela resolver) e voltou para o quarto.

Esforçando-se para respirar, ela se apoiou contra a parede e fechou os olhos.

Linda? Na última vez que se olhou no espelho, ela parecia um fantasma. Ethan devia estar delirando.

Durante a rotina normal de trabalho, Harriet não ligava muito para a aparência. Ela trabalhava com cachorros. A meta era encontrar roupas práticas: quentes no inverno e frescas no verão, e sapatos confortáveis mais adequados a uma caminhada no Central Park do que ao tapete vermelho.

Recompondo-se, Harriet voltou ao quarto de Ethan e aproveitou a ausência dele para trocar a roupa de cama. Depois, arrumou o quarto de hóspedes, ligou para alguns clientes e passeadores e resolveu algumas mudanças de agenda. Durante esse tempo todo, ficou com o ouvido atento para quando ele desligasse o chuveiro. Ela tentou não pensar na água descendo por seu corpo nu. Tentou não pensar naqueles ombros largos, naquele abdômen definido, no senso de humor dele, em todo aquele charme de derreter o coração escondido sob uma fachada de durão...

Pare com isso, Harriet!

Ela torceu para que ele não tivesse desmaiado. Não queria ter que entrar no chuveiro para arrastar o corpo dele para fora.

Esperou dez minutos e entrou no quarto dele de novo.

Ethan havia colocado uma camiseta preta básica e uma calça esportiva. O cabelo estava arrepiado e gotas ainda escorriam por sua nuca. Ele estava parado diante da porta do banheiro como se estivesse tentando se decidir se tinha força suficiente para voltar para a cama. A julgar pela aparência, Harriet diria que ele já tinha usado sua última gota de energia.

Ele a observou ajeitar os travesseiros.

— Obrigado por cuidar de mim.

— Estou fazendo isso pela Madi.

Ele ergueu uma sobrancelha.

— Por quê? A cachorra se importa com meu bem-estar?

— Se você morrer, ela vai ficar perdidinha de novo. Ela precisa de estabilidade.

— É bom ter um motivo para me prender à vida.

O tom seco de Ethan dizia a Harriet que ele estava se sentindo melhor.

Ela enviou um agradecimento por telepatia para Susan.

— Você já tomou os remédios?

— Tomei.

Ethan foi até a cama com todo cuidado. Antes daquele comentário sobre ela ser bonita, Harriet se prontificaria a ajudar. Agora, porém, achou melhor manter distância. Ela não sabia mais quais eram as regras daquela relação.

Ela balançou a cabeça.

— Você está com uma aparência deplorável. Quer dormir mais um pouco? Assistir um pouco de TV?

— Eu não tenho TV no quarto — disse ele, desabando sobre os lençóis recém-trocados. — Esse quarto serve apenas para duas coisas: dormir e...

— Ok, ok, eu entendi.

Harriet o interrompeu rapidamente e pegou o lençol. Ela não queria saber das coisas que aconteciam naquela cama imensa. Percebeu que, no fim das contas, gostava mais quando Ethan tinha menos a dizer.

— Para uma mulher de quase 30 anos...

— Como você sabe a minha idade?

Ela jogou o lençol sobre ele.

— Eu atendi você. Como eu estava dizendo, para uma mulher de quase 30 anos, você é bem tímida quanto a sexo. Me conta dos seus ex-namorados.

Harriet deu um pulo.

— Você está delirando?

— Não, mas estou me sentindo um lixo e quero me distrair.

— Então você não vai querer ouvir sobre meus namorados, porque não tem muito assunto aí.

— Não foram muitos?

— Nunca vi muito sentido em ficar saindo com pessoas.

— Então eu estava certo.

— Sobre o quê?

— Você não é do tipo que gosta de sexo casual.

Até conhecê-lo, Harriet achava isso, mas agora não tinha muita certeza...

Quando estava perto de Ethan, ela parecia não conseguir pensar em outra coisa que não fosse sexo. Sério, casual... naquele momento, aceitaria o que tivesse à disposição.

Com agonia, ela sentiu o olhar dele a acompanhar enquanto andava pelo quarto.

— Acho que sou do tipo de pessoa que prefere relacionamentos sérios.

— Imaginei. E o último cara com quem você transou?

— Oi?

As bochechas dela arderam de vergonha. Harriet nunca falava de sexo com ninguém. Nem com a irmã. Por que ele faria uma pergunta dessas? E por que bem naquele momento, com o sol destacando cada reação dela?

— Estou tentando empatar o placar. Você tirou minha roupa e quase me viu pelado. Isso me dá alguns direitos.

— Isso não te dá direito algum.

— Bom, vou me dar o direito mesmo assim. Me fala sobre o último cara com quem saiu.

Harriet pegou as roupas que Ethan havia jogado ao chão, não porque tivesse necessidade de organizar as coisas, mas porque assim era mais fácil esconder o rosto.

— Charlton Morris.

— Onde você conheceu ele? Quanto tempo durou? Por que terminaram?

Ethan começou a tossir de novo e, dessa vez, Harriet olhou para ele sem qualquer empatia no rosto.

— Essa é sua punição por fazer tantas perguntas. Nada disso é da sua conta.

— Eu ia levar você para um encontro-treino. Considere as perguntas como parte da pesquisa.

— Eu não preciso de um encontro-treino. Não quero sair com um cara que me faça sentir tão desconfortável que eu precise estar treinada para suportar a noite. Quero sair com alguém com quem me sinta à vontade. É pedir muito?

Harriet jogou as roupas de Ethan no cesto de roupas sujas como se elas fossem as responsáveis pelos seus déficits no campo amoroso.

— É. Porque não é fácil conhecer pessoas, especialmente alguém com quem você se sinta à vontade.

Ethan estava fazendo um esforço tão enorme para alcançar a água que Harriet ficou com pena e a pegou para ele.

— Fique sentado. Está na hora do antibiótico. Aliás, gostei da Susan. Você devia se casar com ela. Ela faria bem a você.

Ethan se engasgou com a água.

— Nunca mais vou me casar, muito menos com Susan.

— Por que "muito menos"? Ela veio depois do plantão para ver como você estava. Ela se preocupa com você.

— E eu com ela. Mas entre nós é só amizade. Se virasse algo maior, a gente se mataria em um dia.

— Você deveria tentar ser menos seguro de si o tempo todo, sabe? Talvez as pessoas achassem você mais agradável.

Ele colocou o copo sobre a cômoda, derrubando um pouco de água.

— Então na próxima vez que um paciente estiver sangrando, você quer que eu diga a ele que não sei muito bem o que fazer? Acredite ou não, quando as pessoas estão doentes, elas querem sentir que estão em boas mãos. Elas querem confiança.

— Me conte sobre o seu casamento. O que deu errado?

Harriet secou a água que ele havia derramado.

— Essa pergunta é pessoal.

— Não mais pessoal do que as que você acabou de me fazer.

— Mas você não respondeu.

Ela foi arrumar os travesseiros atrás dele para que ele ficasse mais confortável.

— Eu já falei sobre Charlton.

— Você não disse nada sobre ele. Charlton era bom de cama?

Harriet se deteve com um travesseiro nas mãos. Ela não sabia se o devolvia ao lugar ou se sufocava Ethan com ele.

— Não sei. Eu não dormi com ele.

— Por que não?

— Porque eu nunca conseguia relaxar na presença dele e não consigo me imaginar fazendo isso com um cara com quem eu não consiga relaxar. Como poderia dar certo? Não responda — disse ela rapidamente, ajeitando o travesseiro às costas de Ethan. — Foi uma pergunta retórica. — Ela pegou o lençol e cobriu as pernas dele. — Agora que sua temperatura abaixou, precisamos cuidar para que você não fique com frio.

— Eu não fazia ideia de que você sabia tanto sobre como cuidar de uma pessoa com febre.

— Susan me passou uma lista de instruções. Ela também ligou hoje cedo para ver como você estava.

— Se você não transou com o tal do Charlton, então quem foi o último cara?

Harriet suspirou.

— Estou começando a querer que Susan tivesse dado um jeito de deixar você inconsciente. Você não deveria estar descansando?

— Vou descansar depois que você responder.

— O nome dele é Eric. Ele é veterinário na clínica do bairro. Terminamos?

— Não.

— Acho que eu preferia quando achava que você ia morrer...

Ele deu um sorriso frágil, mas, ainda assim, um sorriso.

— Ainda pode acontecer. É só uma trégua por conta dos analgésicos e antibióticos.

— Vou escrever o seu obituário. Aqui jaz Ethan, que nunca soube quando parar de fazer perguntas indelicadas.

— Então você dormiu com Eric, mas não foi nada de mais.

— Eu nunca disse que não foi nada de mais.

— Seu rosto disse. Foi por isso que vocês terminaram?

— Não! — Ela pegou o copo com a intenção de enchê-lo outra vez. Por que estavam conversando sobre aquilo? — Ele não queria nada sério. Ele só queria sexo.

— Entendo.

— Tenho certeza de que sim.

— Não, eu quis dizer que entendo ele querer fazer sexo com você. Qualquer homem ia querer isso.

Ela quase deixou o copo cair.

— Pare de dizer coisas desse tipo.

— Por quê?

— Porque me deixa desconfortável.

— Os Desafios da Harriet não tem a ver justamente com isso? Forçar você a sair da zona de conforto? De nada...

— Ah, então eu deveria agradecer por você estar me deixando constrangida?

— Não. Acho que você deveria responder às minhas perguntas até não se sentir mais assim. Não tem problema falar sobre sexo. Não tem problema as mulheres amarem fazer sexo.

— Eu não amo fazer sexo. — As palavras foram pronunciadas antes que Harriet pudesse detê-las, e ela viu os olhos de Ethan ficarem mais sombrios.

Ela queria pegar as palavras de volta, porque aquela era uma conversa que ela realmente não queria ter.

— Então realmente não foi nada de mais.

Nadinha mesmo, mas Harriet não admitiria isso a Ethan.

Nem precisava, pois ele fez um aceno de cabeça.

— Interessante. E quem foi o cara que conseguiu fazer a coisa certa?

— A que se deve seu súbito interesse em minha vida sexual? Eu realmente não quero mais conversar sobre isso.

— Você é tímida. A pessoa que sair com você precisa ter paciência e ganhar confiança com você antes de avançar. Imagino que Eric e Charlton foram para cima de você que nem cachorros no cio.

Exatamente.

— O que aconteceu com sua esposa? — perguntou Harriet, porque se Ethan podia fazer perguntas pessoais, ela também podia. — O que deu errado?

— Ela se casou comigo.

Ethan se recostou contra os travesseiros e fechou os olhos.

— Ah, não, você não vai se safar fácil assim, meu chapa — disse Harriet, cruzando os braços. — Se você pode me deixar constrangida, eu também posso.

— Não estou constrangido. Só não gosto de falar sobre meu casamento, só isso. Nenhum homem gosta de confrontar suas falhas.

— Ela também deve ter contribuído. Um relacionamento nunca é unilateral, mesmo um relacionamento ruim.

E Harriet teve alguns relacionamentos ruins.

— Está bem, vamos falar sobre a minha ex-mulher, talvez eu mereça isso. O que você quer saber?

— Onde vocês se conheceram?

— Ela é jornalista. A gente se conheceu porque ela estava fazendo uma série sobre a realidade em um pronto-socorro. Ela me entrevistou, achou que eu era bom com as câmeras e quis fazer uma série inteira sobre mim.

— Então você é uma celebridade?

— Eu não diria isso.

— Aposto que você recebeu cartas de fãs.

Ele entreabriu um dos olhos.

— O que faz você achar isso?

— É que as pessoas são naturalmente atraídas por médicos. Elas presumem que vocês são cuidadosos e um tanto especiais. Isso antes de conhecê-los de verdade, é claro.

— Continue chutando o homem já no chão.

— Pode deixar.

Ele lançou um olhar sarcástico a ela.

— Você não parece ser naturalmente atraída por médicos.

— Eu poderia ser. A palavra *médico* quer dizer bom moço, cuidadoso, capaz de salvar sua vida se você pular de uma janela e cair numa lixeira. Existe uma atração embutida nisso tudo.

— Então por que você não está atraída por mim?

Harriet estava. De verdade, ainda que suspeitasse que isso tinha pouco a ver com o fato de ele ser médico.

— Porque você é mal-humorado, gritalhão e acha que sabe tudo.

— Gritalhão? Essa palavra existe?

— No meu mundo existe.

— Eu gritei uma vez com você.

— Mas foi bem alto.

— E você nunca vai me perdoar por isso?

— Eu perdoei, mas estamos falando sobre atração. Eu nunca sairia com alguém que me faz gaguejar.

— Aconteceu cinco minutos depois de nos conhecermos, você podia deixar essa passar. Além disso, não está mais gaguejando.

— É porque você está fragilizado e não representa uma ameaça.

— E o que vai acontecer quando eu estiver totalmente recuperado?

— Até lá, Debra terá voltado e poderemos retornar a nossas vidas normais.

Ele franziu a testa de leve, como se não tivesse pensado tão à frente.

— Então você está dizendo que não está nem um pouco atraída por mim?

— Nem um pouco — mentiu ela. — Nem um tiquinho. Você estava falando sobre a sua esposa.

— Nós namoramos por um ano e meio e ficamos casados por seis meses. Daí acordamos um belo dia e decidimos que não estava mais funcionando. Na época éramos praticamente companheiros de quarto. Ela se dedicava ao trabalho dela e eu ao meu. Não tinha espaço para outra pessoa em nossas vidas.

Harriet sentiu alguma coisa cutucá-la por dentro.

— Que triste.

— Eu pareço triste com isso?

— Não, o que torna a situação ainda mais triste.

— Nem todo mundo precisa de relações duradouras.

— Você tem muitas relações duradouras. Você ama sua irmã. E está na cara que ama sua sobrinha. Você é próximo dos seus pais. Tem amigos de longa data e ainda se encontra com eles. São todas relações duradouras.

Harriet não completou que Ethan tinha mais relações duradouras do que ela, ainda que tivesse conseguido mais algumas desde que Daniel tinha conhecido Molly e Fliss voltado com Seth.

Harriet queria uma relação só para ela. Queria compartilhar a vida com alguém especial. Alguém que a conhecesse. Alguém que gostasse do seu jeito de ser e que não esperasse que ela fingisse ser outra pessoa. Era pedir demais?

Ethan lhe lançou um olhar de curiosidade.

— Acho que estou querendo dizer que eu não preciso de uma esposa.

— Falando assim parece que a esposa é um bem ou um acessório. *Não preciso de um casaco novo, estou muito satisfeito com o que já tenho.*

— Mas era assim que eu me sentia. Eu me senti mal comigo mesmo durante todo o casamento.

Harriet não conseguia imaginá-lo mal com qualquer coisa.

— Por quê?

— Porque eu estava focado no trabalho e me sentia culpado. E ela também, pelo mesmo motivo. Nosso relacionamento tinha mais pressão do que prazer.

Harriet tinha que confessar que a descrição não se parecia muito com a do relacionamento que ela esperava ter um dia.

— Você a amava?

Ele ficou em silêncio por um instante, e o simples fato de ter que pensar na resposta já informava a Harriet o que queria saber.

— Não sei. A princípio eu achava que sim, caso contrário não teria me casado. Nós ficamos juntos porque éramos parecidos em muitos aspectos, mas ser parecido com alguém não é necessariamente algo bom. Você estava apaixonada pelo Eric? Você disse que ele não queria um relacionamento sério, o que sugere que você queria.

Harriet se perguntou como ele sempre conseguia fazer as perguntas que ela não queria responder.

— Acho que eu estava mais apaixonada pela ideia de ter um relacionamento do que pelo Eric. Sei que preciso ir com cuidado, porque minha infância me deixou com uma necessidade muito grande de conforto e segurança. Preciso tomar cuidado para não tomar decisões ruins no desespero de me sentir segura.

— Seu diagnóstico me parece sensato e um tanto clínico. Você sempre pondera cuidadosamente sobre tudo? Nunca tomou uma decisão louca, irresponsável?

— Nunca.

Ele fechou os olhos outra vez.

— Se eu não estivesse com a sensação de ter lutado dez rounds num ringue de boxe, eu tomaria uma atitude quanto a isso como parte dos Desafios da Harriet.

— Neste momento, você não está em posição de desafiar nada, Ethan.

E ela não tinha certeza se sentia decepção ou alívio.

Capítulo 17

Demorou dois dias até que a febre de Ethan passasse completamente. Ele dormiu a maior parte do tempo e, cada vez que abria os olhos, Harriet estava a seu lado medindo sua temperatura, trocando a água do jarro, lembrando o horário da medicação, esfregando suas costas sempre que vinha um acesso de tosse. Tudo doía e sair da cama parecia uma tarefa impossível. Dado que dormir era a única coisa que conseguia fazer, Ethan ficou surpreso com o quanto gostou de tê-la por perto. Ele não estava acostumado a ter companhia em casa, muito menos alguém andando para lá e para cá em seu quarto. Costumava prezar pelo silêncio, mas, naquele momento, Ethan não apenas se dava conta de que não teria se dado ao trabalho de beber água caso Harriet não estivesse ali para lhe oferecer, como também percebia que achava os barulhos que ela fazia estranhamente reconfortantes.

Vez ou outra, ele a ouvia sair do quarto e, através das brumas vagas do sono, a ouvia conversar com Madi ou mexer nas louças da cozinha. A cachorra a adorava e a seguia por toda parte, o que não era difícil de entender.

Harriet era calma e sua presença era relaxante. Qualquer pessoa se sentiria melhor com ela por perto.

Nas últimas quarenta e oito horas, mesmo atrás de uma névoa de febre, Ethan havia descoberto muito sobre ela.

Descobrira que ela cantava enquanto cozinhava e que, quando telefonava para falar sobre algum cachorro, sempre perguntava sobre o cliente também. Ela conhecia todo mundo, sabia o que faziam, quais eram seus problemas. Ethan a ouviu conversar com a irmã e sabia que ela estava respondendo a perguntas que não queria. Ele descobriu que, mesmo que não fosse da índole de Harriet mentir, ela era mais do que capaz de ser evasiva.

Ele ouvia muitos *hum*s, *talvez* e, às vezes, *como podemos ser gêmeas e tão diferentes?*, mas não a ouvia mencioná-lo desde a noite em que chegou gripado e doente demais para perguntar sobre o que havia entreouvido.

Além disso, estar doente lhe ensinou outra coisa sobre ela: Harriet Knight era a pessoa mais bondosa que havia conhecido na vida.

Ele pegou no sono outra vez e quando acordou, no começo da noite, dois dias depois que ele tinha se arrastado para a cama pela primeira vez, cheiros deliciosos subiam pela escada. Estava escuro e a neve caía com força lá fora. Ele sentiu uma pontada de culpa, porque sabia que o pronto-socorro estaria lotado e seus colegas deviam estar se virando para cobrir sua ausência.

— Acordou...

Harriet apareceu junto à porta da mesma maneira que havia feito centenas de vezes nos últimos dias. Ela tinha tomado banho e colocado uma calça jeans e um suéter leve.

Ethan teve que lutar contra a vontade de puxá-la para a cama.

— Esse cheiro maravilhoso é do quê?

— É o jantar de Madi.

Ela preencheu o copo d'água e deve ter visto decepção nos olhos dele, pois deu um sorrisinho.

— Brincadeira. É canja. Receita de minha avó. Perfeita para atrair o apetite de pessoas doentes. Eu ficava ansiosa para pegar alguma coisa só para tomar essa canja. E antes que você comece a imaginar coisas, vou avisando que é a minha sopa predileta e fiz porque eu estava com vontade.

Ethan sabia que não era verdade.

Comida, percebia agora, era a forma de Harriet demonstrar cuidado e amor. Ele também sabia que, se não dissesse as coisas certas, não comeria a sopa.

— Então você não pretende dividi-la?

— Talvez — disse ela, entregando o copo. — Beba. Você está desidratado.

Todos os movimentos dela eram tranquilos e silenciosos, da forma de andar pelo quarto à maneira como fazia de tudo para facilitar a vida dele.

A generosidade de Harriet era golpe baixo. Ethan sabia que era mesquinho com seus sentimentos. Ele se protegia guardando tudo para si. Era parte do mecanismo de defesa que criara para se proteger do trabalho, mas, em alguns momentos, ele se perguntava se não havia exagerado. Para se manter focado e eficiente, Ethan não se permitia mais sentir. Quando era mais jovem, antes que a experiência e os colegas mais velhos tivessem transmitido a ele sua sabedoria, ficava desestabilizado com o trabalho. Chegou ao ponto de considerar uma mudança de carreira, mas, antes de tomar a decisão final, foi passar um fim de semana na casa da família e conversou com os pais e o avô.

Ele voltou para casa se sentindo apoiado e, mais importante ainda, com algumas estratégias úteis para lidar com o estresse inevitável da profissão.

Ethan se lembrava de fins de semanas, quando criança, em que o pai mal conseguia falar. A mãe nunca perguntava a ele qual era o problema; ela simplesmente oferecia uma presença silenciosa e acolhedora, o mais reconfortante possível, enquanto o pai processava qualquer que fosse o trauma ou a questão que o incomodasse. Ela não pedia que ele se animasse ou falasse sobre o que o estava estressando. Por outro lado, deixava claro que estaria ali para o que ele precisasse.

Harriet tinha a mesma característica tranquilizadora e pouco exigente.

Passou pela cabeça dele que essa natureza bondosa e generosa a tornava uma pessoa fácil de se tirar vantagem, o que o deixou bem desconfortável, porque Ethan logo se questionou se não era justamente aquilo que estava fazendo. Ele a pressionara para que se mudasse para a casa dele para cuidar de Madi e agora ela estava cuidando dele.

E ela estava fazendo isso um pouco bem demais.

Harriet quase não saíra do lado dele nos últimos dias e agora tinha feito o jantar.

— Canja? Feita em casa? Com frango de verdade?

Percebendo que as unhas dela estavam curtas e limpas, ele pegou o copo.

— É difícil fazer canja com outro tipo de carne...

— Quando você fez compras?

— Hoje mais cedo. Você estava dormindo. Eu tinha que sair de qualquer jeito para levar Madi para passear.

Ela falou como se não fosse nada de mais e, dando-se conta de que ele era o motivo pelo qual ela achava necessário fazer tudo aquilo, Ethan sentiu uma pontada de culpa.

— Madi está bem?

— Melhor do que você. Você ainda está com febre?

Ethan percebeu que, dessa vez, ela perguntou em vez de conferir tocando em sua testa. Ela também não estava olhando muito para ele. Alguma coisa havia mudado, e ele não sabia muito bem o quê.

— Estou melhor. Graças a você.

— Eu não tive nada a ver com isso. Foi uma combinação de remédios, sono e tempo.

Em parte, era verdade, mas ele sabia que o empenho dela em fazer a febre baixar e deixá-lo à vontade tinham tido grande influência. Harriet foi paciente e generosa quando ele sentiu que estava à beira da morte e, por isso, Ethan tomou uma nota mental de ser mais empático na próxima vez que um paciente aparecesse no pronto-socorro com uma gripe.

Ele tentou se levantar, mas ficou decepcionado ao perceber que as pernas ainda estavam pesadas como se fossem feitas de concreto. Xingando, afundou outra vez na cama.

— Quem inventou a gripe?

— Alguém que achou que mesmo um homem bem autoconfiante precisava se sentir para baixo de vez em quando. É bom para você se lembrar de que não é onipotente.

Onipotente?

Se Ethan tivesse forças, teria dado risada.

Ela hesitou por um milésimo de segundo e em seguida caminhou na direção dele.

— Você precisa de ajuda?

Talvez ele não precisasse, mas não falou nada. Em vez disso, passou o braço ao redor dos ombros dela e se apoiou em Harriet. Ela tinha cheiro de morangos e sol. Sem conseguir se segurar, Ethan chegou um pouco mais para perto, agora prestando atenção no brilho dourado do cabelo dela.

Harriet virou a cabeça para olhá-lo e o movimento fez com que seu cabelo lhe roçasse a bochecha. Ele quase perdeu o fôlego.

A troca de olhares disse tudo.

Ethan foi tomado pelo desejo e a atmosfera do quarto se transformou em um campo magnético. O quarto, o mundo lá fora, tudo se dissolveu. Só existia Harriet.

Ele sabia que devia recuar. Sabia que aquilo era perigoso, mas não conseguia romper a conexão.

Teve que lembrar a si mesmo de todas as coisas que ela havia lhe dito no escuro da noite. Sobre como ela quisera namorar, e Eric não.

Harriet merecia o melhor, e Ethan sabia com toda a certeza que ele não era o melhor.

— O que você está fazendo?

O rosto dela estava tão próximo do dele que tudo o que ele conseguia ver era o azul dos olhos de Harriet.

— Estou me apoiando em você. Foi você que ofereceu.

Os lábios dela estavam muito, muito perto.

Mas não estavam disponíveis. Nada dela estava. Não para ele.

— Certeza que não consegue andar sozinho?

— De jeito nenhum.

Ele cambaleou um pouco para provar o que dizia, sabendo que estava tirando vantagem da natureza bondosa dela.

Assim que chegaram ao banheiro, Ethan sentiu como se precisasse ficar deitado um mês. Aquilo, pensou ele, era seu castigo por fingir estar mais fraco do que de fato estava. Agora ele se sentia mesmo fraco como tinha fingido estar.

Ele apoiou o braço no batente da porta, contrariado pela letargia que ameaçava fazê-lo cair no chão.

— Não sei se consigo descer para comer.

— Sem problemas. Eu vou trazer na bandeja.

Com os olhos repletos de empatia, ela tocou o rosto dele com a palma da mão.

— Você está muito mal?

— Estou.

O que talvez fosse bom, pensou ele, caso contrário teria feito algo de que se arrependeria mais tarde.

Era só sentir fragilidade que Harriet baixava a guarda.

E Ethan pensou que esse era o único lado bom de estar doente.

Ele tomou um banho e, quando voltou ao quarto, ela o esperava segurando uma bandeja.

— Na poltrona ou na cama?

Sem conseguir se segurar, ele deu um sorrisinho malicioso.

— Onde você prefere?

Ela respondeu com um olhar que fez Ethan se perguntar se ela não tinha sido professora de jardim de infância.

— Eu posso ir embora com minha sopa na hora que eu quiser.

— Na cama.

Ele entrou outra vez debaixo das cobertas e ela apoiou a bandeja sobre as pernas dele.

— Fica aqui, conversa comigo. Prometo me comportar.

— Preciso fazer a contabilidade da empresa...

— Bem, se as contas são mais importantes do que eu, vejo que realmente estou em baixa.

— Eu não quero, mas preciso. Para ser bem honesta, detesto fazer o balanço. Não sou boa nisso. Fliss é.

Ele pegou a colher.

— E por que você não a deixa fazer?

— Porque para ela é fácil e para mim não — explicou Harriet, como se fosse óbvio.

— Mas por que se dar ao trabalho se a sua irmã domina essa área?

— Desafio da Harriet.

— Existe uma diferença entre fazer algo do qual você tenha medo e algo que fuja de suas capacidades — disse Ethan, que tomou uma colherada de canja e fechou os olhos. — Está incrível.

— Transmitirei os elogios à minha avó.

— Me conte sobre ela.

Harriet se sentou na poltrona, mas na beirada, como se não tivesse decidido se ficaria ou não.

— Ela tem uma casa de praia linda nos Hamptons. A gente sempre passava o verão com ela. Era minha época predileta.

— Porque você gosta da praia?

— Porque meu pai não ia para lá.

Ethan pensou nos verões que passava com a família e em como tinha visto a estabilidade de sua vida familiar como algo garantido.

— Sua infância foi difícil. Não me surpreende que queira uma vida familiar tranquila agora.

— Prefiro estar sozinha a mal acompanhada, ou com alguém que não me ame. Isso seria ainda pior, acho. Era a situação dos meus pais. — Uma mecha de cabelo se soltou do penteado e parou na bochecha de Harriet. — Quem me dera ter sabido um pouco mais da situação deles quando eu era criança. Teria me ajudado a entender.

— Você acha que isso justifica o comportamento do seu pai?

— Não, mas acho que ajuda a explicar. Eu achava que o problema era eu. Agora entendo que era uma coisa dele.

A julgar pela expressão infeliz, a revelação de Harriet não havia trazido muito reconforto.

— E como eram as férias de verão na casa da sua avó?

— Era muito bom estar com ela. Minha avó nunca se importou se as palavras ficavam presas, se eu não era fluente. Ela esperava até que eu dissesse o que queria, eu me sentia normal perto dela. As férias de verão com ela eram como sempre imaginei que uma família deveria viver. Com muita risada, conversas amigáveis, sem tensão. Eu não me sentia a decepção da família.

— Era assim que você se sentia?

— Era difícil não me sentir assim... Daniel e Fliss eram geniais em tudo o que faziam. Sempre tiravam as melhores notas. Fliss fazia a lição de casa na van da escola e sempre tirava dez. Eu estudava horas e horas e ainda assim tirava sete. Sempre tive que me esforçar mais do que todo mundo.

— E perto da sua avó você não se sentia assim?

— Ela cuidava para que passássemos bastante tempo juntas. Foi ela quem me ensinou a cozinhar. Isso me fazia sentir especial.

Quando se tem uma irmã gêmea, é normal que as duas sejam vistas como uma única pessoa. Sempre falam "as meninas" ou "vocês duas". É difícil ser um indivíduo quando se é idêntico a outra pessoa.

— Vocês trocavam de lugar para enganar as pessoas?

— Às vezes. Mas como sou péssima em mentir, enganar as pessoas nunca foi algo em que eu me saísse bem.

Ethan reparou na forma como Harriet usava as mãos enquanto falava e na expressão alegre sempre que falava da avó.

Havia muito mais em Harriet Knight do que transparecia à primeira vista.

E Ethan queria saber mais.

— Imagino que você não cozinhasse só quando estava nos Hamptons. O que acontecia quando você voltava para Nova York?

— Eu passava o máximo de tempo possível trancada em meu quarto.

E aquilo disse a Ethan tudo o que ele precisava saber sobre a infância dela. Ele sentiu vontade de abraçá-la para afastar todas essas lembranças.

— Bem, vejo que sua avó lhe ensinou a cozinhar muito bem!

Ethan terminou de comer e colocou a colher sobre a bandeja.

— Posso perguntar uma coisa?

Ocorreu a Ethan que Harriet Knight era a única mulher que pedia licença para perguntar algo que claramente ia deixá-lo pouco à vontade.

— Depois de uma canja dessas, você pode perguntar o que quiser.

Também por causa do brilho dos olhos azuis dela e a forma como olhava para ele.

— Você vai aceitar se vestir de Papai Noel?

De todas as perguntas que esperava, aquela não estava na lista.

— Por que você está preocupada com isso?

— Porque acho que seria maravilhoso.

— Você topa se vestir de duende também?

— Se você quiser.

— É Natal... Você não tem nada melhor para fazer no Natal? Não vai visitar sua irmã, seu irmão?

— Não este ano. Daniel e Molly vão passar juntos e Fliss vai passar com a família do Seth. Eu vou passar sozinha.

Harriet disse isso alegremente, como se não pudesse imaginar coisa mais empolgante do que passar o feriado sozinha, mas Ethan sentiu uma pontada de raiva.

— Você não foi convidada?

— É claro que fui. Mas, como nunca passei o Natal sem eles, achei que seria bom.

Ela tinha escolhido passar o Natal sozinha? Ethan estava tentando entender por que alguém como ela faria algo do tipo, mas a resposta logo lhe ocorreu.

— Isso faz parte dos Desafios da Harriet?

— Sim.

Não lhe soava como um desafio. Soava como uma brutalidade.

— Harriet, isso é... — Ele se deteve por um instante e voltou a falar em seguida. — Por que se privar da companhia da família se isso é tão importante para você?

— Exatamente por isso. — Ela se levantou. — Porque preciso aprender a sobreviver sozinha.

Sobreviver soava como uma meta igualmente brutal.

Dizendo a si mesmo que nada daquilo era problema dele, Ethan mudou de assunto.

— Debra vem buscar Madi amanhã. Espero que eu possa voltar ao trabalho.

— Ethan, você mal consegue andar até o banheiro.

— Vou pegar um táxi até o hospital.

— Não conheço prontos-socorros muito bem, mas imagino que não seja bom que os médicos estejam mais doentes do que os pacientes.

— Estou me sentindo melhor a cada minuto. Minha tosse está mais fraca. Vou estar bem até amanhã.

Ela abriu a boca como se quisesse discutir, mas a fechou logo em seguida.

— Ótimo. Me diga que horas ela chega para eu estar aqui. Depois pego minhas coisas e vou embora.

Ethan não fazia ideia de por que a ideia o deixava tão contrariado.

— Não precisa ter pressa.

Com as mãos na bandeja e uma mecha de cabelo caindo para a frente, Harriet parou.

— Tudo bem, mas, sem Madi aqui, por que demorar?

Boa pergunta.

Porque o apartamento ficava muito melhor com ela?

Porque estar perto dela melhorava o humor dele?

Porque ela era linda?

Como qualquer uma dessas respostas renderia um daqueles olhares questionadores, Ethan não disse nada.

— Só quis dizer que você não precisa correr, não estou pressionando você. Sou muito grato por tudo o que você fez, então pode sair como e quando for melhor para você.

Sem olhar para ele, ela se endireitou levando a bandeja.

— Está bem, pode deixar.

A manhã da segunda chegou voando.

Harriet colocou seus pertences na mala com a mesma falta de entusiasmo que sentiu ao fazer as malas para ir, o que não fazia o menor sentido. Ela tinha se mudado para cuidar de um cachorro e fazer um favor a um cliente. Seus serviços não eram mais necessários.

Era uma loucura admitir isso, mas ela havia gostado daquele fim de semana. Era loucura e um tanto egoísta, porque Ethan tinha ficado doente, mas havia algo reconfortante em estarem os dois sozinhos, trancados em casa enquanto nevava lá fora. Era como se tivessem por um momento deixado as vidas de lado para habitar um mundo paralelo.

Harriet estava triste por isso ter chegado ao fim. Ela estava gostando da tranquilidade e do conforto.

Ah, quem estava enganando?

Ela também tinha gostado de passar aquele tempo com Ethan. Tinha gostado da conversa, dos olhares compartilhados, da sensação de quando os dedos deles se encostavam sem querer e da forma como o olhar dele a acompanhava pelo quarto.

Além daquele momento em que ele se apoiou com todo o peso sobre ela. Harriet estivera certa de que ele iria beijá-la, mas não.

E por quê?

Ela fechou o zíper da mala com tanta força que quase o quebrou.

Um homem como Ethan Black não era de ficar pedindo licença. Se ele a quisesse beijar, teria beijado.

Quem dera ele tivesse feito isso.

— Aff...

Brava consigo mesma, Harriet arrastou a mala até a porta.

Ela tinha ido lá fazer um trabalho e o fizera.

Era hora de voltar para casa.

Hora de voltar à vida real. Dar tchau à vida de sonhos.

Harriet sentiria saudades de Madi. Ela era um amor de cachorrinha, animada, divertida e muito carinhosa.

Mas, mais do que qualquer outra coisa, sentiria saudades de Ethan.

Capítulo 18

— O QUE ACONTECEU?

Susan apoiou a cintura na mesa enquanto Ethan estava sentado atrás dela, examinando um ultrassom.

— Ele está com uma hemorragia...

Ethan apontou o local na imagem com uma caneta, ao que Susan balançou a cabeça.

— Eu estava falando de você.

Desviando o olhar do exame, ele se virou para ela.

— De mim? Como assim?

— Você parece diferente.

Ethan encostou as costas na cadeira.

— Diferente? Diferente como? Bem, devo ter perdido peso por causa da gripe.

— Deixa de ser tonto. Não é isso. Você parece mais relaxado. Está mais parecido com o velho Ethan.

— Tinha um velho Ethan?

Aquilo era novidade para ele.

— Quando nos conhecemos você era divertido. Às vezes até me fazia rir. Você ficou mais sério nos últimos tempos.

— Você não deve ter percebido, mas o trabalho que fazemos aqui é coisa séria, vida e morte, esse nível.

— Mais um motivo para aproveitar justamente a parte da vida. Qual é, Ethan!

Susan lhe deu um cutucão tão violento que Ethan ficou se perguntando se *ele* não deveria se preocupar se estava com uma hemorragia interna.

— Qual é o quê?

— Fala a verdade. É Harriet, não é?

— O que tem ela?

— É ela o motivo para você estar tão agradável. Ela amoleceu seu jeito durão. Morar com ela faz bem para você.

— Eu não estou morando com ela.

— Certeza disso? Porque, na última vez que passei em sua casa, as coisas dela estavam no quarto ao lado do seu. E, na ocasião, ela estava passando a mão em sua testa ardendo em febre, parecendo muito preocupada com a sua saúde.

— Ela estava de babá da cachorra.

— Ah é. Agora que você falou, lembrei que vi uma cachorra lá — disse Susan, cruzando os braços. — Era uma spanielzinha fofa, preta e branca. Mas era você quem parecia estar recebendo toda atenção.

— Eu estava doente.

— Bom, contra isso não vou debater.

— Ela foi embora já faz uma semana.

— Que pena — disse Susan, se inclinando para ele. — Escute muito bem, dr. Gostosão, porque vou dar um conselho de graça. Uma mulher que não quer matar um homem doente é para casar.

— Pode ser que ela quisesse me matar. Podemos falar de outra coisa?

— Não. Estamos nesse assunto. Por que ela foi embora?

— Porque minha irmã veio buscar Madi.

— Madi? — perguntou Susan, franzindo a testa. — Quem diabo é Madi? Ah, você está falando da cachorra?

— Não diga "a cachorra" na frente de Harriet — murmurou Ethan, ao que Susan riu.

— Ela realmente colocou você na linha... Quer dizer que a cachorra foi embora e você deixou Harriet ir junto?

— Eu já disse, ela estava de babá da cachorra. Sem a cachorra para cuidar, não havia muitos motivos para ela ficar.

— E você não tinha como inventar um motivo? O que aconteceu com seu cérebro?

— Meu cérebro vai muito bem, obrigado. Harriet tem a casa dela. A vida dela.

Susan balançou a cabeça.

— Sua falta de criatividade é deprimente. Você ligou para ela desde que ela foi embora?

— Por que eu ligaria?

Tinha estado nos planos levar Harriet para jantar, mas ele adoecera. Além disso, não teria sido um encontro de verdade. Ele só estaria ajudando Harriet para compensar toda ajuda que ela oferecera. Estaria fazendo um favor, nada mais.

Ethan ignorou o pedacinho dele que dizia que estava mentindo para si mesmo. Jantar com Harriet teria sido uma noite muito agradável.

Não que ele não tivesse jantado com ela. Eles comeram juntos quase todas as noites em que ele chegou em casa na hora. Sendo sincero, tinham sido jantares bem casuais, sentados ao balcão da cozinha, conversando sobre o que tinha acontecido durante o dia. Nada de luzes românticas ou roupas chiques. Mas ele tinha gostado. Na verdade, ele tinha gostado mais da companhia de Harriet do que de qualquer outra pessoa com quem tivesse saído havia um tempo.

A presença dela era tranquilizadora.

— Para agradecer, para ver como ela está, para chamá-la para jantar... sei lá. Você que é o sucesso entre as mulheres, mas não merece essa reputação se deixar Harriet escapar.

— Oi?

— Uma garota linda, no seu apartamento, esfregando sua testa febril, e você não a arrebatou?

— Arrebatar? Que terminologia é essa? Talvez você não tenha notado, mas eu tive dificuldades para ir ao banheiro sozinho nas primeiras quarenta e oito horas da doença. Arrebatar alguém era algo que estava fora do meu campo de possibilidades.

Mas eu pensei nisso.

— Lerdo — murmurou Susan, visivelmente revoltada com a falta de motivação dele. — Eu gostei bastante dela, Ethan. Eu gostava de Alison, mas vocês dois juntos era um erro tão grande que doía de ver. Não que eu seja especialista em relacionamentos, mas se todas as pessoas do mundo tivessem morrido depois de uma praga mortal e só tivesse sobrado vocês dois, eu sugeriria que morassem em continentes diferentes. Você e Alison ficavam comparando agendas. Até o meu coração avesso a romantismos sofria vendo vocês. Já a Harriet... — Susan se demorou no nome —... ela é absolutamente outra coisa. Não tenho muitas amigas, por falta de tempo, mas, se tivesse uma, seria alguém como a Harriet. Divertida, fiel, bondosa, uma ótima cozinheira. E essa parte eu não entendo... Ela se muda para a sua casa, toma conta do seu cachorro, melhora sua qualidade de vida como um todo e você dá tchau para a garota sem fazer nem uma respiração boca a boca?

— Ela saiu lá de casa perfeitamente consciente e respirando. Não precisava de uma respiração boca a boca.

— Para um cara inteligente, você é bem burro quando o assunto é mulher.

— Saber que não sou o cara certo para ela não me torna burro.

Quem, então, seria o cara certo? Não era Eric, pelo visto. Nem Charlton. Mas como Harriet conheceria o cara certo? Ela confessou ter desistido de marcar encontros pela internet. O que faria agora? Torceria para trombar com alguém no parque? Para Ethan, não parecia uma estratégia confiável, especialmente para uma pessoa tímida com desconhecidos.

Ele se lembrou do primeiro encontro deles, quando Harriet gaguejou, e depois das outras noites, em que ela estava mais confiante e à vontade.

Tudo o que Harriet precisava fazer era encontrar um jeito de superar as primeiras horas em um primeiro encontro. Depois que relaxava, ela ia bem, e Ethan queria ajudá-la nisso. Ele era mestre em manter a superficialidade das coisas. Era capaz de ter uma conversa absolutamente descompromissada, sem se aprofundar em nada. Ele preferia assim.

Susan o encarou com desconfiança.

— Por que você acha que não é o cara certo para ela?

— Harriet merece o melhor.

— Pelo amor de Deus, Black — disse Susan, analisando o amigo por um instante. — Estou pasma com as coisas que você diz a si mesmo.

— Como assim?

— Quando você diz "ela merece o melhor", o que você está dizendo é "eu e ela podíamos dar certo, e isso me apavora tanto que vou fazer esse lance masculino de fingir que nada está acontecendo e torcer para que passe".

— Não estou dizendo isso.

— Não? Então ligue para ela.

— Por que eu faria isso, Susan?

— Porque é a coisa inteligente a se fazer, e espera-se que você seja um cara inteligente. A não ser que eu esteja certa quanto a você estar com medo de se apaixonar. Nesse caso, sua situação seria bem constrangedora, né?

— Não é isso.

— Então o quê?

Ele franziu a testa.

— Talvez eu não queira machucá-la. Ela é do tipo de pessoa que passa a vida cuidando de bichinhos vulneráveis.

Susan revirou os olhos.

— Mas isso não faz dela uma garota vulnerável. Por acaso ela parece uma florzinha frágil? Porque a mim não pareceu. Ela é capaz de decidir sozinha se você é ou não um problema para a vida dela. Deixe Harriet decidir se você é um risco que vale a pena correr.

Ethan pensou no que descobrira sobre a infância dela. Não, com certeza não a achava uma florzinha frágil. Mas Harriet tinha sido machucada. Além disso, discordava de que ela não era vulnerável. Ele suspeitava que ela era extremamente vulnerável.

— Ela é uma pessoa boa e decente.

— Tudo bem, mas isso não faz dela fraca, seu cabeçudo. O que você está dizendo? Que prefere sair com uma pessoa ruim e sem vergonha?

Ethan aproveitou a chance para mudar de assunto.

— Agora que você mencionou, a ideia me parece bem divertida.

Ele parou de falar, pois uma enfermeira entrou apressada em busca dele.

— Doutor Black, precisam de você no Trauma 1.

Ethan se levantou, aliviado em ter uma desculpa para escapar da inquisição.

Andando pelo corredor, ouviu a voz de Susan segui-lo.

— Ligue para ela, Black. Senão eu mesma vou ligar e arrumar as coisas entre vocês.

— Eu não tenho motivos para ligar para ela.
Ele parou no meio do passo.
Ou quem sabe tivesse...

Harriet caminhou com Brutus e Valentine pelas muitas trilhas nevadas do Central Park. Como os dois cachorros se adoravam, ela ficava contente em passear com eles sempre que Daniel e Molly precisavam. Brutus fazia jus ao nome que tinha — era um pastor alemão exuberante e levemente arrogante —, enquanto Valentine era um dálmata lindo, tranquilo e elegante. Ele nunca puxava a coleira e, de tempos em tempos, olhava por detrás do ombro para ver se Harriet estava bem. Era um cachorro maravilhoso, sempre atraía olhares aonde quer que fosse e não apenas pelo focinho em formato de coração. Molly sempre dizia que a inspiração do nome tinha sido essa, mas Harriet não sabia se acreditava nela. Antes de Molly conhecer Daniel, ela era totalmente desencanada de homens.

Harriet nunca sentiu algo do tipo, mas frequentemente se perguntava como era possível conhecer uma pessoa com quem você desejaria passar o resto da vida. Chegar ao final do encontro já tinha sido uma luta com a maioria dos homens com quem saiu. O último tinha durado quarenta minutos. Pensar em quarenta anos parecia algo ambicioso.

Mas, para Molly, as coisas mudaram da noite para o dia. Talvez pudessem mudar para Harriet também.

Ela tentou imaginar o que Ethan estaria fazendo. Trabalhando, provavelmente. Salvando a vida de alguém.

Enquanto ela estava passeando com cachorros...

Nem sequer teve chance de se despedir direito...

Harriet ficou tão cansada depois do final de semana bancando a enfermeira que, logo depois de terminar de fazer a mala, pegou no sono e só acordou quando Ethan já tinha saído para trabalhar.

Ele tinha deixado um bilhete. Duas palavras escritas em tinta preta. Eram quase ilegíveis, mas, depois de cinco minutos encarando-as, intrigada, Harriet finalmente concluiu que diziam *muito obrigado*.

Mas era um agradecimento por cuidar de Madi ou dele?

Harriet ficou surpresa por ele ter encontrado energias para voltar tão rápido ao trabalho, mas Ethan Black não era do tipo de cara que ficava mofando na cama por muito tempo.

Ela tinha terminado de recolher seus últimos pertences e, logo depois, Debra chegara com Karen. Foram alguns momentos de loucura e emoção em que Madi se esqueceu temporariamente de todos os bons modos que Harriet havia lhe ensinado. Eufórica, a cachorrinha voltou para casa, e Harriet fez o mesmo.

E aquilo, pensou Harriet, era o fim.

Madi estava contente, Debra estava contente, Ethan com toda certeza estava contente.

A única pessoa que gostaria que aquela situação continuasse por tempo indefinido era Harriet.

Ela observou Brutus e Valentine rolarem na neve, aparentemente indiferentes ao frio.

Depois de um bom passeio, ela os devolveu a Molly, que havia se mudado para o apartamento de Daniel na Quinta Avenida e estava tirando o atraso no trabalho.

— Você é um anjo — disse Molly, abraçando a cunhada. — Quer entrar? Fiz um chá.

Molly era inglesa e parecia achar chá algum tipo de elixir da vida. Harriet tentou imaginar o que Daniel, que acreditava que o vinho era a bebida mais importante de todas, achava daquilo.

— Preciso ir. Não consegui desfazer a mala e ajeitar a casa.

A ideia não era das mais animadoras. Não haveria Madi. E não haveria Ethan.

Talvez fosse o momento de Harriet ter uma vida própria. Com certeza era chegado o momento de arranjar um cachorro próprio.

— Só uma xícara — disse Molly, puxando-a para dentro. — A gente não se vê tem semanas. Me conta tudo sobre o médico sexy com quem você estava morando.

— Andou falando com a Fliss, né?

Parecia que nada era segredo naquela família. E Molly era praticamente família.

Molly a encarou.

— Talvez tenhamos trocado algumas palavrinhas.

— Era um trabalho como babá de cachorro.

Harriet olhou ao redor do apartamento e sentiu uma pontada de inveja ao notar uma enorme árvore de Natal coberta de luzinhas.

— Nossa, amei a árvore. Como você convenceu Daniel?

Molly colocou a xícara diante de Harriet.

— Eu não o convenci, comprei sem perguntar. É mais difícil reclamar depois que a coisa já foi feita, não acha?

Harriet caiu na risada.

— Ele nunca decora o apartamento.

— Agora ele decora. Ou melhor, eu decoro, ele fecha a cara, mas não diz nada. Eu amo arrumar a casa para as festas — disse Molly, e colocou um livro nas mãos de Harriet. — Você precisa ler isso aqui.

Harriet olhou para o livro.

— *Parceiro para a vida*. Molly, eu já li seu livro. Umas três vezes. Consigo recitar alguns capítulos de cor, até. No momento, eu ficaria feliz com um parceiro para cinco minutos. Um parceiro para a vida me parece uma meta ambiciosa demais.

— Só estou tentando dizer que acho Ethan perfeito para você. Se aplicar alguns dos critérios que traço no livro, vai entender o que estou dizendo. Ele é responsável, gentil, cuidadoso e tem habilidades de liderança.

— Como você sabe? Você nem o conhece. — Harriet tirou os sapatos e se lançou no sofá, incapaz de resistir a uma oportunidade de conversar sobre Ethan. Molly sabia bastante sobre relacionamentos, talvez pudesse ajudar Harriet a ordenar as ideias. — Acho que você passou tempo demais conversando com a Fliss...

— Não é só isso. Pode ser que eu tenha passado uma manhã inteira assistindo uma série com ele, filmada no pronto-socorro...

— Uma manhã inteira?

— Eu ia dar só uma olhadinha, mas ele é bem assistível.

Harriet sabia perfeitamente o quão *assistível* Ethan era. Ela havia passado a última semana inteira assistindo àquele programa ao vivo.

— Eu não assisti...

— Bem, digamos que, se eu algum dia sofrer um acidente, quero que ele esteja no episódio.

Molly abanou a si mesma, mas, antes que Harriet pudesse responder, a porta se abriu e Daniel entrou. Brutus correu na direção dele. Ele segurou o cachorro com uma mão enquanto tirava o casaco com a outra.

Harriet ainda estava se acostumando a ver o irmão lutando com o cachorro. Era tão estranho quanto vê-lo apaixonado.

— Oi, querida.

Daniel deu um beijo longo e profundo em Molly, ao que Harriet revirou os olhos e colocou os sapatos outra vez. Ela estava contente pelos dois, mas, se havia uma coisa de que não estava a fim, era testemunhar um casal grudento.

— E é por isso — murmurou ela — que vou deixar vocês dois sozinhos. Para vocês consolidarem a relação sem testemunhas.

Daniel soltou Molly e abraçou Harriet.

— Como você está?

— Ótima — mentiu Harriet, ignorando a pergunta nos olhos de Molly. — Nunca estive melhor. Mas ver o seu apartamento me fez perceber que não estou nem um pouco pronta para o Natal. Por isso vou para casa agora mesmo começar as minhas decorações.

Aquela parte não era mentira.

O primeiro passo para não morrer sozinha cercada de cachorros abandonados era aprender a tomar conta de si mesma. E isso incluía até as menores coisas.

Coisas talvez não tão pequenas, pensou ela meia hora depois, enquanto examinava o pinheiro enorme encostado na parede de uma travessa da Quinta Avenida.

— O senhor não tem algum um pouquinho menor?

— Uma semana atrás, eu tinha de todos os tamanhos que você pode imaginar, mas vendi tudo. Só tem esse, senhorita. É pegar ou largar.

O vendedor parecia rabugento, o que tirava parte da mágica. Vender árvores de Natal deveria ser uma experiência alegre, não?

Harriet assoprou os dedos e bateu os pés para mantê-los aquecidos. Ela talvez devesse ter planejado melhor a compra da árvore em vez de tentar agir tão espontaneamente.

A Harriet prática teria simplesmente ido embora. O pinheiro era grande demais para o apartamento dela. E ela morava sozinha. Para que precisava de uma árvore grande assim? Para que precisava de uma árvore de Natal, para começo de conversa?

Bem, ela precisava porque estava cansada de ser a Harriet prática.

Ela queria ser a Harriet impulsiva.

— Vou levar — disse ela em um tom de voz alto, como se aquilo de alguma forma tornasse a decisão mais permanente.

Quase mudou de ideia quando o vendedor disse o preço, mas ainda assim lhe entregou a quantia obscena.

Ela agora era proprietária de uma árvore de Natal enorme, que quase certamente não entraria em seu apartamento. E, com isso, Harriet adquiriu outro problema: levá-la para casa.

Seria preciso arrastá-la, o que provavelmente não faria muito bem para a pobre árvore.

— Espero que você seja forte — disse ela, envolvendo os ramos pontiagudos com as mãos, tentando agarrar o tronco. — Para morar comigo, você vai ter que ser.

O homem mudou de rabugento para surpreso.

— Morar com você?

— Eu estava falando com a árvore.

A expressão dele disse tudo sobre o que ele achava de mulheres que conversavam com árvores.

Harriet conversava direto com cachorros, por que não conversaria com árvores?

Em todo caso, era melhor ir embora antes que a expressão mal-humorada dele tirasse todo o brilho da compra caríssima.

Ela tentou levantar a árvore, mas, como não conseguia enxergar o caminho, colocou-a novamente no chão e começou a arrastá-la pelo tronco.

Que ótimo. A árvore chegaria em casa já decorada com todo tipo de lixo do chão de Nova York, o que não seria nada bonito.

— Precisa de ajuda?

Uma voz masculina e grave veio de trás dela. Ethan Black. O casaco delineava os ombros fortes e a gola estava levantada para protegê-lo do vento. Mas o que realmente chamou a atenção de Harriet foi o sorriso. Ele ficava com ruguinhas na bochecha e com um olhar caloroso, a ponto de o simples fato de olhá-lo fazer Harriet se sentir acolhida. Madi estava ao lado dele balançando o rabinho.

— Ethan? Madi? Eu...

A alegria deu lugar à preocupação quando Harriet largou a árvore e os galhos lhe arranharam a perna de forma vingativa.

— Aconteceu alguma coisa? Karen está bem? Ela piorou por causa da viagem?

— Não aconteceu nada, e Karen está ótima.

Ela se agachou para fazer carinho na cachorra.

— Por que você está com Madi?

— Você acreditaria se eu dissesse que fiquei com saudades?

Será que ele estava tirando com a cara dela? Porque aquele era o homem que quase teve um ataque de pânico quando viu Madi em seu apartamento pela primeira vez.

— Você... — Harriet pigarreou e endireitou a postura. — Sério?

— Você não faz ideia de como a casa ficou vazia.

Harriet sabia exatamente como era a sensação. Ela sentia a mesma coisa na dela. A diferença é que ela nunca gostou disso antes, enquanto Ethan, sim.

— Você quis dizer que a casa está mais limpa e tranquila, sem mais reclamações dos vizinhos.

O sorriso dele se alargou.

— Isso é uma parte.

Qual era a outra parte?

— E aí você pegou Madi emprestada.

— Karen e Debra foram até o aeroporto para buscar meu cunhado. Ele estava numa viagem de negócios. Eu disse que ficava com Madi e a devolvia mais tarde.

Porque aquilo que era uma família. As pessoas se ajudavam, mesmo quando alguém tinha um emprego com uma carga horária pesada como Ethan.

Harriet reparou no brilho do cabelo e na largura dos ombros dele. O coração dela batia em falso no peito.

— Você não está um pouco fora do seu caminho de casa?

— Eu queria ver você. Saber como você está.

Uma visita por pena, então.

O coração de Harriet foi voltando lentamente ao normal.

— Estou bem, obrigada. Por que não estaria? Não precisava ter vindo conferir.

— Não tem mais pulado pela janela de banheiros de restaurantes?

— Não, foi só aquela vez mesmo.

Ela se agachou para pegar outra vez a árvore, tentando imaginar por que Ethan se daria o trabalho de atravessar a cidade só para fazer essa pergunta.

— Se você levar Madi, eu levo a árvore até seu apartamento.

Ele ofereceu a guia para Harriet.

Ela ficou paralisada, porque não sabia se queria Ethan em seu apartamento. Até aquele momento, era um espaço-livre-de-Ethan. As únicas lembranças que Harriet tinha com ele estavam em sua cabeça, e vinha lutando para apagá-las. Se tinha algo de que não precisava era daquela presença se espalhando para outras partes de sua vida.

Por outro lado, Ethan ajudaria a resolver o problema bastante real de como fazer a árvore chegar até onde precisava.

— Obrigada.

Ela pegou a coleira de Madi e as chaves no bolso.

— Você tem um cobertor velho? Ou um lençol? — perguntou Ethan.

— Tenho um que uso para os cachorros.

— Pode ir buscar? Vamos envolver a árvore nele. Confie em mim, vai dar certo.

Ela confiou nele e, de fato, deu certo.

Vinte minutos depois, a árvore estava seguramente instalada no apartamento de Harriet com todos os galhos ainda no lugar. No final das contas, Ethan era tão eficiente com uma árvore de Natal malcomportada quanto era com pessoas doentes.

— Ficou espetacular.

Harriet se sentiu aliviada. Por um instante, achou que tinha desperdiçado uma quantia considerável em uma árvore que nem sequer chegaria a seu apartamento. Ela se imaginara passando o Natal na rua, ela e a árvore.

— Ela vai deixar a casa com cara de Natal. Muito obrigada mesmo.

Ela esperava que Ethan fosse embora, mas, em vez disso, ele tirou o casaco e o colocou cuidadosamente no encosto de uma das cadeiras. Em seguida, se agachou e limpou as patinhas de Madi com um pedaço de algo que tirou do bolso.

Harriet observou a cena. Será que estava de queixo caído?

Provavelmente, porque ela não ficaria mais estupefata se ele lhe contasse que tinha aberto um abrigo para animais.

— O que foi? — perguntou Ethan quando viu que estava sendo observado.

— Você está limpando as patinhas dela.

— Não é o certo a fazer depois de passear com ela na neve?

— Sim, mas… — Harriet engoliu em seco. — O que você está usando?

— É uma toalha de rosto. Peguei antes de sair do apartamento. — Ethan se levantou. — Algum problema? Estou fazendo alguma coisa errada?

Não. Ele estava fazendo tudo certo. *Aquele* era o problema.

— Você não está fazendo nada de errado. — *Ajudaria muito se tivesse feito*, pensou Harriet. — Ela parece feliz.

— Ela ficou feliz de voltar para perto da família, não posso julgá-la. Seu apartamento é bonito.

Ele estava brincando?

— Tem um décimo do tamanho do seu.

— É charmoso e muito confortável.

Ele vasculhou as estantes dela, ao que Harriet congelou e torceu para não ter deixado sua edição de *Parceiro para a vida* em algum lugar visível. Aquilo renderia uma conversa bem constrangedora.

Bem, dr. Gostosão, minha futura cunhada acha você perfeito.

— Você quer beber alguma coisa?

Era uma proposta tão educada, tão formal.

Harriet estava tentando esquecer que havia tirado a roupa dele até deixá-lo de cueca. Estava tentando esquecer o que havia por debaixo daquele casaco de lã e daquela blusa preta grossa.

Ele nem sequer devia lembrar que foi ela quem tinha tirado suas roupas.

Na verdade, Harriet não sabia muito bem do que Ethan se lembrava.

Nenhum dos dois tocara no assunto daquele ponto avançado da noite em que ele quase a beijou.

Seria mais fácil decidir que tinha imaginado tudo, mas ela sabia que não era verdade. Ela definitivamente não tinha imaginado aquilo, mas era bem possível que Ethan estivesse delirando no momento.

Ele deixou de examinar os livros da prateleira de cima e se virou.

— Eu adoraria. O que você tem?

— Refrigerante. Vinho.

Harriet estava começando a se sentir afobada porque não estava entendendo a situação. Ethan tinha ido procurá-la por obrigação? Por educação? A relação deles era estranha. Era carregada de intimidade, mesmo que nunca tenham ficado verdadeiramente íntimos.

— Também tenho cerveja, para quando Daniel vem.

— Uma cerveja seria ótimo. Então, cadê suas coisas de decoração?

— Por quê?

— Eu vou ajudar. — Ethan examinou a árvore. — Ela é alta. Você vai precisar de ajuda para colocar os enfeites perto do topo.

— Você está se oferecendo para me ajudar a decorar a árvore de Natal? Você, o dr. Scrooge, que não vai se vestir de Papai Noel para as criancinhas?

— É diferente.

O olhar dele se deteve no dela por um instante. O clima ficou carregado de excitação e perigo.

— Então, onde estão?

Nervosa, ela pegou uma caixa de debaixo da cama e, juntos, os dois decoraram a árvore.

Harriet estava ciente, de forma agonizante, de cada movimento de Ethan.

Era estranho ele estar ali, na casa dela.

— Como foi no trabalho? Já se recuperou completamente?

— Estou cansado, mas bem. Graças a você. Suspeito que minha recuperação não seria tão rápida sem você lá para me ajudar. — Ele pegou um enfeite prateado da mão dela e, com isso, os dedos deles se roçaram. — Devo um jantar a você.

— Você não me deve nada.

— Você teve algum encontro desde que saiu do meu apartamento?

Ela colocou a decoração na árvore.

— Só faz uma semana. Me dá um tempo.

— Em outras palavras, não. Amanhã eu saio cedo do trabalho. Vou passar para pegar você às sete.

— Ethan...

— Não discuta. Quero levar você para jantar.

A pergunta "por quê?" chegou aos lábios de Harriet, mas ela não a fez porque já sabia a resposta. Ele havia prometido, e era um homem de palavra. Ciente disso, ela concluiu que era melhor aceitar e acabar de uma vez por todas com aquilo. Assim, ambos poderiam seguir com suas vidas, quites.

— Está bem. Ótimo. Vamos jantar. Onde quer que eu encontre você?

— Eu vou passar aqui para pegar você.

Ethan recuou um passo e olhou para a árvore de Natal.

— Está linda. Agora só faltam os presentes.

— Tenho uma pilha de presentes prontos para serem embrulhados.

— Nesse caso, você está pronta para as festas. Ainda vai passar sozinha?

— Não vou passar sozinha, só não vou passar com minha família. Vou fazer um almoço para a Glenys e quero ficar umas horinhas no abrigo de animais para ajudar. Eles têm muita dificuldade em encontrar gente para trabalhar no Natal.

— No abrigo de animais?

— Eu ajudo como lar temporário e de vez em quando levo alguns cachorros para passear e socializar.

— Socializar?

— Alguns desses bichinhos não tiveram vidas muito felizes. Ter experiências positivas com pessoas aumenta a chance de encontrarem uma família para o resto da vida.

— E essa é a meta? — perguntou ele, encarando Harriet nos olhos. — Encontrar uma família para o resto da vida?

Por que ele estava olhando para ela daquele jeito?

E o que tinha acontecido com a voz dela? Estava funcionando perfeitamente poucos momentos antes...

— Sim. Tentamos encontrar um bom lar para eles, onde sejam amados e queridos.

E isso, pensou Harriet, era exatamente o que queria para si mesma.

Capítulo 19

O RESTAURANTE ERA CONFORTÁVEL, caloroso e estava decorado para o Natal. Velas tremulavam no centro das mesas e havia luzinhas penduradas nas vigas do teto.

Assim que se sentou junto à janela, Harriet se sentiu estranhamente nervosa. Ela não sabia se conseguiria comer qualquer coisa. O encontro de mentirinha estava se mostrando mais estressante do que um real; e o motivo era o fato de que ela queria *de verdade* estar naquele.

O único encontro que importava.

Ethan Black era o primeiro homem com quem Harriet tinha ansiado em passar um tempo junto em muito tempo.

Ela gastou quase uma hora arrumando o cabelo e fazendo a maquiagem que, assim torcia, não pareceria artificial demais.

Quando ele apareceu para buscá-la, Harriet estava usando um *gloss* natural — que saiu nos primeiros cinco minutos — e que ela não quis arriscar passar de novo, temendo que ele pensasse alguma coisa errada. Se cozinhar para ele na primeira noite tinha sido visto como um gesto romântico, presumia-se que passar *gloss* seria o equivalente a um pedido de casamento.

Sentado diante dela, Ethan a encarava, parecendo esperar algo, mas Harriet não fazia ideia do que ele estava esperando daquele encontro.

Harriet torceu para que ele não quisesse puxar conversa, porque a mente dela se esvaziou no momento em que tinha aberto a porta de seu apartamento e o visto. Ethan preenchia o corredor com seus ombros largos e sorriso sexy, e, por um instante, ela foi incapaz de respirar, como se tivesse subido quatro lances de escada correndo cheia de sacolas de compras.

Ainda estava se sentindo assim e não tinha ideia do que dizer.

Quando Harriet começou a marcar encontros pela internet, fez uma lista de assuntos para puxar conversa. O clima, viagens, livros, metas de vida... Ela os chamava de preenchedores de silêncio. Até aquele momento, não tivera que usá-los, porque os homens com quem saiu pareciam tão contentes em preencher o vazio a ponto de soterrá-la e ela ter vontade de implorá-los para parar.

Ethan era diferente.

Assim que se acomodaram, ele se inclinou para a frente:

— Temos apenas uma regra esta noite.

Havia regras?

— Que é...?

— Nada de fugir pela janela do banheiro — disse ele, sorrindo com os olhos. — Se eu disser qualquer coisa errada, por favor me diga. Nada de sair pulando.

— Prometo.

Em um passe de mágica, a tensão foi rompida. As coisas fluíram naturalmente.

Ethan estava calmo, relaxado e divertido. A concepção dele de conversa não era fazer um monólogo, mas atrair Harriet para os assuntos que trazia à tona. Ele perguntava a opinião dela, escutava as respostas e, antes que ela pudesse se dar conta, já tinham falado de todos os assuntos do mundo, das matérias mais difíceis na escola até o fato de que ter uma irmã gêmea tinha sido a melhor coisa em sua vida. Contou da vez que Fliss bateu em Johnny Hill por ele viver implicando com Harriet por causa da gagueira. Fliss foi suspensa da escola e ainda tinha uma cicatriz na testa por causa do episódio. Contou sobre o divórcio dos pais, sobre como queria que ele tivesse ocorrido anos antes, sobre como achava que Daniel nunca se casaria, sobre como estava feliz por ele ter conhecido Molly, que era uma pessoa incrível, sabia tudo sobre relacionamentos — mesmo tendo evitado, ela mesma, namorar até conhecê-lo — e tinha até publicado um livro.

E, por todo o tempo em que falou, reparou que Ethan escutava, acrescentando eventuais comentários ou observações, checando para ver se o copo d'água dela estava cheio e se ela estava gostando da comida.

Eles comeram camarões grelhados com abobrinha, seguidos por um delicioso prato de frango, mas ela quase não deu atenção porque estava muito envolvida na conversa. Para ela, a questão da noite não era a comida, mas o homem sentado à sua frente.

Ela contou a Ethan sobre as férias de verão nos Hamptons. Sobre o cachorrinho que a avó salvou quando Harriet tinha 9 anos e de como ela cuidou dele sozinha por dois meses. Sobre como ela perguntou à mãe se podiam levar o filhotinho para casa, ao que ela respondeu que o pai nunca deixaria. E Harriet contou também sobre eventos mais recentes, sobre como teve que se empenhar para convencer Fliss a se abrir.

Ethan, por sua vez, contou sobre como foi crescer numa família de médicos. Sobre como as pessoas iam à casa deles aos domingos quando estavam com problemas e de como o telefone nunca parava de tocar.

Era uma experiência absolutamente diferente dos outros encontros, nos quais ela não esteve nem de perto tão interessada na pessoa diante dela. Naquelas ocasiões, a única coisa que pensou foi em como sair dali o mais rápido possível. Nessa ocasião, por outro lado, ela não conseguia pensar em outra coisa a não ser que não queria que a noite acabasse.

Ela se deu conta de que, longe de não falar, ela não tinha feito outra coisa *senão* falar. Envergonhada, fechou a boca.

— O que foi? — perguntou ele, curioso.

Harriet não queria que aquele encontro fosse de mentira. Queria que ele fosse de verdade, queria se sentar diante de Ethan, ouvir sobre o dia dele e conversar enquanto contava sobre o dela.

Depois, queria voltar para casa, arrancar as roupas dele e fazer coisas que Harriet Knight nunca tinha feito na vida.

Ela se lembrou da noite em que tirou a roupa dele e teve um vislumbre de seu corpo forte. Não conseguia tirar isso da cabeça.

— Harriet?

— Oi? Que foi? Sim… — *Por favor, me diga que não disse nada disso em voz alta.* — O que disse?

— Eu perguntei, o que foi?

Ela tinha confundido fantasia e realidade, só isso.

— Percebi que estou fazendo algo que detesto. Estou falando sem parar para respirar.

— Você não está falando sem parar. Eu também falei.

— Não tanto. — Harriet estava horrorizada. Ethan provavelmente estava pensando todas as mesmas coisas que ela mesma tinha pensado nos encontros anteriores com os caras que não paravam de falar. — Por que você não me parou?

— Porque eu estava achando interessante. Eu acho *você* interessante. Não quis interromper.

— Eu estava em um monólogo.

Harriet sabia que estava com as bochechas coradas. Era por isso que não usava *blush*. Combinado à sua tendência natural a corar ao menor sinal de constrangimento, ela acabaria parecendo um palhaço.

— Você não estava em um monólogo, mas o que você estava dizendo me ajudou a entender melhor quem é você. Sinto que conheço você um pouco melhor agora, o que é bom.

— Um pouco melhor? Eu contei a história da minha vida. Você agora sabe tudo. Exceto que tive apendicite com 8 anos.

Ele sorriu.

— É bom saber seu histórico clínico também. Alérgica a alguma coisa?

— Além de encontros pela internet?

Por que Ethan achava bom saber mais sobre Harriet? Por quê? Qual era o sentido daquilo?

E depois? Se ela se enrolasse, talvez ele pudesse propor outro encontro dizendo que ela precisava treinar mais. Se fosse esperta, aquele poderia acabar sendo o relacionamento amoroso mais longo de sua vida.

A sobremesa foi servida — algo elaborado e cheio de chantili —, e Harriet pensou que era uma analogia corretíssima de sua vida no momento: doce e perfeita. Mas não tinha como uma pessoa viver à base de sobremesas, né? Harriet não teria outro encontro como aquele.

A vela iluminava o rosto de Ethan, destacando seus traços bonitos e elegantes, e aqueles olhos azuis que estavam vendo mais do que o normal. Havia uma leve sombra de riso em seus lábios. Harriet queria que todos os encontros fossem fáceis e tranquilos como aquele. Queria que todos os momentos de sua vida fossem assim, como se estivesse prestes a viver algo incrível e emocionante.

Estava se divertindo tanto que não queria que a noite acabasse.

Sua cabeça estava girando, e ela sabia que não era apenas por conta do vinho. Era efeito de Ethan.

Ela se perguntou como ele seria na cama.

Confiante.

Habilidoso.

O rosto dela pegou fogo.

— Debra adora você. Ela sempre falava de você quando eu ia lá. O irmão médico... Ela tem muito orgulho. Você tem sorte de ter uma família tão unida.

— Você é próxima dos seus irmãos.

— Sim, mas no momento... — Sentindo-se desleal, Harriet se deteve. Ela adorava Fliss e Daniel, mas eles não pareciam entender que ela não precisava que eles ficassem cuidando dela o tempo todo. — Os dois são bastante protetores, algo pelo que eu era muito grata quando era mais nova, só que hoje isso é uma questão para mim. Se estou com dificuldade em alguma coisa, Fliss quer logo resolver e Daniel quer levar o caso à Justiça. Eles não entendem que preciso resolver meus problemas sozinha. E, se a coisa não tiver como ser resolvida, eu também preciso me ajustar e aprender a aceitar isso.

— Esse é o objetivo dos Desafios da Harriet? Mandar um recado para eles?

— Não, os desafios são por mim. — Harriet terminou o vinho e refletiu sobre quanto dizer. — A questão é que, no ano passado, os dois se apaixonaram. Não sei se Fliss já não estava apaixonada há muito tempo, mas essa é outra história. E, por estarem apaixonados, estão se sentindo culpados. Eles acham que estão me excluindo e que o jeito mais fácil de consertar isso é encontrando alguém para mim. Assim eles não precisariam mais se preocupar comigo.

Ethan concordou com a cabeça.

— Quer dizer que eles estão tentando arrumar um namorado para você? É por isso que você começou com os encontros pela internet?

— Foi Molly quem sugeriu, mas eu já achava uma boa ideia, porque essa era exatamente a última coisa no mundo que eu faria. Por que você está rindo?

— Estou rindo porque todas as pessoas que conheço evitariam fazer justamente a última coisa no mundo que fariam. É por isso que dizemos que é a "última coisa". E o que você está descrevendo meio que parece a ordem natural das coisas. Um irmão quer que o outro seja feliz como ele. Todos os pais querem netos.

Os dela não queriam. A mãe dela tinha finalmente começado a viver a vida que queria e estava viajando pelo mundo. O pai, por sua vez, tinha deixado muito claro que não queria filhos na vida, do que se concluía que também não queria netos.

— Mas Debra já deu netos aos pais de vocês.

— Esse é meu ponto — disse ele, gesticulando com a colher. — Pelo visto, é diferente. Ela já cumpriu o dever dela, mas eu não.

— Você não quer ter filhos?

Ah, meu Deus, ela agora estava falando sobre ter filhos com o cara com quem nem sequer estava saindo de verdade.

Parabéns, Harriet.

Ela não sabia muito bem quais eram os melhores tópicos de conversa para um primeiro encontro, mas estava segura de que filhos não era um.

— Esquece o que eu disse. Como você está se sentindo? Já se recuperou completamente?

— Você já me perguntou isso. E por que deveríamos esquecer o que você disse?

— Porque o assunto não é adequado para um encontro de mentira.

Com o olhar fixo no dela, ele se deteve.

— Encontro de mentira. Ok.

Algo no tom de voz dele fez Harriet olhá-lo com mais atenção.

— Se seu objetivo era me ajudar a encontrar assuntos neutros e adequados, falhei miseravelmente. Eu avisei. Não levo jeito para isso.

— Mas, como você repetiu tantas vezes, não estamos em um encontro de verdade. — Calmo, ele completou a taça de vinho dela. — Somos apenas dois amigos jantando e colocando o papo em dia. Você estava me perguntando algo sobre filhos, ainda que me pareça uma pergunta surpreendente, porque você já testemunhou minha completa inaptidão com um animal.

— Isso não é verdade, acho que você foi ótimo com Madi. Se ignorarmos o primeiro dia, quando você estava cansado e não esperava encontrar seu apartamento destruído, você foi muito paciente e tolerante com a presença de uma cachorrinha exuberante na sua casa.

— Você sempre enxerga o melhor nas pessoas.

— Nem sempre. Na verdade, acho que não levo o menor jeito com as pessoas. Às vezes, tento enxergar o que há de melhor nos outros porque não quero acreditar no quanto as pessoas podem ser ruins. Algumas horas no abrigo de animais deixam claro como os humanos não são nada bons.

— Você não recebe nada para trabalhar lá?

— Não, é voluntário. Não passo tanto tempo lá quanto eu gostaria, porque normalmente estou muito ocupada com a empresa. Eu costumo ir lá só quando eles estão com algum bicho que precise de lar temporário.

— Daí você os pega e depois os devolve... Quem diria?

Ele claramente não a conhecia muito bem.

— Bem, tendo condições, eu nunca negaria abrigo a um animal vulnerável.

— Não é essa parte que me surpreende. A parte que me surpreende é você devolvê-los.

— Não posso ficar com todos.

— Mas, se pudesse, ficaria. Aposto que você detesta — disse Ethan baixinho. — Aposto que você detesta ter que devolvê-los.

— Detesto mesmo. Eu nunca tive um bichinho só meu, porque os passeios e a questão do lar temporário tornariam tudo muito complicado. Só que agora estou me convencendo de que realmente quero um. — Foi a primeira vez que Harriet contou aquilo a alguém. O fato de Ethan ser a primeira pessoa a saber talvez devesse ser estranho, mas não foi. — Quero um cachorro meu, um que eu não precise devolver depois de passear por uma hora ou que vá para um lar definitivo depois de eu ter dado comida na boca dele.

— Vejo que já se decidiu, então.

— Não exatamente, comecei a pensar nisso faz pouco tempo. Mas acho que vou acabar adotando, sim. Eu quero muito, só preciso ver como farei para dar conta. De quais coisas terei que abrir mão.

— Vai abrir mão de coisas que não chegarão nem perto das concessões que teria que fazer para viver com outra pessoa. Falando nisso, por que Fliss me acha perfeito para você?

Harriet quase deixou a colher cair.

— Oi?

— Eu ouvi sem querer sua irmã perguntando se eu já tinha colocado minhas mãos em você.

— Você ouviu? Ah, que *péssimo*. — Morrendo por dentro, Harriet cobriu o rosto com as mãos. — Nossa, preciso sair daqui imediatamente. Acabou o jantar. E minha dignidade também.

Ela ouviu a risada suave dele e abaixou as mãos.

— Você está rindo de mim? Que cruel. Agora tenho certeza de que você não tem coração.

— Não estou rindo de você.

— Não? Porque pareceu que sim.

— Eu imaginei que você soubesse que ouvi. Você ficou bastante envergonhada.

— Achei que você pudesse ter ouvido, mas estava torcendo para você estar delirando demais de febre para lembrar. Você nunca tocou no assunto depois.

— Você estava cuidando de mim. Fiquei com medo de que se eu fizesse isso você fosse me abandonar em um momento de necessidade.

Com os olhos no prato, Harriet cutucou a comida. Se já tinha vivenciado algum momento mais constrangedor do que aquele, não era capaz de lembrar.

— Eu não teria feito isso.

Houve uma pausa.

— Não — disse ele devagar. — Você não teria feito isso. Você não é desse tipo de pessoa.

Ela afastou o prato.

— Afe, que vergonha.

— Vergonha por quê?

— Porque agora que você ouviu as sugestões ridículas da minha irmã, não faço ideia do que dizer.

— Podemos rir juntos disso. Nós dois temos irmãos que se intrometem na nossa vida. Debra faz isso o tempo todo.

Ela arriscou olhar para ele.

— Faz?

— Sim. É um saco. Já perdi a conta de quantas mulheres ela tentou empurrar para cima de mim. *Ethan* — disse ele, imitando perfeitamente a irmã —, *achei uma mulher perfeita para você.*

Harriet deu risada.

— É isso. É exatamente isso que minha irmã faz. Como você lida com isso?

— Às vezes entro na brincadeira porque amo minha irmã. Mas, quando fica muito frequente, começo a ser grosso.

— Funciona?

— Nada funciona por muito tempo. Às vezes dou tchau e desligo. Se estou desesperado, finjo que tenho alguma vida para salvar. Nunca conte isso a ela, senão não vou cuidar do seu tornozelo na próxima vez que você pular de uma janela.

— Quem foi a última mulher que ela tentou empurrar para você?

Houve uma pausa.

— Você.

Surpresa, Harriet o encarou.

— Ela... o quê? Meu Deus do céu, agora estou com mais vergonha ainda.

— Mas por quê? Ela acha que você é a pessoa perfeita para curar meus péssimos modos de solteirão e meu coração supostamente machucado. É uma tarefa e tanto para qualquer mulher, até para as que gostam de desafios.

— Seu coração está machucado?

— Não sei. Acho que não, mas faz tempo que não consigo encontrá-lo no peito.

Harriet se perguntou como seria possível achar que Ethan não tinha coração, quando ela testemunhava provas da bondade e do cuidado dele o tempo todo.

— Foi por isso que ela quis que eu passeasse com Madi? — Um pensamento terrível ocorreu a Harriet. — Sua sobrinha realmente sofreu um acidente? A coisa toda não foi uma armação?

— Não foi. Minha irmã é oportunista, não sádica. E é uma excelente mãe.

— Mas ela deixou você em paz quando você disse que não tinha interesse?

Ethan terminou de beber o vinho e colocou a taça devagar sobre a mesa.

— Quem disse que não tenho?

Subitamente, as batidas do coração de Harriet dobraram de frequência e os membros dela pareciam ter virado líquido.

— Você. Você mesmo disse que não estava interessado em conhecer mulheres.

— Não foi o que eu disse. Eu disse que não tinha interesse em me casar de novo. Não é a mesma coisa. Não sou um monge, Harriet. Eu tenho relacionamentos. Só não do tipo que acaba em casamento, que é justamente o tipo de relacionamento que você busca.

Naquele momento, Harriet estava disposta a topar qualquer relacionamento, desde que ele estivesse no papel principal.

Ela sentiu vontade de perguntar se Ethan estaria interessado em um relacionamento que só envolvesse sexo selvagem.

Era ousado demais? Harriet nem sequer sabia como era um sexo selvagem.

Ela não tinha certeza se algum dia seria capaz de relaxar e deixar rolar para descobrir.

Mas com Ethan ela achava que talvez conseguisse. Ele tinha experiência, era bondoso, forte e seguro, e Harriet o achava mais atraente do que qualquer outro homem que conheceu na vida. Estar com ele a fazia sentir algo inédito, algo de que Harriet gostava. Ele a fazia se sentir interessante, feminina, divertida. Viva.

Os dois se encararam e Harriet sentiu um rompante de desejo cego que lhe turvou todos os outros pensamentos e sentimentos. Todos os sons ao redor se reduziram a nada. Havia apenas Ethan e o que ele a fazia sentir. Harriet percebeu que havia subestimado o poder da atração sexual. Ou que talvez nunca a tivesse sentido. Não daquele jeito. Aquele entusiasmo delicioso e assustador. O nó na barriga de ansiedade que transformava a necessidade em desespero.

Uma coisa era certa: depois daquela noite, seria ainda mais difícil sair para um encontro ruim, pois agora ela sabia como era um encontro bom.

— Vamos embora daqui. — A voz rouca dele se conectou a algo profundo nela.

Ela não fazia ideia do que fariam assim que deixassem o restaurante, mas, independentemente do que fosse, ela iria até o fim. A decisão foi tomada sem que Harriet tivesse consciência de tê-la tomado.

Se aquele era o único encontro que teria com Ethan, faria daquela uma noite memorável.

Capítulo 20

Eles pegaram um táxi de volta ao prédio dela.

Mesmo com Harriet olhando fixamente para a frente, ele conseguia sentir a tensão dela. Ela estava tão rígida que mal parecia estar respirando.

Imaginando que ela estava nervosa, Ethan entrelaçou os dedos nos dela.

Ela retribuiu com um olhar que dizia que não estava nervosa. Ele esperava ver indecisão e dúvidas, mas não havia sinal de nenhuma das duas. Tudo o que ele viu nos olhos dela o fez desejá-la ainda mais.

A noite não tinha saído conforme os planos dele. Quanto ao que estava prestes a acontecer...

A intenção inicial tinha sido levá-la em segurança até a porta de casa e então ir embora. Seria a coisa mais segura e sensata a se fazer, mas, logo que chegaram em frente à porta do prédio dela, Harriet se virou para ele.

Havia algo no olhar dela que ele não esperava encontrar ali. Um desafio. Ethan não sabia se ela estava desafiando a si mesma ou a ele.

— Quer subir?

Ela parecia sem ar, como se tivesse corrido a Quinta Avenida inteira, em vez de tê-la atravessado no conforto de um táxi.

Se ele queria subir? A resposta era sim. Se deveria, era outra questão.

O que estava se passando na cabeça dela?

Estava nevando outra vez. Ethan esticou o braço e tirou os flocos de neve do cabelo dela. Alguma vez já sentira uma tentação como essa? Se sim, não lembrava. *Egoísta e determinado*, era como Alison o descrevia. Talvez fosse verdade, pois ele estava prestes a ser egoísta outra vez.

— Você não é do tipo que convida um homem para entrar depois do primeiro encontro.

— Talvez eu seja. Talvez eu queira ser.

— Mais um Desafio da Harriet?

— Não sei. Só sei que, se você quiser subir, eu gostaria.

Harriet era tão direta. Tão honesta. Era uma das coisas que ele amava nela. *Gostava*, ele se corrigiu rapidamente. *Gostava*, não amava.

Ele tranquilizou a própria consciência dizendo a si mesmo que Harriet não era criança. Ela era uma mulher com cabeça própria e, ao que parecia, aquela cabeça estava feliz com a situação. Quem era Ethan para dissuadi-la de algo que ambos queriam? A questão não era tão complicada assim.

O que ele queria era simples.

Movido por uma necessidade que não conseguia identificar com precisão, ele segurou o rosto dela, devagar e com cuidado.

Ethan pensou em beijá-la todo o tempo que ela passou no apartamento dele. Quando Harriet saiu, ele achou difícil pensar em outra coisa.

Sua imaginação não chegara nem perto da realidade.

Assim que a boca dele tocou a dela, Ethan percebeu que não havia nada de banal naquilo. Nada de banal em sua relação com

Harriet. Nada de banal na química que ardia entre os dois, nem na forma como ela o fazia se sentir.

Os lábios dela estavam frios e macios, e se abriram para recebê-lo. Ele a beijou delicadamente, explorando com beijos lentos e suaves, para relaxá-la, mas que em vez disso criaram uma tensão deliciosa e perigosa. A lentidão e suavidade logo se transformaram em ímpeto e paixão. Depois de cinco segundos, Ethan tinha esquecido que estavam de pé do lado de fora do prédio dela, à vista de quem quer que passasse.

Não que muita gente estivesse passando. Era inverno em Nova York, e a maioria das pessoas estava dentro de casa.

Ethan tinha seu aquecimento interno próprio, alimentado pelo beijo de Harriet. Ele sentiu os braços dela envolvendo o pescoço e a pressão do corpo dela contra o dele. Se ela ainda tinha dúvidas do que deveria acontecer em seguida, não havia indícios externos.

Sobre eles, o céu estava escuro, mas a rua estava banhada pela luz espectral dos postes. Ele sentiu a neve suave carregada pelo vento que soprava ao redor, o oscilar do corpo dela e, em seguida, os braços dela o puxando para mais perto. Ela ajustou o corpo ao dele e deu beijos quentes que queimaram as últimas dúvidas de Ethan. Através da malha do casaco, ele sentia as curvas suaves do corpo de Harriet, além de tentação e promessas do que estava por vir. Ele também a sentiu tremer.

Foi esse estremecimento que dissipou a cegueira causada pelo desejo.

Ele esfregou as mãos nos braços dela e a puxou para mais perto, usando o próprio corpo para protegê-la do ar congelante do inverno.

Ela parecia frágil, mas ele sabia que ela não era.

— Está frio — disse Ethan.

Ainda que, naquele instante, ele estivesse com tudo, menos frio.

Ela permaneceu protegida em seus braços, com a testa escorada sobre o peitoral dele.

Ethan tinha a sensação de que ela estava tomando alguma decisão, tateando algo, incerta de avançar ou não. Ele provavelmente deveria recuar, mas não queria.

Harriet permaneceu em silêncio por um instante e, em seguida, ergueu a cabeça. Os olhos dela brilhavam de expectativa.

— *Está* frio. Vamos entrar?

Ela o estava convidando e estava na cara que tinha em mente mais do que café e um abrigo contra o frio.

Um homem mais íntegro teria recusado. Ethan deveria tê-lo feito. Mas, de alguma forma, se viu seguindo Harriet pelas escadas até o apartamento. Ela tinha acrescentado mais alguns toques festivos desde que ele a havia ajudado com a árvore de Natal: um pote com pinhas prateadas e fileiras de luzinhas natalinas davam um toque caloroso de boas-vindas.

Exceto pelos livros, o apartamento dele era minimalista. Tão minimalista que a irmã sempre brincava que, se alguém entrasse para roubar, sairia de mãos vazias achando que o lugar estava desocupado. Ali, no apartamento confortável de Harriet, Ethan se perguntou se não devia comprar algumas almofadas para sua casa. Quem sabe uma ou outra planta. Ou talvez um tapete como o dela, em tons frios de verde?

Não havia luz central no teto, apenas lamparinas que banhavam a sala em uma luz dourada que destacava as paredes de um amarelo iluminado e os sofás azuis. Flores frescas forneciam respingos coloridos num dia em que o mundo do lado de fora da janela estava completamente branco pela neve. Dentro, era como estar no parque em um dia ensolarado. Qualquer pessoa se sentiria instantaneamente melhor só de passar pela porta.

— Quer beber alguma coisa?

Ethan se perguntou se Harriet estava reconsiderando tudo aquilo.

— Só se você quiser também.

Era ela que ele queria. Tímida ou não, ele não dava a mínima, desde que Harriet logo estivesse nua ao lado dele.

Os dois trocaram um único olhar e ela foi direto para os braços dele. Ethan a beijou como se fosse a última coisa que fossem fazer no mundo. Protegendo-a com os braços, eles bateram contra a porta e a fecharam com seus pesos combinados.

Ela murmurou o nome de Ethan contra os lábios dele e tentou, sem sucesso, abrir os botões do casaco dele. Ele assumiu a tarefa, pressionando-a contra a porta enquanto beijava Harriet sem parar. Os dois se beijaram como se não tivessem outra opção, como se fosse algo vital, essencial como respirar. Os dois se beijaram sem pausa ou interrupção enquanto se despiam. O cabelo de Harriet estava agarrado à lã do casaco de Ethan. Deslizando os dedos pelas madeixas sedosas e cheirosas, úmidas por causa da neve, ele afastou o cabelo do rosto dela enquanto lhe devorava a boca.

O casaco dele saiu primeiro; o dela em seguida, e logo o resto das roupas de ambos os acompanhou.

Ethan tinha prometido a si mesmo que, se algum dia aquilo acontecesse, ele iria devagar e saborearia cada segundo, mas, naquele momento, havia apenas urgência e desespero, como se, desacelerando, pudesse perder o momento ou, pior, perdê-la. Ele vislumbrou a pele clara, os pelos dourados, um relance rosa-escuro e não soube se olhava ou tocava. Ethan só sabia que não queria parar.

Ele não fazia ideia do que aconteceria no dia seguinte. Naquele momento, porém, no agora, ela era tudo o que ele queria.

— O quarto — resmungou ele.

Ela empurrou o peitoral dele e gesticulou vagamente com a mão.

Cegos de desejo, os dois foram cambaleando pelo apartamento até a cama, onde despencaram, ele por cima. O calor e desejo aumentaram a níveis alarmantes. Ethan foi descendo com beijos pelo corpo dela, traçando com a língua os mamilos rosados de Harriet. Foi como ser teletransportado para o verão. Morangos com creme. Sol e calor. A respiração dela foi ficando entrecortada. Arfares suaves foram virando gemidos baixos, sons delicados emanados conforme ele encontrava lugares sensíveis no corpo dela, sem deixar nenhuma parte intocada ou inexplorada.

— Ethan, Ethan...

Harriet murmurava o nome dele, revirando-se nos lençóis, enquanto ele se dava liberdades, transformando aquela amizade em uma relação de profunda intimidade.

Ethan se deu conta de que a carteira contendo o item essencial de que precisava estava no chão da sala, no bolso da calça.

Por um breve segundo, finalmente entendeu por que, de vez em quando, algumas pessoas escolhiam ser inconsequentes.

Precisou de todas as forças para se arrancar do corpo de Harriet, especialmente depois dos protestos dela.

— Não saia daí.

Ethan olhou para o corpo esparramado dela da mesma maneira que um homem faminto olharia para seu primeiro prato de comida caseira em anos.

Ele saiu com a eficiência e a objetividade aprimoradas pelos anos no pronto-socorro e voltou antes que Harriet pudesse levantar a cabeça do travesseiro.

Com o olhar desfocado, ela o encarou.

— Ethan...

— Eu sei... eu sei, querida.

Ele separou as pernas dela e, deslizando a mão para debaixo de seu quadril, ergueu-a. Com o corpo arqueado, ela se movimentou no compasso dele. Ethan estava prestes a penetrá-la fundo quando se lembrou do que ela havia dito sobre não gostar tanto de sexo.

Independentemente do desespero que ele sentia, estava decidido a fazê-la aproveitar aquele momento. Queria que ela mais do que aproveitasse. Assim, forçou-se a recuar e, em vez de penetrá-la, abriu mais as pernas de Harriet e foi beijando-lhe a coxa por entre os pelos dourados, usando a língua para saborear e provocar, lambendo-a até que ela gemesse seu nome e não pudesse mais ficar parada sem que ele a segurasse. Por fim, depois de quase deixá-la louca, começou a penetrá-la devagarzinho, contendo o ímpeto. Ele entrou em Harriet lentamente, pouco a pouco, em um ritmo delicado e cuidadoso. Então puxou os braços dela para cima da cabeça e enlaçou os dedos nos dela, prendendo suas mãos e olhando bem nos olhos dela à medida que cada penetração ia mais fundo. Ele sentiu as pernas dela o abraçarem, sentiu o corpo dela responder às sensações e, apesar de isso quase o matar, se obrigou a parar.

— Você está bem?

De alguma forma, ele conseguiu formular a pergunta, ao que Harriet, com as bochechas coradas e os olhos fixos nele, como se Ethan fosse a única coisa estável em seu universo movediço, confirmou com a cabeça.

Mantendo o ritmo, ele entrou mais fundo e sentiu algo mudar nela. Sentiu o corpo dela se abrir e, em seguida, envolvê-lo deliciosamente. Ele se deteve, apoiou a cabeça contra o ombro dela tentando retardar o próprio clímax, mas, como ela continuou a mexer o quadril, atraindo-o para si, todo o controle que restava em Ethan se esvaiu. A sensação foi tão selvagem e louca, tão avassaladora, que tudo ao redor se apagou.

Ele ouviu Harriet gemer e sentiu as unhas dela cravarem mais fundo em seus ombros. Foi quando ela se contraiu ao redor dele, garantindo que qualquer tentativa da parte dele de se segurar fosse em vão. Ela gemeu o nome de Ethan quando seu orgasmo causou o dele, lançando-o em uma queda livre de prazer.

Harriet ficou ali deitada, envolta na segurança dos braços dele, sentindo-se fraca e saciada. O coração continuava batendo forte, e a pele estava quente e suada, colada ao corpo dele. Se tinha vivido algum momento mais perfeito do que aquele, não se lembrava. Ela não conseguia acreditar que ele estava ali, na cama dela, sólido, forte e de verdade.

Não tinha planejado terminar a noite na cama com Ethan, mas, agora, nada parecia mais natural. Quem sabe ela era melhor em sair da zona de conforto do que achava.

Talvez ela pudesse ser, de fato, uma Harriet má.

Ou talvez não.

Ela tinha prometido a si mesma que não fantasiaria demais, mas, no final das contas, não era tão fácil controlar os pensamentos.

— E então... — disse ela, sem fôlego. — Se essa foi a primeira aula do seu curso avançado de encontros, o que temos para a segunda?

Ethan estava de olhos fechados.

— Vou mostrar agorinha mesmo. A segunda vai deixar a primeira no chinelo.

Ela se aconchegou mais perto dele, aproveitando ao máximo o fato de ele estar na cama dela.

— E então... sexo no primeiro encontro já me dá o status de garota má?

— Não sei, mas, se não tiver sido o suficiente, sei de algumas coisinhas que posso fazer para ajudar você a conseguir o status. Ficaria muito feliz em ajudar a realizar esse sonho.

— Você tem um coração muito bondoso.

Ele abriu os olhos.

— Com certeza não tem nada a ver com coração.

— Você realmente acha que não tem coração?

Dado o que conhecia sobre ele, ela não sabia como Ethan podia achar uma coisa dessas.

Ele tinha mais coração do que qualquer outra pessoa que Harriet conhecia.

Ele passou os dedos pela bochecha dela.

— Não acho fácil ter sentimentos hoje em dia. No começo da carreira eu lutava muito contra o que sentia. Voltava todo santo dia emocionalmente esgotado, então aprendi a controlar isso. O problema é que o preço que paguei é a grande dificuldade que tenho de me conectar emocionalmente hoje em dia.

— Mas você conseguiu quando foi casado?

— Não. O que foi parte do problema. Com Alison acontecia a mesma coisa. Ela era repórter de noticiário. Certas coisas que via na redação, material bruto, eram quase tão ruins quanto as coisas que eu via no hospital. Isso tudo mexe com a pessoa. A gente aprende a se desprender. Por necessidade. É assim que dá para continuar funcionando para entregar o trabalho. O lado ruim é que não é como uma chavinha que a gente possa ligar e desligar. Não dá para ligar o interruptor e voltar a ser uma pessoa normal.

— Você me parece uma pessoa normal. Não sei como você faz o que faz.

Harriet o admirava. Ela sabia que nunca seria capaz de lidar com a pressão emocional do trabalho dele, quem dirá do resto.

— Ei, eu que não sei como você faz o que faz.

Ela deu risada.

— Eu passeio com cachorros, Ethan. Não é como pilotar um foguete.

— Bem, para mim, é. Eu acharia a responsabilidade apavorante. Devolveria todos os bichos mortos ou machucados.

— Estou ouvindo isso de alguém que passa o dia salvando a vida das pessoas. Mas também já vi você cuidando de uma cachorra, então não vou discutir. — Ela apoiou a cabeça no peitoral dele e sorriu ao sentir os dedos dele lhe acariciarem o cabelo delicadamente. — Aliás, você tinha razão. Essa é a primeira vez que transo pela primeira e única vez com alguém. Se eu soubesse quão divertido seria, não teria esperado tanto.

Harriet se perguntou por que, tendo sido tão bom, alguém pararia numa única noite?

Detestava a ideia de que nunca mais teria uma noite como aquela.

Era assim com Fliss? Com Daniel?

Não. Eles estavam apaixonados. Era diferente.

Ethan ficou em silêncio por um instante.

— Detesto ter que te dizer isso, mas essa não vai ser a primeira e única vez.

— Não?

— Não. Acabei com seu status de garota má?

— Não sei. Acho que vai depender do que acontecer agora.

Ele virou a cabeça e percorreu com a boca primeiro o maxilar, depois o canto da boca de Harriet. Ela sentiu as mãos dele sobre seu rosto e, em seguida, a boca firme, persuasiva, cheia de desejo, dando beijos habilidosos e lentos que acabaram com sua capacidade de raciocínio.

— Ethan...

Ele ergueu a boca da dela o suficiente para falar.

— Não sei onde isso vai dar. Nem sequer sei o que isso é, mas, nesse momento, não sei se vou deixar você sair da minha cama nunca mais.

Nem ela sabia onde aquilo daria, e não se importava.

Estava tonta de desejo.

Ela adorava a curvatura da boca dele. Adorava as linhas firmes e a forma como os cantos formavam covinhas quando ele sorria.

— Essa cama é minha. Estamos na minha cama.

— Nesse caso, você vai precisar chamar alguém para me tirar daqui à força. Na verdade, não sei se vou conseguir me mexer de novo. Assim que encontrar forças, vou pegar meu celular e ligar para o trabalho pedindo demissão. Aí nós vamos poder ficar aqui até morrermos de sede ou de fome.

Ele deslizou a mão sobre o quadril dela e mais abaixo, demorando-se na junção das coxas de Harriet.

Com o corpo pesado de tantas sensações e morrendo de desejo, ela respirou fundo e se arqueou contra os dedos dele. Harriet nunca tinha se sentido daquele jeito com outra pessoa na vida. Nunca. Nunca havia sentido aquela conexão íntima e avassaladora com um homem.

O toque dele era certeiro e habilidoso, e ela se perguntou como ele conseguia saber exatamente o que ela queria e precisava sem ter dito uma palavra sequer. Os únicos sons que saíam dos lábios dela eram os suaves gemidos de prazer, gemidos que Ethan capturou com a boca, intensificando a sensação com beijos que levaram Harriet à loucura.

Bem em seu subconsciente, na única parte cujo fusível não havia queimado, uma pergunta começou a tomar forma.

Se aquela noite não era a primeira e a única, então o que era?

Capítulo 21

Harriet estava nas nuvens. Passeando com os cachorros, ela ostentava um sorriso tão largo que as pessoas, curiosas para saber o motivo daquela felicidade, se viravam para olhá-la.

Ela poderia dizer a elas o motivo em uma única palavra. Ethan.

Ethan, Ethan, Ethan.

— Ora ora, parece que o Natal chegou mais cedo para você — disse Glenys, enquanto caminhavam lentamente pela Quinta Avenida. — As coisas estão indo bem com o médico?

— Ah… — Harriet hesitou. Estava tão na cara assim? — Bem, ele anda trabalhando bastante, é claro, mas a gente tem se visto de vez em quando.

E cada vez vinha sendo melhor do que a anterior. Harriet nunca teria acreditado que sair com alguém seria tão *fácil*.

— Eu soube desde o começo que ele era o homem certo para você.

O coração de Harriet bateu em falso.

— Eu não acredito nessa coisa do "homem certo". Como é que isso funcionaria se meu "homem certo" morasse no Peru? Como eu faria para encontrá-lo? Não acho que meu GPS interno seja tão confiável assim.

— Você já o encontrou, não foi? A vida tem um jeito de nos fazer estar no lugar certo na hora certa.

— Você acha que eu ter torcido o tornozelo é parte de um grande plano? Porque esse não foi bem o começo da história. Se eu não tivesse ficado de babá da cachorra da irmã dele, nunca teria encontrado com ele de novo.

— Talvez. Talvez não. — Glenys foi enigmática.

Harriet desviou de uma poça de neve derretida.

— Cuidado aqui. Como vai o quadril?

— Muito melhor, graças a você. O médico disse que os passeios me fizeram muito bem.

— Fico feliz em ouvir isso.

— Você tem visto ele ultimamente?

— O seu médico?

— Não, o *seu* médico, querida.

Glenys lhe lançou uma piscadela maliciosa, ao que Harriet revirou os olhos.

— Você é pior do que a minha irmã.

Harriet tinha consciência de que ainda precisava contar a Fliss a respeito do que estava acontecendo. Mas, o que, *de fato*, estava acontecendo? Ela não sabia, motivo pelo qual vinha evitando a conversa. Fliss aumentaria tudo e Harriet não queria.

— Nós amamos você, só isso. Queremos ver você feliz. Considero você uma neta, sabe? Se já não tivesse uma avó que te ama, eu tentaria adotar você oficialmente. Tudo, é claro, por causa do seu biscoito de chocolate. Nada mais.

Harriet parou e a abraçou.

— Prometo um suprimento vitalício de biscoitos de chocolate.

— Você já fez alguns para ele? Pois se não fez, pobrezinho. Se ele soubesse como você cozinha, deixaria para lá esse negócio de "nunca vou me casar de novo".

— Eu cozinhei um pouco quando fiquei na casa dele, mas comida do dia a dia. Nada especial.

Depois daquele incidente dolorosamente constrangedor na primeira noite, Harriet mantivera o cardápio simples. Não havia nada de sedutor em um espaguete com molho de tomate.

— O que você está esperando? Pega ele pelo estômago de uma vez por todas, ele vai ficar doido!

— Curioso a senhora dizer isso, pois hoje à noite vou mesmo tirar as cartas da manga para impressioná-lo.

Harriet tinha passado a semana pensando no cardápio. Era ambicioso e cheio de coisas que podiam dar errado, mas ela queria que a noite fosse especial.

Ethan tinha somente mais uma semana em Nova York antes da viagem para Vermont, e Harriet queria que ele viajasse pensando nela.

De volta ao apartamento, ela picou os ingredientes, temperou e fez todos os primeiros preparativos da receita.

Dizendo a si mesma que estava apenas passando tempo, entrou no YouTube e assistiu a um episódio da série de Ethan. Harriet conseguiu entender por que tinham decidido usá-lo como personagem principal. Ele tinha uma beleza hollywoodiana, mas não era inacessível como uma celebridade. Ele parecia humano. Real. Tranquilo e calmo, independentemente do que passasse pelas portas do pronto-socorro. Bêbados, gente esfaqueada, baleada... Ele cuidava de todos. Harriet não ficou surpresa quando descobriu que ele tinha um enorme fã-clube. Era óbvio que teria.

Quando as cenas ficaram fortes demais, ela fechou o vídeo e, por impulso, pesquisou o nome da ex-mulher dele.

Harriet clicou em um vídeo de Alison trabalhando da África. Ela apareceu na tela em meio à areia e ao calor com um aspecto tranquilo, vestida em tons de cáqui e branco, e um corte de cabelo chanel elegante. Pelo visto, nem o calor nem a pressão dos eventos afetavam sua performance.

Ela falava diretamente à câmera sobre a atual situação política do lugar. Ela era tranquila e eloquente. Não falava um *hum* sequer.

Era uma mulher que nunca tinha gaguejado na vida. Falava com clareza e sem pausas: as palavras surgiam da boca dela com uma fluência quase musical. Harriet assistiu ao vídeo hipnotizada e desolada. Queria desligar, mas não conseguia parar de assistir. Para ela, certas sílabas e palavras ficavam bloqueadas com facilidade. Presas na boca. Às vezes, Harriet treinava na frente do espelho, mas conversar consigo mesma não era tão desafiador quanto com um estranho. Depois que descobriu que a maioria das pessoas preferia falar a ouvir, Harriet permanecia em silêncio, mesmo sabendo que, ao fazê-lo, seria taxada de quieta ou tímida. Daniel e Fliss interviram muitas vezes, assumindo o papel de reserva quando seu cérebro e boca simplesmente se negavam a funcionar como o esperado.

Saber que a própria oratória ainda poderia deixá-la na mão fazia Harriet se sentir vulnerável. A fala é parte fundamental de uma pessoa. Ainda que fosse errado, as pessoas julgavam as outras.

Depois desses pensamentos deprimentes, ela fechou o computador e se levantou novamente da cama.

Alison era adorável e falava bem, mas Ethan não estava mais com ela.

Harriet não sentiria inveja de um relacionamento que não existia mais.

Se fosse sentir algo, seria tristeza por Ethan. Sentimentos à parte, todo fim de casamento é triste.

Harriet deixou esses pensamentos de lado, distraindo-se com o preparo do jantar perfeito.

Como Ethan disse que chegaria às sete, ela planejou o jantar para as sete e meia, contando com algum possível atraso dele.

Ligou as luzinhas de Natal e acendeu duas de suas velas prediletas de canela e laranja.

Cantarolando canções natalinas, preparou o pato e o colocou no forno.

Às sete e meia, já estava tudo pronto, mas nem sinal de Ethan.

Ela olhou para o celular. Deveria ligar? Não. Se ele quisesse falar com ela, teria ligado. Ele não tinha exatamente um trabalho das nove às cinco, não é?

Harriet serviu uma taça de vinho tinto e se prostrou junto à janela.

Finalmente tinha parado de nevar, mas a cidade estava banhada em um brilho etéreo.

Seu celular dizia que já passava das oito, mas ainda nada de Ethan.

Que força a tinha possuído para fazer um suflê?

Ela talvez devesse jogar fora e servir salmão defumado no lugar.

Uma hora depois, ela se serviu de outra taça de vinho.

Depois de outra hora, começou a ficar seriamente preocupada.

Ele talvez tivesse mudado de ideia. Fazer um jantar em casa talvez tivesse passado a mensagem errada.

—ⱮⱮ—

Tinha dias que Ethan amava seu trabalho. Aquele não era um deles.

— Refresque minha memória. Por que passo minhas noites de sábado nesse lugar? — perguntou Susan, tirando as luvas. — Eu poderia estar no teatro ou transando com algum gostosão. Eu poderia estar vivendo minha vida em vez de participar dos piores momentos da vida dos outros.

Eles tinham perdido um paciente, depois de muitas horas angustiantes.

Ethan estava exausto. E sabia que o restante da equipe também estava.

Cada um deles voltaria para casa para processar a perda da forma que achassem melhor. Alguns iam ao psicólogo, outros recorreriam à bebida, outros talvez fossem simplesmente enterrar aquilo no fundo do peito e seguir em frente. Todos analisariam suas atitudes. Percorreriam mentalmente cada passo daquela noite em busca de erros.

Só que não tinham cometido erro nenhum.

Ethan sabia que eles tinham feito tudo o que podiam e que estavam lutando contra as probabilidades.

O homem estava bêbado quando o carro que dirigia se chocou contra um muro. O carro pegou fogo, algo que acontecia mais em filmes do que na vida real, mas que, nesse caso, foi azar tanto do homem quanto da mulher que ele atropelou antes de bater. O passageiro saiu se arrastando dos destroços pouco antes de o carro explodir. O motorista foi trazido com a pele toda queimada e uma aorta rompida. O amigo saiu andando com nada mais do que um corte no dedo.

Álcool e *direção*. Essas duas palavras nunca deveriam aparecer na mesma frase, pensou Ethan enquanto observava Susan tentando empurrar as emoções de volta para dentro. Ela tentava manter o senso de humor ácido, mas era diferente do normal e Ethan sabia por quê. Ele sabia o que a maioria das pessoas desconhecia. Que o marido dela tinha sido morto por um motorista bêbado. Que, naquele caso, não era apenas algo profissional para ela. Era pessoal.

Também sabia que ela levaria alguns dias até voltar ao normal. No meio-tempo, ele tentaria ajudar como pudesse.

— Você detestaria levar uma vida normal.

— Não sei não. — Susan parecia cansada e, pela primeira vez, não havia indícios do humor ou da gozação que caracterizavam a relação dos dois. — Esse lugar mostra o pior lado dos seres humanos.

— Talvez. Ou talvez mostre apenas a verdade sobre os seres humanos.

— Minha nossa, Black, que coisa deprimente. Você precisa de alguém para trazer um pouquinho de luz a esse lado sombrio. Vá ao teatro. Faça algo alegre. Falando nisso, como vai a Harriet?

Ele achou que provocar Susan talvez pudesse fazer bem a ela.

— Quem?

— Ah, por favor, hein? Já que não posso ter vida sexual própria, me deixa ao menos curtir a sua.

— O que faz você achar que tenho uma vida sexual?

Ethan podia ver que já a tinha tirado de um lugar muito, muito sombrio. Não inteiramente, mas pelo menos ela não parecia estar à beira do precipício.

— Você está sorrindo mais.

— Você deve estar com outra pessoa em mente. Comigo não tem muito esse negócio de sorriso.

— Exatamente, e é por isso que você fica mais interessante quando sorri. — Ela tocou a mão dele. — Não ache que não sei o que você está fazendo.

— O que estou fazendo?

Ela suspirou.

— Você está sendo um bom amigo. Sou grata por isso. E aliviada por saber que você é humano.

— Quem disse isso?

Eles conseguiriam superar aquilo, pensou Ethan. Dariam um jeito de superar aquele dia da mesma forma que conseguiram superar todos os outros.

O hospital estava lotado de policiais atrás de respostas.

Ethan não sabia se eles descobririam mais do que o óbvio.

O motorista tinha um nível de álcool no sangue tão acima do permitido por lei que era surpreendente que tivesse conseguido focar o suficiente para pegar as chaves e dirigir. Mas ele tinha conseguido, e aquilo respondia à pergunta acerca do porquê de todos estarem ali. Já *por que* ele tinha achado que consumir aquela quantidade de álcool era uma boa ideia estava além da compreensão de Ethan.

Estava prestes a sugerir a Susan que tomassem um café rápido quando um homem apareceu à porta.

Ethan o reconheceu como sendo o passageiro do carro que, aparentemente, estava tão bêbado quanto o amigo. Era evidente pelo olhar e pela forma como caminhava. Ele estava com um arranhão na bochecha e tinha uma bandagem na mão.

— Quem é o responsável aqui? — perguntou ele com dificuldade. — Você é o médico?

Ethan sabia reconhecer um problema só de ver.

— Doutor Black. Deixe-me levá-lo a um lugar mais privado para podermos conversar.

O homem ergueu o dedo em riste e o apontou a Ethan.

— Você matou Nick. *Você matou meu irmão, porra.*

— Olha, entendo o que você está sentindo, mas fizemos tudo o que podíamos. Infelizmente, Nick chegou aqui em estado grave e já correndo risco de morte.

Ethan falou calmamente, tentando amenizar a situação, mas racionalidade e lógica não tinham muita serventia com um homem tão alcoolizado.

O homem transferiu o olhar a Susan e a raiva no rosto dele se metamorfoseou em algo mais grotesco.

— Você é a desgraçada que o pegou assim que chegamos aqui. Eu te vi.

Susan abriu a boca para responder, mas não teve oportunidade.

Aconteceu tão rápido que, depois, foi difícil lembrar a sequência exata de eventos. Uma hora, estavam conversando e, logo em seguida, Ethan viu o brilho da faca que o homem puxou. Ele se movimentou rapidamente, mas Ethan também. Sem pensar duas vezes, ele se colocou na frente de Susan, sentiu o relampejar agudo de dor e a agonia ao ter o braço tocado pela lâmina. Com um movimento impecável, passou a perna por detrás da do homem e o levou ao chão. O homem caiu de maduro, balançando braços e pernas. O barulho deve ter alertado os seguranças, porque, segundos depois, a sala estava repleta de policiais e funcionários do hospital.

— Chamem o resto da equipe! — gritou um dos policiais, ao que Ethan balançou a cabeça.

— Está tudo bem — disse ele, com a voz rouca. — É um corte superficial.

Foi quando percebeu que não estavam olhando para ele. Estavam olhando para Susan.

Ela estava caída no chão, e Ethan viu a mancha vermelha e escura se espalhar pelo jaleco dela.

— Meu Deus, não! Susan!

Ele pulou para o lado dela de imediato, vagamente ciente de que uma das enfermeiras estava amarrando algo em volta do braço dele para estancar o sangramento.

Os olhos de Susan se entreabriram.

— Lá foi você tentar bancar o herói outra vez. Você está sangrando.

Aquilo não era nada em comparação ao quanto ela estava sangrando.

Ethan não conseguia entender. Não conseguia entender como ela estava no chão sangrando. Foi quando se deu conta de que o homem devia, de alguma forma, ter dado uma última facada antes que Ethan o derrubasse.

— Você faz cada coisa para chamar a atenção.

A voz dele oscilou quando levantou o jaleco de Susan, viu a ferida e o fluxo contínuo de sangue que saía dela. Percorrendo mentalmente todos os órgãos vitais que o homem podia ter atingido na sanha de vingar a morte do irmão, Ethan gritou ordens.

Coloquem um acesso nela. Vamos fazer um ultrassom do abdômen. Chamem os cirurgiões.

Era automático, mais um caso — exceto pelo fato de que aquele não era apenas mais um caso. Era Susan. Susan, que trabalhava ao lado dele todos os dias. A quem ele confiaria a própria vida. Que confiaria a vida dela a ele. Aquela situação doía nas entranhas e no coração de Ethan.

A equipe se juntou ao redor de Susan e os próximos minutos passaram como um emaranhado confuso de ações.

Fígado? Baço? Ethan a examinou, fez o ultrassom no abdômen, viu a pressão despencar e os batimentos acelerarem.

A aparência dela também não era boa. Susan estava pálida.

— Quanto tempo até a sala de cirurgia?

— Mais alguns minutos.

Foram os minutos mais longos da vida dele. Suas mãos estavam cobertas de sangue.

Ela abriu os olhos de novo, mas, dessa vez, Ethan viu que a ação exigia um esforço grande.

— Oi, oi — disse ele, abrindo o sorriso mais reconfortante que conseguia. — Você vai ficar bem.

— Você é um grande mentiroso. — Sua voz estava fraca, e ela fechou os olhos. — Vou morrer aqui, em meu próprio departamento, e a última coisa que vou ver será sua cara horrível. Que mundo injusto.

— Você não vai morrer. Se você morrer, minha reputação ficará arruinada. Agora, os cirurgiões vão assumir e descobrir se o corte atingiu algo importante.

Ethan estava se endireitando quando Susan lhe tomou o braço.

— Me prometa uma coisa, Ethan.

O tom de Susan era sério agora. O rosto dela estava branco e Ethan sentiu o medo subir do peito para a garganta. Era assim que as pessoas se sentiam todos os dias ali. Mas não ele. Ele sempre estava do outro lado. Era ele quem tratava, transmitia confiança e lidava com a situação. Não era ele quem se preocupava. Até aquele momento.

— Qualquer coisa.

— Se eu sobreviver, vou ser a madrinha dos seus filhos.

Se eu sobreviver.

— Eu não tenho filhos.

— Mas, algum dia, você vai ter. Dois filhos e um cachorro. E vai morar em uma casa com cerca branca. Quem sabe com uma roseira.

Ele deu uma risada trêmula.

— Você nunca desiste?

— Me promete.

— Eu prometo. Se algum dia eu tiver filhos, você vai ser a madrinha. Fechado.

Foi só mais tarde, depois que lavou o sangue de Susan dos dedos e foi se sentar em uma das cadeiras de plástico perto da sala de operações, que Ethan percebeu que havia se esquecido de ligar para Harriet. Ele olhou para o celular e se deu conta de que estava quatro horas atrasado para o encontro.

Ela tinha preparado um jantar especial para ele que, sem dúvida, agora estava congelado e arruinado.

Aquilo acontecera muitas vezes no começo da relação dele com Alison, motivo pelo qual decidiram sempre comer fora. Comer sozinho em um restaurante não era tão decepcionante quanto trabalhar quatro horas para fazer uma comida que pararia no lixo.

Era a primeira vez que aquilo acontecia com Harriet.

Ele pegou o celular, mas não estava em condições de conversar com ninguém. Em vez de ligar, mandou uma mensagem. Breve. Factual.

Ele lidaria com as consequências depois.

Como destruir um relacionamento antes mesmo de ele começar.

Pouco tempo depois, ele sentiu uma mão no ombro e uma das enfermeiras lhe entregou um copo de café. Não um café do tipo que as pessoas pedem numa cafeteria para degustar. Era do tipo que o hospital fornecia para que os funcionários não ficassem ociosos mais tempo do que deviam.

Ele esboçou um agradecimento, ainda que estivesse agradecendo mais pelo gesto do que pela bebida em si. Ele não sabia a composição exata daquilo, mas duvidava que houvesse ali um único grão de café.

Ele sabia que não era o único esperando notícias de Susan, mas era o único esperando do lado de fora da sala de operações. A polícia foi conversar com ele e funcionários do hospital iam e vinham, lançavam olhares empáticos no caminho, murmuravam palavras, mas, de forma geral, deixavam-no sozinho. Provavelmente o deixariam entrar se ele pedisse, mas Ethan não sabia se era capaz de lidar com a realidade naquele momento.

A sensação dele era a de que as bordas de seu mundo haviam ficado turvas. Naquele momento, Ethan era ao mesmo tempo médico e amigo preocupado. O lado médico cogitava os vários cenários que poderiam estar se desenrolando na sala de operações. O lado amigo pensava em como ele e Susan estavam conversando poucos minutos antes daquele homem aparecer no pronto-socorro.

Ele sentiu outra mão no ombro. Ergueu o olhar esperando ver um funcionário, mas ficou surpreso ao ver Harriet.

O casaco dela estava abotoado errado e ela não estava de luvas. Claramente havia deixado o apartamento às pressas.

— Vim assim que recebi sua mensagem.

Ela tinha ido até o hospital? Nem sequer tinha passado pela cabeça dele que ela faria isso.

— Me desculpa.

— Pelo quê?

— Estraguei o jantar. Eu devia ter ligado, não mandado uma mensagem.

— Você realmente acha que me importo com isso? Dadas as circunstâncias, fiquei surpresa que você tenha tido cabeça para mandar uma mensagem. Como ela está? Alguma notícia?

Ela se sentou ao lado dele em outra das cadeiras de plástico que pareciam ter sido escolhidas para o desconforto geral. Era um lugar onde ninguém gostaria de ficar, como se a dor da espera de alguma forma tivesse se entranhado nos móveis.

Ele ainda estava processando a presença de Harriet ali, sentada na cadeira desconfortável ao lado da dele.

— Nenhuma notícia. Mas por que você está aqui?

— Amizade não é isso? Dar apoio nos momentos de dificuldade?

Ele abaixou o olhar para as mãos, tentando não pensar no sangue de Susan.

— Eu estou bem. Não preciso de apoio.

— Eu sei, dr. Durão. Você é tão grande e forte que não sente mais nada. Já me contou isso. Mas não estou aqui por você, estou aqui pela Susan. Eu gostei dela. Bastante. Quero estar aqui quando ela acordar. Ela pode precisar de uma canja ou coisa do tipo — disse Harriet, e então olhou para o café na mão dele. — Eu acho melhor você não beber isso aí.

Ele olhou para a bebida e percebeu que estava com as mãos tremendo. Doutor Durão? Nem tanto. Ele talvez tivesse mais sentimentos do que achava.

— É cafeína. Vai cumprir o objetivo.

— De te envenenar? Se você precisa de cafeína, posso fazer coisa melhor.

Ela abriu a bolsa e puxou uma garrafa. O líquido que despejou no copo era forte, bem preto e tinha um gosto divino.

— O que você colocou aqui? Nunca provei algo parecido.

— É café. Café de verdade. Moí grãos frescos. Achei que você pudesse estar precisando.

Ele estava.

Ethan bebeu dois copos e sentiu a cafeína acordá-lo. Se o gosto do produto final era aquele, ele talvez devesse moer seus próprios grãos também.

Infelizmente, o súbito aumento de energia também impulsionou o cérebro dele. Ele deveria ter previsto o que ia acontecer. Assim que aquele homem apareceu na porta com os olhos brilhando como duas luzes de LED, ele deveria ter tirado Susan da sala. Deveria ter agido mais rápido. Deveria ter chamado os seguranças na hora... Mas o incidente todo tinha levado quanto tempo? Ele chutava trinta segundos ou menos. Ethan não fazia ideia de como aquele homem conseguiu passar a faca pelos seguranças.

— Quão séria é a situação?

— Ainda não dá para saber. O ferimento é bem fundo e foi perto de órgãos vitais.

Ele não queria pensar nas possibilidades, caso contrário ficaria louco. Estava prestes a perguntar se havia mais café na garrafa quando Harriet pegou o copo da mão dele e o preencheu.

Ethan se perguntou como ela parecia sempre saber exatamente o que ele queria.

Ela colocou a garrafa de volta na bolsa.

— Quando você comeu pela última vez?

— Não sei. No almoço? — As lembranças do dia estavam turvas. A última hora tinha eclipsado tudo. — Na verdade, acho que não almocei. Tomei cafeína em algum momento.

Um copo de café de hospital nojento e bebido às pressas que, além de queimar a língua dele, o fez se questionar sobre as próprias escolhas.

Harriet abriu a bolsa de novo e, dessa vez, colocou um pote de comida no colo dele.

— Se vamos passar a noite inteira aqui, você vai precisar comer. Você desmaiando de fome não vai ajudar Susan em nada.

Ethan se lembrou da primeira noite, quando Harriet cozinhou para ele no apartamento. Antes de conhecê-la, ele achou que se tratasse de um gesto romântico. Agora entendia que, para ela, cozinhar era um gesto reconfortante. Naquela primeira noite, ela ficou nervosa e se acalmou cozinhando. Mas ela fazia o mesmo para confortar as outras pessoas. Canja para ele. Canja para Susan quando ela foi visitar. Biscoitos para Glenys. O sanduíche que ela trouxe não era uma indireta sobre ele ter arruinado o jantar dos dois. Não era Harriet tentando conquistar o coração dele. Era ela tentando deixar as coisas melhores.

— Não estou com fome. Você vai ficar ofendida se eu não comer?

— Não, mas dê ao menos uma mordida — disse ela, em tom suave e persuasivo. — É de pato. O pão é de massa azeda, preparei hoje de manhã. Como você não conseguiu chegar para o jantar, eu trouxe o jantar até você, ainda que diferente do formato planejado.

Ele deu uma mordida para lhe agradar, mas, em seguida, descobriu que estava faminto. Depois de comer, sentiu-se melhor.

Aquele era o melhor pão que ele tinha provado fora de São Francisco. Tinha uma casquinha crocante por fora e o miolo macio.

Ele olhou para o corredor ciente de que levaria algum tempo até ter qualquer tipo de notícia.

— Aqui é uma área restrita. Fico surpreso que não tenham tentado proibir você de entrar.

— Eles proibiram — disse ela, e suas bochechas coraram. — Pode ser que eu tenha contado uma mentira.

— Achei que você não fosse uma boa mentirosa.

— Pelo visto, estou melhorando. Eu disse que era prima de Susan e que você tinha me ligado.

Ethan conseguia imaginá-la no corredor juntando todas as suas energias para contar uma mentira. Desafio da Harriet.

— Nesse caso, você com certeza conseguiu seu status de garota má.

— Acho que sim.

— Só tem um problema... Susan não tem parentes.

Harriet apoiou as mãos no colo e se aconchegou melhor na cadeira.

— Agora ela tem.

Algo despertou dentro de Ethan, algo que ele não sentia havia muito tempo.

— Você é uma boa pessoa, Harriet Knight.

— Acho que você quis dizer que sou uma baita de uma garota má e ousada.

Ethan não resistiu. Ele deu risada. Alto, ali mesmo, naquele inóspito corredor de hospital onde o ar parecia apenas estar carregado de tensão.

— Se você vai dizer essas coisas, precisa arranjar uma expressão facial que combine.

— Pelo menos não gaguejei. Para a minha sorte, má não é uma palavra que me faça gaguejar. Acho que estragaria o efeito.

Ele ainda estava sorrindo quando Harriet pousou a mão sobre a dele.

— Me falaram que você também foi ferido. Você está com dor?

Ethan mal pensara no próprio braço. Em algum momento, alguém o examinara e colocara um curativo.

— Foi só um arranhão. Eu estava tentando impedir que ele atingisse Susan. Até agora não entendo como ele conseguiu.

— E, já que ele conseguiu, você está se culpando.

Ethan passou a mão pelo rosto.

— Foi culpa minha. Eu devia ter imaginado. Devia ter impedido.

— Como? Você agora é vidente? Coisas ruins acontecem, Ethan. A vida é assim.

Ele sabia como era a vida. Via todos os dias e lidava com as consequências dessas coisas ruins.

Ele se perguntou como ela ainda estava ali, naquele lugar sem alma que ninguém nunca escolheria visitar.

Harriet estava deslocada como uma margarida em uma lata de lixo.

— É melhor você ir.

— Você acha? Se é isso que quer, posso ir, é claro. Só achei que você pudesse querer um pouco de companhia.

Era verdade que ele quase não tinha percebido os trinta minutos desde a chegada dela.

Ele abriu a boca para dizer que ela deveria voltar para casa, mas descobriu que não queria que ela voltasse.

Havia algo na presença tranquila dela que tornava as coisas mais fáceis.

— Seria bom se você pudesse ficar. Mas será uma noite longa.

Harriet cruzou as pernas e se ajeitou na cadeira.

— Não vou a lugar algum.

Capítulo 22

Ethan estava certo quanto a uma coisa: tinha sido mesmo uma noite longa.

— Essa foi a primeira vez que estive em um hospital esperando notícias. — Ele apoiou a cabeça contra a parede.

Harriet sabia que ele estava exausto. Também sabia que não fazia sentido lhe dizer para ir embora. O mesmo impulso profundo que o fez concordar com abrigar Madi não o permitiria abandonar uma amiga internada.

Os sanduíches que Harriet havia feito tinham acabado. O mesmo com o café. Ela desejou ter preparado uma segunda garrafa.

Vasculhou a bolsa e lhe entregou um pacote cuidadosamente embrulhado.

— O que é isso? Não me venha dizer que você trouxe sobremesa.

— De certa maneira, sim. É minha especialidade. São biscoitos de chocolate. Melhor comer logo. Conheço caras que já brigaram por eles.

— Ah, é? Quero um exemplo.

— Aconteceu há dois anos, na feira de bolos perto da casa da minha avó. William Duggart e Barney Townsend quase saíram no tapa pelo último. Foi bem tenso. William disse que se casaria comigo se eu os fizesse para o resto da vida dele.

— Quantos anos ele tem?

— Oitenta e seis. O que, agora que penso no assunto, não era tão diferente do último homem com quem saí.

— A não ser que você tenha algo a me dizer sobre como passou o dia, eu sou o último homem com quem você saiu. — Ele deu uma mordida no biscoito. — Tá, isso aqui é gostoso. Absurdamente gostoso. Entendo por que William estava disposto a se casar com você. Isso aqui é o suficiente para qualquer homem considerar largar o status de solteiro.

Exceto ele.

Harriet afastou o pensamento.

— Faço qualquer coisa para animar esse lugar horrível. Não sei como você consegue trabalhar aqui todos os dias.

— Normalmente, estou na outra ponta do estresse. É diferente.

Talvez. Mas tornava a situação mais fácil? Harriet não tinha certeza disso.

— Estive poucas vezes em hospitais na minha vida.

Ele olhou para ela.

— Imagino que uma dessas vezes foi quando machucou o tornozelo. O que aconteceu nas outras?

— Meu pai infartou. O primeiro foi há uns cinco anos e depois teve mais um no ano seguinte. Fliss e eu estávamos em casa quando recebemos a ligação na primeira vez. Ele se recusou a ver Daniel, pois o culpava pelo fato de nossa mãe ter se divorciado dele. Ele também se recusou a ver Fliss.

— Mas você foi visitá-lo mesmo assim.

— É loucura, eu sei. Fiquei achando que ele talvez tivesse tido uma epifania e se dado conta de que me amava de repente, mas não foi o caso. — Surpresa consigo mesma, Harriet se deteve. — Não sei por que estou contando isso a você.

— É o ambiente — disse ele, gesticulando na direção do corredor inóspito. — Tem alguma coisa nesse corredor frio de hospital que estimula confidências.

— Deve ser isso.

Isso, e o fato de que era fácil conversar com Ethan.

— A impressão é a de que você passou a maior parte da infância tentando agradar a ele.

— Passei. Eu não entendia que nada do que eu fizesse poderia lhe agradar. Eu o tirava do sério, o irritava. Ele não tinha medo de demonstrar isso. A pior de todas as vezes foi quando precisei recitar um poema na escola. Ensaiei até não dar mais. Fliss e Daniel me ajudaram. Consegui várias vezes sem gaguejar. Fiquei tão orgulhosa de mim mesma, tão feliz. Na escola eu sempre era... — Harriet hesitou. — Sempre riam de mim por causa da gagueira.

— Você está dizendo que sofria *bullying* — disse Ethan em tom neutro.

— É. Como eu não era muito confiante, quando surgiu a chance de recitar o poema, vi uma oportunidade para mostrar a todos que eu era capaz de falar sem gaguejar. Imaginei os aplausos. Os sorrisos. Minha vida mudando da noite para o dia. O fim dos empurrões na fila do almoço que derrubavam minha comida para todo lado. O fim dos sapos no meu armário.

Duas enfermeiras surgiram conversando enquanto andavam pelo corredor.

Ethan esperou até que as duas passassem e o som dos passos diminuísse.

— Sapos no seu armário?

— Eu não me assustava, eu gosto de animais. Mas sentia pena dos sapos.

— Provocações… *bullying*… tudo isso pode piorar a disfluência. Acho que não ajudava muito. Me conta sobre o poema. Imagino que as coisas não saíram como o esperado.

— Eu subi no palco toda empolgada e pronta para impressionar…

— E?

— E meu pai estava na primeira fileira. Fliss e Daniel estavam ao lado dele, furiosos, e estava na cara que minha mãe tinha chorado. Uma família grande e feliz.

— Imagino que ele não tenha ido para te dar apoio…

— Não. Ele nunca ia aos eventos da escola. Ele apareceu naquela noite porque o maior valentão de todos era ele. — Harriet respirou lentamente. — E isso só foi se confirmando ao longo do tempo, ainda que eu tenha levado anos para admitir isso a mim mesma. Levei anos para admitir que ele não me amava. Não me parecia certo nem natural.

Ela sentiu os dedos de Ethan se fecharem sobre os dela.

— Essa é uma história que não sei se quero saber o fim.

— O fim é bastante previsível. No momento em que avistei meu pai, virei uma pedra incapaz de mexer um músculo sequer, muito menos as cordas vocais. De canto de olho, pude ver Daniel tentando chamar minha atenção, tentando me encorajar a olhar para ele, não para nosso pai, mas não fui capaz de desviar o olhar. Foi quando decidi que aquela era a ocasião perfeita para finalmente deixá-lo orgulhoso. Se eu conseguisse recitar aquele poema, ele finalmente me amaria.

— Mas àquela altura você já estava nervosa demais para pronunciar as palavras.

— Nervosa demais para pronunciar uma única palavra até o fim, para falar a verdade. Consegui repetir a primeira letra algumas vezes, mas fiquei tão apavorada com as risadinhas na plateia que comecei a lutar contra mim mesma. Eu sei, é patético.

Harriet odiava trazer a lembrança à tona. Mesmo agora, anos depois, ela queria ser capaz de voltar no tempo. Hoje, ela teria ficado no palco e gaguejado até o fim daquela porcaria.

— Não é nem um pouco patético. Você tinha... quantos anos?

— Não lembro bem. Uns 11 ou 12 anos. E eu me culpei por tudo. Absolutamente tudo. Pelo comportamento dele. Pelo fato de ele não me amar. Achei que era tudo culpa minha. E a verdade era que nada era culpa minha. Nunca foi culpa minha — disse ela, respirando fundo. — Levei anos para entender isso.

Houve uma longa pausa.

Ethan esticou as pernas.

— Onze anos... Não me lembro de muita coisa de quando eu tinha 11 anos, mas me lembro dos meus 13 anos e acho que não foi tão diferente. Acho que a questão para todos nós nessa idade é não fazer papel de bobo. Você acha que o mundo inteiro está olhando para você, pensando em você, a gente morre de medo de que descubram a bagunça que somos por dentro.

— Você se sentia assim?

Harriet tinha dificuldades em imaginar isso.

— Toda criança se sente assim. Algumas escondem melhor do que as outras, só isso. É preciso maturidade para compreender que quase todo mundo está tão ocupado consigo mesmo que não dá a mínima para o que você está fazendo.

— Bem, as pessoas reparavam em mim. Quando uma conversa dura muito mais do que o normal, as pessoas tendem a perceber. E não são nada bondosas.

— E depois, o que aconteceu?

— Eu gaguejei, morri por dentro e saí correndo do palco. Voltamos todos para casa e Fliss estava tão furiosa que partiu para cima do meu pai com uma frigideira. Juro que ela o teria matado se Daniel não a tivesse tirado da sala. Foi horrível.

— Parece horrível mesmo. Fico feliz que você tenha tido seus irmãos.

— Sim. Isso nos aproximou. Fez com que formássemos nossa própria família. E continuamos próximos assim pelo resto da vida.

— Estou começando a entender por que a saída de sua irmã de casa foi um evento.

— Foi uma grande mudança na minha vida, com certeza. Acho que fiquei mal-acostumada. Parei de fazer coisas por mim mesma... coisas difíceis... Fliss e Daniel estavam sempre ali para fazer por mim, provavelmente melhor do que eu faria. Se tivéssemos um cliente chato, era melhor Fliss tomar conta em vez de mim. Eu sempre tive medo de que, se alguém se tornasse agressivo comigo, minha gagueira voltaria.

— Foi quando você me conheceu e seus piores pesadelos se tornaram realidade.

Estava mais para um sonho do que para um pesadelo, mas Harriet não disse isso.

— Acho que foi bom. A pior situação possível tinha acontecido, e eu sobrevivi, consegui superar. E consegui fazer isso sem chamar minha irmã. — Harriet tinha orgulho disso. — Não recorrer a ela foi um desafio tão grande quanto.

— Pois você costumava conversar com ela a respeito de tudo.

— Exato. E ela sempre se preocupava e tentava me proteger. O que é ótimo, exceto pelo fato de que eu teria gostado de cuidar de mim sozinha. Talvez eu não resolva as coisas do mesmo jeito que ela...

— Correndo atrás de alguém com uma frigideira na mão?
Ela sorriu.

— É verdade, os métodos dela tendem a ir para o lado físico.
Ethan encostou a cabeça contra a parede.

— Vemos muito isso por aqui também. Situações de abuso, que nem sempre são fáceis de perceber, quanto mais fazer algo a respeito, mas a gente tenta. Na noite que você veio aqui...

— Você achou que eu tinha sido violentada.

Com um olhar direto e desconcertante, ele virou o rosto para olhar para Harriet.

— Isso me passou pela cabeça. Eu senti alguma coisa vulnerável... não sei explicar.

— Era culpa do salto alto. Quando você não consegue se equilibrar, acaba ficando vulnerável.

Um sorriso tocou os cantos da boca de Ethan.

— Você é uma pessoa incrível, Harriet Knight.

O coração dela bateu um pouco mais forte.

— Você não diria isso se tivesse me visto pulando por aquela janela.

Ele estava prestes a dizer algo quando uma mulher de jaleco veio caminhando na direção deles.

Ethan se levantou imediatamente.

— Como ela está?

Harriet também se levantou, mas, sem querer se intrometer, ficou um pouco mais afastada, embora ainda assim tenha escutado um pouco da conversa. Algo sobre um rompimento inferior do baço, parâmetros hematológicos, preservação esplênica, intervenção arterial... Nada daquilo fazia sentido para ela e soava horrendo, mas, como Ethan parecia aliviado, talvez não fosse tão ruim como parecia.

Ele passou a mão pelo rosto.

— Podemos vê-la?

— Claro. Mas sejam breves.

Harriet estava prestes a se sentar outra vez na cadeira quando Ethan a pegou pela mão.

— Melhor você vir também. Ela vai gostar. Você pode prometer uma canja.

Susan estava na ala de recuperação e, ainda que parecesse grogue, estava com os olhos abertos. Ela viu Ethan e esboçou algo parecido com um sorriso.

— Meu Deus do céu, você ainda está aqui? Que horas são?

— De madrugada. Achei melhor ficar.

O olhar de Susan deslizou para Harriet.

— Mas vejo que arranjou uma companhia. — Ela fechou os olhos. — Você contou para ela, Black?

— Contar o quê?

— Sobre sua promessa.

— Não me lembro de promessa nenhuma. A anestesia deve ter afetado sua memória.

— Se você quebrar a promessa, vou voltar para assombrá-lo.

— Primeiro, você vai ter que morrer, o que não vai rolar. Preciso de você aqui.

— Não sei se esse é um bom incentivo para minha recuperação. Já uma canja da Harriet...

Harriet avançou um passo.

— Assim que você puder comer, eu trago.

— Você é um anjo — disse Susan, abrindo os olhos. — Você ouviu isso, Black? Ela é um anjo.

— Você precisa descansar.

— E você precisa voltar para casa.

Susan esticou a mão na direção dele, que a tomou.

— Obrigada, Ethan.

— Essa é a primeira vez que você me chama pelo nome.

— Essa é a primeira vez que você salva minha vida.

— Considerando que você está deitada nessa cama de hospital, vejo que não fiz um bom trabalho.

— Nós dois sabemos bem que, sem você, eu estaria morta — disse ela, fechando os olhos outra vez. — Vá para casa. Durma um pouco. Mas volte amanhã. Com Harriet. E a canja. E não se esqueça da sua promessa.

Quando Harriet e Ethan já caminhavam pela noite congelante, ela perguntou:

— Que promessa é essa?

— Ela quer ser madrinha dos meus filhos.

— Mas você não tem... ah. — A ficha caiu. — Ela quer que você tenha filhos. Ela virou parceira da sua irmã?

— Elas nunca se conheceram, mas parecem estar na mesma onda. Susan quer que eu tenha o pacote completo, não sei por quê. É bem irônico, vindo de uma solteirona convicta como ela.

— Ela não é casada?

Ele hesitou.

— Ela foi. Há oito anos, o marido e o filho dela foram atropelados por um motorista bêbado enquanto voltavam da escola. O carro subiu na calçada. Os dois morreram.

A emoção bateu no peito de Harriet como um soco.

— Ah, que horror.

— Sim. Beber e pegar no volante de um carro é horrível mesmo.

— Como uma pessoa supera algo assim?

— Ela não supera. Na melhor das hipóteses, aprende a conviver com isso. Dá um jeito de seguir com a vida. O jeito de Susan foi mergulhar no trabalho. Imagino que ela deva sentir que, se não pôde salvar a própria família, talvez possa salvar a dos outros.

— Ela nunca se casou de novo. Ela mora sozinha?

— Ela tem um apartamento perto do meu.

— E o que ela vai fazer no Natal?

Ele franziu a testa.

— Não faço ideia. Por quê?

— Nada, só perguntando. — Harriet se deteve quando chegaram em frente a um poste. — Quer ir lá para casa?

— Agora? São quase quatro da manhã.

— Eu moro mais perto. Posso fazer café da manhã para você.

— Essa é uma oferta que não tenho como recusar — disse Ethan, e a puxou para perto. — Obrigado por ter vindo. Fiquei feliz por isso.

— Eu também.

Susan teve uma recuperação extraordinariamente rápida.

Três dias depois da cirurgia, já estava vestida e caminhando pelo quarto.

— Certeza de que você devia gastar tanta energia? — perguntou Harriet, preocupada. — Você não devia estar descansando?

— Vou poder descansar quando morrer. O que quase aconteceu, então acho que estou bem descansada. Isto aí é canja?

Ela olhou ansiosa para o pote que Harriet estava tirando cuidadosamente da bolsa.

— É sim. Coloquei um pouco de creme de leite para ficar mais gostoso, mesmo sabendo que você provavelmente vai me dar um sermão sobre a saúde de suas artérias...

Susan pegou o pote da mão de Harriet, sentou-se e começou a comer.

— Minhas artérias nunca estiveram tão felizes, obrigada. Eu não sabia que comida poderia ser algo tão bom assim. Se o Ethan não se casar com você, eu vou.

Harriet quase derramou o resto da comida. Ficou aliviada por Ethan não estar lá.

— Ethan nunca mais vai se casar.

— Isso é o que ele diz.

— E você não acredita nele. — Harriet muito provavelmente devia ter ficado quieta, mas a tentação de falar foi grande demais.

— Eu acho que Ethan não sabe o que é bom para ele. Acho que o trabalho deu uma bagunçada na cabeça dele. Acontece. Teve o divórcio também. Ethan é um cara muito responsável. Você já deve saber disso, só de conviver um pouco com ele. Foi por isso que ele aceitou ficar com a cachorra da irmã, ainda que isso fosse atrapalhar a vida dele. Foi por isso que ele se meteu na frente daquele bêbado doido e passou a madrugada sentado em um corredor de hospital à espera de notícias sobre uma colega. Ele é um cara muito correto, que gosta de cuidar de todo mundo. Pelo que ouvi falar, está na genética. Ele tem uma família muito sólida. São pessoas importantes na comunidade, capazes de tirar comida da boca para ajudar ao próximo. Tenha isso em mente se quiser entender por que ele acha que fracassou no próprio casamento. Ele se culpa por tudo, mas estou dizendo que Alison tem pelo menos metade da culpa. Além disso, se havia no mundo duas pessoas menos adequadas para formar um casal, eram aqueles dois. Agora, você... são outros quinhentos...

Harriet estava prestes a perguntar como Susan sabia de Alison quando lembrou que foi a ex-esposa de Ethan quem fez o documentário de realidade rodado no pronto-socorro.

— Como assim?

— Ele anda diferente desde que vocês se conheceram.

O coração de Harriet bateu mais forte. Ela não interpretaria coisas que não estavam lá.

— Diferente como?

— Mais acessível. Mais humano.

— Mas se Alison não era a pessoa certa para ele, por que ele se casou com ela?

— Essa é uma pergunta que não tenho como responder, mas, se eu tivesse que adivinhar, diria que ele não refletiu muito sobre o assunto. Ela apareceu aqui com aquele cabelo louro um dia, enquanto Ethan, ombros e músculos, salvava uma criança. Ela ficou caidinha, eu vi. O lance entre eles era para ter sido só sexo, mas, por algum motivo, Ethan enfiou uma aliança no dedo dela. — Susan encarou com tristeza o pote de sopa. — É difícil fazer essa sopa? Uma idiota como eu seria capaz de fazer? Quando me mandarem de volta para casa, quero ser capaz de preparar esse negócio.

— Vou encher seu congelador com mais — prometeu Harriet, colocando mais sopa para Susan. — Quando você vai ter alta?

— Amanhã, se eu conseguir convencê-los — disse Susan, que terminou de comer e se recostou.

— Você gosta de biscoitos de chocolate?

— Que tipo de pergunta é essa? Quem não gosta de biscoitos de chocolate?

Harriet sorriu e entregou a Susan uma caixinha amarrada com uma fita.

— São minha especialidade.

Susan mordeu um biscoito e fechou os olhos.

— Gente, como é que você pode ser solteira?

— Eu me pergunto isso com alguma frequência, mas ainda não cheguei a uma resposta.

— Está na cara que os homens da sua vida são um bando de doidos. Você faz aqueles *cupcakes* elaborados também? Aqueles cheios de glacê composto basicamente de açúcar e calorias?

— Faço uns *cupcakes* ótimos. Vou colocar na lista de coisas para levar até a sua casa.

— Tenho uma ideia melhor... — disse Susan, limpando as migalhas da boca. — Vem morar comigo, assim você vai poder cozinhar no local. Você é boa demais nesse negócio para estar morando sozinha.

Harriet colocou o pote de sopa de volta na bolsa. Uma ideia vinha tomando forma em sua mente.

— O que você vai fazer no Natal?

Susan se recostou novamente.

— Eu ia trabalhar, mas acho que não vou mais. Droga. Eu queria poder trabalhar. Isso aqui vira uma festança nos feriados. Detesto perder isso.

Seu tom era sarcástico, mas Harriet sabia que ela estava falando a verdade. Ela preferia estar no trabalho, muito provavelmente porque ali pararia de pensar na família. Na família que tinha perdido. Devia ser a pior época do ano para ela.

— Quer passar comigo? Vou chamar algumas pessoas.

— Agradeço o convite, mas não é minha época predileta do ano — disse Susan com a voz dura. — Ethan contou para você minha triste história?

— Contou, e sinto muito por isso.

Aquelas palavras pareciam dolorosamente inadequadas, mas qual era a melhor coisa a se dizer a alguém que tinha perdido tudo o que mais importava para ela? Não existiam palavras certas.

— Agradeço mesmo, mas não sou uma boa companhia.

— Você não precisa cantar nem dançar. Por favor. Você pode ficar sentada no sofá enquanto eu te alimento.

Susan lançou um olhar a Harriet.

— O Natal é um momento familiar. Por que você não vai passar com seus pais?

— Eles se divorciaram faz alguns anos. Minha mãe está viajando e meu pai... nós não temos contato. — Ela ficou surpresa com a facilidade com que disse aquilo. — Ele não fala comigo. Sou próxima dos meus irmãos, mas decidi que queria passar o Natal sozinha este ano.

Ela fez uma pausa e em seguida, por impulso, contou a Susan sobre os Desafios da Harriet, do começo ao fim.

— Quer dizer que você está fazendo uma coisa difícil por dia? Minha nossa, isso é...

Susan a encarou e Harriet encolheu os ombros.

— Idiota?

— Eu ia dizer que é inspirador. Talvez eu me junte a você. Não passar o Natal na cama seria meu primeiro Desafio da Susan.

— Se você tiver outros amigos e preferir passar com eles, não se preocupe — disse Harriet rapidamente. — Não quero te pressionar.

— A maioria dos meus amigos desistiu de mim há muito tempo. Culpa minha, não deles. O trabalho é minha terapia. Eu não queria receber olhares cheios de compaixão e pena, sabe? Aí com o tempo, eles foram desistindo.

Que tipo de pessoa desistia de uma amiga que tinha sofrido um golpe extremo daqueles?

— Nesse caso, espero que você venha passar comigo.

Susan a encarou por um instante e sorriu em seguida.

— Ei, vou ser madrinha dos seus filhos. Isso me torna praticamente parte da família. Talvez eu vá mesmo.

Recordando o que Ethan havia dito, Harriet teve um sobressalto.

— Madrinha?

— Claro. Ethan me fez uma promessa no leito de morte.

— Você está viva.

— Semiviva. Eu adoraria passar o Natal com você. Só me passa seu endereço. Vou usar minha calça mais larga. Se você vai cozinhar, vou precisar de espaço para expandir.

Ethan estava esparramado no sofá de Harriet, observando-a dar mamadeira para gatinhos filhotes.

— Detesto ter que dizer isso a você, mas seu status de garota má está correndo sério risco neste momento.

Ela aconchegou o gatinho mais perto.

— Ei, isso aqui não me impede de ser uma garota má.

— Não me convenceu. É melhor você me levar para a cama e provar isso.

Mas, em vez disso, Harriet colocou um dos gatinhos cuidadosamente no colo dele e lhe entregou a mamadeira.

— Pare de falar e comece a trabalhar.

Ethan sentiu o calor do gatinho através da calça jeans.

— Sou totalmente leigo em matéria de gatinhos.

— Você também era leigo em matéria de cachorros, mas Madi acabou gostando bastante de você.

— Porque você estava supervisionando.

Ele aproximou a mamadeira do gatinho, que a abocanhou imediatamente.

— Incline um pouquinho mais. — Harriet pousou a mão sobre a de Ethan e ajustou a posição da mamadeira. — Ela está engolindo ar.

Ela se voltou ao outro gatinho, pegou-o de forma desenvolta e experiente, e o aconchegou cuidadosamente sobre o colo.

Harriet era cuidadosa, bondosa e atenciosa, e Ethan não conseguia entender como o pai dela não era capaz de amá-la.

Que tipo de cara não amava uma mulher como Harriet? Ela não tinha nem um centímetro de maldade no corpo. Seja lá o que tivesse dado errado no casamento, ele não tinha o direito de descontar na filha.

Outra pessoa teria ficado amargurada. Teria passado a vida se protegendo.

Harriet não. Ela era a pessoa mais generosa e atenciosa que Ethan tinha conhecido na vida.

Ela estava sentada de pernas cruzadas no chão, numa posição que Ethan não poderia ficar sem precisar de assistência médica depois.

— Você faz ioga ou algo do tipo?

— Há 15 anos. Comecei para relaxar.

Pois ter gagueira tinha sido estressante. Pois viver com o pai tinha sido estressante.

Ethan não gostava de pensar naquilo. Dava para entender o porquê de ela valorizar tanto o lar e a família, o que, em contrapartida, o fazia se preocupar com o que ela estava fazendo com ele. Talvez Harriet fizesse questão de lidar com causas perdidas.

— Quer dizer que você consegue fazer várias posições elaboradas?

— Sou bastante flexível, se é isso que você está querendo saber — disse ela, lançando um olhar desafiador. — Consigo colocar as pernas atrás do pescoço.

Ethan foi tomado de calor e desejo.

Esqueceu que não era o homem certo para ela.

Esqueceu que queriam coisas diferentes. Naquele momento, naquele instante, ele queria apenas uma coisa.

À beira de um ataque de pura volúpia, Ethan sentiu o suor lhe brotar na testa.

— Jura?

— Eu poderia provar, dr. Black, mas estou segurando um gatinho.

— Se você quiser me mostrar, acho que dou conta de segurar dois ao mesmo tempo.

— Por que não começamos com algo menos provocante?

Ela terminou de dar comida para o gatinho, colocou-o no colo de Ethan e em seguida espalmou as mãos inteiras no chão. Harriet se deteve por um instante, respirou fundo e, em seguida, lançou as pernas para o alto e plantou uma bananeira perfeita, passando de raspão pela árvore de Natal que dominava orgulhosamente a sala de estar.

Harriet estava estável, reta como um poste, perfeitamente equilibrada. As pontas do cabelo tocavam o chão.

Ethan estava se perguntando como alguém era capaz de plantar uma bananeira tão perfeita por tanto tempo quando ela abaixou as pernas até o chão com a mesma graciosidade com que as tinha erguido.

Ele ficou surpreso que todos os galhos continuassem firmes na árvore de Natal.

Ethan tentou falar, mas teve que limpar a garganta para as palavras poderem sair.

— Ok, estou impressionado. Agora o movimento provocante.

Harriet arqueou as costas e fez algo com o corpo que fez Ethan querer despi-la ali, imediatamente. Ele o teria feito se não fossem os gatinhos em seu colo. Eles eram jovens demais para testemunhar o que ele tinha em mente.

— Já chega. — Ele se revirou no sofá, e Harriet ergueu uma sobrancelha.

— Os gatinhos estão deixando você desconfortável?

— Não tem nada a ver com os gatinhos, meu bem.

Ethan viu o brilho nos olhos de Harriet e se deu conta de que ela sabia muito bem por que ele estava se sentindo desconfortável.

— Retiro o que disse. Você é, sim, uma garota má. Sua irmã também faz ioga?

Harriet se levantou graciosamente.

— Não. É parado e calmo demais para a Fliss. Ela prefere kick-boxing e caratê.

Ela se inclinou para a frente para pegar os gatinhos e seu cabelo roçou contra a bochecha dele.

Por um instante, Ethan esqueceu como respirar. Harriet, porém, logo recuou um passo e devolveu os filhotinhos à cesta.

Com as bochechas coradas, Harriet se endireitou e disse:

— Eu me esqueci de contar uma coisa... Susan vem passar o Natal comigo.

— Você convidou? Que gentil de sua parte. Não trabalhar no Natal deve ser o inferno para ela.

E o fato de Harriet a ter convidado confirmava o que Ethan já sabia. Que Harriet Knight era a melhor pessoa que ele tinha conhecido na vida.

— É uma época do ano difícil para ela.

— O convite foi mais por mim. Eu gosto dela. Quero amigas por perto.

Ethan quase sentiu vontade de não trabalhar no Natal.

Faltavam dois dias até as férias dele. Dois dias. Normalmente, àquela altura do ano, ele não via a hora. Normalmente, não havia em Nova York uma coisa sequer da qual sentisse falta. Mas dessa vez...

— O que você vai fazer na semana que vem?

— O de sempre. Vou passear com cachorros. Por quê?

Ethan não veria Harriet a semana inteira, depois viria o Natal, e também não a veria. Uma emoção tomou vida dentro dele. Uma emoção que ele decidiu não examinar de perto.

— Venha comigo a Vermont. Vou ensinar você a esquiar.

Ele sabia que, ao convidá-la, estava cruzando uma linha invisível. Uma linha sobre a qual nenhum deles tinha conversado, mas que ambos sabiam existir. Encontros casuais em Nova York eram uma coisa. Convidá-la para passar as férias com ele era absolutamente outra.

Ethan sabia disso. Harriet sabia disso. E era difícil saber qual dos dois estava mais surpreso com a sugestão.

Os olhos dela se arregalaram.

— Oi?

Talvez ela estivesse mais surpresa do que ele, dado que precisava confirmar a pergunta.

— Estou convidando você. Quando foi a última vez que você tirou férias? — perguntou, como se isso tivesse qualquer relação com o motivo da questão.

— Não sei. Já faz algum tempo. Passei alguns dias nos Hamptons no verão passado.

— Você ficou com sua avó. Cuidando de sua irmã.

Harriet havia lhe contado de sua luta para convencer a irmã a se abrir.

— Quando foi a última vez que você passou uma semana se preocupando só com você mesma?

— Mas essa semana é *sua*. Você me contou. — Ela o encarou. — Você espera o ano inteiro por esse momento. Você encontra seus amigos, sua família... Vai ser o casamento de sua madrinha! Você não pode me convidar para o casamento da sua madrinha!

Ethan preferiu não contar quão satisfeitos seus amigos e família ficariam se ele trouxesse Harriet como convidada.

— Posso, sim. Meu convite diz que posso levar um acompanhante. Você vai ser a minha. Eu adoraria que você viesse comigo. Você não tem como avisar aos clientes? Repassar alguns dos passeios?

— Não ando passeando tanto no momento. Só com Harvey, porque gosto de ficar de olho na Glenys, mas posso pedir para Judy me cobrir.

— Ótimo. Então está combinado.

— Espera! É que... você tem certeza? — Harriet parecia sem fôlego e nervosa. — É uma viagem para esquiar, e eu não sei esquiar.

— Eu vou te ensinar.

— Pode ser que eu seja péssima.

Ele a puxou para perto.

— Mesmo que você deteste, tem muitas coisas para curtir no Snow Crystal. Confie em mim. Você vai se divertir. Um chalé à beira do lago congelado, a floresta nevada, fogueira, estantes de livros, uma cama extragrande...

— Para! Você está me deixando sem opção de recusar.

— Por que você recusaria?

— Porque não é algo que eu tenha feito antes.

— Não é esse o propósito do Desafio da Harriet?

— Bom ponto. Mas o que vou usar em um casamento no inverno?

— Algo quente, pois, conhecendo a família O'Neil, pelo menos parte da cerimônia vai ser ao ar livre.

Surpreso com quanto queria que ela fosse, Ethan permaneceu em silêncio e deixou Harriet digerir as ideias. Depois de um tempo, perguntou:

— E aí? O que você acha?

Ela sorriu.

— Acho que me parece um grande desafio. O que é perfeito. O que preciso levar?

Capítulo 23

A NEVE GENEROSA TRANSFORMOU Vermont em um país das maravilhas invernal. Eles dirigiram por pontes brancas de neve e vilarejos decorados para as festas. Passaram por fachadas de lojas com guirlandas de folhas verdes e por vitrines cheias de luzinhas natalinas. Harriet viu as lindas casas de ripa e pessoas carregadas de compras lutando contra a neve para chegar a seus lares. Além disso, havia as montanhas com seus picos nevados e as escarpas arborizadas aninhando vilarejos nos sopés.

— Nunca acreditei em amor à primeira vista, mas esse lugar é mágico... — disse Harriet, suspirando. — Parece o cenário de um conto de Natal.

As palavras ficaram embargadas na garganta dela. Aquele Natal era justamente o que imaginava quando era criança, tentando fugir da própria realidade.

A realidade dela, claro, não tinha sido nada parecida com aquilo.

Na casa de Harriet, o Natal era só mais outro dia a ser suportado. Mas, para dizer o mínimo, era pior do que os outros dias, porque havia a pressão de terem que passá-lo juntos. Eles tinham todo o ritual de abrir presentes e fazer a ceia. Infelizmente, porém, o mau humor do pai deles não tirava férias. Pelo contrário, ele sempre ficava estressado quando estava preso com a família no mesmo lugar. Com uma mulher que ele amava, mas que não correspondia a seu amor. Com filhos que não entediam nada do que estava acontecendo.

As coisas teriam sido diferentes, Harriet se perguntou, se eles soubessem a verdade?

Ethan estava dirigindo com as mãos firmes ao volante enquanto enfrentava as condições cada vez mais desafiadoras da estrada.

— Essa neve toda é boa para eles. É boa para iniciar o inverno. Você está com frio? — perguntou ele, se virando para olhá-la rapidamente. — Você não tirou o gorro.

— Estou bem.

Harriet tinha um motivo para não ter tirado o gorro. Eles passaram por uma placa, e Harriet tentou interpretá-la.

— Alces atravessando?

— Eles têm que atravessar a estrada naquele ponto, caso contrário tomam multa — disse Ethan com expressão séria, ao que Harriet deu risada.

— Posso até ser uma garota da cidade, mas não sou burra.

Ethan reduziu quando se aproximaram de uma curva.

— É um aviso aos motoristas. Se tem uma coisa que você não quer atropelar por aqui, essa coisa é um alce.

— Tenho certeza de que o alce concorda. Também não deve ser a melhor das experiências para ele.

Ethan olhou para ela com um sorriso.

— Só você para pensar no impacto emocional do atropelamento para o alce.

— No que você estava pensando?

— Nos possíveis ferimentos causados ao motorista. Imagino que você nunca tenha atropelado um alce, mas saiba que eles têm pernas compridas. Se isso acontecer à noite, é provável que ele entre com tudo pelo para-brisas. É um animal e tanto para voar em cima de você. O resultado não é dos melhores.

— Você já viu isso acontecer?

— Não tem muitos alces na Times Square.

— Rá-rá, engraçadinho. — Harriet fez uma careta. — Você praticava esportes no meio do nada e vinha para cá todo ano por décadas. Já deve ter se deparado com um alce.

— Só fazendo trilha.

— Eles são perigosos?

— Em geral, eles têm mais medo da gente do que a gente deles.

Ethan pegou uma estrada menor e Harriet esticou o pescoço para ver por entre as árvores.

— Olha! As pessoas estão patinando no lago congelado.

— Se tem uma coisa que não falta em Vermont, essa coisa é gelo.

— E animais selvagens? Algum urso na área?

— Eles estão hibernando essa época. Se você tiver sorte, vai poder ver alguns veados, lebres, coiotes, linces e porcos-espinhos — explicou Ethan, que parou o carro perto de uma ponte rústica. — Precisamos ir caminhando daqui. Não é longe.

Muitas árvores estavam envergadas com o peso da neve. O silêncio do lugar era quebrado apenas quando o peso se tornava grande demais, as árvores cediam e a neve ia ao chão numa suave avalanche branca.

Harriet saiu do carro e olhou para cima, sentindo-se como se estivesse a milhões de quilômetros do mundo real.

Seus olhos ardiam. Disse a si mesma que era por causa do frio, mas sabia que era mentira.

Ela ouviu o porta-malas bater depois de Ethan retirar as malas.

A trilha havia sido limpa recentemente, mas neve fresca já começava a se acumular sobre ela novamente. Os passos deles imprimiam pegadas abafadas e a respiração formava nuvens no ar congelante.

Harriet sentiu o frio entrar por suas luvas e espetar a ponta de seus dedos. Ela não se importava. Eles viraram algumas curvas até que surgiu, bem diante deles, um chalé que parecia saído de um conto de fadas. Feito de madeira e vidro, com muito bom gosto, o chalé mesclava-se à floresta e ficava às margens do lago.

Harriet admirou a construção.

— Estou começando a entender por que você vem para cá todo ano.

— Esse chalé aqui é relativamente recente. Jackson deu uma renovada depois que assumiu os negócios. Fez algumas mudanças.

— Achei maravilhoso.

— Espere até ver dentro.

Eles bateram a neve das botas e entraram.

Harriet olhou para o teto triangular e para as janelas que iam até o beiral. No canto da sala, uma bela escada de ferro levava ao quarto do mezanino com uma linda vista para a floresta.

Toras de lenha rusticamente cortada estavam empilhadas numa cesta perto da lareira crepitante, e alguém havia pendurado luzinhas nas vigas, tornando o lugar todo um equivalente maduro de uma gruta de fada. Havia também dois sofás grandes e macios, um de frente para o outro, separados por um tapete, e uma estante alta de livros feita de madeira reciclada que cobria uma das paredes do chalé.

Ocorreu a Harriet que, se não tivesse se desafiado a ficar de babá de cachorro, nunca teria conhecido Ethan, não de verdade, porque ela não contava o incidente do tornozelo torcido. E, se não tivesse conhecido Ethan, não estaria ali naquele momento. O que provava mais uma vez que os Desafios da Harriet davam resultados. Fazer coisas que nunca pensaria em fazer levava a descobertas como aquela.

Sentindo o pé afundar no tapete macio, Harriet atravessou a sala.

— Quero me mudar e viver aqui para sempre.

Ethan largou as malas perto da porta.

— Eu sei, o chalé tem esse efeito sobre as pessoas. É um dos motivos pelos quais esse lugar é um sucesso. Tem hóspedes que vêm aqui há anos. Jackson até pensou em construir mais cabanas, mas preferiu manter o ambiente exclusivo. Cada chalé parece isolado e íntimo. Um hóspede nem sequer se dá conta de que há outras pessoas por perto, o que vem a calhar, caso ele queira transar na jacuzzi da varanda. A menos que isso seja algo que Harriet Knight nunca faria.

Ela virou a cabeça e encontrou o olhar dele.

— Com certeza é algo que Harriet Knight *faria*.

Antes, porém, havia algo que ela precisava mostrar a Ethan.

Torcendo para não ter cometido um erro, ela tirou o casaco e, observando-o o tempo todo, finalmente puxou o gorro.

Ethan arregalou os olhos. Chegou a abrir a boca, mas nenhuma palavra saiu.

Era a reação que Harriet estava torcendo para que ele tivesse.

Ela sorriu.

— Vou aceitar sua reação como um elogio.

Ele engoliu em seco.

— Você cortou o cabelo?

— Não, um doido me atacou com uma tesoura na Bloomingdale's. É claro que cortei.

Incerta, ela passou os dedos pelas pontas. Ainda era estranha a sensação do cabelo roçando no maxilar.

— Você já tinha cortado curto desse jeito antes?

— Nunca. — Harriet ainda estava se acostumando. Tinha usado o cabelo até o meio das costas a vida inteira. Agora ele ia até o queixo. — Eu fiquei com medo de você detestar.

Ele atravessou a sala na direção dela.

— Eu amei. Deixou seus olhos enormes. O formato do seu rosto é *maravilhoso*. Você é linda…

— Continue falando. Não pare.

— Preciso parar. Não consigo falar e beijar ao mesmo tempo, e preciso muito beijar você.

Ele passou os dedos pelo cabelo de Harriet e levou a boca à dela. O deslizar da língua de Ethan era a sensação mais erótica que ela já sentira na vida. Calor percorreu todo o corpo de Harriet. Consumidos pela paixão, ele a envolveu com os braços fortes e ela se derreteu.

Harriet sentiu Ethan ficar excitado, e teria feito algo a respeito, não fosse o som de uma pessoa limpando a garganta vindo de trás.

Com relutância, Ethan soltou Harriet e ambos se viraram na direção do som.

Havia um homem de pé à porta do chalé. Ele estava em trajes de esqui e tinha os olhos mais azuis que Harriet viu na vida.

— Vim conferir se estavam bem instalados, mas vocês não parecem estar com muitos problemas nesse quesito.

— Ty... — Ethan atravessou a sala e os dois se cumprimentaram. — Como vai a Jess?

— Ela vai ser a campeã de slalom mais jovem da história. — Os olhos de Tyler brilhavam de orgulho. — Ninguém chega nem perto dela.

— Filha de peixe...

— Parece que sim.

— E Brenna?

— Grávida.

Ethan sorriu.

— Uau, vejo que andaram ocupados. Como Jess se sente em relação a isso?

— Ela não vê a hora. Vai colocar o bebê para esquiar antes que ele ou ela aprenda a andar — disse Tyler, que então olhou para Harriet. — Você trouxe uma convidada...

Harriet o reconheceu da foto no livro autobiográfico que viu no apartamento de Ethan. Na capa, havia uma foto dele esquiando em uma encosta que parecia completamente vertical e, na contracapa, outra foto dele segurando uma medalha de ouro e sorrindo para a câmera.

— Prazer, Harriet.

Ela esticou a mão, mas, antes que Tyler pudesse cumprimentá-la, dois grandes huskies siberianos se espremeram para passar pela porta, quase derrubando Ethan e Tyler.

— Fica! Senta! — berrou Tyler, mas os cachorros o ignoraram e foram direto na direção de Harriet.

Tyler xingou em voz alta, mas Harriet se agachou para dizer oi para os cachorros.

— Olha só se vocês não são *lindos*! Cachorrinhos lindos, muito lindos.

Tyler olhou estupefato para Ethan, que deu de ombros.

— Harriet ama cachorros e leva muito jeito com eles.

— Nesse caso, ela vai adorar aqui. Eu ia pedir desculpas pela péssima educação desses dois, mas vou economizar minha saliva.

Harriet se ajoelhou sobre o tapete e afundou as mãos no pelo do cachorro que estava mais próximo.

— Eles são os cachorros mais lindos que já vi na vida. Eu amo huskies. Como eles se chamam?

— Essa é a Luna. Ela é a mais inteligente. E também totalmente fiel à minha filha, fica morrendo de saudades quando ela não está aqui. O outro é o Ash. Ele é mais bruto, mas parece ter gostado de você. Você tem cachorro?

— Não, mas estou pensando em adotar um.

Harriet se levantou e, irritado por ter perdido a atenção, Ash veio lhe cutucar a perna.

— Preciso achar uma raça boa para apartamento. Uma que não seja tão grande e animada quanto essa aqui.

— É, eles gostam de aproveitar cada centímetro da floresta. Bem, se vocês já estão com tudo que precisam, vou deixá-los desfazer as malas. Jantaremos às sete. Hoje é noite de reunião familiar, então não vamos aceitar desculpas. A gente conversa melhor lá, e aproveitamos para pegar botas e esquis para vocês.

Com os cachorros saindo à frente, Tyler deixou o chalé e Harriet os observou se afastarem.

— Reunião familiar?

— Os O'Neil têm uma regra de que, uma vez por semana, todo mundo janta junto, não importa o contexto ou quão corridos estejam. Todo mundo. Avôs, filhos, cachorros. Sem exceções, a não ser que a pessoa esteja fora do país.

Harriet sentiu algo se revirar dentro dela.

— Mas eu não sou da família.

— Você está comigo. Isso conta — disse Ethan, pegando as malas. — Vou levá-las para o quarto.

Harriet olhou para o mezanino e sentiu uma pontada de decepção.

— Aquele não é o quarto?

— Não, tem a suíte principal.

— Mas a gente pode dormir no mezanino?

— Eu durmo nele quando venho sozinho. Você quer dormir ali?

— Como é que você ainda pergunta? É lógico que quero. Seria como estar no meio da floresta.

— Então vamos dormir no mezanino. Mas vou levar nossas coisas para o quarto principal. O banheiro fica nele. Quer tomar um banho antes do jantar?

— Quem exatamente vai estar no jantar?

— Provavelmente a maior parte da família. Tudo bem por você? — perguntou ele, compreensivo. — Sei que são desconhecidos, em um jantar. As duas coisas das quais você menos gosta. Mas juro que são boas pessoas, Harriet.

— Eu acredito. — Harriet abaixou o olhar para sua calça jeans preta e blusa macia. — Acha que eu deveria trocar de roupa?

— Você está ótima. Essa blusa fica ótima com seu novo corte de cabelo.

Ele a puxou nos braços e levou a boca à dela em um beijo que fez Harriet considerar se não deveriam faltar ao jantar. Se dependesse dela, eles ficariam ali mesmo, naquele chalé incrível, assistindo a neve cobrir suavemente as árvores.

Ela se tranquilizou ao saber que os O'Neil tinham cachorros. Se tinham cachorros, não poderiam ser tão ruins, certo?

Apesar disso, sentiu o nervosismo crescer enquanto caminhavam pela breve trilha até a casa principal.

Quando Ethan abriu a porta que dava para a grande cozinha colonial, Harriet viu um milhão de pares de olhos se voltarem para ela.

Ethan fechou e trancou a porta.

— Pessoal, essa é a Harriet.

Toda sorrisos, uma mulher se levantou.

— Harriet! — disse a mulher, estendendo a mão. — Elizabeth O'Neil, a madrinha de Ethan. Esses são meus três filhos, Jackson, Sean e Tyler, os avôs deles, Walter e Alice...

As apresentações pareciam não acabar e deixaram Harriet confusa. Quantas pessoas havia ali? Umas nove, dez? Kayla era casada com Jackson ou era outra pessoa? Não, a garota de cabelo preto era Brenna e ela estava grávida, então ela devia ser esposa de Tyler. E a mulher falando sozinha em francês enquanto cozinhava devia ser Élise, esposa de Sean. Jess, a filha adolescente de Tyler, estava no campo de treinamento...

Harriet queria que eles estivessem usando plaquinhas de identificação.

E queria que não estivessem todos olhando para ela.

Era a vez dela de dizer algo.

— P-p-p...

As palavras se negaram a sair da boca, e Harriet congelou. Não. *Não!* Por que agora? Ela sentiu a familiar inundação de pânico, acompanhada do instinto natural de fuga. Mas Ethan estava de pé atrás dela, formando um sólido muro de proteção e segurança com o corpo.

Harriet percebeu que tinha duas escolhas. Poderia sair correndo, como fez naquela noite com Ethan. Bastava resmungar um pedido de desculpas e ir embora; sem dúvida alguma os O'Neil seriam educados. Ou ela poderia encarar a situação de frente e dar um jeito de superar. Fugir era a saída fácil. Fugir não era o desafio.

O desafio era ficar ali e tentar outra vez.

Harriet se forçou a continuar firme. Forçou-se a respirar e levar o tempo que precisasse.

E daí se as palavras não saíssem fluentemente? Realmente importava? Ela *não* fugiria dessa vez. Não ligaria para a irmã. Não juraria nunca mais entrar numa sala repleta de estranhos.

Ela lidaria com a situação da melhor forma possível.

Ela sentiu a mão de Ethan sobre o ombro e o apertão reconfortante de seus dedos.

Ciente da neve salpicada em sua cabeça e seus ombros, ela afastou o cabelo do rosto. E tentou de novo, dessa vez com outra palavra.

— É um prazer conhecer vocês.

Assim que as palavras lhe saíram dos lábios, Harriet sentiu um rompante de euforia.

Eu consegui.

Dessa vez, não tinha fugido do obstáculo. E descobriu que um obstáculo não parecia tão intransponível quando se sabe que dá para chegar ao outro lado.

Ash e Luna vieram caminhando na direção dela junto com uma poodle miniatura com a carinha mais fofa que Harriet já tinha visto.

Ela pulou em Harriet, deixando marcas de patinhas na calça jeans preta.

— Maple!

Jackson chamou a cachorra, mas Harriet se inclinou e fez carinho nela.

— Oi, Maple! Você vive com esses dois fortões? Como é isso? — perguntou Harriet para a cachorra, as palavras saindo facilmente, como se a gagueira de minutos antes nunca tivesse acontecido.

— Eles convivem superbem — disse Tyler, em tom arrastado —, porque é ela que está no comando. Não se engane pelo tamanho de Maple, ela é a chefe.

— Igual lá em casa. — Élise gesticulou com a colher de pau na mão. — Posso ser menor, mas sou a soberana absoluta — disse, olhando para Sean, que respondeu com um sorriso enganosamente calmo.

— Eu nunca discuto quando você está cozinhando, meu anjo.

— Os cachorros não deviam estar pulando em cima da convidada, pessoal — disse Elizabeth incomodada, ao que Tyler acenou com a mão.

— Harriet adora cachorros, está tudo bem.

Harriet tinha que concordar. Estava tudo bem. *Realmente estava.*

Quantas coisas ela havia deixado de fazer por medo de gaguejar? Tantos telefonemas... Grande parte da sua dificuldade em interagir com estranhos vinha da ansiedade em relação à gagueira e do medo do que os outros pensariam dela.

Mas, honestamente, *quem se importava?*

Ninguém, da mesma forma que ninguém parecia se importar com o forte sotaque francês de Élise.

Ainda com Maple se agitando toda feliz em seu colo, Harriet se juntou aos O'Neil à mesa. Ela estava cheia de confiança. *Desafio? Que desafio?*

— Passo o dia inteiro cercada de cachorros, mas infelizmente nenhum deles é meu. Tenho pensado em mudar isso. Não tinha cogitado pegar um poodle miniatura.

— Maple é adotada. Jackson a encontrou amarrada a uma árvore... — Tyler se esticou para pegar um pedaço de pão, mas a mãe lhe deu um tapa na mão.

— Modos. Temos uma convidada.

— Eu sei que temos. Estou vendo guardanapos na mesa, o que só acontece quando temos convidados. Se os guardanapos são um sinal de que não podemos comer, eu os detesto mais do que já detestava.

Ele agarrou um pãozinho e, aflita, a mãe balançou a cabeça.

— Qual é o seu problema?

— Problema nenhum. Sou um homem adulto e saudável que passou o dia inteiro na montanha queimando calorias como se não houvesse amanhã. Estou morrendo de fome e, se eu não comer, não haverá amanhã. Além disso, para conseguir ser educado com nossa convidada, preciso não estar desmaiado de fome e sendo ressuscitado por Sean.

Ele partiu o pãozinho em dois e passou nele uma espessa camada de manteiga.

— O que faz você pensar que eu o ressuscitaria? — perguntou Sean, bocejando. — Eu tiraria seu corpo do caminho e comeria a sua comida. Passei o dia inteiro na sala de cirurgia, não tenho compaixão para gastar.

Sean era médico, lembrou Harriet. Cirurgião ortopedista. Jackson era o empresário da família.

— Ninguém olha para você buscando isso — disse Tyler, provocando Sean. — Você é o médico com menos compaixão no mundo. Que Deus tenha piedade dos seus pacientes.

— Sentir pena é um desperdício de emoção, especialmente com a maior parte dos meus pacientes inconsciente.

— Eles não fazem ideia da sorte que têm.

— Deixa ele para lá — disse Elizabeth, que passou um prato de sopa com um cheiro delicioso para Brenna.

Enquanto Elizabeth servia a todos e Sean e Tyler continuavam a discussão, Harriet teve oportunidade de olhar ao redor da sala. Havia maços de ervas secando por toda parte. Para onde quer que olhasse, havia fotos de família brilhando sobre as superfícies limpíssimas.

Harriet notou que a avó, Alice, estava tricotando na mesa, ignorando a conversa ao redor dela. Todos estavam tranquilos e à vontade.

Noite em família.

Harriet sentiu o nó de tensão no peito se desfazendo aos poucos.

Era assim que era para ser. Uma atmosfera de amor e respeito, pairando nas provocações, nas risadas, na forma como se escutavam.

Era isso que ela queria. Queria uma mesa rústica de madeira com marcas que evidenciavam a vida familiar ao redor dela. Queria estar cercada desse tanto de risadas e desse tanto de amor. Queria que as pessoas pudessem discordar entre si sem medo, dando voz a opiniões diferentes sem animosidade.

Queria noites em família.

Sean e Ethan começaram a conversar sobre algum novo medicamento e Kayla cobriu os ouvidos com as mãos.

— Sem papo de hospital à mesa, Sean. Esse é o combinado.

— Eu só estava contando que me chamaram no pronto-socorro na semana passada para ver...

— Lá-lá-lá — Kayla começou a cantar em voz alta. — Não consigo te ouvir.

Sean revirou os olhos e gesticulou para Ethan, indicando que arrumariam um tempo para conversar depois.

A porta se abriu novamente e outro homem entrou com os braços cheios de lenha. Ele era mais velho. Devia estar na faixa dos 60, supôs Harriet, mas era bonito de uma forma rústica, como quem trabalha ao ar livre. Seu cabelo era grisalho e ele tinha os olhos mais bondosos que Harriet já tinha visto.

Elizabeth colocou o prato que estava segurando sobre a mesa.

— Tom.

O olhar que compartilharam excluía todos os demais na sala.

Harriet sabia que devia desviar o olhar, mas não conseguiu. Em que momento seus pais se olharam daquele jeito? Nunca.

Sentiu algo apertado em volta do coração. Uma pontada na garganta.

— Nada de romance à mesa — disse Tyler, cobrindo os olhos. — Poupem-nos.

Será que os filhos de Elizabeth se incomodavam com o fato de a mãe estar se casando outra vez? Harriet entendia que esse poderia ser um tema delicado.

— Sente-se, Tom — disse Jackson, puxando a cadeira ao lado dele. — É melhor você comer enquanto ainda tem comida.

— Pode atacar — aconselhou Sean. — Se demorar demais, vai passar fome nessa família.

O sorriso de Tom indicava que ele estava acostumado com as regras da casa. Ele acenou para Harriet e em seguida se virou para Elizabeth.

— Consertei o chuveiro da cabana de palha.

A conversa continuou e mudou de assunto entre idas e vindas, ocasionalmente interrompida pelos cachorros.

Se havia alguma tensão no ar, era bem dissimulada.

Harriet sentiu um anseio quase insuportável. Ela sabia que aquilo que estava testemunhando era precioso. Era amor em suas mais diferentes formas. Amor de mãe para filho. De avó para netos. De homem para mulher. De irmão para irmão. De marido para esposa. Era uma teia perfeita de amor diante de seus olhos.

Algumas pessoas olham para uma mansão e a cobiçam. Querem encher os armários com roupas de marca ou viajar pelo mundo inteiro.

O que Harriet cobiçava estava bem naquela sala.

Eles a trouxeram para a conversa, perguntaram sobre ela, sobre os cachorros, sobre sua vida em Nova York. Depois de apenas uma hora na companhia deles, ela se sentia mais à vontade do que jamais se sentiu com a própria família.

Pois aquelas refeições eram algo a ser celebrado, uma oportunidade para se reunir e compartilhar histórias. Apesar do roubo de comida de Tyler, dos guardanapos e das demonstrações explícitas de afeição, estava na cara que era uma noite importante para eles. Nada parecido com os encontros da família de Harriet, que eram algo a ser suportado.

Quando ela e Ethan voltavam ao chalé, Harriet estava com a sensação de conhecer os O'Neil desde sempre.

— Que pessoas adoráveis.

Harriet voltou praticamente dançando pela trilha, o que era uma proeza, dado o gelo no caminho.

Ethan segurou a mão dela com firmeza, para não a deixar escorregar.

— Não sei o que aconteceu com você, mas estou adorando.

— O que aconteceu é que superei o desafio do dia. Eu *não* saí correndo.

Ela deu um soco no ar com a mão livre e viu que ele estava rindo.

— Eu diria que você arrasou.

Logo que entraram pela porta do chalé, ele a puxou para si e a beijou.

— Estou orgulhoso de você. Você é incrível.

Ela retribuiu o beijo, sentindo-se poderosa e capaz de qualquer coisa. *Qualquer coisa*. Quando abaixou a mão até o zíper da calça dele, Ethan ergueu uma sobrancelha.

— Senhorita Knight, você vai fazer o que estou pensando...?

— Vou.

Harriet fechou a mão em volta da ereção dele e o ouviu respirar entredentes.

— O quarto é...

— Não.

Ela o empurrou e os dois caíram no tapete em frente à lareira. Estavam nus em menos de dez segundos. Não era a primeira vez que transavam, mas era a primeira vez que Harriet assumia o comando.

Ela foi beijando o corpo de Ethan de cima a baixo, se dando tempo para explorar sem pressa. Ela não se lembrava de ter se sentido daquele jeito antes, de ter sentido tamanho desejo. Não estava descobrindo apenas Ethan, estava *se* descobrindo, e a experiência era inebriante. Até pouco tempo atrás, Harriet vivia pisando em ovos, cuidando para não atrair muita atenção para si. Agora, agia com naturalidade e com certeza tinha a atenção total de Ethan. Ela ia aonde queria ir, fazia o que queria fazer. E o que queria fazer naquele momento arrancou um som rouco de um lugar profundo da garganta de Ethan.

Ela sentiu a aceleração repentina do coração dele, sentiu os músculos duros do abdômen dele se enrijecerem à medida que ela abaixava e tomava a ereção com a boca quente. Ela ouviu a respiração dele ficar mais pesada e sentiu um novo e poderoso sentimento vindo da consciência de que o estava levando à loucura. Ele lutou para respirar, gemeu o nome dela e ela continuou até as mãos de Ethan a puxarem para cima. E então Harriet subiu e montou nele.

À luz da lareira, ela via os músculos fortes dos ombros e o brilho dos olhos dele focados no rosto dela. Ela sabia que estava vermelha. Sabia que seu cabelo estava bagunçado pelo toque das mãos dele. Nada importava. Para nenhum dos dois.

Murmurando que ela era linda, incrível, que o estava enlouquecendo, ele agarrou a cintura de Harriet e a penetrou lentamente, até preenchê-la por completo. A sensação foi tão intensa que tirou o fôlego de Harriet, e ela sentiu o corpo ceder. A experiência de recebê-lo fez o coração dela acelerar e o ventre se intumescer. Tudo o que Harriet sentia era a presença excitante dele e a necessidade quente e dolorosa que se espalhava por seu corpo.

Ela fechou os olhos.

Fazer sexo com Ethan era de uma intimidade que ela nunca tinha experimentado antes.

Ethan começou a se mexer em um ritmo lento e contínuo que enviou ondas de prazer por todo corpo de Harriet. A cada penetração ele ia colocando mais e mais força, até a mente dela não conseguir pensar em mais nada a não ser naquilo. Não se importava com o passado. Não se importava com o futuro. Só havia o presente, que Ethan fazia ser o melhor dos momentos, penetrando-a até Harriet gritar por mais, até as sensações se avolumarem e as contrações de seu corpo trazerem Ethan ao clímax junto com ela.

De alguma maneira, mais tarde, os dois conseguiram subir até o quarto do mezanino e deitaram juntos para admirar a vista da floresta iluminada pelo luar.

Harriet se sentia zonza. Entorpecida. E mais feliz do que em qualquer outro momento de sua vida.

Ethan acariciava o braço dela.

— Fiquei com medo de que fosse achar essa noite desafiadora. Fiquei preocupado de estar sendo um idiota por colocar você numa sala com um monte de estranhos.

— Foi ótimo. Fico feliz por ter gaguejado. Descobrir que posso contornar uma situação difícil fez bem para minha confiança. Agora, tenho a sensação de que posso fazer qualquer coisa.

Ele a puxou mais para perto.

— Agora que sabe disso, qual vai ser o próximo Desafio da Harriet?

— Não faço ideia. Mas estou cansada de deixar de fazer as coisas com medo de estragar tudo. Eu queria muito conhecer seus amigos. Sua madrinha. Eu adorei todos os O'Neil. Entendo por que você volta para cá sempre que pode.

— É um lugar ótimo. Teve uma época que considerei achar um trabalho por aqui.

— No hospital onde Sean trabalha? — perguntou ela, e tentou imaginar Ethan longe do ritmo frenético de Nova York. — Por que não procurou?

— Eu gosto de Nova York. O pronto-socorro num lugar como este seria diferente.

— Teria só acidentes de esqui e machucados por conta de batidas em alces?

— Tipo isso.

— Não acredito que eles administram o hotel juntos. Isso é incrível.

— Nem tudo é a perfeição que você imagina. Jackson desistiu do emprego dele para assumir o hotel e salvá-lo da falência. Ele conseguiu entender o que precisava ser feito para tornar o negócio viável em um mercado agitado, mas os avós dele não queriam mudar as coisas. Jackson e Walter trocaram patadas milhões de vezes enquanto tentavam melhorar as coisas por aqui. No final, ele contratou

Kayla. Ele concluiu que a saída poderia ser trabalhar com alguém de fora, com uma visão mais profissional.

— Daí ela ficou e nunca mais voltou.

Ethan sorriu.

— Não foi tão tranquilo assim. Pelo que Tyler me disse, Kayla era bem cosmopolita, chegou aqui de casaco elegante e salto alto. Ela levou algum tempo até se ambientar. Literalmente.

— Mas vejo que conseguiu e se apaixonou por Jackson.

Parecia perfeito para Harriet.

— Como Tyler conheceu Brenna?

— Eles praticamente cresceram juntos. Ela morava aqui no vilarejo.

— Eles que cuidam da estação de esqui?

— Sim. E todos uniram esforços para deixar o hotel como ele é agora. Durante um tempo pareceu que não daria certo.

— Que bom que eles deram um jeito, então.

E é assim que as coisas deviam ser, pensou Harriet. Ela não era boba. Não achava que as coisas fossem totalmente perfeitas. Mas o sonho dela era uma família que ficasse unida e se desse apoio na alegria e na tristeza, como os O'Neil faziam. Todo mundo é capaz de se manter unido nos bons momentos. Era a parte fácil. Mas o que importava, o verdadeiro teste do amor, é permanecer unido nos maus momentos.

— Eles não se incomodam que a mãe está se casando de novo?

— Eles querem que ela seja feliz. O fato de gostarem de Tom ajuda. E ele se adaptou bem à família, mora aqui há muito tempo.

— Você chegou a trazer a Alison para cá?

Harriet disse a si mesma que não estava com ciúmes. Estava apenas interessada, nada mais. Queria conhecê-lo melhor, e algo em seu âmago sabia que o caminho para isso era compreendendo o que havia dado errado no casamento dele.

— Uma vez. Ela achava aqui parado demais, sem muita novidade. Alison é muito urbana e não se interessava muito por esqui, o que não ajudava.

— Você não fala sobre ela com muita frequência.

— Não tenho muito o que falar. Ela é minha ex-esposa. Nós tentamos. Fracassamos. É isso.

Ethan condensou tudo em poucas frases. Poucas semanas antes, Harriet teria deixado as coisas por aí, mas ela já não era a mesma pessoa de algumas semanas antes.

— Por que você vê como um fracasso?

— Bem, não ganhei nenhum prêmio de marido do ano — disse ele, afastando o cabelo do rosto de Harriet. — Já falei que adorei seu corte novo?

— Que bom. Mas por que você se culpa?

— Pois eu já estava casado com o trabalho. Eu não estava em posição de dar a ela o relacionamento que ela queria.

— Mas vocês não se conheceram no pronto-socorro?

— Sim.

Harriet se apoiou no braço para poder olhar Ethan.

— Ela se apaixonou pelo herói bonitão que salva vidas.

— Talvez, mas meu trabalho não é isso. Não de verdade. Eles fazem parecer glamoroso na televisão, mas a realidade é diferente. — Ele se recostou nos travesseiros, trazendo-a consigo enquanto, aconchegados, olhavam para as árvores através do vidro. — Quando eu era criança, meu pai era meu herói. Ele era um membro respeitado na comunidade. Aonde quer que fosse, as pessoas o cumprimentavam. Uma ida à padaria para comprar pão se transformava numa viagem de meia hora em vez de dez minutos, como era para ser. As pessoas o paravam o tempo todo para perguntar coisas, e eu nunca o via perder a paciência. Nunca o vi mandá-los embora ou voltarem em horário comercial. Se alguém estivesse preocupado, ele ia até lá. Várias vezes, eu o vi tomar a dianteira. Quando uma criança foi atropelada em Fair, quando um homem bateu na mulher e a polícia quis que meu pai fosse com eles. Ele estava sempre presente. E eu queria ser exatamente como ele. Queria fazer a diferença.

— Você teve vontade de trabalhar na comunidade como ele?

— Não, porque eu queria que minha vida privada fosse separada da profissional. Eu não queria trombar com meus pacientes sempre que saísse de casa. O casamento dos meus pais dava certo porque minha mãe entendia o homem que ele era e nunca tentava mudá-lo, nem quando tinha que jogar um jantar no lixo ou receber convidados sem ele porque meu pai estava ajudando outra pessoa. É claro que o fato de ela também ser médica ajudava.

— Por que ela tentaria mudá-lo?

— Porque é o que costuma acontecer.

Harriet então fez uma pergunta que estava havia tempos em sua cabeça.

— Quanto tempo você e Alison ficaram juntos antes de decidirem se casar?

— Um ano e meio. Talvez um pouco mais.

— E você nunca parou de trabalhar durante esse tempo?

Ele franziu a testa.

— É claro que não.

— Então, quando vocês se casaram, ela sabia exatamente o que seu trabalho implicava.

— Qual é seu ponto?

— Ela não tinha como culpar você por um trabalho que sempre teve. Ela se apaixonou por você por aquilo que você é. O trabalho é parte do que você é. Alison esperava que você pedisse demissão?

— Não, mas eu acho que a realidade acabou se mostrando um pouco demais para ela.

— E você se culpou por isso?

— Eu trabalhava muito. Horas não planejadas. Isso é fato. É fato também que ela não podia contar comigo. Eu perdia os jantares e eventos de jornalistas aos quais ela queria me levar... Depois de uma das nossas discussões, ela me disse que a única coisa com que podia contar era com minha ausência quando ela precisasse.

— Você podia não estar presente para ela socialmente, mas estaria se ela precisasse de você de outras formas.

— Você parece bem segura quanto a isso...

— Estou mesmo. Você é leal a seus amigos e família. Eu já vi. Você tem prioridades. Seu trabalho é importante, o que você faz é importante. E não acho que o problema era você. Um relacionamento é como um quebra-cabeças, né? As peças precisam se encaixar perfeitamente para dar certo.

O relacionamento dos pais dela não tinha dado certo. As peças não se encaixavam. Harriet conseguia entender isso com muita clareza agora.

Ethan a abraçou.

— Você é bem sábia, considerando que nunca se apaixonou.

Até agora.

Dando-se conta da realidade, Harriet encarou a escuridão da floresta.

Ela estava apaixonada por Ethan.

Tinha acontecido lentamente, sem que percebesse. Talvez tivesse se apaixonado um pouco por ele no primeiro dia, quando o conheceu no pronto-socorro. Não pela forma cuidadosa com que examinou seu tornozelo, mas pelas perguntas que ele fez. Ele estava decidido a não a liberar antes de estar seguro de que os ferimentos não eram fruto de qualquer tipo de abuso. Ele era desse tipo de homem. Do tipo que tomaria conta do bichinho da irmã mesmo que fosse a última coisa que quisesse fazer na vida. Um homem decidido a fazer a diferença no mundo e que entraria na frente de uma amiga mesmo que, ao fazê-lo, pusesse a própria vida em risco. Do tipo que fazia amizades para a vida inteira, que se permitia prazeres e que era capaz de esquiar numa pista perigosa.

O cara por quem uma mulher poderia facilmente se apaixonar.

Sempre que Harriet pensava no assunto — e ela pensava nisso com frequência —, imaginava o amor como um sentimento suave, reconfortante e envolvente. Como mergulhar em água morna ou se cobrir com um edredom. Ela não esperava que a sensação fosse essa. Não esperava a intoxicação feroz, a sensação de ter inalado alguma substância ilegal. Causava tontura, a fazia sorrir em momentos que não tinha por quê. Ela sorria enquanto dava comida aos cachorros ou quando estava ocupada com alguma tarefa mundana como descascar batatas.

Não era assim que ela havia imaginado. Ela teve encontros na esperança de achar um amor; nunca tinha esperado encontrá-lo onde não buscava. Mesmo assim, foi o que aconteceu. Ela se apaixonou por ele pouco a pouco, a cada batida do coração. A cada olhar, cada toque, cada conversa, ela mergulhava mais fundo. Ela não sabia se sentia-se em êxtase ou aterrorizada.

Mas sabia qual seria a reação dele.

Ele recuaria. Se afastaria. Ethan se protegeria, acreditando que a estava protegendo também.

Ele terminaria o relacionamento.

E ela não estava pronta para aquilo. Aquele, pensou Harriet, seria um desafio difícil demais.

Por isso, não disse nada. Simplesmente permaneceu deitada no escuro com seu segredo, pensando em todas as vezes que havia se perguntado como seria se apaixonar e por que achou que seria tão simples.

Capítulo 24

A SEMANA PASSOU RÁPIDO, da maneira que o tempo parece passar sempre que algo bom está acontecendo.

Para a surpresa dos dois, Harriet se mostrou uma esquiadora nata.

Tyler comentou que a ioga e o pilates devem ter ajudado no equilíbrio e fortalecido a musculatura dela, mas Ethan achava que tinha mais a ver com a nova determinação que ela mostrava em tudo o que fazia.

No tempo relativamente curto que a conhecia, Ethan tinha observado uma mudança em Harriet. Uma mudança significativa.

Agora, ela tinha uma confiança que faltava à mulher que conheceu no pronto-socorro. A mulher que gaguejava e que fugiu do apartamento dele havia sido substituída por uma que não parecia inclinada a fugir de nada.

Em vez de ter que se forçar a realizar o desafio diário, Harriet parecia abraçá-lo. *Manda ver*. Era como se todos aqueles dias fazendo o que achava mais difícil tivessem lhe ensinado que seus limites não estavam onde ela originalmente pensava que estavam. Harriet transpôs os muros que ela mesma tinha erguido e descobriu um mundo completamente novo.

Ethan presenciou aquilo na manhã em que Tyler sugeriu que ela pegasse o teleférico até o alto da montanha e enfrentasse uma descida que estaria fora do escopo da maioria dos iniciantes.

Harriet hesitou por um breve momento, ponderando, mas logo assentiu e, carregando os esquis, caminhou até o teleférico com as botas pesadas.

Ethan viu a concentração no rosto dela, sua decepção ao tropeçar em um montículo ingrato de neve e sua determinação ao se levantar outra vez. Era como se aquele passeio de esqui fosse de alguma maneira uma representação da forma como ela pretendia viver a vida.

Observá-la o fez se perguntar quando fora a última vez que ele se forçara a sair da própria zona de conforto.

No casamento, provavelmente.

Ethan saiu bastante da zona de conforto para atender às muitas demandas daquela relação.

Quando foi a Vermont com Alison, ela insistiu que ele ficasse ao lado dela caso caísse com os esquis. Em questão de horas, ela concluíra que esquiar era uma forma cara de suicídio e, depois, ficou reclamando do tempo que Ethan passava esquiando.

Eu não vejo você nem quando estamos de férias.

Harriet o encorajou ativamente a deixá-la para esquiar com Tyler.

— Vai ser menos constrangedor se você não ficar do meu lado me assistindo — disse ela, quando ele a ajudou a se levantar depois de outra queda. — Meu plano é subir e descer essa pista até conseguir sem cair.

No final, ela o convenceu a ir com o amigo, e Ethan e Tyler tiveram um dos melhores dias de esqui de todos os tempos. Eles desceram a Fossa do Diabo, o que, ponderou Ethan, não foi a coisa mais sensata, uma vez que na maior parte do ano suas atividades físicas eram restritas a máquinas. Correr na esteira e levantar pesos não eram a mesma coisa que se jogar de um penhasco e descer em alta velocidade por uma encosta tão íngreme que fazia as pernas gritarem de dor e o estômago se revirar. Durante os sete minutos de descida de arrepiar, ele certamente tinha saído da zona de conforto.

Ele chegou ao final da pista no mesmo estado de quando saiu, inteiro, e se considerou sortudo.

— Você está fora de forma. Nova York está te deixando molenga — disse Tyler, brincando.

O resto de sua família chegou no meio da semana. Primeiro os pais dele — que alugaram um chalé só para eles — e depois a irmã, que veio dirigindo de Nova York com o marido e Karen, que parecia quase recuperada.

Para a alegria de Harriet, Madi veio com eles.

A cachorra saudou Ethan com um entusiasmo que ele sabia não merecer.

Talvez Harriet não fosse a única a ter mudado, pensou ele enquanto se agachava para brincar com Madi. Ele também tinha.

A mãe de Ethan cozinhou e todos jantaram no chalé deles. Ethan captou o olhar de Debra sobre ele muitas vezes durante o jantar. Ele sabia que ela devia ter perguntas que sem dúvidas não deixaria de fazer.

O problema era que ele não tinha respostas.

Sua decisão de convidar Harriet para viajar com ele fora impulsiva. No final das contas, tinha sido uma decisão boa, claro. Harriet encantou a todos com sua natureza bondosa e tranquila, e ela encantou especialmente aos cachorros. Eles a seguiam pelo resort como se ela fosse a líder da matilha.

A encheção de saco que ele esperava veio enquanto lavava a louça com a irmã.

— E então... — Debra empurrou um prato pingando para as mãos dele. — Tem algo que você precise me dizer?

— Não, nada — disse ele, enxugando o prato e o guardando no armário. — Se seu plano é fazer um interrogatório, nem gaste saliva.

— Eu gosto de Harriet. Não, não é verdade. Eu *amo* Harriet. Ela é uma pessoa doce, bondosa e querida. Se você a magoar, eu te mato.

— Você é sempre protetora desse jeito com os seus passeadores?

— Só tive uma passeadora... — disse ela, lançando-lhe um olhar afiado. — Harriet. Não quero ter que procurar outra, então não me faça escolher entre ela e você, pois, se fizer, você já era.

— Bom saber em que pé anda sua lealdade familiar.

Debra não riu. Em vez disso, pareceu inquieta.

— Você vai magoar a garota, Ethan?

— Espero que não.

— Então o que está rolando? Quais são suas intenções? É só sexo e comida caseira? Ou tem algo mais?

— Não sei o que é, Debra. Eu sou homem, não fico analisando as coisas que nem você. Mas é mais do que sexo e comida caseira. Quanto às minhas intenções... — disse ele, pegando o prato da mão dela. — Minha intenção é ter as melhores férias e proporcionar o mesmo a ela.

E, se ele tivesse sorte, isso incluiria muito sexo.

— E quando vocês voltarem a Nova York?

Ethan se deteve com o prato pingando nas mãos.

Ele não tinha pensado tão longe.

—⟨⟨⟨—

Harriet se considerava razoavelmente em boa forma, mas, depois de uma semana esquiando, seus músculos doíam em lugares em que nunca haviam doído. E cada momento do dia era preenchido por alguma atividade.

Eles faziam algumas das refeições com a família de Ethan, algumas com os O'Neil e uma vez jantaram na intimidade do chalé deles e depois passaram o resto da noite na banheira assistindo à neve cobrir as árvores na floresta ao redor.

O casamento era no dia seguinte, o que significava que aquele era o último dia livre. Ethan disse que tinha uma surpresa para Harriet.

Ele sumiu depois do café da manhã e pediu que Harriet colocasse uma roupa quente e o encontrasse no fim da trilha.

Assim que colocou as pernas doloridas dentro da roupa de esqui, Harriet torceu para que não fosse algo que demandasse muito atleticismo da parte dela.

Ela fechou a porta do chalé — ninguém parecia fechar as portas por lá — e foi caminhando pela trilha de neve fresca até o portão, onde Ethan a esperava.

Harriet chegou ao portão e, olhando para a frente da trilha, se deteve.

— Você ama cachorros — disse Ethan —, por isso pensei que fosse amar isso aqui.

"Isso aqui" era um trenó puxado por oito huskies. Impacientes e animados, eles batiam as patas contra o chão, uivavam e latiam.

Harriet ficou muito animada.

— Essa é a coisa mais legal que alguém já fez por mim.

E a emoção que sentiu não tinha a ver apenas com os cachorros.

Ethan havia preparado aquilo para ela. Ela sabia que o Snow Crystal tinha um sem-número de atividades, mas ele tinha escolhido a que sabia que Harriet amaria.

O coração errou as batidas.

Aquele gesto não era apenas atencioso, era...

O que era aquilo?

Ele a apresentou a Dana, a jovem dona da matilha. Harriet subiu no trenó ao lado de Ethan e, sob as instruções de Dana, os cachorros partiram.

Eles partiram pela trilha principal e depois Dana virou em uma trilha mais estreita que levava diretamente para o silêncio da floresta envolta em neve. As árvores formavam abrigos altos e brancos à beira do caminho. A queda de neve de madrugada acrescentou outra camada fina à trilha, cuja superfície brilhava sob o sol claro.

O único som era a passada rítmica dos cachorros e o movimento do trenó através da selva nevada.

Aninhada em cobertores, Harriet observou os cachorros a sua frente e admirou sua energia e alegria. Admirou também a beleza rústica da paisagem de tirar o fôlego.

Quando Dana finalmente parou e saiu da trilha, Harriet levou alguns instantes para recuperar o fôlego.

— Essa foi a melhor coisa que já fiz na vida.

Ethan sorriu e a ajudou a sair do trenó.

— Hora de um refresco.

Eles estavam em uma clareira. Harriet notou algo parecido com uma cabana.

— Onde estamos?

— Chamamos de Cabana do Chocolate. A comida deles é ótima, mas são famosos pelo chocolate quente batido.

— Chocolate quente?

Harriet tentou não pensar nas coxas, o que era quase impossível depois de uma semana colocando pressão nelas para aprender a andar de esqui.

— Confie em mim. É delicioso. O espaço é ótimo também. Tyler, Jackson e eu costumávamos vir aqui direto.

Harriet entendia por quê.

Fumaça saía pela chaminé. Alguns esquiadores envoltos em cobertas estavam sentados às mesas do lado de fora e formavam um borrão de cor contra o pano de fundo branco. O céu era de um azul tropical e a temperatura, de um frio ártico.

Apesar disso, Ethan escolheu uma mesa ao ar livre.

— Deixe o zíper do casaco fechado e vai ficar tudo bem.

Harriet se aconchegou à cadeira e Ethan voltou pouco depois carregando duas canecas cheias até a boca com uma camada de creme e chocolate em pó.

Dana escolheu ficar com os cachorros, e Harriet quase ficou tentada a juntar-se a ela.

Ethan deve ter sentido isso, pois colocou a caneca diante dela.

— As pessoas esquiam quilômetros e mais quilômetros para experimentar o chocolate quente belga de Brigitte. Prova, você vai entender.

Ele se sentou na cadeira ao lado da de Harriet.

O sol reluzia sobre o cabelo dele, e Harriet notou o grupo de garotas em uma mesa próxima que se virou para olhá-lo.

Ignorando-as, ela tomou um gole da bebida, saboreou a doçura quente e suave e gemeu de prazer.

Ethan deu uma piscadinha, mas depois seu olhar se focou na boca dela.

Durante aquele momento de intimidade indescritível e capaz de tirar o fôlego, ela sabia que ele não estava pensando no chocolate quente. Ela também não estava.

Ethan limpou com o dedão uma gota de creme no lábio dela.

O calor e a tensão sexual no ar deveriam ter derretido até a última gota de neve.

Nunca na vida Harriet tinha sentido algo assim.

Ela queria congelar o tempo e permanecer naquele momento para sempre. Com o céu azul e a neve. Com os cachorros do trenó esperando, impacientes, à beira da floresta. Com o chocolate quente e Ethan.

Ethan, Ethan, Ethan.

O súbito irromper de risos das garotas da mesa ao lado cortou a tensão, ao que Ethan se afastou e pegou a própria caneca de chocolate quente.

Harriet notou que a mão dele não estava muito firme.

Ele franziu a testa, como se estivesse intrigado com algo. Harriet desviou rapidamente o olhar, torcendo para não ter transparecido o que estava sentindo.

Diferente de Fliss, ela não sabia esconder os sentimentos.

E, naquele instante, sentia coisas avassaladoras.

Ethan sabia? Teria percebido que os sentimentos de Harriet tinham mudado?

E quais exatamente eram os sentimentos dele?

Ele tinha marcado um passeio de trenó puxado por cachorros, pois sabia que ela amaria isso mais do que qualquer outra coisa. Ninguém nunca tinha feito algo do tipo para ela.

Ela terminou o chocolate quente desejando não ter que voltar a Nova York. Independentemente do que acontecesse lá, não seria igual àquele momento.

— Temos mais uma hora com os cachorros — disse Ethan, em tom casual. — Depois, pensei em voltarmos para o chalé. Como é nossa última noite sozinhos, pensei em relaxarmos.

Harriet não ligava para o que fizesse, contanto que ele estivesse junto.

— Isso é uma proposta indecente?

Havia um brilho malicioso nos olhos dele.

— Com certeza. Estou só fazendo minha parte para você receber suas credenciais de garota má.

O coração de Harriet bateu um pouco mais forte. Ela colocou a caneca sobre a mesa e se levantou.

— Então o que está esperando?

A volta de trenó foi tão idílica quanto a ida e, por um instante, Harriet considerou seriamente largar o emprego e ir morar em

Vermont. Ela teve que recordar a si mesma que não sabia nada sobre cachorros de trenó e que toda a sua vida estava em Manhattan.

Bem como Ethan. Ele também estava em Manhattan.

E ela estava disposta a aproveitar ao máximo o último dia deles.

Mal entraram pela porta do chalé e já estavam caindo um em cima do outro.

Despir o equipamento de esqui não era fácil. Houve risos e xingamentos até as camadas finalmente estarem todas no chão.

Ele a perseguiu pela escada que dava no mezanino.

— Ainda está claro.

— Ótimo, quero ver você. — Ele esticou o braço, tirou a lingerie de Harriet e jogou-a na cama. — Adoro você nua. Você nunca deveria usar roupas.

— Quer que eu apareça pelada no casamento? Seria algo inédito.

Harriet não estava segura se queria fazer amor à luz do dia. Não porque quisesse esconder o corpo, mas porque seria mais difícil esconder os sentimentos.

Ele enterrou a boca no pescoço de Harriet e foi percorrendo seu corpo de cima a baixo, descobrindo nele lugares secretos. Harriet se remexeu, mas as mãos e a boca de Ethan estavam por toda parte. Ele estava atento a cada movimento dela, a cada tremor, cada gemido e cada respiração. Ethan deu prazer a Harriet até ela estremecer de desejo. Pouco depois, segurando sua cintura, ele a penetrou em um ritmo lento e crescente. Ele apoiou a testa na dela e foi abrindo caminho com beijos até a boca. A respiração dele estava instável, os ombros molhados de suor. Ela sentiu a barba por fazer contra a pele sensível de sua garganta e as carícias eróticas da língua dele contra o canto da boca.

Ele queria tudo e ela dava tudo, não porque tinha planejado isso, mas porque não podia evitar. Não era possível dar tanto e ainda se segurar.

— Eu te amo. — Essas palavras saíram pelos lábios de Harriet sem que ela refletisse ou quisesse. Ela sussurrou contra o pescoço e, em seguida, contra a boca de Ethan. — Eu te amo.

Ela sentiu a tensão atravessá-lo. Sentiu os ombros dele se enrijecerem de repente enquanto ele absorvia as palavras. Se ela as tivesse dito em outro momento, tudo seria diferente, mas eles estavam perto demais do clímax para que parassem. Assim, ele a penetrou mais fundo, puxando-a para perto, beijando-a e sufocando as palavras até que gozassem juntos em um ímpeto quente de prazer.

Depois, Ethan abraçou Harriet com força.

Ela esperou que ele falasse. Que dissesse algo. Qualquer coisa.

Mas Ethan não disse nada, e qualquer esperança secreta que Harriet pudesse alimentar de que ele talvez sentisse o mesmo, de que a relação deles pudesse ter evoluído por parte dele também, morreu naquele mesmo instante.

Quando deixou a cama antes de Harriet acordar, Ethan se sentia culpado.

Ele também se sentia um covarde. Depois do que havia lhe dito na noite anterior, ela merecia uma resposta. Harriet encarou o risco, expôs o coração, aceitou se mostrar vulnerável. Ela merecia algo em troca, mas ele não fazia ideia do que lhe oferecer. Só sabia que não podia dar o que ela queria.

Ethan andou pela trilha nevada até a casa principal, abriu a porta da cozinha e foi atingido em cheio pelo calor que dissipou todo frio.

Era cedo, mas a sala estava tomada pelo aroma delicioso de pão.

Ele viu pãezinhos e pequenos confeitos. Biscoitinhos de gengibre em formato de Papai Noel formavam fileiras uniformes na superfície de esfriamento, esperando pela cobertura. Ethan foi transportado de volta a uma época em que ele e Tyler costumavam aparecer na cozinha — com frio e eufóricos de um dia esquiando — para comer o que quer que Elizabeth tivesse preparado.

A comida e atmosfera confortável faziam parte de suas lembranças do Snow Crystal tanto quanto a neve e o esqui.

Elizabeth estava tirando algo do forno. Ela colocou a assadeira sobre o balcão e se virou.

— Ethan! Você acordou cedo.

— Você também.

— Tenho coisas para fazer — disse ela, tirando o avental e acenou na direção da mesa. — Sente-se. Vou fazer um café para a gente.

Ethan se sentiu culpado. Era o dia do casamento dela. Os problemas dele eram a última coisa de que ela precisava.

— Estou incomodando você. Eu não deveria ter vindo.

— A chance de estar com você é mais importante do que qualquer outra coisa que eu esteja fazendo.

Ela sempre foi assim, lembrou Ethan. Elizabeth sempre tinha tempo para escutar.

— Você não devia estar cozinhando no dia do seu casamento.

— Eu amo cozinhar. Além disso, Élise e a equipe da cozinha vão fazer a maior parte. O que você está fazendo acordado tão cedo?

— Eu não estava conseguindo dormir.

Elizabeth colocou uma xícara de café diante dele e, em seguida, serviu uma para si mesma.

— Quer conversar?

— Sobre?

— Conversar sobre o motivo para você ter saído por uma trilha congelada quando o sol mal nasceu…

— Eu só… estou com um problema e ainda não sei o que fazer. Achei que uma caminhada pudesse clarear as ideias.

— Ajudou?

— Até agora, não. — Ele bebeu um gole do café. — Está uma delícia. Eu queria que o café do hospital fosse bom assim.

Ela esperou um momento, sentou-se perto dele, pegou o primeiro biscoito de Papai Noel e começou a decorá-lo.

— Como vão as coisas por lá?

— O mesmo de sempre.

— Você gosta de trabalhar lá?

— Imagino que sim, caso contrário estaria fazendo outra coisa.

— Não necessariamente. Às vezes fazemos coisas que não queremos, sem nem questionar. — Elizabeth colocou o Papai Noel na assadeira para secar e pegou o próximo. — Preciso dizer que gostei de Harriet. Imagino que você também, senão não a teria trazido para cá. O motivo para você ter acordado tão cedo é ela?

Ethan baixou a xícara de café. Lembrou-se de quando tinha 9 anos, de se sentar naquela cozinha para contar a Elizabeth seus planos de virar médico. Aos 16 anos, contando sobre uma garota que gostava. Ele amava os pais, mas havia certas coisas que conseguia contar à madrinha e sobre as quais jamais conseguiria conversar com a família.

— Eu não a devia ter trazido. Foi um erro.

Elizabeth decorou o Papai Noel seguinte.

— Por quê?

Porque ela se apaixonou por mim.

— Eu mandei sinais errados. Harriet é uma pessoa caseira, que gosta de família. É o que mais importa para ela. Ela tem uma empresa de sucesso com a irmã, não porque tem vontade de conquistar o mundo, mas porque adora cachorros e trabalhar com animais é algo que lhe faz bem.

— Suspeito que as pessoas supervalorizem essa coisa de "conquistar o mundo" — disse Elizabeth, repondo a cobertura. — Não existe uma definição única de sucesso, da mesma forma que não existe uma fórmula capaz de fazer todo mundo feliz. O segredo é saber o que a gente quer. Saber o que nos faz feliz e correr atrás. Me parece que Harriet sabe bem disso. Uma mulher esperta.

— Ela é.

— E você? — perguntou Elizabeth, em tom casual. — Você sabe o que faz você feliz?

— Sempre achei que era o trabalho. Aceitei isso, e foi o motivo para não ter tido outra relação longa desde Alison.

— E o que o trabalho tem a ver com relacionamentos?

Ethan a encarou.

— Tudo.

— Desde quando uma pessoa precisa escolher entre trabalho e relacionamento? Tem alguma lei nova por aí que não conheço? Harriet te deu um ultimato?

— Não! — exclamou Ethan, franzindo a testa. — Ela nunca faria algo do tipo. Ela não é do tipo de pessoa que dá ultimatos.

— Então qual é o problema?

Ethan pensou em tudo o que haviam partilhado na noite anterior.

— Ela disse que me ama.

Elizabeth parou de decorar os biscoitos.

— Só para eu entender, a má notícia é que uma mulher doce, inteligente, bondosa e incrivelmente amorosa te ama?

Sentindo-se um babaca, ele a encarou.

— Não é tão simples quanto parece. Eu gosto da companhia dela. Gosto de estar com ela, sim, mas... — Ele pegou um Papai Noel e o encarou. — Eu não devia ter começado tudo isso, mas eu não esperava que a coisa fosse ficar séria tão rapidamente. Preciso dar um jeito de desfazer as coisas sem machucá-la demais.

— Por que você vai desfazer as coisas?

— Porque não têm futuro.

— Você tem certeza disso, Ethan? Você não sente o mesmo por ela? Não a ama?

Ele respondeu imediatamente:

— Não.

— Tem certeza? Porque vendo vocês juntos, eu pensei... — Elizabeth colocou o biscoito de gengibre com a cobertura na assadeira. — Deixa para lá.

— Sei que você acha que eu também estou apaixonado por ela, mas não estou. Quer saber a verdade? Acho que tem algo faltando dentro de mim... — Ethan também devolveu o biscoito de gengibre intocado à mesa. — Não sinto mais as coisas com profundidade. Aprendi a desligar os sentimentos, a me desapegar, e agora não consigo ligar de novo. Só que Harriet merece mais do que isso.

— Então você não está tomando a decisão por sua causa, mas por causa dela? Por que você não deixa a própria Harriet decidir o que quer?

— Não quero que ela sofra.

— Conheço você desde que era um menininho, e você sempre foi assim. Sempre foi o primeiro a ajudar qualquer pessoa machucada.

Elizabeth esticou a mão por cima da mesa e segurou a dele.

— Quando dei sua primeira fantasia do Super-Homem, eu já sabia que você ia tentar salvar o mundo.

— Bem, até o Super-Homem lutou para salvar o mundo e ter um relacionamento ao mesmo tempo. É muito complicado se relacionar.

— Tudo que envolva pessoas é complicado. Isso não significa que temos que desistir. Você já conversou com ela a respeito de tudo isso?

— Não.

Ethan percebeu que, enquanto Harriet estava se forçando constantemente a encarar desafios, ele estava deixando a desejar nesse quesito.

Ele tinha fugido.

Elizabeth sorriu.

— Me parece que uma conversa franca seria um bom começo.
— É, você tem razão.
Ethan se levantou, abraçou-a e saiu da cozinha.
Por mais difícil que fosse para ele dizer, e para Harriet ouvir, precisava ser honesto.
Desafio do Ethan.

Harriet acordou se sentindo exausta. Tinha passado metade da noite em claro, pensando no que havia dito, e só pegou no sono quando os primeiros raios de sol abriam caminho por entre as árvores.

O espaço ao lado dela na cama estava vazio e frio, sinal de que Ethan tinha saído faz tempo. Por um instante, pensou que ele pudesse ter feito as malas e ido embora, mas logo viu as coisas dele jogadas pelo quarto.

Ela se virou e ficou olhando para as árvores.

Muito bem, Harriet. É assim que se atira um homem na nevasca.

Ethan achava que, por ser como era, ele não era compatível com o amor e uma vida em família. Ele se culpava. Sentia-se responsável. Harriet discordava, mas o que importava não era o que ela achava.

Não era possível fazer uma pessoa amar você. Não era assim que funcionava. E um relacionamento entre pessoas sentindo coisas diferentes só podia acabar em desastre. Nesse caso, os sentimentos se tornavam uma falha sísmica, capaz de ceder sob a pressão.

Ela havia passado a vida inteira desejando o amor. Encontrá-lo e descobrir tão repentinamente que não era correspondido causava uma dor imensa.

Foi assim que o pai dela se sentiu? Ele viveu cada um de seus dias sabendo que suas emoções mais profundas não eram correspondidas? Quão difícil foi lidar com isso?

Não justificava, mas explicava seu modo de agir.

Harriet percebeu que podia haver inúmeros motivos para o pai não a ter amado. Ela talvez o fizesse lembrar demais a mãe, a mulher que ele amava tanto e que não lhe correspondia. Amar tão profundamente talvez o tivesse machucado tão feio que ele ficou com medo de amar novamente, mesmo que fosse uma criança. Ela desconhecia os motivos dele, mas sabia bem que não tinha nada a ver com Harriet. Ela não era responsável pelo fato de os sentimentos dele não serem o que ela queria. Se pudesse voltar no tempo e falar com a criança que tinha sido, diria a si mesma para parar de tentar agradar tanto às pessoas. Diria que a vida já era difícil o bastante para fazer malabarismos para tentar ser alguém diferente ou para tentar se adaptar a algum tipo de padrão com o qual não se tem nada a ver.

Concluindo que compareceria ao casamento de Elizabeth nem que tivesse que ir sozinha, tomou um banho e vestiu a roupa que comprara para a ocasião. Era um vestido de lã com gola alta e mangas ajustadas. Tinha ficado bonito quando o provou na loja, mas agora, com o cabelo curto, o vestido estava fantástico.

Ethan apareceu enquanto ela embrulhava o presente que tinha comprado.

Pela forma como estava vestido, aparentemente andara esquiando.

— Desculpa por ter sumido mais cedo...

Ele fechou a porta, cortando a rajada de vento frio, e, reprimindo todas as emoções que se acotovelavam no coração, Harriet sorriu para ele. Aquelas emoções não eram problema dele. Eram problema dela.

— Você está de férias — disse ela. — Óbvio que quer esquiar. Estava maravilhoso lá fora?

Com os olhos fixos no rosto dela, como se tentasse entender o que estava acontecendo, ele tirou o casaco.

— A neve estava perfeita. Só que agora tenho menos de oito minutos para me arrumar para o casamento.

O que os deixava sem tempo para conversar.

Harriet olhou para os flocos de neve em seu cabelo escuro, a barba por fazer e os olhos azuis incríveis de Ethan. Ela o amava tanto que era difícil olhar para ele sem querer dizê-lo.

— Está um dia perfeito para um casamento, e não é como se a gente tivesse que ir muito longe.

A cerimônia seria realizada ali mesmo, uma coisa pequena, para a família e os amigos em um dos celeiros do resort.

Ficava a cinco minutos de carro, mas eles chegaram a tempo.

Elizabeth e Tom ficaram lado a lado, de mãos dadas, e trocaram os votos que haviam escrito.

Vendo-os juntos, Harriet pensou em todo tempo que gastara querendo que a família dela fosse diferente. Aquilo nunca aconteceria. Para construir algo forte, você precisa de fundações sólidas e, aos pais dela, faltava a fundação sólida do amor.

Não importava o que ela sentia por Ethan. Não importava quanto o amasse. Se ele não correspondesse aos seus sentimentos, as coisas acabavam ali.

Não queria construir o futuro sobre algo que não tivesse uma base sólida.

De volta ao chalé, ela fez as malas jurando a si mesma que voltaria àquele lindo lugar algum dia, mesmo sem Ethan.

Ela levaria Fliss e talvez Daniel e Molly. Talvez pudesse reservar alguns chalés para convidar seus amigos, Matilda e Chase. Susan talvez viesse.

E com certeza andariam de trenó puxado por cachorros.

O amor dela podia não ter futuro, mas não era o fim da vida.

Quando arrastou a mala até a sala, viu Ethan de pé.

— Estava me esperando? Estou pronta. Podemos ir quando você quiser.

Ele a olhou nos olhos.

— Nós não tivemos muito tempo para conversar hoje.

— Foi um dia incrível. Nunca vi duas pessoas tão felizes.

— Eu queria conversar sobre nós. Sobre ontem à noite.

Ela podia ter fingido não saber sobre o que ele estava falando, mas qual seria o sentido?

— Está tudo bem, Ethan. Não precisamos conversar sobre isso.

— Não está tudo bem — disse ele, em tom suave. — Eu não disse o que você queria que eu dissesse, sei disso. Você é uma pessoa incrível, Harriet...

Ah, não. Isso não!

Ela foi tomada por horror.

— Por favor... — pediu ela, erguendo a mão. — Nos poupe desse constrangimento. A gente não precisa *mesmo* discutir isso.

— Acho que precisamos.

— Discutir é uma questão de escolha, e eu escolho não discutir.

— Não sou o homem perfeito, Harriet. Estou longe disso.

Surpresa, ela o encarou. Era isso o que ele achava? Que ela tinha se apaixonado por uma imagem falsa dele?

— Sei que você não é perfeito. E nem poderia, porque perfeição não existe. Forças e fraquezas fazem parte do ser humano tanto quanto os ossos, o sangue e os músculos com os quais você trabalha diariamente. E outra coisa... eu não quero perfeição, Ethan. — *Ah, que se dane, ela ia dizer de uma vez*. O que mais Harriet tinha a perder e que já não estava perdido? — Não me apaixonei por você porque achei que você fosse perfeito. Eu me apaixonei por você por um milhão de outros motivos.

Ele pareceu pálido e cansado.

— Eu gosto de você, Harriet. Gosto muito. Eu me preocupo com você.

Eram boas palavras, mas não as que ela precisava.

— Eu sei. Não precisa explicar.

— É que tudo aconteceu tão rápido...

— É — disse ela, surpresa com a própria calma. — Aconteceu.

— Quando voltarmos a Nova York, devíamos passar mais tempo juntos e...

— Não.

A palavra saiu em um tom mais ríspido do que pretendia, talvez por causa do pânico. Passar mais tempo juntos? Não naquela vida.

— Assim que voltarmos a Manhattan, a gente não vai se ver nunca mais.

Ele pareceu surpreso.

— Mas você disse...

— Eu disse que te amo. E amo mesmo. Mas você não me ama, e não vou ser uma dessas mulheres que fica por perto esperando que isso aconteça, perdendo um pedacinho de mim mesma a cada dia. Não vou lutar pelo seu amor, Ethan. Já fiz isso uma vez, por meu pai, e nunca mais vou repetir. Se a pessoa não pode me amar do jeito que sou, então não é o suficiente para mim.

— Espera aí... — disse ele, parecendo chocado. — Você está terminando isso? Porque não é isso que quero. Ainda quero ver você...

— Não vai funcionar para mim, Ethan. Se tem uma coisa que aprendi vivendo com meu pai é que ficar esperando que alguém retribua nosso amor é o caminho mais rápido para a tristeza. Levei muito tempo para aceitar que meu pai não me amava e nunca amaria. Muito tempo para deixar de me forçar a ser uma pessoa que achei que ele fosse gostar mais. Nessas últimas semanas, com você, fui eu mesma pela primeira vez na vida. E quero seguir sendo eu mesma. Se continuarmos nos vendo, vou começar a fazer mil manobras para tentar conquistar seu amor, você vai acabar se sentindo culpado por não me amar, e de um cenário assim só pode surgir um relacionamento instável e precário. Não posso fazer isso com nenhum de nós.

— Harriet...

— Está tudo bem — disse ela, e se esforçou para sorrir. — Sério. Não dá para escolher quem a gente ama, mas é possível escolher ser honesto quanto a isso. Você foi honesto e sou grata, mas espero que entenda quando digo que não posso mais ver você. Eu começaria a querer coisas. Ter esperanças. E não fique achando que me arrependo de algo do que aconteceu, porque não me arrependo, ok? Aprendi muito nas últimas semanas. Você me ensinou como ficar mais à vontade em um encontro. Estar com você me deixou muito mais confiante, me ensinou que tenho mais recursos do que eu pensava.

— Porque deixei você nervosa, fiz você gaguejar...

— Por causa disso aprendi que gaguejar não era o fim do mundo. A vida segue.

E a vida dela seguiria. Em algum momento, com sorte, o coração dela deixaria de parecer como que despedaçado em mil pedaços, cada um com o nome de Ethan inscrito.

Ciente do que tinha que fazer, ela pegou a mala e, com o coração doendo e as pernas trêmulas, caminhou até a porta. Foi quando percebeu que, de todos os desafios que criou para si mesma nos últimos meses, nenhum chegava perto daquele.

Ela estava virando as costas para o amor.

Este, pensou ela, *é o maior de todos os desafios.*

Capítulo 25

Harriet chegou no apartamento e encontrou a porta entreaberta.

Ótimo.

Ela estivera ansiosa para chafurdar a própria tristeza, e agora tinha que lidar com um assaltante.

A tristeza virou raiva. Aquela era a casa dela. A *casa* dela. Uma pessoa não ia simplesmente entrar e levar as coisas dela. Não era certo.

Ela tirou um frasco de perfume da bolsa e deu um chutinho para abrir a porta.

— Se achou que ia se dar bem nessa, escolheu o dia e a mulher errados.

Fliss pulou do sofá e Harriet, com o frasco de perfume na mão, encarou a irmã.

— O que você está fazendo aqui?

Era difícil dizer qual das duas estava mais surpresa.

Congelada, Fliss deixou o queixo cair.

— Seu *cabelo*!

Harriet largou o perfume e as duas voaram nos braços uma da outra, rindo e falando ao mesmo tempo.

Fliss foi a primeira a afrouxar o abraço, mas só para poder olhar melhor para Harriet.

— Eu nunca teria a coragem de cortar o meu cabelo tão curto. Está fantástico. Estamos tão diferentes.

Nós somos diferentes, pensou Harriet. *Sempre fomos*. Mas só agora começava a gostar dessas diferenças.

— Parei de tentar ser igual a você.

— Você estava prestes a me nocautear com um objeto, então é mais parecida comigo do que imagina. — Fliss pegou o frasco de perfume abandonado. — O que você ia fazer com isso? Deixar o assaltante mais cheiroso antes de matá-lo? Porque, de fato, nada acaba tão rápido com o espírito natalino do que o cheiro de um cadáver apodrecendo.

Ridiculamente feliz em ver a irmã, Harriet sorriu.

— O que você está fazendo aqui? Amanhã é véspera de Natal. Era para você estar a caminho da casa da família do Seth.

— Eu quis ver você. Depois que você mandou a mensagem contando que tinha terminado com Ethan, eu não tinha como ir embora e deixar você sozinha no Natal.

Harriet sentiu um calor se espalhar pelo corpo. O círculo familiar de Ethan podia até ser maior do que o dela, mas nada no mundo, *nada*, chegava perto da sorte de ter uma irmã gêmea.

— Muito obrigada por ter vindo, mas estou bem.

Harriet trouxe a mala para dentro do apartamento e fechou a porta.

— Como você pode estar bem? Você não deu muitos detalhes, o que, aliás, odiei, mas tive a impressão de que você estava apaixonada por ele.

— Eu estou apaixonada por ele. — Harriet arrastou a mala até o quarto, pensando se algum dia dizer aquilo ficaria mais fácil. — Mas ele não está.

Do meio da sala, Fliss transparecia sua angústia no olhar.

— Vocês não ficaram tanto tempo juntos. Talvez, com o tempo, ele...

— Não — interrompeu Harriet. — Não faça isso. Não diga isso. Você está tentando me fazer sentir melhor, mas me enganar dizendo que talvez um dia ele vá corresponder meus sentimentos não ajuda. Confie em mim.

— Entendi. Confio. Você não quer acabar na mesma situação que nossos pais.

Ouvindo o tremor na voz da irmã, Harriet descobriu que não estava tão bem quanto pensava.

— Você se importa se não conversarmos sobre isso?

— Você costuma gostar de conversar sobre as coisas que estão te incomodando.

— Estou ficando melhor em resolver as coisas sozinha. Cadê o Seth?

— Ele teve que fazer umas compras de última hora. Você sabe como os homens são com presentes — explicou Fliss, e chegou mais perto da irmã. — Você não precisa resolver tudo sozinha. Posso não estar morando aqui, mas continuo sendo sua irmã. Sua irmã gêmea. E sua sócia. Estou a um telefonema de distância.

Harriet abraçou a irmã.

— Eu sei disso, e com certeza vou ligar, se precisar. Mas gosto de saber que posso resolver sozinha. Saber disso me dá uma sensação de segurança. Falando em negócios, decidi que, se você quiser incluir serviços de babá de cachorro em um pacote para clientes fiéis, pessoas que já conhecemos e em quem confiamos, eu topo.

Fliss recuou um passo.

— Sério? Você achou que não dava conta...

— Isso foi antes, não agora. Eu dou conta.

Fliss a abraçou outra vez.

— Estou tão orgulhosa de você. Você é forte, inteligente e incrível. Eu cheguei aqui esperando encontrar você uma bagunça.

Você finalmente se apaixonou por alguém e... foi mal, foi mal. Não vou tocar nesse assunto.

— Eu estou uma bagunça. De verdade, estou me sentindo uma merda.

— É a primeira vez que ouço você dizer "merda".

— Ultimamente, ando dizendo muitas coisas que nunca disse antes. — Tipo: *Eu te amo.* — No momento, não me sinto nem forte nem inteligente. Estou me sentindo bem mal, mas eu aguento. É só mais um obstáculo, e a vida é assim mesmo. A vida é uma série de obstáculos. — Ela se afastou de Fliss e atravessou a sala para ligar as luzinhas natalinas. — No Dia de Ação de Graças, decidi que ia me forçar a fazer um desafio por dia até o Natal.

— Acabou, então?

Refletindo sobre quanto amava o próprio apartamento, Harriet acendeu as velas da sala de estar.

— Passei anos pensando "se ao menos eu fosse mais parecida com Fliss" ou "se eu fosse mais corajosa, a vida seria mais fácil". Cada dia traz novos desafios e obstáculos. Você pode driblá-los ou encará-los. Por anos, eu os driblei. De jeito nenhum eu faria aquelas ligações constrangedoras ou lidaria com clientes que me deixassem desconfortável. Eu driblava os problemas e me escondia atrás de você e de Daniel e, graças a vocês, vivi uma vida segura e protegida.

— E agora nós dois abandonamos você — disse Fliss, parecendo abalada.

— Vocês não me abandonaram. Vocês estão vivendo suas vidas, e é assim que tem que ser. Você se mudar daqui foi a melhor coisa que já me aconteceu.

A angústia se dissipou dos olhos de Fliss.

— Era para eu ficar ofendida?

— Não. Se você tivesse ficado, eu provavelmente continuaria indo sempre pelo caminho mais fácil. O caminho sem obstáculos.

Mas uma estrada sem obstáculos é um estacionamento, e não quero passar a vida parada. Se estou arrasada por causa do Ethan? — Ela se deteve por um instante, sentindo o peso no peito e a letargia que ameaçava deixá-la um mês de cama. — Sim. Na verdade, estou. E, depois que você for embora, vou chorar até minha cara ficar parecendo um tomate e vou preparar uma assadeira enorme de biscoitos de chocolate que provavelmente comerei inteira sozinha.

Fliss encarou a irmã.

— Você não parece arrasada.

— O estrago foi dentro.

— Não suporto ver você magoada. Minha vontade é a de ir até o pronto-socorro dar um soco tão forte no dr. Gostosão que ele vai precisar praticar medicina em si mesmo.

— Não é culpa dele.

— O que você vai fazer?

Era uma pergunta que Harriet não havia ousado fazer a si mesma.

— Não sei. O que sempre faço. Passear com cachorros. Assar biscoitos. Ver meus amigos. Seguir em frente na esperança de, algum dia, acordar e descobrir que não estou mais machucada.

Fliss fungou.

— Então você está bem?

Harriet pensou em Ethan.

— Não — disse ela. — Mas vou ficar.

Ela já tinha decidido adotar um cachorro. Era ridículo que ela amasse tanto cachorros e não tivesse um. Era verdade que isso lhe dava liberdade para ficar de babá de cachorros sem aviso prévio e para ser lar temporário para os animais do abrigo, mas também implicava que não tinha um cachorro só seu. E ela queria um. Queria um cachorro só dela.

E Harriet faria aquilo funcionar.

Ela passou a véspera de Natal cozinhando.

A casa cheirava a pão. Quando Harriet finalmente caiu na cama, estava exausta.

Era a primeira vez que acordava no dia de Natal com a casa vazia.

Por um instante, desejou que tivesse aceitado o convite de Fliss para se juntar a eles.

O que havia de tão bom em passar o Natal sem a família? Estaria ela virando algum tipo de mártir? Aquilo não era um desafio, era pura burrice.

Enquanto refletia se aquela não era a coisa mais insana que havia feito na vida, Susan chegou. Ela vestia uma blusa vermelha com calça jeans preta e trazia vários pacotes.

— Cheguei cedo pensando que talvez você pudesse querer ajuda na cozinha. Tá, é mentira. Eu não aguentava mais minha própria companhia, estava ficando louca.

Harriet nunca ficou tão contente em ver alguém.

— Estou tão feliz que você esteja aqui, você não faz ideia. Entre. Como você está?

— É possível que eu sobreviva. Graças à sua canja.

Susan colocou os pacotes debaixo da árvore e olhou Harriet mais de perto.

— Putz, o que aconteceu com você, Harriet? Aquele cara é um idiota mesmo. Preciso fazer uma tomografia no cérebro dele.

— Oi?

— Você está aqui sozinha, pálida e está na cara que não dormiu bem na noite passada. Presumindo que a noite de insônia não foi causada pela empolgação do Natal, o motivo só pode ser Ethan. Cadê ele?

— Não sei. Imagino que no trabalho.

Susan a encarou com desconfiança.

— Vocês passaram a semana em um chalé no meio da floresta. Era para ser puro romance. O que deu errado?

Harriet voltou a cozinhar na esperança de mudarem de assunto.

— Nada. Foi uma semana incrível. Deu tudo certo.

— Se tivesse, você não estaria aqui sozinha.

Harriet balançou a cabeça.

— Podemos falar de outra coisa?

— Já, já. Quando terminarmos de falar sobre isso. Ele sabe que você o ama?

Harriet abriu um sorriso amarelo e não se deu ao trabalho de perguntar como Susan tinha adivinhado.

— Não sou do tipo que fica escondendo os próprios sentimentos, então sim, ele sabe. Mas não é recíproco.

— Se isso for verdade, esse cara não precisa de uma tomografia. Ele precisa ser operado.

— Não dá para forçar alguém a amar outra pessoa.

Susan franziu a testa.

— Hum. Você não tem ideia do que posso fazer com um bisturi na mão.

Harriet estremeceu.

— Promete que não vai contar nada para ele?

— Não posso prometer nada — disse Susan, andando pela cozinha. — Por acaso você teria um pouco daquele café ótimo?

Harriet passou um café e esticou uma lata para Susan.

— Quer um biscoito de chocolate?

— Certeza que você pode liberar um? — perguntou Susan, levantando a tampa da lata. — Uau! Quantas pessoas vão vir aqui hoje? Manhattan inteira?

— Só você e Glenys.

Susan encarou a lata.

— Bem, contando por alto, eu diria que tem uns quatro mil biscoitos para cada uma. O que aconteceu?

— Pode ser que eu tenha ficado meio para baixo ontem. Cozinhar me anima.

— Bem, não precisa pedir desculpas por isso — disse Susan, pegando dois biscoitos na lata. — Estou aqui para qualquer coisa. Qualquer coisa, mesmo que isso exija que eu consuma meu próprio peso em açúcar.

Sem saber como, Harriet deu conta de rir. Seu corpo inteiro parecia pesado. Ela estava fingindo lidar bem com a situação, mas a verdade era que se sentia péssima. Letárgica. Triste. E nem sequer tinham se passado quarenta e oito horas.

— Agora me fala de você. Está com muita dor?

— Não — disse Susan, mas suas olheiras diziam outra coisa. — Eles acham que vou poder voltar ao trabalho no meio de janeiro. Vou começar a fisioterapia na semana que vem.

Glenys chegou com Harvey, tendo tomado um táxi para percorrer as poucas quadras de distância de sua casa. Ela e Susan gostaram uma da outra na mesma hora, e Harvey se sentiu em casa no apartamento de Harriet.

Elas trocaram presentes, Harriet serviu a ceia e tentou não pensar em Ethan e no que ele estaria fazendo. Glenys e Susan eram uma boa companhia, e Harriet se sentia aliviada por tê-las ali.

— Vamos jogar Palavras Cruzadas — anunciou ela, poucas horas depois. — Mas, dessa vez, temática. Só valem palavras relacionadas às festas. Já vou avisando vocês que tenho uma veia competitiva e instinto assassino.

— Instinto assassino? Você? — perguntou Glenys, olhando para Susan, que balançou a cabeça rapidamente.

— Manda ver, gata.

Elas estavam quase no final do jogo quando alguém bateu à porta.

— ÁLCOOL não é uma palavra natalina — disse Glenys, balançando o dedo. — Não vale.

— Experimente trabalhar no pronto-socorro no dia de Natal, Glenys. Álcool certamente é uma palavra natalina. Sua vez, Harriet — disse Susan. — Deixa que eu atendo a porta.

Ela caminhou até a porta e a abriu enquanto Harriet formava uma palavra com todas as letras que tinha em mãos.

— FESTIVO — disse ela, colocando as peças cuidadosamente sobre o tabuleiro. — E foi na casa vermelha, então os pontos triplicam. Ahá! Vocês nunca vão me alcançar. É melhor desistirem.

Percebendo que Susan não respondeu de sua forma habitual — na verdade, ela não respondeu nada —, Harriet olhou para a porta.

— Quem é?

— É o Papai Noel — disse Susan, em tom fraco.

— Muito engraçadinha.

— Ele trouxe um presente para você.

— Se isso é alguma gracinha para vocês trocarem minhas letras enquanto estou distraída, aviso que é tarde demais. Eu já ganhei. — Harriet olhou para o tabuleiro uma última vez antes de ir até a porta. — Deve ser ação de alguma obra de caridade...

Ela encarou o Papai Noel alto e de ombros largos de pé à porta do apartamento.

— Ethan? O que você... — Ela engoliu em seco. — Por que você está vestido de Papai Noel? — De repente, ela entendeu o motivo e o que aquilo queria dizer. Seu coração se expandiu no peito. — Você topou. Você se vestiu de Papai Noel para as crianças. Por quê? O que fez você mudar de ideia?

— Certa vez, conheci uma pessoa que sempre tentava fazer algo que não queria uma vez por dia. Me pareceu uma boa ideia.

— É um Desafio do Ethan?

— Talvez. Acabei vindo com a roupa porque ninguém pode mandar o Papai Noel embora, né?

— Que manipulador — murmurou Susan, ao que Ethan vasculhou o saco que estava carregando e lhe entregou um presente.

— Esse aqui está com o seu nome.

— Suborno não vai funcionar — disse ela, mas pegou o pacote.

— Ou talvez funcione. Quem sabe?

A cabeça de Harriet girava, ponderando todas as implicações daquilo. Ethan aceitara ser o Papai Noel. Abrira mão da parte dele que se julgava cínico demais para o papel. Deixara o cinismo de lado.

— Elas ficaram felizes? Ou estão em estado grave demais?

Harriet detestava pensar nas crianças no hospital em pleno Natal. Pelo menos tiveram uma visita do Papai Noel.

— Elas ficaram bastante felizes em me ver, você tinha razão.

— Quer entrar?

Mil perguntas se reviravam na cabeça dela. *Por que você está aqui? Como você passou os últimos dias?*

Ele entrou e tirou a barba.

— Ai.

Susan cobriu os olhos.

— Se você continuar assim, vou achar que o Papai Noel não existe.

— Ele existe, mas, nesse momento, está com muito calor — disse ele, sorrindo para Glenys. — Estou interrompendo o jogo de vocês. Me desculpem.

Sem a barba, Harriet pôde observá-lo melhor e perceber que Ethan parecia exausto, como se não dormisse havia dias.

— Não peça desculpas. Harriet acabou de trucidar nós duas. Susan e eu estávamos prestes a ir embora, não é mesmo, Susan?

Glenys se levantou e assobiou para Harvey.

— Eu ia embora, mas agora estou achando que ficar pode ser mais divertido — disse Susan, lançando um olhar afiado a Ethan.

— É bom que você queira dizer algo que valha a pena ser escutado.

— Não vou dizer nada enquanto você estiver parada aí.

Susan resmungou e pegou o casaco.

— Se você machucá-la, vou caçar você e te cortar em pedaços.

— Sinto sua falta no trabalho. Ninguém sabe me maltratar como você. Volte logo, por favor.

Susan hesitou, ficou na ponta dos pés e lhe deu um beijo na bochecha.

— Esse é o plano.

Glenys tomou o braço de Susan.

— Dividimos um táxi, doutora?

— Me parece ótimo.

— Espera. Vocês duas estão indo embora?

Harriet sentiu uma pontada de ansiedade. Ela não sabia por que Ethan estava lá, mas tinha certeza de que não queria ficar sozinha.

— Estamos. Obrigada pelo Natal incrível — disse Susan, e ambas as mulheres a abraçaram. — Foi o melhor Natal de todos, ainda que eu nunca vá perdoá-la por encaixar FESTIVO na casa de pontuação tripla.

As duas saíram e Harriet se viu a sós com Ethan.

Ela se perguntou como, depois de todas as intimidades que haviam partilhado, ela ainda conseguia se sentir desconfortável e envergonhada de estar no mesmo lugar que ele.

— Você já comeu? Posso pegar algo para você?

Ela queria perguntar por que ele parecia tão cansado, mas sabia que não devia fazer perguntas tão pessoais.

— Mais tarde. Antes, tem umas coisas que preciso dizer a você — disse ele, segurando as mãos dela. — Naquela noite no chalé em que você disse que me amava, você me assustou.

— Eu sei. Você sentiu que era sua responsabilidade corresponder, mas...

— Eu também te amo. E isso não tem nada a ver com responsabilidade.

Em dúvida se o havia escutado corretamente, Harriet o encarou.

— Mas você disse que...

— Eu sei o que disse e quando eu o disse, acredite em mim. Quando o assunto é relacionamento, seu padrão é alto. Fiquei com medo de não ser o que você queria que eu fosse.

— Ah, Ethan... — disse ela, com os olhos cheios de lágrimas.

— Eu só queria que você fosse quem já é. Não quero uma versão falsa de você. Eu quero você.

— Eu sei. Tive tempo para refletir sobre isso e outras coisas. Por exemplo, sobre o quanto eu te amo.

— Sério? Você estava tão seguro de não ter esses sentimentos. — Ela se sentiu trêmula e instável. — Como você sabe?

— Ao longo dos anos, aprendi a desligar minhas emoções. Isso se tornou quase fácil para mim. Eu achava que tinha sido esse o motivo para o meu casamento não ter dado certo. Achava que esse era o motivo para eu não ser capaz de oferecer o que era necessário aos meus relacionamentos. Quando você terminou comigo, eu disse a mim mesmo que desligaria o que estava sentindo, como sempre fiz. Mas não consegui. Foi quando me dei conta de que nossa relação não se parece em nada com o que já tive antes. Meus sentimentos não são nada parecidos com os que senti antes.

— Ethan...

— O que sinto por você é forte demais para ser enterrado. E com certeza é forte demais para ser ignorado. Eu sei, pois tentei.

Harriet ergueu a mão e lhe tocou o rosto.

— É por isso que você está com esse aspecto péssimo?

— Acontece que eu não durmo bem sem você na minha vida. — Ele tomou o rosto dela nas mãos. — Como você não é do tipo de pessoa que liga e desliga os sentimentos, imagino que não seja tarde demais para mim.

Com dificuldade em acreditar que aquilo era real, ela o encarou nos olhos.

— É claro que não. Eu te amo.

Ele rosnou e a puxou para si.

— Eu também te amo. Quero ser sua família para o resto da vida, ou sei lá como vocês falam quando encontram um adotante para os animais de que você cuida.

Família para o resto da vida.

Feliz Natal, Harriet.

Ela sentiu um nó na garganta e apoiou a cabeça contra o peitoral de Ethan.

— Eu também quero isso.

— Certeza? Você disse que conhecia minhas forças e fraquezas. Quero que conheça mesmo, pois não é fácil viver comigo. Vai ter dias que vou estar tão concentrado no trabalho que vou me esquecer de telefonar.

Ela ergueu a cabeça e sorriu.

— Eu já sei disso. Eu *te conheço*. Mas já que estamos confessando tudo, é melhor você saber que quero adotar um cachorro. Tudo bem por você?

— Curioso você dizer isso — disse ele, num tom casual —, porque meu presente de Natal para você era um filhote. Mas, levando em conta o seu conhecimento na área, achei que você fosse preferir escolher pessoalmente.

— Vamos escolher juntos. — Ela envolveu o pescoço dele com os braços. — Vamos juntos ao abrigo para escolher um cachorro que precise de um lar.

Ele a beijou, e Harriet levou pelo menos cinco minutos até conseguir falar de novo.

— Fico feliz que você tenha escolhido se vestir de Papai Noel.

— Você faz algo que acha difícil todos os dias. Achei que eu poderia pelo menos tentar. Funcionou, acho — disse Ethan, parecendo satisfeito consigo mesmo. — Fiz o maior sucesso com as crianças.

— Nunca duvidei disso.

— Foi quando me ocorreu que eu tinha algo para dar a todas elas, mas nada para você. — Ethan acariciou o cabelo de Harriet e a beijou. — Vim correndo até aqui porque não tinha como esperar outra ocasião para falar com você. Não tenho um anel. Não tenho nada. Tudo o que eu trouxe foi a promessa de um filhotinho. Esse não é o pedido romântico que você merece.

— Você está brincando? — Ela quase se engasgou com as palavras. — Você está me dando amor. Esse é o melhor presente de todos.

— Certeza?

— Se você me conhece tão bem quanto acho que conhece, então você sabe que tenho certeza — disse ela, sentindo o coração transbordar. — Você se trouxe. Para mim, a única coisa que importa é que você esteja aqui. Que você tenha vindo. Que você me ame.

Ele a abraçou apertado.

— E então, qual é o próximo desafio?

Ela apoiou a cabeça no peito dele e sentiu o cheiro de Ethan com a sensação de que o futuro se abria como um caminho luminoso. Em algum ponto, haveria obstáculos, ela sabia. Mas também sabia que daria conta de superá-los.

— Não sei. Só sei que, quando você ama alguém e essa pessoa também te ama, qualquer coisa parece mais fácil.

E sabia que, para onde quer que a vida os levasse, eles iriam juntos.

Agradecimentos

AGRADEÇO E MANDO GRANDES ABRAÇOS à minha talentosa editora, Flo Nicoll, que vem trabalhando comigo nos últimos quatro anos e meio, que sempre me incentiva e pede o melhor de mim. Esse é nosso décimo segundo livro juntas, e acho que formamos uma equipe perfeita.

É preciso um batalhão de gente para fazer um livro chegar às estantes e sempre fico tensa em mencionar as pessoas individualmente, com medo de esquecer alguém, mas mando meus agradecimentos à Harlequin britânica e norte-americana. Sou grata a todos pelo esforço e atenção dispensados para que meus livros chegassem às leitoras. É um trabalho duro e eles o cumprem de forma brilhante.

Minha agente, Susan Ginsburg, é simplesmente a melhor. Não sei onde eu estaria sem os conselhos e contribuições dela.

Depois de três livros com um grande elenco de cachorros em papéis coadjuvantes, eu já estava penando para encontrar nomes, por isso agradeço a todas as minhas leitoras pacientes e apaixonadas no Facebook pela gentil contribuição.

Faço menção especial a Natalie Smith, que me propôs batizar uma das personagens desse livro para levantar recursos para a CLIC

Sargent, um incrível trabalho de caridade que ajuda crianças e jovens com câncer. Natalie, agradeço muito por sua generosidade e espero que você goste da "Nat".

A ajuda de minha família e meus amigos é infinita. Agradeço a Joe, Ben e Kim por provarem corajosamente fornada atrás de fornada de biscoitos de chocolate enquanto eu elaborava a receita perfeita de Harriet. Agradeço a dedicação de vocês à causa. Agora podem ir voltando para a academia!

Devo a maior gratidão a minhas leitoras que continuam comprando meus livros, garantindo dessa forma que eu possa seguir com meu trabalho dos sonhos de escrevê-los. Obrigada. Vocês são as melhores.

Bjss
Sarah

Este livro foi impresso em 2021, pela Gráfica Cruzado, para a Harlequin.
A fonte usada no miolo é Adobe Caslon Pro, corpo 10,5/15,4.
O papel do miolo é Pólen Soft 80g/m² e o da capa é cartão 250g/m².